HELGE WEICHMANN

Schandfieber

UNTER QUARANTÄNE Es läuft gerade nicht rund für die Historikerin Tinne Nachtigall: Von heute auf morgen wird sie zur Aushilfs-Mama erklärt und muss sich um eine Fünfjährige kümmern. Und ausgerechnet jetzt hat ihr Mitbewohner Axl ein Hardrock-Tonstudio im Keller eingerichtet. Auch beruflich gerät einiges aus den Fugen. Eine Zusammenarbeit mit dem Pharmakologischen Institut zur Erforschung mittelalterlicher Heilmethoden entwickelt sich zum Desaster, eine Explosion verwüstet das Labor, einer der Mitarbeiter verschwindet spurlos. Gemeinsam mit dem Reporter Elvis beginnt Tinne die Fäden aufzudröseln. Die Spur führt nach Bingen, wo vor fast 1.000 Jahren die Mystikerin Hildegard die Heilmittel der damaligen Zeit zusammenfasste. Doch ihre Schrift »Causae et Curae« gilt als verschollen. Zwischen Kräutermedizin und modernen Pharmainteressen suchen Tinne und Elvis nach der Wahrheit. Plötzlich sind die beiden mittendrin in einem Kampf, den Hildegard von Bingen einst angefangen hat, der aber bis heute noch nicht entschieden ist.

Helge Weichmann wurde 1972 in der Pfalz geboren und ist seit 20 Jahren in Rheinhessen zu Hause. Während seines Studiums jobbte er als Musiker und Kameramann und bereiste zahlreiche Länder, bevor er sich als Filmemacher selbstständig machte. Seine Kreativität lebt er in vielen Bereichen aus: Er betreibt eine Medienagentur, arbeitet als Moderator, fotografiert, filmt, zeichnet und schreibt. Er ist begeisterter Hobbykoch, Weinliebhaber und Sammler von Vintage-Gitarren. Mit der chaotischen Historikerin Tinne Nachtigall und dem dicken Reporter Elvis hat Helge Weichmann zwei liebenswerte Figuren geschaffen, die ihre ungewöhnlichen Abenteuer mit viel Pfiff, Humor und Improvisationstalent meistern.

HELGE WEICHMANN

Schandfieber

Kriminalroman

GMEINER

Personen und Handlung sind frei erfunden.
Ähnlichkeiten mit lebenden oder toten Personen sind rein zufällig und nicht beabsichtigt. Ebenso sind die genannten Firmen, Institutionen, Universitäten, Museen und Forschungseinrichtungen fiktiv oder, falls real existierend, in fiktivem Zusammenhang genutzt.

Im Ehnried 5, 88605 Meßkirch
Telefon 07575/2095-0
info@gmeiner-verlag.de

4. Auflage 2021

Lektorat: Sven Lang
Herstellung: Mirjam Hecht
Umschlaggestaltung: U.O.R.G. Lutz Eberle, Stuttgart
unter Verwendung eines Fotos von: © Branko Srot/Fotolia.com
Druck: CPI books GmbH, Leck
Printed in Germany
ISBN 978-3-8392-2333-8

Sowohl des Menschen Körper als auch seine Taten können erblickt werden.
Vielmehr aber liegt inwendig in ihm, was keiner sieht und keiner kennt.

Hildegard von Bingen (1098 – 1179)
Mystikerin, Äbtissin und Naturwissenschaftlerin, katholische Heilige

PROLOG

BINGERBRÜCK, 28. JULI 1175

Die Luft knisterte vor statischer Aufladung, das nahende Gewitter setzte Bäume und Sträucher unter Spannung. Auch das gedrungene Klostergebäude schien den Atem anzuhalten, Mensch und Tier warteten auf die Urgewalt, die sich in himmelhohen Wolkentürmen abzeichnete. Der bleiche Vollmond war kaum auszumachen, allzu schnell schloss das schwarze Gewölk jede Lücke am Firmament.

In der aufgeladenen Atmosphäre klang das Wiehern von Pferden fremd und schrill, ihre Hufe schlugen hart auf den gepflasterten Hof. Die ankommenden Reiter sahen klein aus vor dem Kloster, die hohen Mauern von Rupertsberg überragten sie wie eine uneinnehmbare Burg. Obwohl es fast Nacht war, brannte kaum ein Licht in dem Gebäude, nur hier und dort war flackernder Kerzenschein in einem der Fenster zu erahnen.

Die fünf Männer sprachen kein Wort und stiegen eilig von ihren Pferden. Ihre Gesichter waren ernst, als sie einen sechsten Mann vom Sattel zogen. Seine Arme waren mit Lederriemen gefesselt, Schweiß ließ seine Haut glänzen, er torkelte zur Seite, sie mussten ihn auffangen. Einen Wimpernschlag später stürmte er voran, mit schier unmenschlicher Kraft versuchte er, ihren Händen zu entkommen. Seine Sehnen spannten sich und ließen die Arme aussehen wie die Glieder eines Raubtiers, roh und wild. Mit aller Gewalt drückten ihn die Männer nieder. Am Boden riss er den Kopf zurück und schrie, ein viehisches Jaulen, dem nichts Menschliches innewohnte. Mit gebleckten Zähnen schnappte er nach jedem, biss um sich in der kalten Luft, Blut und Speichel troffen von den Lippen, seine Augen rollten und zeigten ein Spiegelbild des vollen Mondes als fiebriges Irrlicht. Jemand versuchte, ihm die Stirn zu tupfen, doch schon knallten die Zähne zusammen, wo eben noch die helfende Hand war. Noch immer hatte keiner ein Wort gesagt.

In dieser Sekunde fielen die ersten schweren Tropfen, mit sattem Geräusch zerplatzten sie auf den Steinen. Ein Blitz flammte auf und machte aus den Gesichtern grelle Fratzen, einen Wimpernschlag später rollte der Donner, so tief, dass er den Boden beben ließ. Die Elemente brachen los, schon hatten sich die Tropfen in einen Vorhang aus Wasser verwandelt, der die Kleider durchnässte und das Pflaster schlammig machte. Einer der Männer führte die Pferde davon, die die Augen aufrissen und angstvoll wieherten, die anderen zogen den Gefesselten voran. Wieder schrie er, sein Jaulen wurde verschluckt vom nächsten Donner, ein Windstoß verwirbelte den Sturzregen und trieb die Gruppe zum Klostereingang.

Der Anführer hieb seine Fäuste gegen das Holztor, gleichzeitig ließ ein zweiter die kleine Türglocke bimmeln, sie tanzte nervös und schickte einen schrillen Klang über den Hof. Wieder trommelten die Fäuste.

»Macht auf, rasch!« Die Stimme des Mannes war das Befehlen gewohnt. »Ich fordere euch auf: öffnet! Im Namen des Pfalzgrafen Konrad!«

Das Trommeln und Rauschen des Regens übertönte jede Reaktion im Inneren des Gebäudes. Die Neuankömmlinge schauten sich kurz an und griffen den rasenden Mann fester, der von Krämpfen geschüttelt wurde. Konrad aus dem Hause der Staufer hatte die Pfalzgrafenwürde von seinem Halbbruder Friedrich Barbarossa verliehen bekommen, er hielt den Familienbesitz der Staufer und war als Herr über Schönau und den Wormsgau ein geachteter Mann. Jemand, den man nicht warten ließ. Gerade hob der Wortführer nochmals die Faust, da erklang das Geräusch eines Riegels, die Tür öffnete sich einen Spaltbreit. Als weißer Klecks erschien das Gesicht einer Nonne, die Wangen vom Alter eingefallen, die Stirn unter dem schwarzen Skapulier versteckt. Ein Auge war milchig blind, das andere zwischen Falten und wuchernden Brauen kaum zu sehen.

Der Mann ließ seine Faust sinken. Es war ihm anzusehen, dass er sich zügeln musste, um die Tür nicht aufzustoßen. Mühsam dämpfte er seine Stimme.

»Schwester, Graf Konrad ist bei uns. Er braucht Hilfe. Eilt Euch.«

Hinter der Nonne erschienen weitere Flecken, blasse Frauengesichter, manche runzlig, manche fast noch kindlich. Im Kloster Rupertsberg lebten 46 Nonnen, es hätte mehr als die doppelte Zahl sein können, so viele Zugangsbitten gab es. Der gute Ruf des Benediktinerinnen-Konvents ging weit über das Binger Land hinaus, man sagte den Nonnen große Kenntnisse in theologischen Fragen nach, aber auch eine sichere Hand in der Kräuter- und Heilkunde.

Diese medizinischen Fähigkeiten waren es, die die Leibgarde des Grafen trotz des bedrohlichen Wetters zum Rupertsberg getrieben hatte. Sie schoben Konrad nach vorn, dessen glühende Augen unstet zuckten und dessen blutiger Mund ihn wie ein Ungeheuer aus einer bösen Sage aussehen ließ. Die Sturzbäche aus Schweiß vermischten sich mit dem Regenwasser aus seinen Haaren und kündeten von dem Feuer, das in ihm brannte.

Die einäugige Nonne öffnete die Tür so weit, dass der Wortführer halb eintreten konnte.

»Was fehlt ihm?«, fragte sie.

Er zögerte eine Sekunde und schlug das Kreuzzeichen, bevor er antwortete. »Das Schandfieber. Wir fürchten, es ist das Schandfieber.« Den nächsten Satz sprach er so leise, dass der Wind seine Worte von den Lippen riss. »Bringt ihn zur Äbtissin, Schwester. Helft uns, bevor ihn das Fieber zum Mannwolf macht.«

Die Nonne richtete ihr gesundes Auge auf den Pfalzgrafen, der nach wie vor von starken Händen gehalten wurde. Er bog die Brust nach vorn, sein Körper krümmte sich, als wolle er in der Mitte durchbrechen. Das Röcheln aus seiner Kehle klang erstickt, seine Augen verdrehten sich, nur noch das Weiße war zu sehen.

Über den Mannwolf redeten die Menschen in den Dörfern hinter vorgehaltener Hand. Die Alten nannten ihn *Werwolf* – *Wer*, das fast vergessene Wort für *Mann*. Eine Kreatur, die von der menschlichen in die wölfische Gestalt wechselte.

Die unheimliche Metamorphose begann als normales Fieber, wie es oft über die Menschen kam und nach einigen Tagen wieder verschwand. Doch wenn das Fieber blieb und Juckreiz mit sich brachte, Brennen, Unruhe und wechselhafte Launen, dann wusste man, dass das Böse in diesen Körper gefahren war. Bald schon wurde der Kranke immer mehr zum Tier, er lief auf allen vieren, griff alles und jeden an und heulte wie seine neuen Brüder in den Wäldern. Wer dem Schandfieber verfiel, so sagten die Leute, hatte einen Pakt mit dem Teufel geschlossen. Einen Pakt, der die Seele raubte und den Leib zur Bestie werden ließ.

Am Hof des Pfalzgrafen hielt man solche Geschichten für das Geplapper der Bauern, für Märchen, mit denen die einfachen Leute ihre Kinder erschreckten. Bis Konrad eines Tages mit fiebrigen Augen im Bett lag und das

Feuer nicht aufhören wollte zu brennen. Die Verwandlung begann, schleichend erst, dann immer rascher. Der Medikus wusste bald schon keinen Rat mehr, der Pfarrer konnte trotz langer Nächte auf den Knien keine Besserung bewirken. Ganz im Gegenteil, Pfalzgraf Konrad verlor jeden Tag etwas von seiner menschlichen Seite und wurde immer mehr zum Tier. In ihrer Verzweiflung entschlossen sich seine Vertrauten, in Bingerbrück Rat zu suchen, bei einer Frau, deren medizinisches Wissen als einzigartig galt.

Die alte Nonne beobachtete Konrad, sah, wie sein Wesen zwischen Erschöpfung und Aggressivität pendelte, als würden eine menschliche und eine viehische Seite in ihm kämpfen. Schließlich gab sie seinen Begleitern mit einem Wink zu verstehen, dass sie ihn hereinbringen sollten.

Krumm wie ein knotiger Baum wandte sie sich um, winkte eine junge Nonne herbei und wisperte ihr etwas ins Ohr. Das Mädchen schlug die Augen nieder und deutete eine Verbeugung an. Während die Männer die Tür aufstießen und wilde Sturmböen den Regen hineinrissen, verschwand die kleine Gestalt in einem der Gänge.

Die Kerzen in ihren eisernen Wandhaltern flackerten im Wind, der unter der Kammertür durchzog, fetter schwarzer Qualm stieg auf und ließ die Luft wogen wie ein lebendiges Wesen. Bauchige Flaschen fingen das flackernde Licht ein, in trüber Flüssigkeit schwammen Wurzeln und faserige Kräuter. Raumhohe Regale aus schwarzem Holz waren angefüllt mit Pergamenten, verschnürten Schriftrollen und Büchern mit brüchigen Lederrücken. Am Arbeitstisch saß eine alte Frau, dünn und groß, eingehüllt in das schwarze Habit der Benediktinerinnen. Vor ihr verteilten sich hölzerne Messinstrumente, eiserne Gewichte, eine filigrane Waage und eine Vielzahl von Tiegeln mit Pulvern und Salben. Auf einer Handschrift mit blassen Zeilen lag ein geschliffener Beryll wie ein übergroßer Tropfen, seine Brechung ließ die Buchstaben groß und verzerrt aussehen. Leise murmelnd schob die Greisin den Stein weiter, Letter für Letter, Zeile für Zeile, die Vergrößerung half ihr, die Zeichen zu entziffern. Hin und wieder griff sie nach einem Federkiel und machte eine Notiz auf Lumpenpapier, dessen grobe Oberfläche die Tinte breit auslaufen ließ.

Ein zartes Klopfen ertönte. Die alte Frau hielt nicht inne in ihrem Gemurmel, erst als sich die Tür einen Spaltbreit öffnete, ließ ihre Hand den Beryll ruhen. Der Lufthauch, der hereinfuhr, brachte die Kerzen noch stärker zum Flackern, das Dämmerlicht verlieh ihrem faltigen Gesicht einen gespenstischen Widerschein.

»Ent… entschuldigt, Mutter Äbtissin. Schwester Bergund schickt mich.« Die Stimme der jungen Nonne war kaum zu hören, ihre Augen waren groß und versuchten, all das zu erfassen, was in der Studierstube verborgen war und Außenstehende selten zu sehen bekamen. Sie wartete auf eine Antwort. Als diese ausblieb, fasste sie sich ein Herz und sprach weiter.

»Graf Konrad ist angekommen, sein Gefolge hat ihn gebracht. Er ist krank, sehr sogar. Schwester Bergund lässt ihn ins Hospiz bringen. Sie fragt nach Euch.«

Zäh verrannen die Sekunden, die Greisin rührte sich nicht. Endlich erklang ihre Stimme, hoch und rau wie ein ungestimmtes Instrument.

»Was?«, fragte sie knapp.

»Das Fieber. Schwester Bergund sagt, das Fieber hat ihn gepackt. Das Schandfieber.«

»Das Schandfieber?«, wiederholte die alte Frau mehr zu sich selbst. Danach schwieg sie. Nach einer Weile beugte die Nonne ihren Kopf, zog sich zurück und ließ die Tür sanft zufallen.

Im Inneren der Kammer schloss Hildegard von Bingen die Augen und verharrte, als wolle sie Kraft sammeln im Gebet. Das Schandfieber. Die Verwandlung in einen Mannwolf. Wo hörte medizinisches Wissen auf, wo fingen Legenden an? Hildegard wusste mehr über Krankheiten und Seuchen als die Bauern unten in den Dörfern, viel mehr. Sicher, Gott im Himmel gab das Leben und nahm es, ohne dass die Sterblichen seinem Willen zu widersprechen hatten. Doch das bedeutete keineswegs, dass man die Gebrechen des Leibes in stiller Duldung hinnehmen musste, o nein. Denn Gottvater selbst ließ in der freien Natur diejenigen Hilfsmittel gedeihen, die den Kampf gegen das Siechtum unterstützten – es war an den Menschen, diese Gaben zu nutzen.

Die Kenntnisse um diese Heilkräfte waren überall im Land verstreut, in den Klöstern, bei den Hebammen und Kräuterweiblein, dazu kamen viele fahrende Wundärzte oder Bader mit speziellem Wissen und neu gemischten Tinkturen. All diese Schriften und Rezepturen sammelte Hildegard nun schon seit vielen Jahrzehnten, sie studierte die obskursten Rezepte, kochte sie nach, prüfte die Wirksamkeit und fertigte Abschriften mit eigenen kritischen Kommentaren an. Auf diese Weise hatte sie nach und nach ihr Wissen über Entstehen und Vergehen des Menschen gewonnen, über Pflanzen, die heilten, über das empfindliche Gleichgewicht der Säfte, die das Leben im Fluss hielten. Und über Krankheiten, die vom Teufel selbst zu stammen schienen. Krankheiten wie das Schandfieber.

Hildegard konzentrierte ihre Gedanken wieder auf das Hier und Jetzt, holte Luft und zwang ihren dünnen Körper zum Aufstehen. Mit 76 Lebensjahren hatte sie ein Alter erreicht, das mehr als außergewöhnlich war und in dem sie die Gnade Gottes spürte. Ihre Hände, mager und faltig wie Klauen, zogen ein Pergament aus dem Regal, eng beschrieben in ihrer feinen Handschrift, mit Maßangaben und Hinweisen zur Dosierung. Nachdem sie eine der Kerzen näher an den Arbeitstisch gerückt hatte, nahm sie einen winzigen Löffel und konzentrierte sich auf die Sammlung an zerstampftem Pulver und Tinkturen.

Über das ›Fieber der Schande‹ wusste Hildegard viel. Mehr sogar, als ihr lieb war. Mit sicheren Bewegungen machte sich die greise Klosterfrau daran, dem Schandfieber entgegenzutreten, das im Körper des Pfalzgrafen wütete.

KÖLN, 3. MÄRZ 2009

Der Waidplatz war Mist. Echt Mist. Julius Caesar musste an sich halten, um nicht die Augen entnervt zu verdrehen. Doch jede Bewegung – auch die seiner Augen – wurde peinlich genau überwacht. Eine Handvoll Kinder hatte sich vor ihm in Position gebracht und linste argwöhnisch, um ihn bei einem Zucken oder einem winzigen Zittern zu ertappen.

Wieder war Caesar nahe daran, die Augen zu rollen. Kinder waren das undankbarste Publikum. Eigentlich war sich die ganze Welt einig, die Kids von heute könnten keine Minute still sitzen und würden ständig auf ihr Handy glotzen. Tja, zumindest in seinem Fall stimmte das nicht. Die Knirpse schauten ganz genau hin und legten dabei eine schier unendliche Geduld an den Tag. Und natürlich waren sie nicht nur die pingeligsten, sondern auch die knauserigsten Zuschauer. Von drei Euro Taschengeld gab niemand etwas ab. Die Mütter, die in einigem Abstand auf einer Bank saßen und gleichzeitig aufeinander einschwatzten, interessierten sich nicht für ihn und würden ebenfalls keinen Cent lockermachen. Das wusste er aus Erfahrung.

Nein, den Waidplatz würde er kein zweites Mal wählen, beschloss Caesar, der mit bürgerlichem Namen Piet Klumm hieß. Der Standort am nördlichen Ende der Severinstraße war eh nur ein Notbehelf gewesen, weil in den Fußgängerzonen die besten Plätze bereits besetzt gewesen waren von Musikern, Gauklern und Straßenmalern. Sich dazwischen zu mogeln, kam als Alternative nicht infrage – das Ordnungsamt hatte einen scharfen Blick auf die erforderlichen

Mindestabstände zwischen den »Schaustellern im öffentlichen Verkehrsraum«, wie es so schön im Beamtendeutsch hieß. Also entschloss sich Piet, sein Glück hier zu versuchen. Eine schlechte Entscheidung.

Der Platz an sich war nicht verkehrt, ein paar Bäume, ein paar Bänke, rechts erhob sich die Kirche St. Georg, weiter nördlich begann der Innenstadtbereich. Der Baustellenlärm aus der Severinstraße nervte zwar, dort wurde für die neue U-Bahn-Verbindung Nord-Süd die Erde aufgerissen. Aber nun ja, wo bitte schön gab es in Köln zurzeit keinen Baustellenlärm?

Zahlreiche Einkäufer waren unterwegs, zum Glück auch viele Touristen, denn die Einheimischen gaben keinen Cent. Trotzdem funktionierte es nicht, aus irgendeinem Grund blieb – außer den Kindern – kein Mensch stehen bei der reglosen Julius-Caesar-Statue, die komplett mit Toga, Schwert und Lorbeerkranz vor sich hinstarrte und nur gegen Kleingeld zum Leben erwachte.

Dazu kam, dass der graue Betonklotz hinter Piets Rücken ihn an sein ganz persönliches Scheitern erinnerte. Nun, »Scheitern« war vielleicht etwas übertrieben, immerhin hatte er sein Germanistikstudium nach 18 Semestern freiwillig abgebrochen. Weil er bis dahin allerdings weder seine Zwischenprüfung abgelegt noch ein einziges Hauptseminar erfolgreich beendet hatte, war die Exmatrikulation nur noch Formsache gewesen. Das war nun sieben Jahre her, seither arbeitete Piet im Media Markt in den Köln Arcaden auf der Deutzer Seite, Hi-Fi-Abteilung. Dienstags war sein freier Tag, den nutzte er, um als »Living Doll«, als Lebende Statue, ein kleines Extrageld zu verdienen. Das war eine verrückte Idee seiner Exfreundin Nora gewesen, er hatte sich breitschlagen lassen und mit der Zeit Spaß daran gefunden. Zuerst als Napoleon, das war ziemlich einfach, weil die

Hand in der Knopfleiste bequem feststeckte und man nur hochmütig schauen musste. Aber Napoleon kam nicht gut an, also wechselte er zu Julius Caesar. Steinstatue, komplett in Weiß, weiße Kleider, weiße Riemensandalen und sogar ein weiß geschminktes Gesicht.

Caesar lief besser, meistens jedenfalls, an guten Tagen nahm Piet locker 100 Euro ein. Aber heute war kein guter Tag, der graue Kasten hinter ihm ließ ihn zusätzlich grübeln. Vielleicht hätte er doch den Hintern hochkriegen und sein Studium fertig machen sollen?

Das massige Bauwerk, 20 Meter hoch, 50 Meter breit, war das Historische Archiv der Stadt Köln. Piet brauchte sich nicht umzudrehen, er hatte die fensterlose, kacheländliche Fassade sehr gut vor seinem geistigen Auge. Im ersten Semester war es Pflichtprogramm gewesen, an einem Rundgang durch die schier endlosen Gänge teilzunehmen, die mit mehr als 30 Kilometern Archivgut gefüllt waren. Auch später, im Grundstudium und während Piets zaghafter Hauptseminar-Versuche, hatte er immer wieder in dem Gebäude zu tun gehabt. Hier lagerten unzählige Bücher und Folianten, die bis ins Hochmittelalter zurückgingen, an die 70.000 Urkunden, mehr als 100.000 Karten sowie zeitgenössische literarische Nachlässe. Heinrich Böll zum Beispiel hatte all seine Schriften dem Archiv vermacht, ebenso Jacques Offenbach. Ein wahres Eldorado für Literaturwissenschaftler also, weshalb man von den Studenten erwartete, dass sie ihre Buchrecherchen nicht nur auf die Unibibliothek beschränkten, sondern den Weg hierher in die Severinstraße fanden. Piet bemühte sich, ein Seufzen zu unterdrücken, während er an die alten Zeiten dachte. Klar, die dunklen, drückenden Archivräume hatten etwas Deprimierendes gehabt, aber ein Studienabschluss, das wäre etwas gewesen. Besser als Hi-Fi-Beratung und caesarisches Stillstehen.

Apropos! Eben bückte sich eine junge Frau und ließ ein paar Münzen in das mit Samt ausgeschlagene Körbchen fallen. Ruckartig veränderte Piet seine Siegerpose, lockerte die Knie, streckte die Arme und verbeugte sich kaiserlich-huldvoll vor der Frau. Teufel, die kleinen Bewegungen taten gut! Doch schon nahm er wieder Aufstellung, eine andere Pose diesmal, leicht auf das Schwert gestützt, die Augen in die Ferne, und ... *freeze*.

Die Kinder quiekten und stießen sich gegenseitig an, nur um noch genauer hinzuschauen. Na toll. Piet spielte mit dem Gedanken, es für heute sein zu lassen. Es war fast 14 Uhr, einen freien Platz in der Innenstadt konnte er vergessen. Die ersten halbwegs warmen Tage waren angebrochen, da überrannten die Straßenkünstler förmlich die City.

Während er noch haderte, fiel ihm auf, dass sich die Baustellengeräusche hinter ihm veränderten. Etwas tat sich, Autos hupten, Menschen riefen, dazu erklang ein stetiges Rauschen, das – Piet musste erst nach einem passenden Vergleich suchen – nach einem immer weiter anschwellenden Gebirgsbach klang. Dann kam ein neues Geräusch dazu, dumpf und unterschwellig, es schien aus der Erde selbst zu kommen und klang, als wäre etwas Uraltes dort unten zum Leben erwacht.

Nun war es endgültig um Julius Caesars Beherrschung geschehen. Er drehte sich um – und sperrte Augen und Mund auf. Die Kinder johlten, weil sie ihn endlich bei einer Bewegung ertappt hatten. Doch dann wurde eines nach dem anderen still und starrte wie gebannt in die Severinstraße.

Das Rauschen und das dumpfe Grollen kumulierten, darüber waren Panikschreie zu hören und das Quietschen von Bremsen. Das Gebäude des Stadtarchivs, der mächtige graue Klotz, neigte sich nach vorn, ein kleines Stück, noch ein Stück. Piet konnte nicht glauben, was er sah. Die Mauern bröckelten, die Nachbarhäuser wurden mitgezogen, ihre Fenster splitterten, Ziegel verrutschten und knallten weiter unten in den abgesperrten Bereich der Baustelle, dann kippte die gesamte Häuserfront. Unwillkürlich ging Piet einige Schritte zurück, um Abstand zu gewinnen von dem, was dort geschah. Wasser spritzte hoch, die Mauern zerbarsten, die Betonstücke schoben sich nach unten in die Baugrube hinein. Staub wallte, und plötzlich waren da Bücher, sie quollen aus jeder Lücke, aus jedem Riss, viele, Hunderte, Tausende, noch mehr, sie begleiteten das zerfallende Gebäude und verschwanden inmitten von Steinbrocken und aufgewühltem Erdreich.

Piet stolperte weiter nach hinten und konnte es immer noch nicht fassen. Erst als eine haushohe Staubwolke heranwehte und die Menschen rechts und links schreiend vorbeirannten, kam Leben in ihn. Er fuhr herum, warf das Schwert zur Seite und stürmte mit wehender Toga davon.

Hinter ihm kam das, was bis vor einer Minute das größte deutsche Kommunalarchiv gewesen war, langsam zur Ruhe, einzelne Steine bröckelten nach, Wasser und nasser Sand schwappten träge über die Straße.

Das Gedächtnis der Stadt Köln lag im brackigen Schlamm einer U-Bahn-Baustelle begraben.

Aushang am Schwarzen Brett des Instituts für Allgemeine Botanik, Universität Mainz

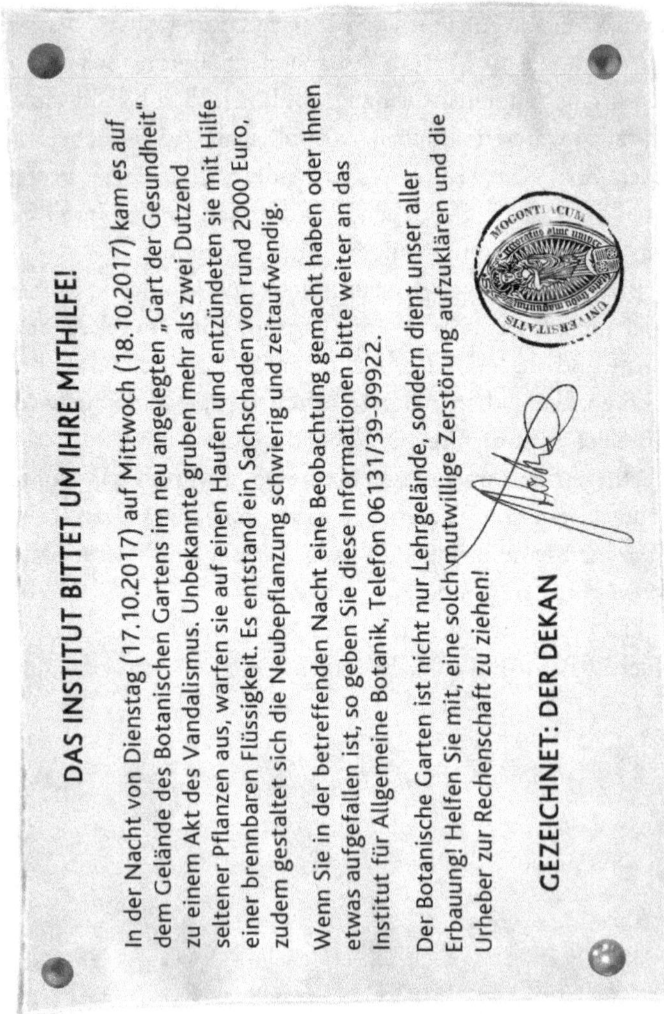

DAS INSTITUT BITTET UM IHRE MITHILFE!

In der Nacht von Dienstag (17.10.2017) auf Mittwoch (18.10.2017) kam es auf dem Gelände des Botanischen Gartens im neu angelegten „Gart der Gesundheit" zu einem Akt des Vandalismus. Unbekannte gruben mehr als zwei Dutzend seltener Pflanzen aus, warfen sie auf einen Haufen und entzündeten sie mit Hilfe einer brennbaren Flüssigkeit. Es entstand ein Sachschaden von rund 2000 Euro, zudem gestaltet sich die Neubepflanzung schwierig und zeitaufwendig.

Wenn Sie in der betreffenden Nacht eine Beobachtung gemacht haben oder Ihnen etwas aufgefallen ist, so geben Sie diese Informationen bitte weiter an das Institut für Allgemeine Botanik, Telefon 06131/39-99922.

Der Botanische Garten ist nicht nur Lehrgelände, sondern dient unser aller Erbauung! Helfen Sie mit, eine solch mutwillige Zerstörung aufzuklären und die Urheber zur Rechenschaft zu ziehen!

GEZEICHNET: DER DEKAN

ERSTER TEIL

DONNERSTAG, 9. NOVEMBER 2017

Bumm … tschak … bummbumm … tschak …

Der Rhythmus ließ die Tassen im Küchenschrank tanzen, Tinne spürte die Schläge im Bauch. Ihre Augen klebten an der nächsten Textzeile, »*… vermenge den syruph mit galganth, walke merelich, bisz der sûd zaeh wirdt undt steiff …*«, doch im Geist zählte sie den Einsatz herunter: eins, zwei, drei, uuund … Auf den Punkt kamen Bass und E-Gitarre dazu, der verzerrte Sound ließ die Mauern beben.

Entnervt klappte Tinne das Buch zu und zog die Ohropax heraus. Nun hämmerte die Musik noch lauter. Seit einer halben Stunde versuchte sie, ein mittelalterliches Arzneirezept gegen Bauchschmerzen in modernes Deutsch zu übersetzen. Das Thema war von vornherein nicht unkompliziert, doch mit krachendem Rock 'n' Blues als Begleitmusik funktionierte es erst recht nicht. Nun setzte noch die Stimme des Sängers ein, ein lang gezogenes »Yeeeaaaahhhh« fräste sich in Tinnes Gehörgang. Zum Tausendsten Mal musste sie feststellen, dass ihr Zuhause ein denkbar schlechter Ort für eine wattstarke Rockband war.

Das schiefe Nachkriegshaus lag im Mainzer Stadtteil Bretzenheim in der Wilhelmstraße. Die Kommune 47 war das Domizil von Tinne und ihren beiden Mitbewohnern, dem rothaarigen Bertie und dem langen, dünnen Axl, im Erdgeschoss wohnte das ältliche Vermieterehepaar. Im letzten Jahr hatte das Haus eine Grundrenovierung bekommen und erstrahlte seither in geradezu jugendlichem Glanz. Doch die sprichwörtlichen ruhigen vier Wände konnte die Kommune im Moment nicht bieten. Denn seit einigen Tagen beherrschten die Männer von *Steelram* das Haus und hatten es vorübergehend in ein Hardrock-Tonstudio verwandelt.

Tinne stand auf. Es half nichts, sie würde ihre Übersetzungsarbeit anderswo fortsetzen müssen, vielleicht oben an der Uni. Oder sie radelte nach Gonsenheim zum Haus von Laurent. Der Kommissar hatte heute lange Dienst, bestimmt würde er sich freuen, wenn Tinne zu Hause auf ihn wartete.

Die Musik wurde unregelmäßig und brach ab, ein halber Break des Schlagzeugs, dann war Ruhe. Doch Tinne wusste, dass die Pause trügerisch war. Die Band hatte einen knappen Zeitplan und peitschte ihre Stücke verbissen durch, immer und immer wieder. Eilig packte sie ein paar Bücher und das Notebook in ihren Rucksack und machte sich auf den Weg nach unten. An sich mochte sie Rockmusik, handgemachte Songs waren ihr lieber als Weichspüler-Radiogeklimper oder trällernde Popsternchen. Doch den lieben langen Tag harte Riffs mit rhythmisch klappernden Kaffeetassen war dann doch zu viel des Guten.

Dass die Kommune momentan nach Wacken klang, hatte seine Ursache in der chronischen Finanznot von *Steelram*. Tinnes WG-Genosse Axl und zwei seiner Kumpels hatten die Band vor vielen Jahren gegründet. Alle waren im gesetzten Mannesalter und betrieben die Musik als Hobby, sie rockten in kleinen Klubs für ein Abendessen und einen Kasten Bier. Vor sechs Monaten war der Plan gereift, endlich eine eigene CD aufzunehmen. Allerdings: Kosten durfte das Projekt nicht allzu viel. Für das Recording konnten die Männer einen gemeinsamen Freund gewinnen, Stanislav, der in der Branche einen guten Ruf genoss und sie für kleines Geld unterstützte.

Ein echtes Tonstudio zu mieten, lag allerdings jenseits der finanziellen Schallgrenze von *Steelram*. Also einigten sich die Männer darauf, die Aufnahmesession in ihren Privaträumen durchzuführen. Aber wo? Der Schlagzeuger Lelle sowie der Sänger und Bassist Gonzo waren verheiratet, ihre jeweiligen Ehefrauen zeigten ihnen bei der ersten vorsichtigen Anfrage sofort den Vogel. Es blieben Axl und die Kommune 47. Das Haus in der Wilhelmstraße war als gastfreundlich bekannt, mehr als einmal hatte die Band hier gemeinsam mit Bertie und Tinne gebechert und gefeiert.

Also schlug Axl seinen beiden Mitbewohnern zögerlich einige rocklastige Tage vor. Da die Kommune schon immer nach dem Motto »leben und leben lassen« funktionierte, nickten beide den Plan ab. Den Vermietern war sowieso alles recht, sie waren stocktaub und freuten sich, wenn in ihrem Haus etwas los war. Tags darauf zog *Steelram* mit Sack und Pack in den Keller, seither gab es zumindest tagsüber keine ruhige Minute mehr.

Tinne betrat den Innenhof und nickte Axls Monsterfiguren zu, übergroße Stahlchimären mit Reißzähnen und Klauen. Ihr Mitbewohner arbeitete als Stahlkünstler und erschuf solcherlei Wesen in seiner Werkstatt in Hechtsheim. Ab und an verkaufte er sogar eine der Figuren, wobei Tinne sich fragte, ob er damit mehr Geld verdiente als mit *Steelram*. Gerade wollte sie ihr Fahrrad aufschließen, da bog eine kleine, dicke Gestalt mit karottenroten Haaren und Sommersprossen von der Straße in den Hof.

»Grüß dich, Bertie. Na, Feierabend für heute?«

»Nee, ich häng gleich noch 'ne Schicht dran.«

Bertie, der dritte Bewohner der Kommune, fuhr Taxi für den Taxidienst Laurenzi in Bretzenheim. Eigentlich hatte er heute Frühschicht gehabt, deshalb wunderte Tinne sich, dass er noch einmal loswollte. Er sah ihren fragenden Blick und machte eine Kopfbewegung zum Haus.

»Solange die Radaubrüder da unten am Abrocken sind, halte ich es hier keine fünf Minuten aus.«

Wie auf Befehl erscholl ein Schlagzeugwirbel, die übrigen Instrumente setzten ein. Die Musik war selbst hier draußen so laut, dass Tinne sich innerlich bei sämtlichen Nachbarn entschuldigte.

Bertie reckte ihr einen Einkaufskorb und eine 6er-Kiste Wein entgegen. »Hier, Kaffee und Milch und Brot. Und Axls Grünzeug. Der Wein ist für alle.«

Die unvermeidlichen Leerfahrten, die der Taxidienst mit sich brachte, nutzte Bertie zum Einkaufen, dabei bekam er oft Listen von Tinne und Axl mit. Als überzeugter Fleischfan machte er sich zwar immer wieder über Axl und dessen streng vegetarische Ernährung lustig, trotzdem klapperte er brav die Gemüsetheke ab und fragte sich zu den Sojabratwürsten durch.

Tinne bedankte sich für den Hol-und-Bring-Dienst und machte sich innerlich eine Notiz, die Kosten auf dem Zasterblatt zu vermerken. So hieß die Ausgabenliste der Kommune, die ihren festen Platz am Küchenschrank hatte und einmal im Monat gegengerechnet wurde. Bertie und Tinne waren beim Eintragen eher nachlässig, doch Axl besaß eine hyperkorrekte Ader und sah es bereits als persönlichen Affront, wenn das Zasterblatt auch nur im Centbereich nicht stimmte.

Bevor Bertie den Hof wieder verließ, griff er in den Briefkasten am Tor und schob die Zeitung unter Tinnes Arm.

»Hier, musste lesen. Heute ist doch der Superenthüllungsbericht von unserem Superreporter drin. Nimmt die komplette Lokalseite ein, war Thema Nummer eins bei den Fahrgästen.«

Tinne hätte sich an die Stirn geschlagen, wenn sie nicht den Korb und den Wein getragen hätte. Natürlich, Elvis' großer Tag! Der Reporter hatte seit geraumer Zeit an einer streng geheimen Story gearbeitet, mit verdeckten Informanten, undercover zugespieltem Material und allen anderen Zutaten, die normalerweise in einem Hollywood-Blockbuster zu finden waren. Heute sollte der Artikel als AZ-Aufmacher erscheinen. Vor lauter *Steelram*-Getöse und Uniarbeiten hatte Tinne nicht daran gedacht, die Zeitung hochzuholen.

»O ja, richtig, danke, das werde ich gleich mal machen.«

Bertie verschwand, Tinne tappte wieder zurück in die Kommune. Obwohl die Musik lauter denn je dröhnte, entschied sie sich, schnell den Enthüllungsbericht zu lesen. In letzter Zeit hatte Elvis sich rargemacht und immer nur von einer Bombe gesprochen, die Staub aufwirbeln würde wie damals Watergate. Tinne kannte Elvis' Hang zur Übertreibung, wenn es um seine journalistischen Großtaten ging, andererseits war der dicke Reporter für seine unbequemen Fragen und seine Hartnäckigkeit bekannt. Gespannt schlug sie den Mainzer Teil auf.

DIE HAND IM STADTSÄCKEL, stand da in riesigen Lettern, die Unterzeile lautete: *Oberbürgermeister lässt privates Dachgeschoss und Schwimmbad auf Stadtkosten renovieren.*

Tinne lupfte die Augenbrauen. Hui, starker Tobak! Sollte der OB tatsächlich in die öffentliche Kasse gegriffen haben? Sie überflog den Hauptartikel. Demnach hatte der Oberbürgermeister für seine privaten Ausbauten Material vom Bauhof genutzt, die Arbeiten von der Mainzer Wohnbau ausführen lassen und das Ganze aus einem Finanztopf bezahlt, der eigentlich für die städtischen Kitas vorgesehen war. In der Mitte der Seite war ein Foto zu sehen, auf dem der OB das Rathaus durch die Hintertür verließ, in der Hand einen schwarzen Koffer. Daneben waren abfotografierte Dokumente zu sehen, Gesprächsprotokolle, eine Auflistung der geflossenen Gelder und Fotos des bürgermeisterlichen Privathauses. Der Vermerk *Ein Bericht von Elmar Wissmann* machte klar, wessen Recherchen hier zugrunde lagen.

»Sauber, Elvis«, murmelte Tinne halblaut. »Da werden ein paar Leute ganz schön ins Schwitzen kommen.«

Gerade wollte sie die Details lesen, da schellte es an der Tür. Zum Glück legten die Männer im Keller gerade eine Verschnaufpause ein, sonst hätte sie die Klingel nicht gehört. Tinne lief nach unten. Vor der Tür stand der Enthüllungsjournalist höchstpersönlich.

»Elvis! Das ist ja ein Ding! Gerade lese ich deinen Artikel, Hammer, das hast du … äh …« Der Rest des Satzes versickerte. Sie konnte in Elvis' Gesicht lesen, dass etwas ganz und gar nicht in Ordnung war.

»Mach ma Platz und lass mich hoch«, knurrte der dicke Reporter. »Und schenk mir erst mal einen anständigen Wein ein. Die Kacke ist am Dampfen, und ich erzähl dir gleich, warum.«

*

»Und hier haben wir ein kleines, aber sehr spannendes Projekt.« Professor Georg Krausch, der Präsident der Mainzer Universität, öffnete eine Tür. Ein halbes Dutzend Leute folgte seiner einladenden Handbewegung. Sie betraten ein nicht allzu großes Labor mit zwei Arbeitstischen in der Mitte. Darauf drängten sich Versuchsaufbauten, Petrischalen, braune Chemikalienflaschen und handschriftliche Unterlagen, seitlich brummten Sequenzer, ein Rüttelpult ließ Reagenzgläser mit gelber Flüssigkeit kreisen. An der hinteren Wand standen zwei mannshohe Brutschränke neben Gasflaschen und Gefahrenstoffboxen. Drei Personen in weißen Kitteln arbeiteten gerade, zwei Männer und eine

Frau. Was den Neuankömmlingen verwunderte Blicke entlockte, war die übrige Ausstattung des Raumes: Zusammengebundene Pflanzenbüschel, Blätterhaufen, entlaubte Äste und Kisten mit bunten Blüten sahen eher nach Bastelstunde im Kindergarten aus als nach wissenschaftlicher Arbeit.

Krausch sah die Verwunderung seiner Besucher und schmunzelte. »Um Ihren Fragen zuvorzukommen: Nein, unsere Mitarbeiter waren nicht auf einem Feld-Wald-und-Wiesen-Betriebsausflug, und die Botaniker haben auch keine Dependance hier im Pharmazeutischen Institut eröffnet. In diesem Labor forscht eine neu gegründete Arbeitsgemeinschaft zum Thema Mittelaltermedizin.«

Die anderen schauten sich interessiert um. Die Damen und Herren waren wichtige Gäste, deshalb führte der Präsident sie höchstpersönlich über den Campus. Die Mitglieder des Stifterverbandes für die Deutsche Wissenschaft entschieden über die jährliche Vergabe des Titels »Stadt der Wissenschaft«. Mainz hatte diese Ehrung bereits 2011 erhalten und ein Jahr lang mit der abgewandelten Einstein-Formel $E = MZ^2$ tüchtig Werbung gemacht. Nun war die Gutenbergstadt zum zweiten Mal nominiert. Krauschs Runde durch die einzelnen Fachbereiche sollte dem Komitee die breit aufgestellte Forschungslandschaft demonstrieren. Die Generalsekretärin des Verbandes, Frau Professor Schlüter, rieb einen Zweig Rosmarin zwischen ihren Fingern und roch daran.

»Hmmm, Italien, Sommerurlaub!« Sie bekam einen schwärmerischen Gesichtsausdruck. Die kleine, kompakte Frau war mit ihren dunklen Wuschelhaaren das Gegenstück zu Krausch, der sich sehr gerade hielt, groß und schlank, mit hoher Stirn und einem kurzen grauen Henriquatre. Er fand sie sympathisch, ihr lockeres Mundwerk machte deutlich, dass sie im oftmals sehr selbstverliebten Wissenschaftskosmos die Beine auf dem Boden behielt.

»Tja«, lachte er, »Spaghetti Napoli kommt leider in den seltensten Fällen raus, wenn die AG in ihren Töpfen rührt. Details dazu kann Ihnen aber der Projektleiter sehr viel besser erklären, Professor Gunnar Sörensen.« Er trat an einen der beiden Männer heran, der mit glatten Wangen, modisch kurzen Gelhaaren und einer Designerbrille nicht älter als 30 aussah. Sörensen gab den Gästen reihum die Hand. Er wirkte auf eine merkwürdige Art farblos, seine Haut war blass, die Haarfarbe ein undefinierbares Mittelblond, sogar seine Augen schimmerten grau wie Steine. Zusammen mit einem hellbeigen Hemd und dem weißen Laborkittel sah er aus, als wäre er gerade aus einem Schwarz-Weiß-Film gestiegen und hätte sich in der wirklichen Welt verirrt.

»Willkommen im Institut für Pharmazie.« Seine Stimme war leise, unwillkürlich hörte das Scharren der Füße auf. »Bei unserem Projekt Mittelaltermedizin haben wir uns die Frage gestellt, welches medizinische Wissen schon vor Jahrhunderten bekannt war und – fast noch interessanter – welche Arzneimittel und Wirkstoffe inzwischen vergessen worden sind. Eine spannende Frage angesichts der Tatsache, dass die Forschung nach neuen, synthetischen Präparaten immense Summen verschlingt und die Ergebnisse oft hinter den Erwartungen zurückbleiben.«

Seine Formulierungen waren sorgfältig gewählt und klangen eher nach einem Diktat für ein Lehrbuch. Er schaute die Gäste der Reihe nach an, als erwarte er Widerspruch. Da kein Einwand erfolgte, fuhr er im selben Vortragsstil fort: »Die Zutaten in mittelalterlichen Arzneien sind zugegebenermaßen oft abstoßend – Urin zum Beispiel oder Terpentinöl, Kalk, Schwefel, Hühnerhirn. Schafkot. Manchmal zeigt sich aber, dass die darin enthaltenen Stoffe unseren heutigen Heilsubstanzen gar nicht unähnlich sind oder sie sogar übertreffen.«

Ein Herr mit Weste und Bauch ließ einen Laut hören, der vielleicht ein Lachen war, vielleicht aber auch ein Ausdruck des Missfallens.

»Aha, und welche medizinische Substanz steckt in Schafkot?«

Sörensen ließ sich nicht aus der Ruhe bringen. Er fixierte den Mann mit seinen steinernen Augen.

»Schafkot wurde mit Honig vermischt und so lange gelagert, bis er zu schimmeln anfing. Dann hat man das Gemisch auf frische Wunden gestrichen, zum Beispiel auf Kriegsverletzungen wie Beinstümpfe.« Er machte eine Pause.

Frau Schlüter nickte als Erste. »Schimmelpilze, Penizillin. Tötet Bakterien.«

Ein winziges Lächeln kräuselte Sörensens Lippen. »Korrekt. 500 Jahre bevor Fleming die Penizillinkulturen im Labor wiederentdeckt hat.«

Krausch schaute zufrieden zu. Die leise, unaufgeregte Art von Professor Sörensen zog die Gäste in ihren Bann, viel mehr, als es eine marktschreierische Ergebnispräsentation getan hätte. Eine gute Entscheidung, dieser kleinen AG einen Besuch abzustatten.

»Manche wiederentdeckte Rezeptur birgt sogar großes Potenzial«, fuhr Sörensen fort. »Vor zwei Jahren haben britische Forscher eine Augensalbe nachgekocht, die aus einer angelsächsischen Handschrift stammt, 10. Jahrhundert. Knoblauch, Zwiebeln, Wein und Ochsengalle werden in einem Messingkessel gekocht und nach neun Tagen Ruhe durch ein Tuch gefiltert. Das Ergebnis war, gelinde gesagt, überwältigend: Die Salbe tötet *Staphylococcus aureus*, ein multiresistentes Bakterium, das in unseren Krankenhäusern kaum einzudämmen ist und jedes Jahr zighundert Todesopfer fordert. Die Untersuchungen haben gezeigt, dass Kupfer und Gallsalze in bestimmten Kombinationen wirksamer sind als all unsere modernen Breitband-Antibiotika.«

Frau Schlüter stemmte die Arme in die Hüften. »Fas-zi-nierend«, meinte sie mit Spock-Betonung und wandte sich an die anderen beiden Wissenschaftler im Raum. »Haben Sie hier denn auch schon eine solche Wundermedizin gekocht?«, fragte sie die Frau. Diese war mittelgroß und hatte eine sportliche Figur, sie war auffällig geschminkt und ließ die Hüfte beim Stehen so geschickt abknicken, dass ihr flacher Bauch ein Stück zwischen Hose, Bluse und offenem Laborkittel hervorschielte.

»Eh, wir … also, nein, das wäre ja wie ein Treffer im Lotto.« Sie lächelte unsicher und wippte auf den Ballen. »Wir machen eher Untersuchungen mit Pflanzen … also, so Tinkturen und Mittel zum Einnehmen und so.«

Rasch übernahm Sörensen wieder. Angesichts ihres Gestammels klang sein Vortragsstil umso geschliffener. »Das ist Magdalena Geusel, sie ist Masterabsolventin in Pharmazie und verfasst über die Ergebnisse unserer AG ihre Dissertation. Ja, ganz richtig, unsere Arbeit zielt eher auf die klassische Heilkunde ab, die die Kräfte von Pflanzensäften, Blüten und Kräutern einsetzt, um den Körper zur Selbstheilung anzuregen.« Mit einer kleinen Bewegung deutete er auf die Pflanzenteile, die überall im Raum gelagert wurden.

Krausch trat nach vorn. »Die AG unter Professor Sörensen hat dafür zwei Spezialisten im Team, die das entsprechende historische Fachwissen mitbringen. Die beiden haben im Raum nebenan einen Handapparat mit Schriften, Rezepturen und Originalsammlungen, Leihgaben verschiedener Institute hier auf dem Campus.« Er ging auf eine Verbindungstür zu. »Die Historikerin, Frau Ernestine Nachtigall, ist heute leider nicht da, sie arbeitet nur zwei Tage pro Woche für die AG. Aber Dr. Erik Faßbender freut sich, Sie kennenzulernen. Als Medizinhistoriker ordnet er die Ergebnisse in den jeweiligen zeitgenössischen Kontext ein.«

»Oh, das klingt interessant.« Frau Schlüter gönnte sich einen weiteren Rosmarinstängel, bevor sie ihm folgte. »Wissen Sie, ich habe nämlich selbst in Historischer Medizin promoviert.«

Der Präsident erwiderte nichts und öffnete die Tür. Natürlich wusste er, dass Frau Schlüter Medizinhistorikerin war, deshalb hatte er den Besuch der AG Mittelaltermedizin überhaupt erst eingeplant. Klappern gehörte schließlich zum Handwerk. Zu seiner Überraschung war der kleine Nebenraum dunkel. Fragend drehte er sich zu Sörensen um.

»Herr Faßbender ist heute leider auch nicht da.« Der Professor zeigte keine Regung. »Tut mir leid.«

Krausch merkte, wie seine Backenknochen hervortraten. Verflixt. Damit war sein Plan dahin, ein paar Extrapunkte zu sammeln. Er machte Anstalten, in den Flur zurückzugehen. »Nun, schade. Aber Sie sehen, hier wird es demnächst noch spannende Resultate geben«, sagte er in eindeutigem Wir-gehen-jetzt-Tonfall.

Frau Schlüter dachte gar nicht daran, ihm zu folgen. Sie drehte sich zu dem zweiten Mann im Laborkittel um, der neben Magdalena Geusel stand und an einem Versuchsaufbau hantierte. »Und was ist Ihre Aufgabe? Sind Sie ebenfalls Doktorand?«

Er schaute auf. Seine Figur war stattlich und sah nach Körperkraft aus, erst der zweite Blick zeigte, dass er mehr Fett als Muskeln besaß. Sein Kopf war dafür eher klein geraten, wie für einen anderen Rumpf bestimmt.

»Nein, ich bin promovierter Biologe«, antwortete er mit einer überraschend hellen Stimme, die nicht so recht zu seinem massigen Körper passen wollte. Seine Augen blinzelten hektisch. »Linus Stiehl, ich vertrete die Firma LeCaris bei diesem Projekt. Wir finanzieren die Forschungen.«

Krausch verdrehte unsichtbar für die anderen die Augen. Nicht nur, dass sein Joker, der Medizinhistoriker, heute fehlte. Nein, jetzt schnitt dieser Stiehl auch noch ein Thema an, das er am liebsten herausgehalten hätte.

»LeCaris ist der Drittmittelgeber«, erklärte er, bevor jemand nachfragen konnte. »Ein Pharmaunternehmen aus Ingelheim, das nicht nur die Universität, sondern auch viele weitere regionale Projekte unterstützt.«

Die Frage nach unternehmerischen Drittmitteln war immer wieder ein heißes Eisen. Forschungsinstitute benötigten Geld, teilweise mehr, als die staatliche Seite liefern konnte. Dieses Geld gab es in der freien Wirtschaft. Doch damit gerieten die Fachbereiche gefährlich nahe an eine Abhängigkeit vom jeweiligen Geldgeber, was dem Grundsatz der Freiheit von Forschung und Lehre widersprach. Man versuchte, dieses Dilemma durch transparente Strukturen zu entschärfen, aber oft blieb ein »Geschmäckle«.

»LeCaris hat eine Finanzierungszusage für sechs Monate gegeben, eventuell sogar mit Aussicht auf Weiterführung. Dr. Stiehl vertritt seinen Arbeitgeber hier bei uns und unterstützt unsere Forschungstätigkeit.« Während er redete, fing der Präsident mit sanfter Gewalt an, das Komitee in den Flur zu bugsieren. Auf ihre trockene Art schloss Frau Schröder das Thema ab. »Na, dann hoffe ich mal, dass Sie ein paar nützliche Kräuterrezepte auftun«, meinte sie zu Linus Stiehl. »Sonst hat Ihre Firma ja gar nichts vom Sponsoring außer Ruhm und Ehre. Und dafür kann man sich bekanntlich nichts kaufen.« Sie lachte und hob grüßend die Hand, bevor sie mit der übrigen Phalanx hinausging.

Kaum waren die Besucher ein paar Schritte weiter, als

Krausch eine entschuldigende Geste machte, und zum Labor zurückeilte.

»Was ist denn los mit diesem Faßbender?«, zischte er Sörensen halblaut zu. »Warum fehlt der ausgerechnet heute? Da hatten wir doch im Vorfeld darüber geredet. Wo steckt er, zum Teufel?«

»Ich habe, ehrlich gesagt, keine Ahnung. Faßbender fehlt seit drei Tagen, keine E-Mail, kein Anruf, nichts. Ich habe heute extra noch bei ihm angerufen, es ist aber wieder nur die Mailbox drangegangen.«

Krausch schaute in die steinfarbenen Augen, in denen nichts zu lesen war. Der Professor hob die Schultern ein paar Millimeter.

»Er ist einfach verschwunden.«

*

Elvis leerte seinen Riesling in einem Zug und stieß die Luft aus wie ein angestochener Ballon. Er saß zusammen mit Tinne in der Kommunenküche. Tinne kannte ihn gut genug, um die Klappe zu halten, Wein nachzuschenken und zu warten, bis er von selbst anfing zu reden. Zuerst gönnte er sich ein zweites Glas, dann tippte er mit der Hand auf die Zeitung, die aufgeschlagen auf dem Küchentisch lag.

»Alles Mist. Bockmist. Ich bin jemandem auf den Leim gegangen, der ganze Schmu ist erstunken und erlogen.«

Tinne brauchte ein paar Sekunden, um die Neuigkeit zu verdauen. Elvis nutzte die Zeit für einen weiteren Schluck Riesling. Die Band im Keller schien die Stimmung zu spüren und beschränkte sich auf dezente Gitarrenklänge, sodass die beiden reden konnten, ohne sich anbrüllen zu müssen.

»Wie, auf den Leim gegangen? Das Ganze hier, die Wohnbau, das Geld aus dem Kita-Topf … das stimmt gar nicht?«

Der Reporter nickte bitter. »*Fake News*, wie Trump sagen würde. Irgendjemand hat mich von vorn bis hinten angeschmiert, und ich Idiot hab es dick und fett in der AZ gebracht.«

Tinne schaute zwischen der Zeitung und Elvis hin und her. Eine Enthüllungsstory, die dem Stadtobersten Untreue im Amt vorwarf und sich dann als falsch erwies? Keine gute Sache für einen Lokalreporter.

»Vorhin ist der OB in der Redaktion aufgetaucht, mit drei Anwälten im Schlepptau. Er hat rumgebrüllt, dass der Dom gewackelt hat, von wegen Verleumdung und Rufmord. Ich hab ihm die Papiere und Unterlagen gezeigt, die ich zugespielt bekommen hatte, aber seine Leute haben das ganz schnell zerpflückt. Fälschungen, ziemlich gut gemacht, aber halt Fälschungen.«

Elvis spülte mit Riesling nach, als hätte er den Geschmack der Niederlage im Mund.

»Der OB hat Zeug dabeigehabt, Schriftverkehr, Rechnungen, alles lückenlos. Er hat seinen Ausbau komplett aus der eigenen Tasche bezahlt, da gibt's nichts zu rütteln. Ich bin von meinem geheimnisvollen Informanten nach Strich und Faden verarscht worden.«

So leid Elvis ihr tat, Tinne merkte, dass sie kurz davor war zu grinsen. Der Dicke hockte da wie ein armer Sünder vor dem Jüngsten Gericht, der sich vor dem Urteilsspruch noch rasch mit einem Messwein stärkte. Mehr denn je sah sein Gesicht nach traurigem Basset aus.

»Dein Informant, wer ist das denn gewesen?«

Statt einer Antwort kramte er sein Handy hervor. Elvis nutzte ein uraltes Siemens-Telefon mit Monochromdisplay und Tastenfeld, auf dem er nun konzentriert herumdrückte. Eine blecherne Stimme erklang, künstlich verfremdet und mit einem elektronischen Verzerrer versehen. Ein Mann, das war alles, was Tinne feststellen konnte.

»Weitere Informationen zum Hergang«, leierte die Stimme. »Am 12. September werden folgende Materialien aus dem Bestand des städtischen Bauhofes zum Haus des Oberbürgermeisters geliefert: 40 Langhölzer, drei Rollen Dämmstoff, sieben Großpackungen Rigips …«

Elvis schaltete ab und zuckte die Schultern. »Jemand hat mich kontaktiert vor ein paar Wochen und mir die Story angeboten. Vom Bauamt, hab ich gedacht, oder von der Wohnbau. Einer, der die Nase voll hat von den krummen Geschäften des OBs. Nach und nach sind dann auch Unterlagen eingetrudelt, anonym verschickt, hat alles einen richtig wasserdichten Eindruck gemacht. Und Anrufe wie dieser, ein-, zweimal pro Woche.«

Tinne deutete auf sein klobiges Handy. »Die hast du aufgenommen, die Anrufe. Wie geht das denn, das können Handys doch gar nicht, weil es gegen irgendwelche Gesetze verstößt.«

Zum ersten Mal huschte so etwas wie ein Lächeln über Elvis' Gesicht. »Nö, geht normalerweise auch nicht. Aber Ferdi hat ein bisschen gezaubert und irgendeinen Trick programmiert.«

Ferdi Frick, Elvis' Neffe, war ein helles Köpfchen und verdiente sein Geld im IT-Bereich. Zusammen mit seiner Frau Claudi und der kleinen Tochter Leonie wohnte er in der Mainzer Neustadt. Er hatte Elvis und Tinne schon so manches Mal bei ihren Abenteuern unterstützt.

»Wenn ich einen Anruf kriege, muss ich nur lange die Null drücken, dann wird das Gespräch aufgenommen, und ich kann es immer wieder abrufen. Ist zwar haarscharf am Gesetz vorbei, aber *so what*.«

Eine Idee durchzuckte Tinne. »Und er kann nicht zufällig auch rausfinden, wo die Anrufe herkommen? Dann hättest du ja deinen geheimnisvollen Informanten.«

»Kann er, hat er gemacht. Wechselnde Telefonzellen in der Innenstadt, keine Chance, da eine bestimmte Person ausfindig zu machen.«

»Und jetzt? Gehst du zur Polizei? Ist ja schließlich schon kriminell, einer Zeitung solche Falschinformationen unterzujubeln.«

Der Dicke schnaufte und goss sich einen weiteren Riesling ein. »Nö, die AZ und der Verlag Rhein-Main machen total dicht. Die stehen im Kreuzfeuer und ducken sich, bis der Sturm vorüber ist. Ansage von ganz oben ist eine kleinlaute Gegendarstellung und ansonsten gar nichts machen, bis die Leute eine andere Sau durchs Dorf treiben.«

Tinne legte den Kopf schief. Sie wunderte sich, denn Elvis' Chefin war an sich eine sehr integre Persönlichkeit. Wenn einer ihrer Mitarbeiter in die Kritik geriet, stand sie normalerweise hinter ihm. Elvis schien ihre Gedanken lesen zu können.

»Auf Unterstützung der Redaktion kann ich blöderweise nicht zählen. Du weißt doch, die Chefin ist erst mal weg, bei media + more in Heilbronn.«

Richtig, das hatte Tinne in der AZ gelesen. media + more war ein High Tech Gründerfonds, an dem der VRM, der Verlag Rhein-Main, beteiligt war. Elvis' Chefin baute im Sitz des Unternehmens eine Printabteilung auf, um das bestehende Onlinemarketing zu ergänzen, deshalb arbeitete sie zurzeit in Heilbronn. Wie lange sie weg sein würde und ob sie danach die Leitung der Lokalredaktion wieder übernehmen würde, stand in den Sternen. Die AZ Mainz wurde seither von einer Frau Kaeferin geführt, Gisela Kaeferin. Der Name war Programm, auf dem Bild in der Zeitung hatte sie ausgesehen wie ein missgelauntes Krabbeltier. Elvis hatte längst einen passenden Spitznamen für sie gefunden: »die Mistkaeferin«.

»Die Mistkaeferin fährt voll auf der Linie des Verlags«, sagte er. »Alles deckeln und alle Schuld von sich weisen.«

Tinne goss sein Glas nochmals voll. »Hast du denn eine Ahnung, wer hinter diesem ganzen Schmierentheater stecken könnte?«

Elvis machte eine Handbewegung, die alles und nichts heißen konnte. »Gottches, ich bin in zig Jahrzehnten als Reporter einer Menge Leute auf die Füße getreten. Da würden mir spontan drei Dutzend Leute einfallen, denen ich so etwas zutrauen würde.«

»Und was heißt das jetzt für dich?«, fragte Tinne vorsichtig. »Ich meine, hm, steht dein Job auf dem Spiel oder so?«

»Nee, so knüppelhart kommt es nicht. Aber die Mistkaeferin hat mir unmissverständlich klargemacht, dass ich in nächster Zukunft bei der AZ die allerkleinste Leuchte sein werde. Und was das heißt, kannst du dir an fünf Fingern abzählen. D-Jugend-Fußball, Goldene Hochzeiten und Meldungen über Blechschäden auf dem Real-Parkplatz.«

Nun musste Tinne doch lachen. »Oje, das ist ja echt bescheuert gelaufen. Dann … dann gib wenigstens Bescheid, wenn ich dir irgendwie helfen kann, okay?«

Der Dicke nickte bedächtig und ließ sich Zeit mit seiner Antwort. »Danke. Hm, da gibt es tatsächlich etwas.«

Sie schaute ihn auffordernd an. »Sag schon!«

Mit den Knöcheln klopfte er an das Glas der leeren Rieslingflasche. »Zu einem kleinen Aufschank würde ich nicht Nein sagen.«

*

Bertil und Bossa – was für bescheuerte Namen, ausgerechnet für Dalmatiner. Aber na ja, Frau Tornbell war eh ein bisschen komisch. Ihr Mann hatte einen Managerjob bei IBM gehabt, war früh gestorben und hatte ihr jede Menge Kohle hinterlassen. Jetzt wohnte sie in einer Villa in der Oberstadt, zurückgezogen und irgendwie exzentrisch. Allein die Dalmatiner. Wer hielt sich schon Dalmatiner, bitte schön? Aber Adil musste zugeben, dass Bertil und Bossa zwei prima Hunde waren, quicklebendig, sie tollten umher und rannten, als würden sie einen Preis dafür kriegen.

Dieser Bewegungsdrang und die Tatsache, dass Frau Tornbell nicht mehr allzu gut zu Fuß war, bescherten Adil ein regelmäßiges Einkommen. Über drei Ecken hatte seine Mutter gehört, dass die alte Dame jemanden suchte, der ihre beiden Lieblinge ausführte. Adil stellte sich vor, im Hemd und ordentlich gekämmt. Frau Tornbell betrachtete ihn erst einmal gründlich. Sie standen in der dunklen Eingangshalle der Villa, inmitten von Kunst, afrikanischen Figuren und ausgestopften Tieren mit gruseligen Glasaugen. Die Frau trug bunte Gewänder und klimpernden Schmuck, war übertrieben geschminkt und bewegte sich auf eine merkwürdige Art in Zeitlupe, als hätte sie etwas geraucht. Aber alles lief prima, die beiden Hunde sprangen um ihn herum und wedelten mit dem Schwanz, und das überzeugte Frau Tornbell schließlich. Seither führte Adil Bertil und Bossa dreimal pro Woche ausgiebig Gassi, und das ließ sich die Managerwitwe stolze 30 Euro kosten – jedes Mal!

Heute war Adil spät dran, er hatte viel für die Schule zu tun gehabt. Schließlich ging es darum, ob er es in die Oberstufe schaffen würde, und ja, das würde er, egal wie viel er dafür büffeln musste. Es war halb sieben gewesen, bis er die beiden Hunde abholen konnte, nun waren sie schon eine knappe Stunde unterwegs. Adil ging wie immer durch den Volks- und den Stadtpark, ein Stück am Rhein entlang, überall dort, wo die Hunde viel zu schnuppern hatten. Er ließ die beiden ohne Leine laufen, das tat er oft, wenn nicht viel los war. Bertil und Bossa waren gutmütig und kein bisschen aggressiv, sie hörten aufs Wort, wenn er sie rief. Außerdem gab es eine technische Spielerei, die Adil Frau Tornbell schmackhaft gemacht und in ihrem Auftrag gekauft hatte: GPS-Tracker, neongelbe Anhänger, die an den Halsbändern befestigt waren. Mit seinem Smartphone konnte Adil damit die Hunde als kleine grüne Punkte sehen, die auf Google Maps munter vor sich hin blinkten und ihm verrieten, in welcher Ecke sie gerade das Bein hoben. Das Ganze war, ehrlich gesagt, ziemlich unnütz, weil die Hunde meist nicht weiter als 20 Meter weg waren. Aber es versüßte Adil die langen Spaziergänge, er hatte sogar Bewegungsprofile der Hunde angelegt und konnte Frau Tornbell jedes Mal berichten, wie viel Strecke ihre beiden Lieblinge gemacht hatten.

Adil schlenderte einen der Fußwege des Volksparks entlang. Es war frisch, er hätte lieber einen dickeren Pulli unter seine Jacke ziehen sollen. Die Hunde konnte er nirgends sehen, es gab viel Buschwerk hier, Bäume und Grünflächen, außerdem war es schon dunkel. Er hörte die Autos unten auf der Weisenauer fahren, von der Göttelmannstraße zuckte ab und zu ein Scheinwerfer durch das Gebüsch.

»Bossa! Bertil!«, rief er halblaut und schnalzte mit der Zunge. Auf dieses Geräusch hörten die Hunde seltsamerweise besser als auf Pfiffe. Doch nichts geschah, kein weißes Fell mit schwarzen Punkten war zu entdecken, kein Rascheln, keine eiligen Pfoten. Bestimmt hatten die beiden etwas Interessantes entdeckt und schnüffelten quer durch die Rabatten. Eine Minute später versuchte Adil es nochmals.

»Bertil, Bossa, hier!« Noch immer geschah nichts, er griff zu seinem Handy. Wo waren die grünen Signaturen?

Kaum hatte das Gerät die GPS-Signale synchronisiert, blieb Adil wie angewurzelt stehen. Das, was der Bildschirm zeigte, musste ein Fehler in der Darstellung sein! Die beiden Punkte pulsierten ganz dicht beieinander und bewegten sich in einem Tempo von seiner Position weg, das einfach nicht stimmen konnte. Zu schnell, viel zu schnell für Hundepfoten. Unwillkürlich verfiel Adil in Laufschritt, ein paar Sekunden später fing er an zu rennen.

»Bertil! Bossa!«, brüllte er zum dritten Mal und versuchte krampfhaft, das Handy einigermaßen gerade zu halten. Die Punkte bogen vom Viktorstift um die Kurve auf die Göttelmannstraße, schneller als Adil laufen konnte. Was war da los? Waren die Tiere vor ein Auto geraten? Im Geist sah er die Schreckensvision, wie die beiden mit gebrochenen Knochen unter einem Lkw mitgeschleift wurden.

Plötzlich blieben die Punkte stehen, noch immer eng beieinander. Sie rührten sich nicht, Adil hetzte die Göttelmannstraße entlang, umkurvte parkende Autos und spürte, wie der Schweiß in Strömen floss. Nicht auszudenken, wenn den Hunden etwas passiert wäre! Er trug schließlich die Verantwortung, Frau Tornbell hatte ihn wie jedes Mal eindringlich gebeten, gut auf ihre beiden Lieblinge aufzupassen.

Endlich war er da. Die Punkte leiteten ihn zu einem Straßenabschnitt, in dem es eine Bushaltestelle gab, ein Dutzend abgestellte Fahrräder, nichts Besonderes. Und erst recht keine Dalmatiner, die mit hängender Zunge auf ihn warteten. Aber genau hier blinkten die GPS-Signaturen. Adil hastete einige Meter vor und zurück, doch nein, nichts.

Da entdeckte er einen neongelben Klecks auf dem Asphalt. Und daneben noch einen. Mit einem grässlichen Gefühl im Magen bückte Adil sich. Es waren die beiden GPS-Tracker, die mit durchschnittenen Haltebändern dalagen und unbeirrt ihre Position aussandten.

FREITAG, 10. NOVEMBER 2017

Mit weißen Handschuhen blätterte Tinne behutsam durch die alten Papiere. Vor ihr lag ein ledergebundener Wälzer, »Von Kranckheyten des Leybes«, ein gewisser Dr. Johann zu Isslingen hatte darin im 15. Jahrhundert allerlei obskure Heilrezepte zusammengefasst. Links und rechts stapelten sich weitere Bücher und Loseblattsammlungen, meist Kopien und jüngere Abschriften, teilweise aber auch Originale wie der Foliant vor ihr. Ein Notebook war aufgeklappt, alte Stiche und kolorierte Pflanzenzeichnungen gruppierten sich auf dem Bildschirm. Die Tür zum Labor stand offen, hier arbeiteten gerade die anderen Mitglieder der AG Mittelaltermedizin.

Eigentlich war Tinnes Fachbereich, das Historische Seminar, drei Ecken weiter im Philosophicum untergebracht. Dort hatte die AG nach einer wissenschaftlichen Kraft gefragt, die sechs Monate lang in Teilzeit Übersetzungen und Literaturrecherchen übernehmen sollte. Tinne bekam das Projekt aufs Auge gedrückt, sodass sie nun mehrmals pro Woche im Pharmazeutischen Institut arbeitete, einem betongrauen Kasten mit schmalen Fensterreihen im Staudinger Weg. Anfangs ärgerte sie sich, dass sie den Schwarzen Peter bekommen hatte, doch mittlerweile fand sie das Projekt spannend.

Nur an den Geräuschpegel hatte sie sich bis heute nicht gewöhnt. Medizinische Laborarbeit war in ihrer Vorstellung bisher eine recht leise Sache gewesen. Ihre Arbeit im Pharmazeutischen Institut belehrte sie rasch eines Besseren, gerade jetzt war der Geräuschteppich wieder einmal mit der Probelautstärke von *Steelram* zu vergleichen: Die Sequenzierer brummten, ein piepender Dauerton kam aus einem der Messgeräte, die Zentrifuge jaulte, dazu plärrte auch noch ein Radio. Professor Sörensen und Magdalena standen neben dem Brutschrank, beugten sich über Petrischalen und diskutierten den Zustand der Kulturen. Linus hockte abseits und zerstampfte mit mechanischen Bewegungen grüne Blätter und Samen in einem Tiegel. Erik fehlte noch immer, keiner hatte etwas von ihm gehört oder wusste Näheres.

Tinne machte sich Notizen und warf einen Blick auf die Liste, die die Pharmazeuten für sie zusammengestellt hatten. Ihre wichtigste Aufgabe war es, die Pflanzenbezeichnungen in den alten Rezepturen eindeutig zuzuordnen. Das war gar nicht so einfach, denn im Laufe von Jahrhunderten hatte sich die deutsche Sprache verändert und mit ihr viele Namen, dazu kam, dass jede Region ihre eigenen Ausdrücke hatte. Inzwischen wusste Tinne: Wenn ein mittelalterlicher Heilkundiger im Badischen von einem »Burrle« geschrieben hatte, nutzte sein fränkischer Kollege »Borres« und der Bader in Mittelhessen »Bockler«. Sie hatte einige Ausdauer beim Recherchieren gebraucht, um herauszufinden, dass damit unser heutiges Binsenkraut gemeint war.

Darüber hinaus kämpften Professor Sörensen und sein Team mit der Vielzahl an Mengenangaben, die ebenso bunt gemischt waren wie die Pflanzenbezeichnungen. Tinne schlug sich mit »Meres« herum, mit »Loepfel«, »Quast«, »Handt« und »Becher«. Jede Bezeichnung musste abgeglichen werden mit Alter und Herkunft des Rezepts, damit die jeweilige Zutat im korrekten Mengenverhältnis genutzt werden konnte. Tinne mochte solche Aufgaben, es machte ihr Spaß, sich in eine Frage zu verbeißen und so lange nach Quellen zu suchen, bis sie die passende Antwort fand. Die

Arbeit im Pharmazeutischen Institut war allerdings sehr mühsam, viele Spuren führten ins Nichts, entweder weil eine Bezeichnung schon lange aus der Überlieferung verschwunden war. Oder aber weil ein Quacksalber seinerzeit eine wohlklingende Pflanze einfach nur erfunden hatte, um davon abzulenken, dass sein »Medikament« aus Pferdemist und saurer Milch bestand.

»Entschuldigung, Ernestine, darf ich dich eine Sekunde stören?« Sie schrak hoch. Linus stand neben ihr. Er hatte eine altmodische Höflichkeit an sich, die wie aus der Zeit gefallen wirkte. Obwohl er körperlich nicht gerade ein Ausbund an Attraktivität war, mochte sie seine Umgangsformen. In Zeiten, in denen an Bushaltestellen jedes zweite Wort »ey« oder »Alter« war, kam ein höfliches Auftreten bei ihr gut an.

»Hast du etwas herauskriegen können wegen des Speltzkrauts? Ich hatte dir gestern einen Zettel geschrieben und auf deinen Platz gelegt.« Seine Augen blinzelten sekündlich. Dieser Tick ließ ihn hektisch wirken, selbst wenn er stillstand.

»Danke, Linus, ja, ich hab den Zettel gefunden.« Tinne merkte, dass sie im Gespräch mit ihm öfter als sonst »danke« und »bitte« sagte. »Bis jetzt leider Fehlanzeige, Speltzkraut passt zu keiner der Pflanzengruppen, die ich zusammengestellt habe. Ich bleib aber dran.«

Das ominöse Speltzkraut bereitete ihr Kopfzerbrechen. Es handelte sich um eine Pflanze, die in einer Salbe gegen Furunkel Verwendung gefunden hatte. Der Urheber, ein Mann aus Zweibrücken, der sich selbst »Medikus Anselm« nannte, beschrieb, wie das Speltzkraut zerstoßen und zusammen mit Pferdespeichel und Weihwasser zu einem Aufstrich verrührt werden sollte. Das Rezept war typisch für die mittelalterliche Heilkunst, die oft eine Mischung aus medizinischen Wirkstoffen und Aberglaube war. Pferdespeichel, so hatte Linus ihr erklärt, enthielt tatsächlich entzündungshemmende Enzyme. Das Weihwasser hingegen sorgte lediglich für die flüssige Basis. Und das Speltzkraut? Vielleicht eine Pflanze, die die Haut beruhigte oder die Durchblutung förderte. Allein – Tinne konnte das Speltzkraut in keinen anderen Aufzeichnungen finden. Und die Handzeichnung, die Medikus Anselm seinerzeit angefertigt hatte, konnte von der Brennnessel bis zum Spitzwegerich alles darstellen.

»Oh, gut, dann schon einmal danke für deine Mühe«, meinte Linus. Statt zu gehen, blieb er wortlos stehen und verknotete seine Hände. Tinne musste sich bemühen, nicht genervt zu reagieren. Sie befürchtete, dass er ein klitzekleines bisschen in sie verknallt war. Aber erstens war sie nicht auf Männersuche, ihre Beziehung mit Laurent Pelizaeus bot genügend Abwechslung, sowohl in den Höhen als auch in den Tiefen. Und zweitens passte ein leicht übergewichtiger Biologe mit Blinzeltick definitiv nicht in ihr Beuteschema, da half auch sein höfliches Naturell nicht viel.

Sie starrte konzentriert auf den Bildschirm, schließlich trollte sich Linus. So richtig sympathisch war ihr kein Mitglied der Arbeitsgruppe. Professor Sörensen hatte eine schier unendliche Fachkenntnis und verstand es, die bis jetzt eher mageren Ergebnisse wortgewandt anzupreisen. Klar, das war wichtig, denn das Projekt hing am finanziellen Tropf des Pharmaunternehmens LeCaris. Persönlich fand sie ihn aber allzu glatt, ohne Ecken und Kanten. So konnte er sicherlich stromlinienförmig auf der Karriereleiter nach oben schießen, doch der Mensch dahinter blieb blass.

Magdalena machte … nun ja, sie machte eigentlich nicht viel. Zumindest bei Diskussionen kam selten etwas von ihrer Seite, sie saß oft schweigend an ihrem Arbeitsplatz und beschäftigte sich damit, ihre Materialen zu reinigen. Trotzdem musste sie ein helles Köpfchen sein, denn immerhin hatte sie einen der begehrten Plätze in der AG bekommen.

Linus war das Gegenteil von ihr, er arbeitete mit schier unendlichem Enthusiasmus an den Themen der mittelalterlichen Heilkunde. Sein höfliches und stilles Auftreten ließ ihn meist im Hintergrund stehen, wenn Sörensen wortreich die Ergebnisse vorstellte. Doch Tinne wusste, dass er das fachliche Rückgrat der AG war. Klar, als Vertreter von LeCaris musste er natürlich auch über eine große Kompetenz verfügen. Seine schüchternen Annäherungsversuche ertrug Tinne mit stoischer Geduld, sie wollte ihn nicht mit einer direkten Abfuhr kränken, fragte sich aber insgeheim, ob er überhaupt schon einmal etwas mit einer Frau gehabt hatte.

Der Netteste im Kreis war Erik. Seine große Gestalt und die rötlichen Haare brachten Tinne dazu, im Geist stets »der Wikinger« an seinen Namen zu hängen. Erik verhielt sich auf eine erfrischende Art normal, er protzte nicht mit Fachwissen und gab freimütig Rückschläge und Fehlversuche zu. Außerdem lag sie fachlich mit ihm am ehesten auf einer Linie – als Medizinhistoriker wusste er viel über geschichtliche Zusammenhänge und begeisterte sich ebenso für Quellenarbeit wie sie. Er hatte ihr einige seiner Artikel aus dem Medizinhistorischen Journal gezeigt, einem internationalen Fachblatt, das einen guten Ruf genoss. Tinne fragte sich, warum Erik seit einigen Tagen ohne jeden Anruf fehlte. So hatte sie ihn eigentlich nicht eingeschätzt, sie hoffte, dass nichts Ernstes dahintersteckte.

Ihre Knochen knackten, während sie sich ausgiebig streckte und gähnte. Der Nebenraum des Labors hatte kein Fenster, sondern wurde von Neonröhren erhellt – das perfekte Licht für tränende Augen und bleierne Müdigkeit. Sie nahm sich vor, in einer weiteren Blättersammlung nach dem

Speltzkraut zu suchen, danach würde sie sich einen Espresso an der institutseigenen Maschine holen. Kaum hatte sie die »Kranckheyten des Leybes« zugeschlagen und eine andere Quelle zur Hand genommen, trat Linus wieder durch die Tür. O nein, schüchterne Anmache 2.0?

»Entschuldigung, mir ist da noch was eingefallen zu der Pflanze. Und zwar habe ich in einem …« Er brach ab, als mit einem Mal Unruhe im Labor losbrach. Sörensen und Magdalena riefen durcheinander, etwas schepperte. Alarmiert sprang Tinne zur Tür. Magdalena kam ihr entgegengelaufen, das Gesicht blass vor Schreck. Ohne ein Wort schoss sie an Tinne vorbei zum Ausgang. Im hinteren Teil des Labors stand der Professor, er brüllte etwas und riss einen Feuerlöscher aus der Wandhalterung. Rauch quoll zwischen den Arbeitsplatten in die Höhe. Linus gab einen hohen, ängstlichen Ton von sich, stolperte rückwärts und folgte Magdalena nach draußen. Fauchend stob eine weiße Wolke aus dem Feuerlöscher, in kurzen Abständen ließ der Professor weitere Stöße folgen. Ins allgemeine Chaos mischte sich ein zischendes Geräusch wie bei einer undichten Gasflasche. Es wurde lauter, gleichzeitig stieg immer mehr dunkler Rauch in die Höhe.

Sörensen ließ den Feuerlöscher fallen. »Raus hier, raus!«, schrie er und stürzte zum Ausgang. Tinne fuhr nach einer Schrecksekunde herum, ihr Nebenraum hatte einen eigenen Durchgang zum Flur. Mit aller Kraft knallte sie die Brandschutztür zum Labor hinter sich zu und hetzte hinaus. Ein durchdringender Warnton erklang in den Gängen, offensichtlich hatte Sörensen einen der Alarmknöpfe betätigt. Sekunden später wurden die ersten Türen aufgerissen, Mitarbeiter des Instituts streckten die Köpfe heraus, Stimmen riefen durcheinander, der schrille Alarmton trug zur allgemeinen Hektik bei.

Tinne rannte zum Treppenhaus, vor ihr sah sie Linus die Stufen nach unten stürmen.

»Linus! Was ist denn los, was …?«

Weiter kam sie nicht. Ein ohrenbetäubender Knall dröhnte durch den Flur, die Tür des Labors wurde von einer Druckwelle erfasst und aufgerissen. Eine unsichtbare Faust packte Tinne und warf sie zu Boden, Schmerz durchzuckte sie, gleichzeitig gellten das Scheppern von Glas und das Kreischen von verbogenem Metall in ihren Ohren. Etwas Hartes traf sie am Hinterkopf, dann gingen die Lichter aus.

*

Der strenge Geruch füllte jeden Winkel, er hing in den Kleidern und in den Haaren. Kirsten Bleckmann wusste, dass sie ihn nach 20 Minuten nicht mehr wahrnehmen würde, aber jedes Mal, wenn sie den lang gestreckten Arbeitsraum betrat, stach ihr diese chemische Komponente in die Nase, die entfernt an Alkohol erinnerte. Eine spezielle Art von Glyzerin war es, die im Zeitlupentempo Wassermoleküle aus Zellstoff und Papier verdrängte. Damit waren die vielen Archivmeter behandelt worden, die sich in Regalen an der Wand entlangzogen.

»Zwischenarchiv 7« lautete die offizielle Bezeichnung, doch intern wurde der Raum aufgrund des Glyzeringeruchs nur »Schnapsfabrik« genannt. In der Schnapsfabrik lagerte ein Teil der Dokumente, die beim Einsturz des Kölner Stadtarchivs vor acht Jahren in Mitleidenschaft gezogen worden waren. Es gab mehrere solcher Zwischenarchive, in denen Exponate restauriert wurden, die leichte oder mittelschwere Schäden davongetragen hatten. Viele Schriftstücke hatten die Fachleute direkt nach der Bergung schockgefroren, um eine weitere Zersetzung zu verhindern. Danach waren sie je nach Grad der Beschädigung sortiert worden. Diejenigen Bücher, die von der Feuchtigkeit abgesehen in gutem Zustand waren, lagerte man über Monate in Glyzerinbädern. Dadurch wurde das Wasser verdrängt, der Aufschwemmprozess aufgehalten und das Papier stabilisiert. Nach dem behutsamen Trocknungsvorgang kamen die Bände in eines der Zwischenarchive, um dort im Laufe vieler Monate und Jahre überprüft und aufgearbeitet zu werden. Diese Sisyphusarbeit übernahmen Freiwillige, Leute mit einem Faible für alte Bücher.

Kirsten war eine davon. Sie war ausgebildete Buchbinderin und besaß eine Zusatzqualifikation für den Umgang mit historischem Material. Seit sechs Jahren arbeitete sie in der Buchwerkstatt der Kunst- und Museumsbibliothek der Stadt Köln. Die Öffentliche Hand war großzügig, wenn ihre Angestellten sich bei der Archivrestaurierung anmeldeten. In Kirstens Fall stellte die Bibliotheksleitung sie einen Tag pro Woche für diese Aufgabe frei.

Sie versuchte, den chemischen Geruch auszublenden und nahm ihre Schutzkleidung aus dem Spind: eine spezielle Schürze mit langen Ärmeln, feine Gewebehandschuhe und eine Haube für die Haare. Dann betrat sie den Hauptraum der Schnapsfabrik.

»Morgen, Kirsten. Alles im Lot?«, begrüßte sie ein junger Mann mit schwarzem Zopf. Die meisten Freiwilligen hatten feste Schichten, man kannte sich.

»Grüß dich, Sammi. Läuft. Abgesehen davon, dass ich heute wieder mal die Sonne nicht sehen werde«, gab sie lachend zurück, bevor sie an die endlosen Regalreihen herantrat. Der lange Raum, eine Lagerhalle ohne Fenster und Tageslicht, umfasste 20 Archivmeter und zwei Dutzend Arbeitsplätze mit je einer Lampe und einer beweglichen Lupe. Eine Arbeitsliste ordnete die Bücher den Helfern zu, rote Nummern teilten die Regale auf. Aus der Nähe war der Glyzeringeruch unangenehm, Kirsten hielt den Atem an und suchte rasch ihre Bestände für den heutigen Tag zusammen.

Bald lag ein Bücherstapel neben ihr, gebundene Kartenwerke, es waren Teile einer geografischen Sammlung aus dem frühen 19. Jahrhundert. Jeden einzelnen Band überprüfte Kirsten, drehte ihn unter der Lupe und fuhr mit geübten Fingern an den Rändern entlang. Hier waren die kritischen Punkte, oft hatten die Verleimungen Wasserschäden davongetragen, die Umschlagpapiere lösten sich und warfen sich auf wie morsche Baumrinde. Tatsächlich, hier war eine solche Stelle. Sie öffnete eine Dose Buchbinderleim, tupfte den Pinsel hinein und verstrich die weiße Paste darauf. Dann drückte sie das spröde Papier sorgfältig fest und strich Luftblasen heraus. Der Leim würde nach dem Trocknen transparent werden und das Umschlagblatt wieder fest am Deckel halten. Zwei weitere Broschurschäden besserte sie auf dieselbe Weise aus, anschließend legte sie Seidenpapier über den Buchdeckel und beschwerte ihn mit einem Eisengewicht. Ein Eintrag in die danebenliegende Liste, weiter ging es mit dem nächsten Band.

Kirstens Gedanken schweiften ab, während ihre Hände mechanisch arbeiteten. In den letzten Jahren waren in der Schnapsfabrik unzählige Dokumente durch ihre Hände gegangen: Stücklisten von mittelalterlichen Kaufleuten, alte Gesetzestexte, Lehrmaterial, Erzählungen und Romane, handgeschriebene Notizen und frühe Druckwerke. Und die Bestände von St. Agatha.

Ein Kribbeln machte sich in Kirstens Nacken breit, wie immer, wenn sie an die Sammlung des Benediktinerinnenklosters dachte. St. Agatha, das um 1800 im Rahmen der Säkularisierung aufgehoben worden war, hatte seine Bibliothek der Universität übereignet, auf diesem Umweg waren die rund 600 Bücher schließlich ins Stadtarchiv gelangt. Viele der mittelalterlichen und frühneuzeitlichen Schriften überdauerten den Einsturz des Gebäudes nicht, doch einige konnten gerettet werden und landeten schließlich auf Kirstens Tisch.

Es kam ihr vor, als wäre all das gestern gewesen. Die schweren alten Klosterbücher lagen vor ihr, fast schwarze Einbände, dicke, wellige Seiten. Viele religiöse Texte, viele Abschriften mit zum Teil detailreich gestalteten Miniaturen, teilweise Latein, teilweise Mittelhochdeutsch. Lesen oder Übersetzen konnte sie die Worte kaum, aber die dicken Wälzer kamen ihr vor, als wären sie direkt aus »Der Name der Rose« hier gelandet. Richtig geheimnisvoll wurde die Sache dann allerdings, als sie einen der Einbände aufbog, um ihn auf Schäden prüfen zu können. Denn das, was dort zum Vorschein kam, ließ ihre Augen groß werden …

Ein lauter Schlag brachte Kirsten in die Gegenwart zurück, sie fuhr zusammen. Einer der Helfer war gegen einen Rollwagen gestoßen, er hob entschuldigend die Hände und machte einen Witz, alle lachten. Sie blinzelte die Erinnerungen weg und konzentrierte sich wieder auf das Hier und Jetzt, auf ihre heutige Arbeit und die Kartenbände. Doch während sie nach dem nächsten Buch griff, schweiften ihre Gedanken erneut ab in die Vergangenheit. Sie fragte sich, ob sie damals die richtige Entscheidung getroffen hatte.

*

Tinne hockte etwas verloren auf einer Krankentrage im Rettungswagen und schaute durch die geöffnete Hecktür dem Treiben zu. Dutzende Menschen liefen durcheinander, Polizei, Feuerwehr, Sanitäter, Sprengstoffexperten in schwarzen Westen, Labormitarbeiter, besorgte Professoren und jede Menge Studenten. Zwei Feuerwehrwagen standen mit zuckenden Blaulichtern vor dem Pharmazeutischen Institut, Männer in Schutzanzügen, Masken und Pressluftflaschen erinnerten an Astronauten in einem Science-Fiction-Film. Die üblichen Katastrophengaffer hatten ihre Handys gezückt und filmten drauflos, ohne eine Ahnung zu haben, was überhaupt passiert war. Hauptsache, man war Erster bei Facebook.

»Okay, haben Sie sonst noch Symptome? Nackenschmerzen, Benommenheit, Sehstörungen?«

Ein junger Arzt stand hinter ihr und tastete ihre Halswirbel ab. Stumm schüttelte Tinne den Kopf.

»Gut. Wir werden Sie zur Sicherheit in die Klinik bringen und über Nacht dortbehalten, und dann …«

»'tschuldigung«, unterbrach sie ihn und stand auf. In der Menge hatte sie eine Gestalt entdeckt, einen untersetzten Mann, der sich suchend umschaute. Mehrere Polizisten traten auf ihn zu, doch Hauptkommissar Laurent Pelizaeus gab ihnen Zeichen zu warten. Tinne trat unsicher aus dem Fahrzeug, ihr Schädel hämmerte. Der Sturz auf der Treppe hatte ihr zugesetzt, dazu kam eine Beule, die ein umhergeschleuderter Metalleimer an ihrem Hinterkopf hinterlassen hatte. Sie fror erbärmlich und wusste nicht warum. Laurent entdeckte sie und kam mit großen Schritten auf sie zu.

»Tinne!«

Seine Umarmung war fest, sein Duft nach Haut, Mann und Cool Water umhüllte sie wie eine Decke. Eine Welle der Erleichterung ließ Tinne tief Luft holen, plötzlich liefen Tränen über ihre Wangen. Behutsam nahm Laurent ihr Gesicht in seine Hände und gab ihr einen Kuss.

»Wie geht's dir?«, flüsterte er. »Hast du was abbekommen? Haben die Ärzte schon nach dir geschaut?«

Statt einer Antwort zog Tinne ihn wieder an sich und verkroch sich in seinen Armen wie ein kleines Mädchen. Sie schlotterte, so kalt war ihr. Mit dem Daumen wischte er ihre Tränen weg und lächelte sein spezielles Laurent-Lächeln.

»Warum wundert es mich nicht, dass Frau Nachtigall wieder mal genau dort ist, wo etwas passiert?« Er drückte ihre Schultern an sich, begleitete sie die wenigen Schritte zum Krankenwagen und ließ sie erst los, als sie wieder auf der Trage saß. Der Arzt war verschwunden. Das war Tinne recht, sie dachte gar nicht daran, sich ins Krankenhaus bringen zu lassen.

Laurent griff nach einer Decke und legte sie über ihre Schultern, dann wurde seine Miene ernst.

»Was hast du gesehen, was ist passiert?«

In wenigen Sätzen berichtete sie von ihren Erlebnissen im Labor. »Und dann ist im Labor irgendwas hochgegangen, die Tür ist rausgeknallt, das war's«, schloss sie.

»Die Feuerwehr hat das Stockwerk freigegeben, und unsere Spezialisten sind schon oben gewesen. Nach dem ersten Eindruck …« Er zögerte. »Nach dem ersten Eindruck sieht es nicht nach einem Unglück aus.«

Tinne glaubte, sich verhört zu haben. »Was?!«

»Es ist natürlich noch viel zu früh für eine abschließende Beurteilung, aber die Spuren deuten auf eine vorsätzliche herbeigeführte Explosion hin. Eine der Propangasflaschen im Labor ist wohl manipuliert worden.«

Gasflaschen. Explosion. Wie eine Diashow erschienen die Bilder in Tinnes Kopf … Terrorismus, IS, islamistische Anschläge. Als hätte Laurent ihre Gedanken gelesen, fügte er hinzu: »Einen terroristischen Hintergrund können wir zwar nicht ausschließen, aber der Rahmen spricht klar dagegen. Kaum Außenwirkung, kein hochfrequentierter Platz. Kein politisch wichtiges Ziel.«

Die Kopfschmerzen vermischten sich mit den neuen Informationen zu einer quälenden Melange.

»Also ein Anschlag«, wiederholte Tinne lahm. »Aber ... warum sollte jemand so etwas machen?«

»Genau das will ich von dir wissen, du bist ja schon eine Weile Mitglied in der Arbeitsgruppe. Ist dir irgendetwas aufgefallen? Hast du eine Idee, warum jemand eure Arbeit torpedieren könnte? Oder mal ganz allgemein: Was macht ihr da denn eigentlich genau?«

Sie starrte ihn an. »Was wir da machen? Hallo? Das habe ich dir alles schon ziemlich ausführlich erklärt, und zwar zweimal!«

Sein betretenes Schweigen ließ Tinne wütend werden. Konnte es tatsächlich sein, dass sie munter drauflos erzählte, während er mit verträumtem Gesicht danebensaß und nicht die Bohne zuhörte? Momentan fühlte sie sich allerdings zu zerschlagen, um deswegen einen Streit vom Zaun zu brechen.

»Also, äh ...«, sie sammelte sich, »das, was wir da machen, ist Grundlagenforschung, aber auf ganz niedrigem Niveau. Nee, das klingt jetzt auch doof.« Mit der Hand fuhr sie sich über die Stirn. Die Worte steckten im Kopf, wollten aber nicht heraus. »Es ist kein niedriges Niveau im Sinne von ›einfach‹ oder ›billig‹, sondern eher im Sinne von ›nicht am Puls der Zeit‹. Schau, heutige Medikamentenforschung dreht sich um Wirkstoffe gegen Krebs, gegen Alzheimer und gegen Infektionskrankheiten wie AIDS oder Malaria. Da steckt Geld dahinter, viel Geld, das die Pharmafirmen auf dem Weltmarkt verdienen können. Unsere mittelalterliche Medizin ist dagegen eher, na ja, ich sag mal überspitzt: die Suche nach Hausmittelchen. Wir kochen alte Rezepte nach und mischen Salben und Cremes, die gegen Warzen wirken sollen und gegen Husten. Das ist interessant und manchmal auch echt überraschend, und für die Firma, die uns finanziert, werden sicher ein paar Patente rausspringen. Aber das ist keine Größenordnung, die das hier«, sie deutete auf das Chaos vor dem Pharmaziegebäude, »rechtfertigen würde.«

Laurent folgte ihrem Blick nach draußen. »Was ist das für eine Firma, die euch unterstützt?«

»LeCaris aus Ingelheim. Die haben ein paar verschreibungspflichtige Medikamente auf dem Markt, aber das ist nicht ihr Hauptgeschäft. Am meisten verdienen sie mit Nahrungsergänzungsmitteln und freiverkäuflichen Arzneien in Drogerien und so. Da passen unsere Versuche zur traditionellen Medizin gut rein, deshalb steckten sie überhaupt Geld in das Projekt.«

»Aus Ingelheim, aha. Ich wusste gar nicht, dass es da neben Boehringer noch ein anderes Pharmaunternehmen gibt.«

»Ja, und denen geht es gar nicht mal so schlecht. Wir waren zum offiziellen Projektstart dort, ein Riesenladen, die haben vor ein paar Jahren alles neu gebaut und nur vom Feinsten. Nebendran steht noch das alte Laborgebäude aus den 70ern, das soll demnächst abgerissen werden, und auf die Fläche kommt gleich noch mal ein neues Gebäude. Mit Kräuterpastillen und Verspannungssalben kann man ganz schön Kohle machen.«

»Und ihr probiert jetzt hier alte Arzneirezepte aus, und wenn ihr etwas findet, das gut wirkt, macht LeCaris ein Pülverchen daraus und bringt es auf den Markt.«

Tinne nickte. »Ja, so ungefähr. Wir kriegen die wissenschaftlichen und historischen Erkenntnisse, und der Geldgeber die praktischen. Ist eine ganz typische Drittmittel-Konstellation. LeCaris hat sogar einen Mitarbeiter abgestellt, einen Biologen, Linus Stiehl, der ist bei uns dabei und unterstützt unsere Arbeit.« Etwas fiel ihr ein. »Apropos Mitarbeiter, eine Sache ist komisch. Einer der Postdocs unserer AG ist seit drei Tagen nicht da gewesen. Erik heißt er. Und zwar ohne eine Entschuldigung oder einen Anruf oder so. Das ist uns aufgefallen, weil er an sich ziemlich zuverlässig ist.«

Laurents Körperspannung nahm zu. »Erik. Wie noch?«

»Faßbender. Hier, ich habe ein Bild von ihm.«

In der Galerie ihres Handys wählte sie einige Fotos aus, die sie unlängst im Labor gemacht hatte. Eines zeigte Erik, der in Superheldenpositur einen Glaskolben in die Höhe hielt und schelmisch lachte.

»Kann ich das Bild haben?«

Sie nickte und schickte es ihm per WhatsApp, dann hob sie den Kopf.

»Zu alldem, also auch zu den Forschungen und zu LeCaris und so, da solltest du auf jeden Fall mit Professor Sörensen reden. Der ist Projektleiter und weiß viel mehr darüber als ich. Er kennt Erik auch schon länger.«

»Ja, der steht auf meiner Befragungsliste. Ich wollte aber zuallererst nach dir schauen.« Wieder das Laurent-Lächeln, das Tinne schwach werden ließ. Sie zog ihn zu sich heran und küsste ihn. »Danke, Herr Hauptkommissar«, wisperte sie. Sie war so nah an seiner Wärme und seinen Händen, dass sie die Wallace-and-Gromit-Melodie erst mit Verspätung wahrnahm. Ihr Handy klingelte. Mit verdrehten Augen griff sie danach und schloss innerlich eine Wette ab, dass es Elvis war. Der Reporter hatte ein ganz besonderes Radar, das ihn stets in den persönlichsten Momenten anrufen ließ. Ein Blick aufs Display, Wette gewonnen.

»Hi, Elvis, und nein, du störst kein bisschen, ehrlich.«

»Komm mal runter in die Kommune, ist wichtig.«

Sein üblicher Stacheldrahtcharme ließ sie zum zweiten Mal die Augen rollen.

»Du, das ist gerade ein bisschen schwierig, ich sitze im Krankenwagen. Vielleicht hast du es noch nicht mitbekommen, aber hier oben auf dem Campus ist was explodiert. Hat ordentlich geknallt, und so wie es aussieht …«

Elvis unterbrach sie. »Hier knallt es auch gerade, und wie. Komm runter, ich brauch dich hier. Bitte.« Selbst per Telefon merkte Tinne, dass er um das letzte Wort hatte kämpfen müssen, fast hätte er sich daran verschluckt. Sie wusste, wie schwer es dem Reporter fiel, jemanden um etwas zu bitten. Meist markierte er den Ich-kann-alles-Mann, der jede Situation lässig unter Kontrolle hatte und dazu noch einen trockenen Spruch brachte. Dass er sie jetzt so direkt um Hilfe bat, konnte nur bedeuten, dass er tief in der Tinte steckte. Was konnte denn noch Schlimmeres passiert sein als sein GAU mit dem falschen Zeitungsartikel?

Tinne wandte sich an Laurent: »Hör zu, ich muss in die Kommune. Elvis hat irgendein Problem, scheint wichtig zu sein.«

Er schaute sie an, in den braunen Augen konnte sie seine Gedanken lesen: *Eigentlich gehörst du ins Krankenhaus, und dort würde ich dich auch am allerliebsten sehen. Mir ist aber klar, dass du deinen Dickkopf eh durchsetzen wirst, egal was ich sage. Also behalte ich dich besser im Auge, damit nicht noch mehr passiert.*

Sein Lächeln war entwaffnend. »Komm, ich fahr dich schnell runter.«

*

Professor Gunnar Sörensen folgte dem Einsatzleiter der Feuerwehr durch den Flur des Pharmazeutischen Instituts. Die Türen standen offen, hier und dort lagen Papiere auf dem Boden – die Mitarbeiter hatten wohl versucht, beim Erklingen des Alarms noch rasch ihre wichtigsten Forschungsunterlagen an sich zu reißen, dabei war einiges zu

Boden gefallen. Den schrillen Warnton hatte man längst abgeschaltet, nur die roten Signalleuchten blinkten noch immer hektisch.

Sörensen hatte eine Schutzjacke bekommen und einen Feuerwehrhelm mit Klappvisier. Zwar bestand keine Brandgefahr mehr, und die Luftprüfungen hatten keine Schadstoffe in nennenswerter Konzentration ergeben. Doch Sicherheit ging vor, insbesondere bei einem Fall mit unklaren Rahmenbedingungen. Zusätzlich trugen beide einen weißen Mund- und Nasenschutz, der ihre Stimmen undeutlich werden ließ.

»Einen Moment, bitte.« Der Feuerwehrmann stemmte die Labortür auf, die durch die Wucht der Explosion verformt worden war. »Und passen Sie auf, wo Sie hintreten, Sie sehen's ja.« Er deutete zu Boden. Zäher Schaum quoll aus dem Raum in den Flur, Papierfetzen schwammen darin, ölige Schlieren schillerten im Licht der Warnlampen in allen Regenbogenfarben.

Der Professor nickte und trat ein, Glas knirschte unter seinen Füßen. Im Labor erwartete ihn der Anblick kompletter Verwüstung. Sämtliche Tische waren leer gefegt, nur noch verbogene Versuchsanordnungen und kaputte Reagenzgläser befanden sich darauf. Analysegeräte, Unterlagen und persönliche Dinge lagen zerbrochen zwischen Druckzylindern und zerquetschten Plastikdosen, die einmal Präparate enthalten hatten. Die zwei großen Brutschränke, das Herzstück der Forschungen, hatten dem Explosionsdruck zwar getrotzt, doch ihre Türen waren weggerissen worden, die Petrischalen darin hatten sich in einen Haufen Scherben und organische Brösel verwandelt. Was die Detonation verschont hatte, war dem Schaum der Sprinkleranlage zum Opfer gefallen. Wie kitschige Weihnachtsdekoration lag eine weißliche Schicht über allen offenen Flächen, der zähe Löschschaum war in alle Ritzen gekrochen, sogar in die Computer und die Aktenordner. Geradezu grotesk wirkte ein angebissenes Brötchen, das in einem Waschbecken lag und trotz des ganzen Chaos einigermaßen appetitlich aussah.

Noch immer hatte Sörensen kein Wort gesagt. Der Einsatzleiter schaute ihn von der Seite an.

»Sieht so aus, als wäre jemand nicht ganz so begeistert von Ihren Forschungen, oder?«

Im Gesicht des Professors regte sich kein Muskel, nur seine Augen schweiften über das zerstörte Labor, als wollten sie jedes Detail mit fotografischer Präzision festhalten.

*

Im Hof der Kommune 47 wartete ein regelrechtes Empfangskomitee auf Tinne und Laurent: Axl und seine zwei Musikerkollegen waren da, Bertie und Elvis, sogar das alte Vermieterehepaar hatte die Erdgeschosswohnung verlassen. Alle machten hilflose Gesichter und standen um ein heulendes Etwas herum, das den Hof mit erstaunlicher Lautstärke beschallte.

»Mamaaaaaaaaaa!«, brüllte es zwischen zwei tränennassen Händchen hervor, holte Luft und legte nach: »Mamaaaaaaaaaaaaaaa!«

Mit großen Schritten war Tinne da und ging in die Knie.

»Leonie! Kleines, komm her, komm zu mir, was ist denn los, alles wird gut!«

Mit einem Aufheulen, das eigentlich viel zu laut für den schmächtigen Körper war, ließ sich Leonie von Tinne in den Arm nehmen. Sie drückte die Kleine an sich, wiegte sie hin und her und versuchte gleichzeitig, die Tränen zu trocknen, die wie Sturzbäche über die Wangen kullerten.

»Ich will zu meiner Mamaaaa!«, heulte das Mädchen und

klammerte sich dermaßen an Tinne fest, dass diese sich keinen Zentimeter rühren konnte. Hilfe suchend schaute sie zu ihren Mitbewohnern und zu Elvis. Der Reporter trat heran. Er sah nicht gut aus, grau im Gesicht und mit Augenringen, die ihn alt wirken ließen. Seine Stimme klang belegt.

»Claudi und Ferdi haben einen Autounfall gehabt heute Vormittag. Ein Lkw ist in sie reingerauscht und hat sie ins Stauende geschoben, auf der A 63 bei Wörrstadt.«

Tinne schaute ihn an wie einen Geist. Ihre Wahrnehmung schaltete ab. Ferdi … Claudi … waren sie etwa …? Elvis konnte in ihrem Gesicht lesen und fuhr fort.

»Nein, es ist nicht … also, sie sind ziemlich schwer verletzt, beide, aber nicht in Lebensgefahr. Liegen in der Polyklinik, und, ja …« Er machte eine Bewegung zu dem heulenden Bündel in Tinnes Armen. Ohne dass sie etwas dafürkonnte, liefen die Tränen jetzt auch bei Tinne. Der Tag überforderte sie, sie wusste nicht mehr, was sie fühlen, denken oder tun sollte.

Eine sanfte Berührung drang zu ihr, Laurent hatte sich heruntergebeugt und nahm sie und das Mädchen in den Arm. Mit seinem Brummbass flüsterte er kleine Nichtigkeiten in Leonies Ohr. Tinne spürte, wie sich der Körper langsam entspannte und die Kinderhände sie nicht mehr wie Schraubstöcke umklammerten.

Halblaut redete Elvis weiter. »Ich bin im Krankenhaus gewesen, vorhin, da war die Kleine noch in der Kita. Beide sind auf Intensiv, Ferdi liegt im künstlichen Koma, Claudi war einigermaßen ansprechbar. Ein Arzt ist dabei gewesen und eine Frau von der Sozialstation, wegen dem Kind, und es gibt, also …« Er stockte und musste sich sortieren, Tinne sah, dass ihm die Konzentration schwerfiel. Auch wenn Elvis sich oft ungehobelt gab, wusste sie ganz genau, wie sehr ihm sein Neffe und dessen Familie am Herzen lagen.

»Die Situation ist die: Es gibt eine spezielle Mutter-Kind-Unterbringung in der Klinik, sogar auf der Intensivstation. Der Arzt meint aber, das würde erst mal nur für die Nächte funktionieren. Am Tag kann Claudi nichts machen, im Gegenteil, da würde die Kleine sie total überfordern. So, und für tagsüber gibt es zwei Möglichkeiten, sagt die Sozialstationsfrau. Entweder eine Pflegefamilie, die das Amt aussucht, oder jemand aus der Verwandtschaft. Ich, äh, also, du weißt ja, meine Schwester wohnt ziemlich weit weg, in Stuttgart, und Claudis Familie kommt irgendwo aus dem Norden, und, äh«, er suchte nach Worten. »Jedenfalls, Claudi hat gefragt, ob ich mir das zutrauen würde, und ich hab Ja gesagt.«

Tinne schaute von ihm zu dem heulenden Mädchen und zurück. »Du willst dich allen Ernstes um eine Fünfjährige kümmern? Tagelang? Mit Kindergarten und Essen machen und Kleider waschen und Bespaßen und alldem?«

Er wand sich. »Na ja, also, ich schaff das schon irgendwie. Vielleicht nicht ganz alleine, deshalb, hm, hab ich an dich gedacht. Ich meine, du hast ja auch einen guten Draht zu Leonie. Und weißt du, bevor sie zu einer Pflegefamilie kommt, ist es sicher besser, wenn wir, also du und ich, äh …«

Er verlor den Faden. Tinne merkte, wie ein gewaltiger Ärger in ihr aufstieg und durch den schlimmen Tag potenziert wurde. Vor ein paar Stunden war ihr ein Labor um die Ohren geflogen, ihr Zuhause wurde von einer Hardrock-Gang beschallt. Und nun verfügte Elvis einfach mal so über ihre Zeit? Nickte großzügig eine Kinderbetreuung ab und versuchte dann, ihr die ganze Chose aufs Auge zu drücken? Wer war sie denn, die Aushilfs-Nanny von Bretzenheim oder was? Sie holte Luft, um ihn zurechtzustutzen, da hob Leonie den Kopf und schaute Tinne mit ihren großen, verweinten Augen an. Die Nase lief, die Mundwinkel zitterten wie kurz vorm nächsten Heulanfall. Innerhalb eines Augenblicks schmolz Tinnes Wut dahin und machte einem Gefühl Platz, das sie schwer beschreiben konnte. Fürsorge? Beschützerinstinkt? Verantwortung? Wie auch immer sie es nennen sollte – dieses kleine Wesen da, das brauchte Hilfe, ihre Hilfe, um die nächsten Tage einigermaßen geordnet herumzukriegen. Gab es da noch etwas zu überlegen?

»Jaja, okay«, hörte sie sich sagen. »Du und ich, wir machen das irgendwie. Das schaffen wir, klar.« Sie umfasste das Mädchen ganz fest, als wolle sie es vor allem Übel der Welt beschützen.

Es war Elvis anzusehen, dass ihm ein Stein vom Herzen fiel. »Danke, Tinne, ich wusste, dass ich mich auf dich verlassen kann. Hab ich auch Claudi gesagt.« Er zog seinen Rotkreuzbeutel hervor, in dem er Tabak und Papers aufbewahrte. Während er sich eine Zigarette drehte, schnippte er in vollendet schlechter Schauspielkunst mit dem Finger. »Da fällt mir ein, Claudi hat ein paar Sachen aufgezählt, die wichtig sind. Ich hab mitgeschrieben.« Flugs hielt er seinen Reporterblock in der Hand. »Und zwar: Beim Anziehen fürs Fahrrad aufpassen, lieber mehr, sie fängt sich leicht 'nen Schnupfen. Kita ist immer von halb acht bis vier, Mittagessen kriegt sie dort, aber ein Brot für zwischendurch und was zu trinken soll sie mitbringen. Fernsehen nicht so oft, auch wenn sie jammert. Sie soll nicht zu viel Schokolade futtern wegen Verstopfung, von Erdbeeren kriegt sie Ausschlag und von Vollmilch wird ihr schlecht. Ja, das war's dann erst mal.«

Ohne auf Tinnes entgeistertes Gesicht zu achten, schaute er übertrieben auf seine Armbanduhr. »Ui, jetzt muss ich aber ganz schnell los. Es ist Redaktionskonferenz, und bei meinem momentanen Standing sollte ich nicht unpünktlich sein.« Er schob seinen breiten Körper in Richtung Hofausgang. »Ich melde mich nachher noch mal, okay? Und Leonie müsste dann spätestens um sieben oben sein in der Polyklinik bei Claudi.« Mit einer schnellen Bewegung wuschelte er dem Mädchen durchs Haar. »Sei schön brav, Engelchen! Tschö!« Und weg war er.

Wie auf geheimen Befehl kam Bewegung in die Übrigen. Der Band fiel ein, dass sie ganz dringend weitermachen musste, sie nahm das Vermieterehepaar mit ins Haus. Bertie eilte zu seinem Taxi, und Laurent hielt das Handy am Ohr.

»Ich muss wieder hoch zur Uni, die Kollegen brauchen jemanden, der Ansagen macht«, flüsterte er mit abgedecktem Mikrofon und gab ihr einen raschen Kuss. »Finde ich übrigens toll, dass du hier einspringst. Hätte nicht jede gemacht.« Keine fünf Sekunden später saß er in seinem Auto und brauste davon.

Tinne kniete allein im Hof mit Leonie im Arm, ihr Hirn funktionierte noch immer in Zeitlupe. Konnte es sein, dass sie sich gerade perfekt vor Elvis' Karren hatte spannen lassen? Und warum gingen alle anderen ihren ach so wichtigen Beschäftigungen nach, nur sie musste ihre Pläne komplett umschmeißen? Bevor ihre Fragerunde zu einem Ergebnis kam, zog die Kleine vernehmlich die Nase hoch und schaute sie von unten mit einem Blick an, der Tinnes Herz schmelzen ließ.

»Bringst du mich jetzt zu meiner Mami?«, lispelte sie. Dann überlegte sie und zog die Stirn in ernste Falten. Sehr viel bestimmter fügte sie hinzu: »Aber erst will ich einen Kakao. Einen großen.«

*

»Schneller! Romy und Lina sind schon wieder draußen!«

Dawid gab Erboy einen Schubs, um ihn voranzutreiben. Erboy packte seine Unterlagen und drehte den Lageplan, um zu sehen, wo sie als Nächstes hinmussten.

Die beiden Siebtklässler der Geisenheimer Rheingauschule legten ein Tempo vor, das der altehrwürdigen Wallfahrtskirche St. Hildegard nicht ganz angemessen war. Andererseits – im Mittelgang liefen Touristen mit kurzen Hosen umher, eine japanische Reisegruppe fotografierte, was das Zeug hielt, und ganz hinten telefonierte ein Mann in einer Lautstärke, die eher ins Fußballstadion gepasst hätte. Die Kirche im Rüdesheimer Stadtteil Eibingen war nun einmal kein stilles Gotteshaus, sondern eine regelrechte Sehenswürdigkeit, die jedes Jahr von Tausenden Menschen besucht wurde. Die 7. Klasse der Rheingauschule verbrachte ihren Wandertag hier, und jetzt, am frühen Nachmittag, stand die von Klassenlehrer Gerner lautstark angekündigte »Hildegard-Rallye« auf dem Programm.

»Okay, was jetzt?«, fragte Dawid geschäftsmäßig. Erboy nestelte in seinen Papieren und suchte den Fragebogen. Derweil linste sein Kumpel durch das Kirchenschiff auf der Suche nach weiteren Schülern. Das Innere des Gotteshauses war weiß ausgestaltet, die Fensterbögen sandfarben, von der halbrunden Decke hingen moderne Leuchter aus Metall. Aha, Tuana und Luisa kamen gerade durch das Portal herein, Marc und Janis standen auf der anderen Seite bei den Infotafeln, Maxi und Lukas waren damit beschäftigt, die Bankreihen zu zählen. Das hatten Erboy und er schon längst erledigt. Alles im Griff, nur Romy und Lina waren ihnen eins voraus.

»Also …« Erboy hob die entsprechende Seite in die Höhe und las vor. »Der Künstler Ludwig Baur erschuf um 1960 die Innenausstattung der Kirche. Frage: Welches Motiv zeigen die Glasmalereien der linken Fenster, und wie sind sie mit Hildegard von Bingen verknüpft?«

»Uff!« Dawid lehnte sich zurück, um nach oben schauen zu können. Hohe Fenster, bunt, wie eigentlich in jeder Kirche. Was war da zu sehen? Er kniff die Augen zusammen.

»Sind das … Blumen oder so? Pflanzen?«, fragte er zaghaft. Sein Freund nickte. Zum hundertsten Mal bedauerten sie, dass Herr Gerner zu Beginn der Rallye sämtliche Handys eingesackt hatte. Mit Google wäre es kein Problem gewesen, die komischen Fragen zu beantworten und als Allererste mit ausgefülltem Fragebogen am Ziel anzukommen. Die Gesichter der anderen hätten die beiden für ihr Leben gern gesehen! Doch leider mussten sie die Antworten offline finden, und das war gar nicht so einfach.

»Hier, da steht was!« Eifrig trat Erboy an eine Texttafel heran. Das Problem war, dass es jede Menge Texttafeln in dieser Kirche gab. Alles und jedes wurde erklärt, aber meist nicht das, was bei der Rallye gefragt war.

»Nee, nur was über das alte Gebäude, das vorher hier stand.« Dawid suchte weiter. Da, noch eine Tafel. Treffer!

»Schreib mit!«, forderte er ungeduldig. »Also: *Die drei Fenster der linken Seite zeigen je sieben Pflanzen, die von Hildegard häufig als Grundlage ihrer Medizin verwendet wurden. Die wichtigsten sind Beifuß, Kümmel, Wildthymian, Liebstöckel, Alant, Schafgarbe und Wermut.*«

Erboys Zungenspitze erschien im Mundwinkel, während er sich bemühte, die Kräuternamen einigermaßen fehlerfrei aufzuschreiben.

»Gut, das haben wir. Weiter jetzt, wir müssen die Mädels einholen«, trieb Dawid ihn an. »Was kommt als Nächstes?«

»Das, äh, der, äh … der Reliquienschrein! Der ist ganz vorne.«

Die beiden trabten los. Erboy überflog ihre Aufzeichnungen nochmals, ja, gute Arbeit, jeder Punkt war beantwortet. In der letzten Stunde hatten sie gelernt, dass die Pfarr- und Wallfahrtskirche St. Hildegard, wie sie offiziell hieß, auf alten Klostermauern erbaut worden war, die tatsächlich noch aus der Zeit von Hildegard von Bingen stammten.

Hildegard selbst hatte hier gewirkt und das Kloster geleitet, es gab es mehrere Ordenswechsel, dann wurde die Gemeinschaft zu Napoleons Zeiten aufgelöst. Später riss man Teile davon ab, es folgten Um- und Ausbauten, 1932 brannte schließlich alles nieder. Der heutige Bau mit seinen großen, offenen Flächen wurde neu errichtet und bot den entsprechenden Rahmen für das, was Gläubige aus vielen Ländern anzog und wohin ihre Rallye-Liste sie nun schickte.

Sie waren am Altarraum angekommen.

»Lies vor!«, drängte Dawid. Der hintere Teil war durch Stufen und ein Geländer abgetrennt, an der Wand war ein riesiges Mosaik zu sehen, das fast bis zur Decke reichte, blau und orange. Darunter stand eine goldene Kiste auf einem säulengestützten Tisch, geschützt unter einem Glaskasten.

»In der Apsis wird in einem goldenen Schrein der ›Eibinger Reliquienschatz‹ aufbewahrt, er stellt den wertvollsten Besitz der Pfarrkirche dar. Frage: Welche Reliquien der Hildegard von Bingen befinden sich darin?«

Die beiden schwiegen, dann fragte Erboy vorsichtig: »Was sind denn … Reliquien?«

Dawid schaute sich um, als würde er mit ungebetenen Zuhörern rechnen. »Das sind, glaub ich, Knochen oder so. Von einem Heiligen. Hat mir meine Oma mal erzählt. Manchmal nur ein Finger oder ein Zahn, aber die Leute kommen hin und beten, weil sie hoffen, dass der Heilige ihre Gebete erfüllt. Oder so was in der Art.«

Erboy schaute mit einer Mischung aus Ekel und Faszination auf den goldenen Schrein. »Da sind Sachen von einer Leiche drin? Von der Hildegard?«

»Ja, scheint so. Und wir müssen rauskriegen, was genau da drin ist.«

Diesmal hatten sie kein Glück, es gab keine Tafel mit weiteren Informationen. Schließlich nahm Dawid seinen Mut zusammen und tippte einer Führerin auf die Schulter, die eine Reisegruppe durch das Kirchenschiff leitete. Die Dame konnte den beiden tatsächlich weiterhelfen, Erboy trug ein: Schädel, Haar, Herz und Zunge der Heiligen Hildegard.

Die beiden Jungen machten sich auf den Weg nach draußen, um die letzten beiden Fragen zu beantworten. Vielleicht schafften sie es ja noch, Romy und Lina einzuholen. Im Mittelgang drehte sich Erboy nochmals um und warf einen scheuen Blick auf den Reliquienschrein.

»Irgendwie gruselig, dass da Haare und Herz und so drin sind von einer Frau, die schon ewig tot ist, oder?«

Dawid war in Gedanken bereits bei der nächsten Aufgabe und nickte nur zerstreut. »Hm, na ja, ist wie auf dem Friedhof. Nur halt nicht unter der Erde.«

Doch Erboy wurde das unheimliche Gefühl nicht los. Er war froh, als sie durch das Portal ins Sonnenlicht traten und den Eibinger Reliquienschatz hinter sich ließen.

*

Die Anlage ging kaum leiser zu stellen. Jack Johnson war fast nicht zu hören, und genau diese Mini-Lautstärke genoss Tinne nach dem Lärm des Tages. Die Männer von *Steelram* hatten heute etwas früher Schluss gemacht, der Tontechniker Stanislav musste zu einer Schulaufführung seines Sohnes. Seither herrschte eine solche Stille im Haus, dass sie fast schon einem akustischen Vakuum gleichkam. Also ging Tinne in ihrer wahrlich nicht kleinen CD-Sammlung auf die Suche und wurde bei den »Brushfire Fairytales« fündig. Die perkussive Gitarre und die weiche Stimme von Jack Johnson waren das perfekte Gegenstück zu den Hardrock-Klängen vorher.

Tinne summte mit, während sie etwas unbequem auf

der Couch saß. Ihre schräge Haltung resultierte aus dem Gewicht einer Fünfjährigen, die halb an ihr hing und selig schlummerte. Der Geruch nach Kind und gewaschenen Haaren erfüllte sie mit einer Zufriedenheit, die sie kaum erklären konnte.

Sie kannte Leonie fast von Geburt an. Bei ihrem allerersten Abenteuer mit Elvis hatte sie Ferdi und Claudi kennengelernt, damals war Leonie noch ein Baby gewesen. Tinne mochte die junge Familie auf Anhieb, die Sympathie beruhte auf Gegenseitigkeit. Im Laufe der Jahre unternahmen sie immer wieder etwas zusammen, machten Picknicks, trafen sich bei Weinfesten oder ließen die Kleine beim Minigolf reihum gewinnen. An Leonie merkte Tinne, wie die Zeit verging und sie selbst älter und älter wurde.

Leonie war ein vernünftiges Kind, reif für ihre fünfeinhalb. Vorhin, als die ärgsten Heulattacken vorüber gewesen waren, hatte Tinne sie auf den Schoß genommen und ihr mit ruhigen Worten erklärt, was los war und warum sie in den nächsten Tagen Mama und Papa nicht allzu oft sehen würde.

»Und … und …«, die Stimme des Mädchens klang schon wieder verdächtig nach Schluchzen, »und ich bin jetzt dann immer bei Onkel Elvis und bei dir?«

»Na ja, zumindest solange es hell ist. Und ja nur für die nächsten Tage, bis es der Mama wieder besser geht.«

»Und … wenn ich aufs Klo muss?«

»Da kümmern wir uns drum.«

»Und wenn ich Hunger hab?«

»Dann machen wir dir was zu Essen.«

»Und Durst?«

»Dann kriegst du was zu trinken.«

»Und … darf ich weiter in den Kindergarten?«

»Klar, wir bringen dich hin und holen dich ab. Und abends fahren wir dich zur Mama, dann passt du auf, dass es ihr auch ja gut geht. Und dann schläfst du, und am nächsten Tag bin ich wieder da und warte auf dich.«

»Der Onkel Elvis auch?«

»Ja, der Onkel Elvis auch.«

Damit war Leonie einigermaßen zufrieden. Aus unerfindlichen Gründen hatte sie den brummigen Reporter in ihr Herz geschlossen, sie nannte ihn schon seit jeher »Onkel Elvis«, obwohl er streng genommen ihr Großonkel war. Tinne stellte anschließend die Kommunenküche auf den Kopf und fand im hintersten Winkel eine Dose Kakao, von der sie beim besten Willen nicht wusste, woher sie eigentlich stammte und wie alt sie war. Na ja, zumindest klebte kein D-Mark-Preis mehr dran. Nach einem extragroßen Becher krabbelte Leonie zu ihr, seufzte dreimal und war eine Minute später eingeschlummert.

Tinne merkte, wie ihr selbst die Augen zufielen. Viel zu viel war heute passiert, und es war gerade mal vier Uhr nachmittags. Fühlte sich jedoch an wie Mitternacht. Sie widerstand der Müdigkeit und griff nach ihrem Telefon, ohne die Kleine aufzuwecken. Elvis hatte bisher nicht angerufen, obwohl seine Redaktionskonferenz längst vorbei sein musste. Der Reporter meldete sich in seinem üblichen Brummton, der immer das Gefühl vermittelte, man störe gerade.

»Hi, Elvis, ich wollte mal durchklingeln. Was ist, kommst du nachher, damit wir Leonie gemeinsam zu Claudi bringen?«

»Hm, das ist schlecht. Ich hab einen Nachmittagsjob aufs Auge gedrückt bekommen, der dauert noch. Und ich kann nicht früher weg.«

Na, die gemeinsame Kinderbetreuung fing ja gut an. Tinne schnaufte.

»Du, ich hätte dich da schon gerne dabei. Haste ja schließlich versprochen.«

»Ich kann doch auch nichts dafür! Die Mistkaeferin hat mir bei der Konferenz den Termin vor den Latz geknallt und klargemacht, dass ich mich unterstehen soll, ihn sausen zu lassen. Ich kann nicht, tut mir echt leid!«

»Okay, na gut, wenn's halt nicht anders geht.«

Beide schwiegen. Im Hintergrund erklangen Stimmen und Gelächter, eine Frau trug etwas in breitem Rheinhessisch vor. Tinne glaubte die Worte »Puschelschwanz« und »Löffelohr« zu hören.

»Sag mal, wo bist du eigentlich?«

Elvis murmelte etwas Unverständliches in seinen nicht vorhandenen Bart.

»Was? Wo?«

»Beim Sommerfest vom Budenheimer Kaninchenzüchterverein«, brüllte Elvis. »Noch Fragen? Ich muss nämlich weitermachen, tschö!« Er legte auf, und Tinne konnte ein Lachen nicht zurückhalten. Das war tatsächlich ein Tiefschlag für den armen Elvis. In den letzten Jahren hatte er so etwas wie den inoffiziellen Chefreporter-Posten bei der AZ Mainz innegehabt, und nun wurde er auf Praktikantenjobs wie das Kaninchenzüchterfest geschickt. Tja, das Leben war nun mal kein Ponyhof. Wieder sanken ihr die Augen zu.

Keine Minute später riss sie die Wallace-and-Gromit-Melodie aus dem Halbschlaf. Schon wieder Elvis? Würde vom Timing her passen.

»Hallo, Tinne, Laurent hier. Sag mal, hast du eine Ahnung, wo dieser Erik Faßbender stecken könnte?«

Die Stimme des Kommissars klang geschäftsmäßig. Tinne war anfänglich verärgert gewesen, dass Laurent sie so kühl behandelte, wenn er im Job steckte. Fast wie eine Fremde. Inzwischen wusste sie, dass das seine Art war, Distanz zwischen Beruflichem und Privatem zu halten. Er rief sie als Zeugin an, nicht als seine Lebensgefährtin.

»Hm, nö, leider nicht. Ich kenne ihn privat nicht besonders gut, außerhalb vom Projekt haben wir uns nie getroffen. Seine Handynummer kann ich dir geben, aber die habt ihr wahrscheinlich schon.«

»Ja, das Handy ist aber ausgeschaltet und nicht zu orten. Und in seiner Wohnung öffnet niemand die Tür, die Nachbarn haben ihn auch schon länger nicht gesehen.«

»Könnt ihr nicht rein in die Wohnung? Ich meine, es ist ja kein alltäglicher Fall, dass das Labor, in dem er arbeitet, in die Luft fliegt.«

Sie hörte, wie Laurent Luft holte. »Na ja, so einfach ist das nicht. Immerhin ist er ein erwachsener Mann und hat damit ein Selbstbestimmungsrecht. Theoretisch kann er tun und lassen, was er will. Wenn er Lust hat, ein paar Tage in Urlaub zu fahren oder sonst was zu machen, dann muss er niemandem Bescheid geben. Das wird der Richter leider genauso sehen und uns keinen Beschluss geben, in die Wohnung einzudringen. Deshalb hab ich noch mal bei dir angerufen. Hätte ja sein können, dass du eine Idee hast, wo wir es noch versuchen können.«

»Nein, leider nicht. Sorry.«

Laurent verabschiedete sich dienstmäßig neutral, Tinne blieb nachdenklich sitzen. Die Müdigkeit war davongeweht, zu viel kreiste in ihrem Kopf. Es gehörte nicht viel Kombinationsvermögen dazu, um sich zusammenzureimen, dass der Anschlag auf das Labor und das Verschwinden von Erik zusammenhingen. Zu viel des Zufalls, das irritierte sie. An was Erik allerdings speziell gearbeitet hatte, wusste sie nicht. Aber das ließ sich vielleicht ändern.

Kurz entschlossen angelte sie ihr Notebook von der Ablage und schaffte es, das Gerät so auf ihren Knien zu platzieren, dass Leonie weiterschlafen konnte. Tinne öffnete die internen Dokumentationen des Projekts Mittelaltermedizin. Es gab auf dem Server des Pharmazeutischen Instituts einen nicht-öffentlichen Bereich, den die Arbeitsgruppe als gemeinsame Plattform nutzte. Hier waren über Monate alle möglichen Dokumente abgelegt worden, die auch nur im Entferntesten mit dem Thema zu tun hatten: Sekundärliteratur, Artikel aus Fachjournalen, Versuchsbeschreibungen, endlose Ergebnislisten, Analysen von Inhaltsstoffen und vieles mehr. Der Professor und seine Leute kannten sich in der Materialsammlung sicher bestens aus, sie arbeiteten jeden Tag damit. Für Tinne war es Neuland. Zwar hatte sie als Projektmitglied von Anfang an einen Account gehabt, sich aber nie wirklich dafür interessiert. Die chemisch-biologischen Fachtermini fielen beim besten Willen nicht in ihr Gebiet.

Nun stöberte sie in zahllosen Unterordnern und klickte eine Datei nach der anderen auf. Es gab leider keine Suchfunktion nach Stichworten, und selbst wenn, hätte sie nicht gewusst, nach was sie eigentlich suchen sollte. Laborlisten … Fachbegriffe, die sie noch nie gehört hatte. Klick, klick, weiter. Ein Besprechungsprotokoll mit den dazugehörigen Arbeitsaufträgen, Erik war nur mit den Worten »Fortführung aktueller Untersuchungen« erwähnt. Nicht sehr aufschlussreich. Dann endlich ein Treffer: Eine Textdatei, mehr oder weniger unformatiert, sie trug den Titel »Ergebnisprotokoll Erik Faßbender (vorab)«. Das Dokument sah aus wie ein Entwurf, der später nochmals ins Reine getippt werden sollte, Tippfehler inklusive. Tinne merkte, wie ihre Anspannung wuchs. »Versuchsreihe III«, dazu eine chemische Formel, die ihr nichts sagte. Als Medizinhistoriker kannte Erik sich leidlich gut in Biochemie aus, eine Fähigkeit, die Tinne völlig abging. Es folgte Text: »Immunreakt??? RNA, neg. Polarität? Transkr. + Repl. gestoppt??? möglich?????«

Die Masse an Fragezeichen passte zu ihrem Verständnis, das waren böhmische Dörfer für sie. Aber das Datum war interessant, 5. November, vier Tage bevor Erik nicht mehr im Labor erschienen war. Das musste eine seiner letzten Arbeiten gewesen sein. Die Stichwortsammlung zog sich über mehr als zwei Seiten, viele medizinische Begriffe, aber auch einige Zahlen, vielleicht Jahreszahlen. 1006, 1141, 1179, die würden allesamt zum hohen Mittelalter passen. Tinne war zuversichtlich, dass sie mit fleißiger Recherchearbeit einiges herauslesen konnte. Verändern oder Abspeichern durfte sie die Datei nicht, ihr Account besaß lediglich eine Leseberechtigung. Ausdrucken war aber möglich. Gerade wollte sie den Druckauftrag an ihren Printer schicken, da geschah etwas, das sie erstarren ließ: Vor ihren Augen fing das Dokument an zu verschwinden, Zeile für Zeile löste sich auf, die oberen waren bereits weg, die unteren rutschten nach, schnell und immer schneller.

Tinne wurde panisch, als sie verstand, was los war: In dieser Sekunde hatte jemand anders dieselbe Datei geöffnet, und dieser Jemand besaß einen Account mit Bearbeitungsberechtigung. Und er löschte das Dokument! Fahrig klickte sie auf das Drucksymbol, doch die Funktion war gesperrt, weil sich die Datei jetzt im Bearbeitungsmodus befand. Ohnmächtig musste Tinne zusehen, wie die Zeilen in rasender Geschwindigkeit verschwanden, sie versuchte, sich irgendetwas einzuprägen, doch vergebens. Plötzlich durchzuckte sie ein Geistesblitz – natürlich, ein Screenshot! Gerade noch schaffte sie es, die Tastenkombination »Alt« und »Druck« zu drücken, bevor der Bildschirm leer war. Sie hatte so fest zugedrückt, dass Leonie sich regte und im Halbschlaf etwas murmelte, doch Tinne war viel zu aufgeregt, um darauf zu achten. Mit bebenden Fingern öffnete sie Paint und fügte den Zwischenspeicher ein. Hatte sie Glück gehabt? Ja, aber nicht allzu viel: Das Bildschirmfoto enthielt nur die beiden allerletzten Zeilen des Textes, und die machten Tinne nicht gerade schlau.

Ca+Cu??? möglich, wahrscheinlich???
Checken!!!

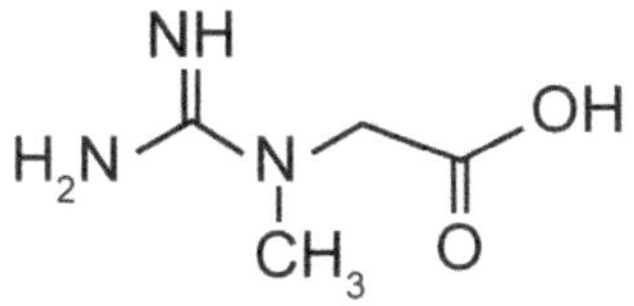

Tinne starrte auf die Worte und die Strukturformel, bis sie vor ihren Augen flimmerten. Was auch immer das bedeutete – sie war sicher, dass die Geschehnisse im Labor damit zusammenhingen.

MONTAG, 13. NOVEMBER 2017

Brutus erhoppelt Gold

Spaß und Spannung bei den Budenheimer Kaninchenfreunden

von Elmar Wissmann

Das diesjährige Sommerfest des Kleintierzuchtvereins »Kaninchenfreunde Budenheim e. V.« lockte Groß und Klein mit einem bunten Nachmittagsprogramm. Nach den Grußworten des Vereinsvorsitzenden Heribert Knoll (64) begeisterte die zweite Beigeordnete Rosalinde Purrmann-Köller die rund 50 Gäste mit selbst geschriebenen Mundart-Gedichten zum Thema »Das Rheinhessische Hasenjahr«. Der mit Spannung erwartete Züchterwettbewerb, wie jedes Jahr Höhepunkt der Veranstaltung, endete mit einem Paukenschlag. Denn der letztjährige Sieger, ein Kastanienbrauner Lothringer namens Sir Cedric aus der Zucht von Bernhard Gimbsweiler (Udenheim), trat erneut mit besten Chancen an. Zur allgemeinen Überraschung einigte sich die Jury allerdings einstimmig auf Brutus, einen havannafarbig-weißen Deutschen Kleinwidder mit markanter Mantelzeichnung und einer ausnehmend schön gebogenen Ramsnase. Der glückliche Besitzer, Fritz Schlonz aus Gau-Bickelheim, nahm den Wanderpokal »Goldener Mümmelmann« zu Tränen gerührt entgegen. Mit Kaninchenwurst vom Grill und Hasenragout blieb das Sommerfest auch kulinarisch seiner

Linie treu. »Eine tolle Veranstaltung, die zeigt, dass die Budenheimer Kleintierzucht für die Zukunft bestens aufgestellt ist«, schloss Vorsitzender Knoll. Eine Aussage, der sicher auch Brutus zustimmen würde.

*

Riza und Andreas liefen entspannt die Bauhofstraße entlang. Das frühmorgendliche Mainz war schlaftrunken, in den Straßen brummten einzelne Autos, die Dunkelheit dämpfte alle Farben. Um halb sechs roch die Stadt frisch, die Nachtluft war klar und hatte noch nicht den Ruch von Zivilisation, Abgas, Geschäftigkeit und zu vielen Menschen. Perfekte Bedingungen zum Joggen.

»Heute wieder spät?«, fragte Riza im Rhythmus ihrer Schritte. Sein Laufpartner nickte.

»Jep. Wieder die Deppenschicht.«

Die »Deppenschicht« – so wurde der Nachmittagsdienst im Telekom-Laden am Brand genannt. Dann kamen all die Kunden, die tagsüber arbeiten mussten und eine Störung oder eine ausgebliebene Lieferung erst nach 17 Uhr melden konnten. Und weil sie den lieben langen Tag Zeit hatten, sich in ihr Problem hineinzusteigern, war der Tonfall am Counter oft mehr als rau. Andreas arbeitete seit mehr als sieben Jahren im T-Punkt und konnte ein Lied von der Deppenschicht singen. Riza hingegen wusste immer wieder haarsträubende Anekdoten aus der Welt der Kurierfahrten zu berichten. Er war Fahrer bei DPD und hatte von der Mafia-Adresse bis zur brünstigen Hausfrau schon so ziemlich alles erlebt, was der Job mit sich brachte.

Die beiden Männer wohnten im selben Haus, einer gesichtslosen 70er-Jahre-Appartementanlage in der Hindenburgstraße. Dass sie zusammen joggten, war einem

Zufall geschuldet – sie hatten sich vor einem halben Jahr zu nachtschlafender Zeit an der gemeinsamen Haustür getroffen, beide im Trainingsoutfit, beide mit Asics an den Füßen. Aus dem Beschnuppern wurde schnell ein Trainingsteam, sie waren sich einig, dass ihre frühen Laufrunden zu zweit mehr Spaß machten.

»Aber in zwei Wochen hab ich Urlaub.« Andreas deutete mit der Hand einen Flieger an, der in den Himmel schoss. »Selina hat ein Superschnäppchen gefunden, auf den Kapverden. Eine Woche für …« Er brach ab, als Riza aus dem Tritt geriet. Sie überquerten gerade den Karmeliterplatz. Was war los? Dann sah er es auch: Direkt vor ihnen lag eine Gestalt, ein Mann, der sich krümmte und leise stöhnte.

»Ey, immer die Besoffenen«, knurrte Andreas und machte einen Bogen darum.

Der Mann am Boden keuchte und gab Laute von sich, die wie eine Mischung aus Husten und Würgen klangen.

»Ist ja eklig!« Nach ein paar Schritten hatte er seinen Laufrhythmus wiedergefunden. Doch Riza blieb stehen.

»Warte mal, da stimmt was nicht.«

Unwillig bremste Andreas. Wollte sein Laufpartner jetzt den guten Samariter spielen wegen einem Penner oder was? Er trat näher.

»Komm, was soll das. Lass den Typen doch in Ruhe, der soll erst mal ausnüchtern. Wenn wir jetzt …«

Er stockte. Riza hatte recht, da war etwas nicht in Ordnung. Der Mann am Boden war jung und sah gepflegt aus, er trug kein Sammelsurium an Klamotten wie ein Obdachloser. Vielleicht ein Student, der einen über den Durst getrunken hatte? Andreas schaute genauer hin. Der junge Mann wand sich in Krämpfen, Speichel lief ihm aus dem Mund, seine Augen zuckten wild.

Riza beugte sich nach unten.

»Hallo? Hallo, hören Sie mich?«

Keine Reaktion, vorsichtig rüttelte er an der Schulter des Liegenden. Im selben Augenblick fuhr der Mann herum, ein Laut kam aus seiner Kehle, halb Brüllen, halb Knurren, die Hände schossen wie Klauen nach oben und packten Riza. Dieser schrie entsetzt auf und wollte sich losreißen, doch der Griff war eisenhart.

»Scheiße, hilf mir, hilf mir!«, rief er voller Panik. Andreas war wie gelähmt vor Entsetzen. Die Beine des Mannes zuckten spastisch und trommelten auf den Boden, wieder brüllte er und riss Riza nach unten. Endlich erwachte Andreas aus der Erstarrung und packte seinen Laufpartner, um ihn wegzuziehen. Doch die Klauenhände hatten ungeahnte Kräfte, er geriet aus dem Gleichgewicht, halb fiel er auf Riza, der angefangen hatte, um sich zu schlagen. Plötzlich schrie Riza schrill auf, sein Ellbogen traf Andreas am Jochbein. Der sah mit Schrecken, was los war: Der Mann hatte seine Zähne in Rizas Arm geschlagen, knurrend und mit wilden Augen biss er zu, wieder und wieder, Speichel und Blut vermischten sich zu einem zähen Schaum, der zu Boden troff und das Pflaster sprenkelte.

Rizas Schrei hallte durch die stille Stadt und wollte nicht mehr aufhören.

*

Tinne hatte einen Augenblick zum Verschnaufen, schloss die Augen und versuchte, ihren Tag zu planen. Leonie war gerade von Elvis in die Kommune gebracht worden. Die Kleine hatte sie zehn Minuten ununterbrochen zugetextet und war ihr überall hinterhergelaufen. Rettung kam in Form von Kommunenkater Mufti, der in die Küche stolzierte und mit einem Schrei der Begeisterung begrüßt wurde.

Tinne war dem Tier dankbar, dass es stoisch stillhielt und die ruppigen Liebesbekundungen über sich ergehen ließ. So konnte sie wenigstens kurz überlegen, was sie heute wann, wie und wo tun musste.

Das Wochenende war wie im Flug vergangen, Leonie hatte sie und Elvis ordentlich auf Trab gehalten. Tinne war erschrocken, als sie beim abendlichen »Kindertausch« im Krankenhaus Claudi zum ersten Mal gesehen hatte. Sie sah schlimm aus, mit Hämatomen im Gesicht, angeschlossen an jede Menge Schläuche, ein Bein und ein Arm in Gips. Ferdi hatte es noch härter erwischt, doch die Ärzte waren den Umständen entsprechend zufrieden und planten, ihn im Laufe des nächsten Tages aus dem künstlichen Koma zu holen. Trotz der schlimmen Situation freute Claudi sich unbändig, ihre Tochter zumindest nachts bei sich haben zu können, sie dankte Tinne unter Tränen für ihren Einsatz.

Tinne schaute auf die Uhr. Heute war der erste Tag, an dem sie das Mädchen in die Kita bringen würde.

»Okay, Leonie, wir müssen los.«

Elvis hatte samstags einige Sachen aus Ferdis Wohnung mitgebracht, einen Fahrrad-Kindersitz samt Helm, einige Stofftiere und eine Tasche voller Wäsche. Darin wühlte Tinne nun und fand eine blaue Jacke, einen Schal und eine Mütze. Sie erinnerte sich an die To-do-Liste, die Elvis vorgelesen hatte: »Die Kleine immer gut einpacken, sie neigt zu Schnupfen.«

»Nö. Ich will die rote Jacke«, erklärte Leonie nach einem Blick auf ihre Auswahl.

»Hör zu, wir haben die rote Jacke nicht hier. Es ist nur das da, was da ist.« Tinne hielt die Diskussion nach diesem grammatikalisch gewagten Satz für beendet. Doch Leonie stemmte die Ärmchen in die Seite.

»Nein. Ich will die rote Jacke!«

»Die ist nicht da! Und jetzt auf, es ist schon spät.«

Das Mädchengesicht verzog sich zu einer Faltenlandschaft und nahm Farbe an.

»Neiiiin! Nicht die! Die rote!«

Tinne kniete sich hin und versuchte, das Schlimmste zu verhindern. »Leonie, schau, die blaue Jacke ist doch auch schön, und …«

Weiter kam sie nicht. Ein markerschütterndes Geschrei erhob sich, so schrill, dass Mufti wie ein Pfeil aus der Küche schoss.

»Willabadierooooootejackedierootewillabawillaba …«, heulte Leonie in Alarmanlagenlautstärke. Tinne musste sich zusammenreißen, um nicht genauso laut zurückzubrüllen. Und jetzt? Sie holte Luft, um gegen das Geschrei anzureden, da fing das Haus mit einem Mal an zu dröhnen. Leonie verschluckte sich vor Schreck, als ein rollender Schlagzeugwirbel die Tassen klappern ließ und keine Sekunde später E-Gitarre und Bass einsetzten wie ein Stahlgewitter.

»Boaaa!«, hauchte die Kleine beeindruckt und hatte ihren Wutanfall schon vergessen. Selten hatte Tinne die Musik von *Steelram* so zu schätzen gewusst, im Geist gab sie den Jungs einen aus. Flugs war Leonie in Jacke, Schal und Mütze gepackt und wurde in Richtung Ausgang bugsiert. Wenn Mama-Dasein immer so anstrengend war, wunderte Tinne sich nicht, dass ihre Freundinnen mit Nachwuchs manchmal Ringe unter den Augen hatten, die so groß waren wie Unterteller.

Auf dem Weg zur Tür schaute Leonie sich suchend um. »Und mein Brot? Mama macht mir immer ein Brot.«

Verflixt, das Brot für die Kita, das war ja auch auf Elvis' Endlos-Liste gewesen. An so etwas wie ein Pausenbrot hatte Tinne schon seit ihrer Schulzeit nicht mehr gedacht. Wenn sie an die Uni fuhr, war sie meist eh zu spät dran und stopfte wahllos einen Schokoriegel oder eine matschige Banane in die Tasche. Ihr war klar, dass die ausgewogene Ernährung einer Fünfjährigen anders auszusehen hatte.

Sie spähte in den Kühlschrank. Nicht übermäßig gut gefüllt, wie üblich. Bertie bunkerte in seinem Fach nur Wurst in allen Formen und Farben, bei Vegetarier-Axl welkten grüne Stängel vor sich hin, sie selbst hatte wieder einmal vergessen einzukaufen. Nur Weinflaschen gab es in Hülle und Fülle, aber die schieden als Pausenbrot aus. Leonie peilte an ihr vorbei, Tinne glaubte zu spüren, wie das Mädchen innerlich einen Vergleich zwischen dem mageren Kommunenkühlschrank und den wohlsortierten Vorräten ihrer Mutter anstellte. Von Hardrock-Rhythmen begleitet röstete sie zwei Toastscheiben, belegte sie mit Käse, klatschte einige Scheiben Lyoner aus Berties Sammlung darauf und garnierte alles mit Frühlingszwiebeln. Na bitte, sah doch gar nicht so schlecht aus.

Leonie schaute sie fordernd an. »Und was krieg ich zu trinken?«

Tinne streckte ihren Kopf in die Mini-Vorratskammer der Kommune. Noch mehr Alkohol, zwei Kisten Wasser und Apfelsaft, alles in schweren Glasflaschen. Das Einzige, was eine transportable Größe hatte, war Cola in Halbliter-PET-Flaschen. Nun ja, wenigstens koffeinfrei, das musste zur Not genügen. Sie packte eine der Flaschen in Leonies Tasche.

»Okay, jetzt aber ab durch die Mitte!«

Folgsam lief ihr die Kleine in den Hof nach und ließ sich den Helm aufziehen. Tinne fummelte den Kindersitz auf ihr Fahrrad und schnallte Leonie darin fest. Sie eierte kurz, bis sie das Rad mit dem ungewohnten Gewicht unter Kontrolle hatte, dann strampelte sie in Richtung Oberstadt. Ihr Ziel war die Kita der Evangelischen Luthergemeinde in der Friedrich-Naumann-Straße.

Vor dem Gebäude sah es aus wie auf der IAA. Audis, Touaregs, schnittige 3er und schicke Cabrios standen kreuz und quer auf dem Bürgersteig. Aha, die Helikoptereltern lieferten ihre Premiumkinder ab. Tinne musste sich anstrengen, um auf dem Weg zum Fahrradständer nicht gegen edles Blech zu donnern. Bei einem dicken Porsche Cayenne ging unvermittelt die Tür auf, sie konnte gerade noch ausweichen.

»Passen Sie doch auf!«, wurde sie von einer Frau im Versace-Outfit angeherrscht, deren Tochter im Kindersitz zwischen Plüschtieren kaum zu sehen war. Tinne hatte wie üblich keine passende Entgegnung parat, bissige Sprüche fielen ihr leider immer erst mit fünfminütiger Verspätung ein. Also kurvte sie stumm weiter, schloss das Rad an und half Leonie herunter.

Im Inneren ging es zu wie in einem Taubenschlag. Eltern hängten Taschen und Jacken an Garderobenhaken, die mit Namen beschriftet und mit bunten Bildern versehen waren. Zwei Jungen droschen sich, während die Mütter danebenstanden und in ruhigem Ton auf sie einredeten. Ein Mädchen hatte einem anderen die Puppe weggenommen, der Papa ging nicht dazwischen, sondern zog ein stolzes Sie-wird-ihren-Weg-im-Leben-machen-Gesicht. Zwei Betreuerinnen ließen das Tohuwabohu mit professioneller Ruhe über sich ergehen.

Tinne hielt Leonies Hand und ließ sich von ihr zur Garderobe ziehen. »Leonie Frick« stand da in gelber Schrift, das Bild daneben zeigte ein Computermännchen mit Bildschirmkopf. Sie musste schmunzeln. Ferdis Tochter, durch und durch.

»Mein Platz«, erklärte die Kleine und hängte ihre Sachen auf. Eine der Kindergärtnerinnen näherte sich, eine junge Frau mit Strähnchenfrisur. Tinne wollte zu einer Erklärung ausholen, doch die Frau wusste schon Bescheid.

»Hallo, Sie müssen Frau Nachtigall sein, die auf Leonie aufpasst, oder? Ich bin Mirjam. Finde ich toll, dass Sie das übernehmen.«

Leonie reckte sich. »Ich bin auch total brav, damit die Mama sich keine Sorgen machen muss.«

Tinne dachte an die rote Jacke und strich ihr über den Kopf. »Ja, superbrav bist du, mein Goldstück.« Sie gab Mirjam ihre Handynummer und drückte Leonie das Pausenbrot in die Hand, damit sie es in den Kühlschrank bringen konnte. Miss Porsche-Versace vom Bürgersteig stolzierte gerade vorbei, ihre Tochter im Schlepptau. Beiläufig warf sie einen Blick auf das Brot.

»Weißmehltoast«, sagte sie in einem Tonfall, als spräche sie vom Fegefeuer. »Das haben wir schon lange gestrichen, nicht wahr, Marie-Odile?« Marie-Odile hatte Kulleraugen, perfekt auf wuschelig gestylte Haare und bunte Ton-in-Ton-Kleider. Sie kam Tinne vor wie ein Kind aus dem Ikea-Katalog. Mit verkrampftem Lächeln versuchte Tinne, das Brot zu verstecken. Leonie machte ihre Bemühungen zunichte, reckte die Stulle in die Höhe und verkündete stolz: »Mit Wurst!«

»Oh, Aufschnitt … da ist Separatorenfleisch drin.« Die Porschemama schaute Tinne von oben herab an, obwohl Tinne größer war. »Und Hirn. In Gelbwurst ist immer Hirn.« Sie tätschelte ihre Tochter. »Wir kaufen seit Marie-Odiles Geburt ausschließlich beim Bio-Metzger. Und das auch höchstens zweimal die Woche. Der Papa ist da auch super d'accord, nicht wahr, Schatz?«

Vor Tinnes geistigem Auge erschien Papa, der mit gespielter Begeisterung im Sprossensalat stocherte und sich insgeheim nach einem 400-Gramm-Rumpsteak sehnte. Sie lief rot an, als weitere Mütter mit ihren gesunden Hochglanzkindern zusammenströmten und eine allgemeine Biodiskussion losbrach. Bei Chia-Hafer-Porridge mit Goji-Beeren hatte Tinne endgültig genug, beugte sich zu Leonie und flüsterte: »Meine Süße, ich hole dich nachher ab. Wenn was ist, soll Mirjam bei mir anrufen. Okay?«

»Okay«, nickte Leonie und nestelte weiter an ihrer Tasche. Während Tinne davonschlich, holte die Kleine mit sicherem Gefühl für Timing die Colaflasche hervor. Alle Gespräche verstummten. Cola – für ein Vorschulkind! Die Übermütter waren nahe am Kammerflimmern, doch Tinne sah mit einer gewissen Befriedigung, dass sämtliche Zuckerpuppenkinder gelb vor Neid wurden. In den Augen von Fünfjährigen verlor der Dinkel-Smoothie ganz klar gegen eine herrlich ungesunde, pappsüße Cola. Tinne wusste, dass Leonie heute die Königin im Ring war, und das machte sie ein klitzekleines bisschen stolz. Ätsch.

Fünf Minuten später radelte sie über die Obere Zahlbacher in Richtung Uni. Bei den Pharmazeuten würde sie heute wohl kaum arbeiten können. Deshalb war ihr Plan, zum Institut für Organische Chemie zu fahren und Informationen zu der Strukturformel zu sammeln, die sie aus Eriks Dokument gerettet hatte.

Die Formel und die merkwürdigen Buchstabenkürzel waren auch am Samstagabend Thema gewesen. Sie hatte gemeinsam mit Laurent bei ihm zu Hause gekocht und ihm von ihrer Recherche erzählt. Während ihrer Schilderung des gelöschten Dokuments runzelte Laurent die Stirn, er war ebenso wie sie der Meinung, alles würde auf irgendeine Art zusammenhängen. Auf ihren Screenshot konnte er sich keinen Reim machen, er wollte das Bild im Laufe der Ermittlungen an jemanden mit Fachkenntnis weitergeben.

Tinnes Telefon klingelte und riss sie aus ihren Gedanken. Sie war zu faul, um anzuhalten, also angelte sie blind in ihrer Tasche, fuhr Schlangenlinien und hatte kurz darauf das Handy am Ohr.

»Hallo, Tinne, ich bin's, Laurent.«

Oha, Gedankenübertragung! Gerade wollte sie ihn begrüßen, da redete er auch schon weiter: »Sag mal, wo bist du gerade?«

Seine ernste Stimme machte Tinne klar, dass sein früher Anruf einen beruflichen Hintergrund hatte. Ein ungutes Gefühl machte sich in ihr breit.

»Ich, eh, gerade fahre ich an der Uniklinik vorbei zum Campus. Warum?«

»Kannst du runterkommen in die Stadt, Karmeliterplatz? Es ist wichtig.«

Das ungute Gefühl wurde stärker. »Okay, ja, kann ich. Wo finde ich dich auf dem Platz?«

Es dauerte eine Sekunde, bis Laurent antwortete. »Du wirst uns sehen, glaub mir.«

*

Elvis hatte den Eindruck, eine Gruft zu betreten, als er die Tür zur Lokalredaktion öffnete. Normalerweise herrschte in dem Büro am Mainzer Markt hektisches Treiben, jeder der AZ-Mitarbeiter wusste etwas zu erzählen oder holte sich Rat bei einem Kollegen, auf fünf Leitungen wurde gleichzeitig telefoniert. Dazu kam der Ausblick aus dem ersten Stock, der mehr als beeindruckend war: Die raumhohen Glasflächen zeigten direkt zum Markt, zur Heunensäule und zum gewaltigen Dom, der angesichts seiner tausendjährigen Geschichte so manches Menschenschicksal klein und unbedeutend erscheinen ließ.

Seit der Herrschaft von Gisela Kaeferin war die Laune allerdings bei null angekommen. Jeder arbeitete still vor sich hin und hoffte, nicht als Nächster ein Donnerwetter abzubekommen. Frau Kaeferin saß im separaten Büro der Redaktionsleitung, dessen Glastür einen perfekten Blick in den Raum ermöglichte. Bei ihrer Vorgängerin hatte die Tür stets offen gestanden, eine Einladung zu Austausch und Kommunikation, doch nun war sie geschlossen und trennte die Interims-Chefin vom Rest der Belegschaft. Wie eine Spinne saß sie in ihrem Büro, telefonierte ununterbrochen und ließ ihre Augen über die Mitarbeiter wandern. Ab und an kam sie hervorgeschossen, forderte hier einen Rapport und dort einen Überblick über die Fotoauswahl. Selbstredend war ihr nichts gut genug, jede Kleinigkeit wurde gerügt und verschlimmbessert.

Elvis musste seinen Mut zusammennehmen, um die Lokalredaktion überhaupt zu betreten. Der Gegenwind, der ihm vonseiten der Mistkaeferin entgegenwehte, machte ihm zu schaffen, auch wenn er das niemals zeigen würde. Es war sogar schon vorgekommen, dass er – Hilfe! – abends keinen rechten Appetit hatte und der Riesling schal schmeckte. Solche Alarmzeichen sollte man nicht auf die leichte Schulter nehmen, das war ihm klar.

Nun stand er im Raum, die Kollegen nickten ihm flüchtig zu, bevor jeder seinen Kopf wieder in die Arbeit steckte. Nur Jannik konnte seine Genugtuung nicht verbergen, ein gehässiges Grinsen huschte über sein Gesicht. Der Jungreporter arbeitete seit Jahren bei der Lokalredaktion, hatte es aber bis heute noch nicht zu einer Festanstellung geschafft. Trotzdem trat er auf wie Henri Nannen persönlich und gab überall ungefragt seinen Senf dazu. Dass Elvis nun mit seinem Oberbürgermeister-Coup eine Bauchlandung hingelegt hatte und zur *Persona non grata* geworden war, schien ihn diebisch zu freuen.

Da ging auch schon die Glastür auf, Frau Kaeferin schaute heraus. »Wissmann, kommen Sie gleich mal rein. Und lassen Sie die Tür offen.«

Wenn ein Mistkäfer reden könnte, würde er genau so klingen, da war Elvis sicher. Von Janniks schadenfrohen Blicken begleitet trottete er in ihr Büro. Die Chefredakteurin telefonierte wie immer und hatte den Lautsprecher angeschaltet, eine blecherne Stimme hallte durch den Raum. »Und ständig diese Adjektive, wie in einem Schulaufsatz.«

Sie nickte, als könne ihr Gesprächspartner sie sehen. »Jaja, das geht gar nicht. Er ist übrigens gerade reingekommen, ich werde ihm das gleich mal klarmachen.«

»Ja, tu das. Da ist keine Dramaturgie drin, da kommt nichts Persönliches rüber. Schlecht, wirklich schlecht.« Die Stimme am Telefon klang nasal mit einem besserwisserischen Beiklang. Elvis fühlte sich wie im falschen Film. Was war das denn? Der Telefonjoker, der über ihn zu Gericht saß?

»Da bin ich völlig deiner Meinung«, antwortete Frau Kaeferin dem Lautsprecher. »Danke für deine Einschätzung.« Sie unterbrach die Verbindung und deutete auf den Hasenartikel, der auf ihrem Tisch lag. »Hören Sie, Wissmann, das ist nicht gerade das Niveau, das wir hier bei der Allgemeinen Zeitung erwarten. Viel zu oberflächlich, wichtige Informationen fehlen, einfach platt. Eine Anfängerarbeit.«

Elvis biss sich auf die Zunge, auf der die Frage lag, wie ein Kaninchennachmittag journalistisch hochwertig aufzubereiten sei.

»Das war gerade mein Mann, ich habe ihn angerufen, um eine zweite Meinung einzuholen«, fuhr sie fort. »Und damit Sie's gleich wissen: Er ist vom Fach, er hat sieben Jahre lang den Chefredakteursposten bei der Rhein-Zeitung gehabt.«

Die Mainzer Rhein-Zeitung war neben der AZ die zweite große Tageszeitung der Stadt gewesen, bis sie Ende 2013 eingestellt worden war. Schon wieder musste Elvis an sich halten, um nicht herauszuplatzen, weshalb das Blatt trotz eines solch brillanten Chefredakteurs dichtgemacht hatte. Stattdessen hielt er den Mund und wartete das Ende der kalten Dusche ab. Ihm war klar, dass die offene Tür und das Telefonat per Lautsprecher nur den Zweck gehabt hatten, ihn vor der ganzen Belegschaft bloßzustellen.

»Mein Mann sagt genau dasselbe, Sie haben's ja gehört: stümperhaft, schlecht. Ein Volontär kann das besser.«

Die Chefredakteurin hatte ein teigiges Gesicht und eine Figur, bei der jede Rundung in die nächste überging und alles zu einer welligen Einheit wurde. Ihre Augen lagen tief in den Höhlen, was ihnen einen lauernden Ausdruck gab. In ihrem Kleiderschrank schien es keine einzige Farbe zu geben, sondern nur grau in allen Schattierungen: dunkelgraue Hose, staubgrauer Blazer, asphaltgrauer Schal. Sogar die Socken waren grau. Elvis musste an »50 Shades of Grey« denken. Wenn die Mistkaeferin die Hauptrolle gespielt hätte, wäre der Film hundertprozentig auf dem Index gelandet.

Sie beugte sich vor und stützte die Arme auf den Tisch. Mehr denn je sah sie aus wie ein grauer Mistkäfer.

»Ich rate Ihnen dringend, Wissmann, arbeiten Sie sorgfältiger. Sie haben den Bogen mit Ihrem Oberbürgermeisterhammer beinahe überspannt. Wenn jetzt auch nur die kleinste Kleinigkeit schiefgeht, ist Ihre Zeit bei der AZ ganz schnell vorbei. Habe ich mich klar ausgedrückt?«

Elvis schluckte den Anpfiff und nickte verdrossen. Jeder Widerspruch war zwecklos, die Mistkaeferin saß am längeren Hebel. Er wünschte sich auf den Mond. Plötzlich war Bewegung in der Tür, Jannik beugte sich herein, leicht außer Atem, eine Haarsträhne so perfekt vor dem Gesicht drapiert, dass er einen Oscar für die Nebenrolle »aufgeregter Reporter« bekommen hätte.

»'tschuldigung. Eben kam die Info rein, dass am Karmeliterplatz etwas los ist. Polizei, Krankenwagen, und gerade wird alles abgesperrt. Was machen wir?«

Mit einem halben Satz war Elvis beim Ausgang. Reporterreflex. Im Normalfall wäre er jetzt zu seiner Vespa losgespurtet und quer durch alle Fußgängerzonen geschossen. Doch Frau Kaeferin hielt ihn mit einer Handbewegung zurück, ohne ihn anzuschauen.

»Gut, Jannik, danke. Fahren Sie hin und übernehmen Sie das. Melden Sie sich, wenn Sie Unterstützung brauchen.« Mit schlecht verhehltem Triumph zischte Jannik ab. Elvis schaute ihm nach und fragte sich, ob es noch schlimmer kommen konnte.

»Für Sie, Wissmann, habe ich einen anderen Termin. Der ist wohl eher auf Ihrem Niveau.« Sie drückte Elvis ein Blatt in die Hand, er warf einen Blick darauf. O ja, es konnte noch schlimmer kommen.

*

Paula rannte fast, die Brötchentüte schlackerte in ihrer Hand. Wie dumm aber auch! War sie zu verpeilt, um einfach nur mal zum Bäcker zu gehen? Sie redete sich ein, dass ihre kleine Nachlässigkeit kein Problem war, nichts würde passieren, nicht an einem sonnigen Morgen und schon gar nicht im verschlafenen Marienborn. Heute hatte sie frei, sie wollte den Tag genießen ohne Stress und ohne unnötige Sorgen.

Sie querte die Pfarrer-Dorn-Straße und war fast zu Hause. Ihr Atem wurde ruhiger, sie fing an, sich auf ihr ausgedehntes Frühstück zu freuen. Eigentlich hätte sie heute einen Kurs leiten sollen, »DAF, Deutsch als Fremdsprache, Level B2«. Gestern hatte aber Herr Pommer angerufen, ihr Chef von der Académie de Langues: Etwas war bei der Anmeldung schiefgegangen, die Leute waren für einen anderen Kurs eingetragen, er musste sie für heute freistellen. Nach einigem Hin und Her hatte er schließlich zähneknirschend zugesagt, dass sie trotzdem ihr volles Gehalt bekommen würde. Geld verdienen durch Nichtstun – konnte es etwas Schöneres geben? Paula hatte sich entschlossen, den unerwarteten »Frei-Tag« mit einem fürstlichen Frühstück zu beginnen.

So weit, so gut. Leider war ihr mitten in der Schlange beim Bäcker Körner siedend heiß eingefallen, dass sie nach ihrer morgendlichen Tasse Kaffee die Terrassentür offen gelassen hatte. Paula wohnte Hinter den Wiesen in einer schönen Erdgeschosswohnung, in 50 Metern Entfernung fuhr die Mainzelbahn, dahinter gab es nur Felder. Die Straße war ruhig, der Garten eingewachsen. Eigentlich kein typisches Pflaster für Wohnungseinbrüche, versuchte sie sich zu beruhigen. Selbst um ihre drei Lieblinge Kassandra, Lyra und Shia musste sie sich keine Sorgen machen. Die Katzen bevorzugten die Wohnung und hatten wenig übrig für die unsichere Welt vor der Tür. Als Kätzchen waren sie einmal von zwei freilaufenden Hunden dermaßen angegangen worden, dass der Schreck sie zu braven Stubentigern gemacht hatte. Der mutigste Ausflug war seither eine schnelle Runde durch den Garten, von dem sie mit nervös erhobenem Schwanz eilig wieder zurückkamen.

Trotzdem war Paula unruhig. Gerade letztens hatte das Fernsehen mit der Mär von nächtlichen Einbrüchen aufgeräumt, mit den klassischen Vorstellungen von Langfingern, die im Urlaub ins Haus eindrangen und im Taschenlampenschein nach Omas Perlenkette suchten. Heutzutage ging das alles ratzfatz, und meistens am helllichten Tag. Während die Familie hinten auf dem Rasen Kuchen aß, hebelte vorn einer das Fenster auf, griff das Bargeld und die Handys und war zwei Minuten später verschwunden.

»Nicht hier. Nicht in Marienborn«, bestimmte Paula halblaut und betrat den Gartenweg, der seitlich neben das Haus führte. Sie erreichte ihre Terrasse. Die Tür war sperrangelweit offen, doch in der Wohnung lagen die Kissen nach wie vor ordentlich auf der Couch, ihre Kaffeetasse stand auf dem Beistelltisch. Keine Spuren einer hastigen Suche, nichts umgeworfen. Alles gut.

»Mäuschen!«, rief sie und pfiff eine kleine Tonfolge. Sie freute sich auf die drei Katzendamen, helle Burmilla, deren Ohren rot glühten, wenn sie von der Sonne durchleuchtet wurden. Aber nichts geschah, keine Nase erschien hinter der Couch, kein kleiner Wildfang fegte aus der Küche heraus.

»Lyra! Shia! Kassandra!« Wieder pfiff sie. Nichts. Sofort war die Nervosität wieder da, Paula spürte, wie ihre Hände feucht wurden. Eilig schaute sie nach den Lieblingsplätzen ihrer Katzen, auf der Fensterbank, unter der Kommode im Flur, im Kissenstapel hinter dem Bett. Vergebens.

Tränen kamen. Paula rannte zur Küche, holte eine Schachtel Trockenfutter und raschelte damit laut. Das Geräusch lockte die Katzen normalerweise aus den unmöglichsten Verstecken hervor. Keine Reaktion, in der Wohnung blieb es still.

»Mäuschen, wo seid ihr?«, flüsterte sie. Ihr verzweifelter Blick fiel auf die offene Terrassentür. Vielleicht hatten die drei das verlockende Angebot doch genutzt, um auf Abenteuer zu gehen? Doch in ihrem Innern wusste Paula, dass sie sich etwas einredete.

In den zehn Minuten, in denen sie beim Bäcker gewesen war, musste jemand ihre Katzen mitgenommen haben.

*

Tinne lenkte ihr Fahrrad vom Flachsmarkt zum Karmeliterplatz. Die freie Fläche zwischen Volkshochschule und der Ruine von St. Christoph war schmucklos und hatte außer dem Cubo Negro und seinen leckeren Cocktails nicht viel zu bieten. Normalerweise war hier kaum etwas los, doch nun musste sie hart bremsen und wäre fast hingefallen.

Auf dem Platz hatte sich eine Menschentraube gebildet, die Leute standen auf den Zehenspitzen und versuchten, etwas davon mitzubekommen, was jenseits des rot-weißen Flatterbandes stattfand. Dort befanden sich ein Kordon an Polizisten, mehrere Einsatzfahrzeuge und ein weißes, eckiges Zelt mit verschlossenem Eingang. Nun wusste sie, was Laurent gemeint hatte mit seinen Worten: »Du wirst uns sehen, glaub mir.«

Sie drängte sich zur Absperrung durch. Ein paar Schritte daneben sah sie Jannik, den wichtigtuerischen Kollegen von Elvis. Er wedelte mit seinem Presseausweis, konnte bei den Polizisten aber keinen Stich machen. Ein Beamter mit abweisender Miene kam auf sie zu, da erspähte sie die hünenhafte Gestalt von Axel Börner, Laurents Partner. Sie winkte, Börner kam und lupfte das Flatterband.

»Frau Nachtigall«, nickte er kurz zur Begrüßung. Sie folgte ihm in den abgesperrten Bereich. Hier herrschte ein reger Umtrieb, verschiedene Uniformen waren unterwegs, Funkgeräte krächzten. Eine schwer zu greifende Spannung lag in der Luft, wie etwas Unausgesprochenes, das trotzdem überall präsent war. Tinnes Unbehagen stieg, als sie mehrere Ärzte in weißen Schutzanzügen mit Mundschutz und Haube sah.

Jemand berührte sie an der Schulter. Es war Laurent, er war gestresst, das erkannte Tinne an seinen unruhigen Augen. Er gab ihr einen flüchtigen Kuss.

»Schön, dass du's geschafft hast. Komm bitte mal mit.«

Auf dem Weg zum weißen Zelt kamen sie an einem Kleinbus vorbei, auf dessen weißem Lack ein Aufkleber angebracht war. »Tropeninstitut Universität Mainz«. Was um alles in der Welt ging hier vor? Laurent öffnete den Eingang.

Das Zelt war aus der Nähe recht groß, aus einer Seite führte ein dicker Schlauch und endete in einer Klimaanlage. Nein, es war eher ein Filter, der die Luft im Inneren reinigte. Sie spürte, wie sie Angst bekam.

»Laurent, was ist los? Was … was soll das alles?«

Statt einer Antwort schloss Laurent den Zelteingang sorgfältig hinter ihnen und zog zwei Reißverschlüsse zu, einen inneren und einen äußeren. Dann nahm er einen Mundschutz aus einem sterilen Plastikbeutel und reichte ihn Tinne, bevor er selbst einen anlegte. Es folgten Überschuhe wie im OP, Handschuhe und Hauben. Tinne war inzwischen so nervös, dass sie fast zitterte. Der Kommissar führte sie ein Stück weiter, wo sie durch eine flache, eckige Wanne liefen, die mit Flüssigkeit gefüllt war. Desinfektion. Schließlich kamen sie an einen weiteren Zugang mit Doppelreißverschluss. Tinne blinzelte in grelles Halogenlicht und betrat den Hauptraum des Zelts.

Drei Gestalten in Schutzanzügen knieten neben einem Körper, der auf dem nackten Pflasterboden lag. Dunkle Pfützen hatten sich unter dem Kopf ausgebreitet, seine Glieder wirkten verkrampft und verdreht wie unter großen Schmerzen. Der Körper rührte sich nicht, Tinne wusste instinktiv, dass ein Toter vor ihr lag.

Eine der Gestalten erhob sich. Hinter Mundschutz und Brille steckte eine dunkelhaarige Frau mit grünen Augen: Dr. Tara Feh, die Chefforensikerin der Mainzer Rechtsmedizin. Sie war vor Urzeiten mit Elvis liiert gewesen, die beiden hatten sich dann aus den Augen verloren und bei einem Tinne-und-Elvis-Abenteuer wieder zueinander gefunden – zumindest auf freundschaftlicher Basis.

»Tinne, grüß dich.« Tara wischte sich mit dem Ärmel ihres Overalls vorsichtig über die Stirn. Es war seltsam, sie sprechen zu hören, ohne die Lippenbewegungen hinter dem

Mundschutz zu sehen. »Ist nicht ganz so die schöne Gelegenheit hier. Demnächst lieber wieder in einer Weinstube.« Ihre Augen lächelten flüchtig, doch die Anspannung in ihrer Miene war nicht zu übersehen.

»Was ist hier los, Tara?«, flüsterte Tinne. Dass ihr niemand etwas sagte, machte sie fast verrückt. Auch jetzt nahm Laurent sie nur vorsichtig am Arm und führte sie zu dem Körper am Boden. Ein Mann, wie Tinne nun erkannte. Normale Kleidung, braune Schuhe, nichts Außergewöhnliches – davon abgesehen, dass Mediziner mit Pipetten neben ihm kauerten und um ihn herum eine gewaltige Sicherheitsmaschinerie angelaufen war.

»Kennst du ihn?« Laurent machte einen Schritt zur Seite, damit Tinne näher herangehen konnte. Eine Sekunde später durchfuhr sie ein heißer Schreck. Trotz der grässlich verzerrten Züge und dem blutigen Schaum vor dem Mund erkannte sie den Mann. Rötliche Haare, Bartflaum.

»Das … das ist Erik. Erik Faßbender.« Ihre eigene Stimme klang seltsam entrückt.

Das Nicken des Kommissars war kaum auszumachen. »Ich habe ihn auf dem Bild erkannt, das du mir geschickt hast. Aber sicher war ich nicht, deshalb wollte ich es noch mal von dir hören. Danke.«

»Was ist mit ihm los? Was ist das alles hier?« Mit einer hilflosen Bewegung schloss Tinne das Zelt und die Absperrung auf dem Platz ein.

Tara trat heran. »Zwei Jogger haben ihn heute früh gefunden, in Krämpfen am Boden. Sie wollten ihm helfen, aber er hat einen von ihnen attackiert und gebissen. Die beiden haben von einer schier unglaublichen Körperkraft gesprochen, von einer regelrechten Raserei. In solch einem Fall müssen wir immer vom Schlimmsten ausgehen, von einem Drogenrausch in Verbindung mit ansteckenden Krankheiten. Deshalb sind die Kollegen von der Bereitschaft gleich mit Schutzanzügen los. Sie konnten aber nichts mehr tun. Als sie ankamen, war er schon tot.«

Sie sprach nicht weiter. Tinne schaute auf das in Qual erstarrte Gesicht am Boden, auf den blutigen Schaum, der den Mund umgab wie die Schminke eines Horrorclowns.

»Und … was hat er?«, fragte sie leise.

Laurent und Tara wechselten einen Blick, Tinne hörte die Ratlosigkeit in den Worten der Gerichtsmedizinerin.

»Genaues wissen wir noch nicht. Aber nach dem ersten Augenschein ist er an etwas gestorben, das es in Deutschland gar nicht mehr geben dürfte. An der Tollwut.«

*

Im Besprechungsraum des Pharmazeutischen Instituts lagen Plastikfolien ausgebreitet, darauf türmten sich nasse Protokollbögen, halb aufgeweichte Mitschriften und tropfende Notizblöcke. Die Spurensicherung hatte das Labor wieder freigegeben. Mittlerweile waren Professor Sörensen, Magdalena und Linus damit beschäftigt, sämtliche Unterlagen durchzugehen und alle Ergebnisse zu retten, die noch einigermaßen leserlich waren.

Linus arbeitete wie eine Maschine, Papierstapel umgaben ihn, er brauchte nur Sekunden, um selbst das schlimmste Durcheinander zu ordnen. Ab und an hielt er inne und schüttelte kaum merklich den Kopf, als könne er die Zerstörung der Versuchsreihen noch immer nicht fassen. Ihm gegenüber saß Magdalena, sie war unsicher und schlug immer wieder in Verzeichnislisten nach. Der Professor hatte eine Lesebrille auf der Nase und tippte auf einem Tablet. Er überprüfte die vorhandenen Daten auf dem Server des Instituts.

»Haben wir genug?«, fragte Magdalena in die Stille hinein. Sie sprach niemanden Bestimmtes an, aber es war klar, was sie meinte. Eines der Ziele der Arbeitsgruppe war eine Veröffentlichung in einer angesehenen Zeitschrift wie der »Nature« oder der »Science today«. Denn nicht umsonst hieß es im akademischen Umfeld: *Publish or parish* – veröffentliche oder gehe unter.

Nach ein paar Sekunden antwortete Linus leicht genervt: »Keine Ahnung, ehrlich. Wenn ich mir das alles hier anschaue, haben wir von allem etwas, aber nichts komplett. Meine Ergebnisse kriege ich noch irgendwie zusammen, klar. Und deine Sachen liegen zum Glück gut strukturiert in der Cloud, das war echt clever von dir. Aber was Erik da für einen Quatsch fabriziert hat, kann ich beim besten Willen nicht nachvollziehen.« Er warf ein vom Löschschaum halb verwischtes Blatt zur Seite, sein Blinzeln wurde stärker. »Irgendwelche geschichtlichen Auszüge und wirre Formeln, die seit 1.000 Jahren überholt sind. Wenn der Typ hier wieder auftaucht, kann er sich hinhocken und seine ganzen Listen ordnen.«

»Wenn«, murmelte Sörensen, ohne seinen Blick vom Tablet zu nehmen.

»Wieso ›wenn‹?« Linus wurde hellhörig. »Wissen Sie etwas über ihn? Hat er sich bei Ihnen gemeldet?«

Der Professor schüttelte stumm den Kopf. Linus wartete, doch von ihm kam nichts weiter. Mit zusammengekniffenen Lippen wandte er sich wieder den Unterlagen zu.

Nach einer Weile stand Sörensen auf und ging zur Tür. Beim Hinausgehen gab er Magdalena einen kaum merklichen Wink. Sie sortierte zwei, drei Minuten weiter, dann griff sie sich ihr Handy und schaute darauf. »Ich muss mal telefonieren.«

Linus nickte, ohne aufzuschauen.

Im Flur ging Magdalena an den Büros ihrer Kollegen vorbei in Richtung Treppenhaus. Die Tür zu dem Nebenraum, in dem Tinne Nachtigall normalerweise arbeitete, stand einen Spaltbreit offen. Die Sprinkleranlage war zum Glück raumabhängig geregelt, sodass hier alles trocken geblieben war. Magdalena wusste, dass Nachtigall heute nicht da war – was hätte sie auch tun sollen inmitten eines verwüsteten Labors. Sie schaute sich um, ob jemand den Flur entlangging, dann schlüpfte sie durch die Tür.

Im Inneren wartete Professor Sörensen auf sie, das Licht war aus, seine hellen Haare leuchteten im Halbdunkel. Mit angespannter Miene presste er hervor: »So eine verdammte Scheiße! Das macht so keinen Sinn, wir müssen die Sache anders anpacken.«

Stumm nickte Magdalena, er hatte recht. Leider. Alles lief gerade aus dem Ruder.

Im Besprechungszimmer saß Linus wie eingefroren und horchte konzentriert nach draußen, doch alles blieb still. Er hatte sich nicht gerührt, seit Magdalena gegangen war, nur seine Augen hinter der Brille blinzelten unkontrolliert. Nun stand er leise auf und fing an, die Papiere durchzublättern, die sie sortiert hatte. Einzelne Protokolle und Notizzettel, die Eriks Kürzel trugen, nahm er an sich und ließ sie blitzschnell in seiner Aktentasche verschwinden. Währenddessen war er immer auf der Hut vor Schritten und dem Geräusch der Türklinke.

Nachdem er den Stapel durchgesehen und ein Dutzend Blätter aussortiert hatte, huschte er wie ein Geist zurück und nahm seine Arbeit wieder auf, als wäre er nie weg gewesen.

*

Tinne saß in ihrem Zimmer und versuchte, sich auf die Geschichte von der Prinzessin, dem Ritter, dem König und dem Drachen zu konzentrieren. Leonie kauerte auf ihrem Schoß und fieberte mit, wenn der Ritter in Gefahr geriet. Doch in Gedanken war Tinne bei dem schrecklichen Vormittag. Immer wieder kam das Bild von Eriks gekrümmter Gestalt zurück, das in Schmerzen erstarrte Gesicht, das Blut, das die Pflastersteine besprenkelt hatte. Tinne hatte vorhin mit Elvis telefoniert und ihm davon berichtet, das Gespräch hatte die Erinnerung nochmals stärker zurückgeholt. Ihre Konzentration war auf dem Nullpunkt, immer wieder musste Leonie sie rügen, weil sie vergaß, die Stimme zu verstellen oder gleich zwei Seiten auf einmal umblätterte.

»Menno, das ist total doof! Die Prinzessin Aurella wird doch gleich von der hohen Brücke gerettet!« Sie schaute streng.

Tinne seufzte. »Ach Leonie, du kennst die Geschichte doch eh schon in- und auswendig!«

»Gar nicht! Wenn man oft genug vorliest, passiert was anderes drin!«

Dieser Argumentation hatte Tinne nichts entgegenzusetzen. Sie rückte Leonie zurecht und bemühte sich, ihre Stimme auf Prinzessinnenhöhe zu schrauben. Zum Glück waren *Steelram* für heute fertig, sonst hätte sie höchst unmärchenhaft gegen Hardrockmusik anbrüllen müssen.

»Oje! Jetzt muss ich Arme ganz allein …«

»Haltet ein, ihr Holden!«, unterbrach sie eine Stimme. Tinne schaute auf und musste trotz der angespannten Situation lachen. In der Tür standen ihre beiden Mitbewohner, Bertie mit einem Holzschwert in der Hand und Axl mit einem grünen Vorhang über den Schultern, der mit viel Fantasie als Drachenflügel durchging.

»Komm zu uns, Prinzessin Leonie, wir bringen das Abenteuer gemeinsam mit dir zu Ende!«

Leonie quiekte entzückt, griff nach dem Buch und verschwand wie ein Blitz in die Küche. Dort fingen die beiden Männer an, die Geschichte mit verteilten Rollen vorzulesen und gleichzeitig die Szenen nachzuspielen. Bald schon hallte Leonies Lachen durch die Kommune. Tinne war ihren WG-Genossen unendlich dankbar für die Auszeit, die die beiden ihr damit gönnten. Die Männer hatten einen Narren an der Kleinen gefressen, seit sie regelmäßig in der Kommune war, und verwöhnten sie nach Strich und Faden. Das konnte Tinne nur recht sein, nun konnte sie endlich ihre Gedanken schweifen lassen und versuchen, sich einen Reim auf die Vorgänge der letzten Tage zu machen.

Was war hier los? Erst verwüstete ein Anschlag das Pharmazie-Labor, dann wurde Erik gefunden, qualvoll verstorben an der Tollwut. Dazu die seltsame Lösch-Aktion des Dokuments, kurz nach der Explosion. Wer konnte so etwas überhaupt bewerkstelligen? Man brauchte einen Account für den geschützten Bereich des Servers. Eigentlich sollten den nur die Mitglieder der Arbeitsgruppe haben, aber wer es darauf anlegte, bekam den Zugang irgendwie heraus, schließlich war das Institut kein Hochsicherheitstrakt.

Wieder nahm sie den Ausdruck der letzten beiden Einträge zur Hand.

Ca+Cu??? möglich, wahrscheinlich???
Checken!!!

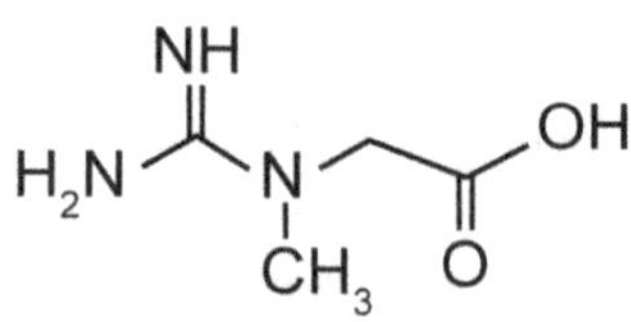

Was mochte dahinterstecken? Eigentlich hatte Laurent sich darum kümmern wollen, aber sie ahnte, dass dieses Details durch die aktuellen Entwicklungen nicht gerade erste Priorität hatte. Hm, angesichts der Formel lag die Vermutung nahe, dass es sich bei »Ca« und »Cu« um Elemente handelte. Sie nahm ihr Notebook zur Hand und fragte Google. Kalzium und Kupfer. Aha. Beides konnte man als Nahrungsergänzung in Tablettenform schlucken, ansonsten fand sie keine Hinweise auf irgendeine Besonderheit dieser Zusammensetzung. Mit der Strukturformel konnte sie noch weniger anfangen, in Chemie war Tinne schon immer eine Flasche gewesen. Sie wusste noch nicht einmal, wie man ein solches Monstrum überhaupt vernünftig in eine Suchmaske eingab. Aber halt, vielleicht gab es da jemanden, der ihr weiterhelfen konnte. Sie fotografierte mit ihrem Handy die Formel so, dass vom übrigen Text nichts zu sehen war. Dann versandte sie das Bild per WhatsApp, hielt das Mikrofon vor ihren Mund und schickte eine Sprachnachricht hinterher: »Hi, Leo, Tinne hier. Geht's dir gut? Ich hoffe, das letztens da im Kino war kein Problem, sorry auf jeden Fall dafür. Du, gerade hab ich dir ein Bild geschickt, eine Formel, irgendwas Chemisches. Du weißt ja, ich bin bei so was echt unterbelichtet, vielleicht, äh, kannst du mir ja sagen, was das ist oder wofür das steht. Das wär super, dank dir schon mal. Und vielleicht kriegst du's noch heute hin, das würde mir helfen. Danke, Ciao, Gruß!«

Leo war ein Unikollege, der Geschichte und Chemie auf Lehramt studierte und als Hiwi im Historischen Seminar arbeitete. Unlängst hatte sie ihn im CineStar getroffen und herumgeblödelt, wie angeschickert er auf der letzten Institutsparty gewesen sei und wie er sich der jungen blonden Doktorandin an den Hals geworfen hatte. Erst nach ein paar Minuten war ihr klar geworden, dass die brünette

Begleitung wohl seine Freundin war und sie das Anekdötchen nicht ganz so amüsant fand. Seither war sie Leo nicht mehr begegnet, sie hoffte, keine ernsthafte Verwerfung des jungen Glücks verursacht zu haben.

Ihre Tür wurde ohne Anklopfen aufgerissen. Da Laurent noch arbeitete, konnte es eigentlich nur der andere Mensch auf der Welt sein, der nie klopfte. Und richtig, Elvis schob sein Ballongesicht durch den Türspalt.

»Hier, ich hab was zum Arbeiten dabei, haste Zeit?« Sein Charme war wieder einmal sensationell. Sie verdrehte die Augen.

»Hallo, Elvis, schön, dich zu sehen. Nein, du störst kein bisschen. Klar, reiß ruhig die Tür auf, ich hab ja zum Glück was an. Und ja, ich nehm mir auch gerne Zeit für das, was du mitgebracht hast.«

Er brummte einen Halbsatz, der wie »Zickentag, oder was?« klang und trat ein, in seiner Hand ein dickes grünes Buch. In diesem Augenblick ertönte hinter ihm ein Jubelschrei: »Onkel Elviiiiis!«

Das Dreiergespann hatte die Spielfläche auf die Zimmer von Axl und Bertie erweitert, deshalb war Elvis' Ankunft unbemerkt geblieben. Doch jetzt gab es für Leonie kein Halten mehr, sie stürmte los und umarmte ihn, obwohl ihre Arme niemals um den kompletten Bauch herumreichen würden.

»Onkel Elvis, Onkel Elvis, wir brauchen dich jetzt sofort und gleich!«, sprudelte es aus ihr heraus. »Wir spielen die Geschichte von der Prinzessin Aurella, voll echt mit dem Drachen und dem Schwert und so, und jetzt kommt doch der König, und den brauchen wir, bitte, bitte, du bist der König, sag, dass du der König bist!« Zum Glück musste Leonie hin und wieder atmen, sonst hätte sie wahrscheinlich endlos weitergequasselt. Mit einem Blick, der irgendwo zwischen belustigt und gequält lag, nickte Elvis. »Na gut, Engelchen, dann bin ich eben der König.«

Die Kleine quiekte und bugsierte ihn an den Küchentisch. Bertie stülpte ein Nudelsieb als Krone über seinen Kopf, Axl drückte ihm einen Schöpflöffel in die Hand, der das Zepter darstellte.

»Super König, echt«, grinsten die beiden und ernteten einen vernichtenden Blick. Tinne machte einen Schnappschuss der Märchenbande und bereitete Elvis eine königliche Weinschorle, damit er nicht auf dem Trockenen saß.

»Die erste gute Idee heute«, grummelte er. »Und jetzt hock dich, damit ich dir zeigen kann, was ich dabeihabe«, Gehorsam setzte Tinne sich neben ihn. Das Märchenspektakel ging weiter, zum Glück musste der König nicht viel tun, außer hochherrschaftlich herumsitzen. Nur ihre Gesprächslautstärke mussten Tinne und Elvis dem Schauspiel anpassen.

»Du hast ja vorhin am Telefon von deinem Kollegen erzählt, den es mit der Tollwut so übel erwischt hat«, fing Elvis an. »Mein allererster Gedanke war, dass das irgendwie mit dieser Explosion oben in eurem Labor zusammenhängt.«

Tinne nickte stumm. Der Reporter erahnte denselben Zusammenhang wie sie.

»Und deshalb will ich mich ein bisschen schlaumachen über dieses Tollwut-Thema«, fuhr er fort. »Ich hab vorhin schon kurz mit Tara telefoniert. Der Tote ist inzwischen abtransportiert ins Tropeninstitut, die haben einen Schutzraum, Klasse 4, dort wird morgen die Obduktion durchgeführt. Aber ein Schnelltest auf Tollwut war positiv, das ist wohl ziemlich eindeutig. Viel länger hab ich nicht mit ihr reden können, sie steckt bis über beide Ohren in Arbeit, natürlich. Deshalb hab ich das hier aus der Redaktion gemopst.« Er ließ das grüne Buch auf den Tisch knallen.

»Der Pschyrembel?« Tinne staunte. »Den habt ihr bei der Zeitung herumliegen?«

»Na ja, ist nicht die allerneueste Ausgabe, muss aber reichen.«

›Pschyrembels Klinisches Wörterbuch‹, wie der Wälzer offiziell hieß, war ein Standardwerk der Medizin und die erste Adresse, wenn es um klinische Informationen ging. Auch unter Nicht-Medizinern hatte der Pschyrembel eine gewisse Bekanntheit erreicht, weil er seit vielen Jahren als scherzhaften Eintrag Loriots »Steinlaus« unter dem Fachbegriff *Petrophaga lorioti* führte. Tinne hatte bei der AG Mittelaltermedizin mit dem Buch gearbeitet, um bestimmte Fachtermini und Begleitstoffe richtig zuordnen zu können. Elvis' Idee war gut, der Pschyrembel bot komprimiertes Wissen und war fachlich jeder Internetrecherche überlegen.

Elvis blätterte bis zum Eintrag »Tollwut«. Dann musste er die Beine hochheben, weil Ritter Bertie auf der Flucht vor Drache Axl unter dem Tisch durchkrabbelte.

»Also, los geht's.« Er überflog die ersten Abschnitte und fasste zusammen. »Tollwut, international ›Rabies‹ genannt, früher ›Hundswuth‹ oder ›Schandfieber‹. Ist eine Viruserkrankung, die direkt nach der Ansteckung noch gut behandelt werden kann, aber fast ausnahmslos zum Tod führt, wenn sie erst mal ausgebrochen ist. Wird durch infizierte Tiere übertragen, durch Wildtiere wie Füchse oder Fledermäuse, das kann aber auch durch Haustiere passieren, hauptsächlich Hunde und Katzen.« Sein Finger wanderte. »Deutschland gilt seit 2008 als tollwutfrei. Ein paar Fälle hat es noch gegeben, da haben sich die Leute aber irgendwo im Ausland angesteckt.«

Tinne schaute gedankenverloren zu, wie Axl Prinzessin Leonie in die Kommunen-Vorratskammer sperrte, die heute seine Drachenhöhle war. »Erik ist nicht im Ausland gewesen, zumindest nicht, seit unser Projekt läuft, und das sind jetzt schon drei Monate. Außer, er wäre in den letzten Tagen weg gewesen, als wir ihn nicht erreichen konnten. Das glaub ich aber nicht.«

Elvis blätterte um. »Die Ansteckung erfolgt durch einen Biss oder eine Kratzwunde. Das Virus vermehrt sich in der Wunde und gelangt über die Nervenfasern ins Gehirn, dort verursacht es eine Nervenentzündung. Bald darauf zeigen sich zentralnervöse Symptome wie Angst, Aufregung, Schlaflosigkeit und Fieber. Die Lähmung von Hirnnerven verursacht Krämpfe des Kehlkopfes, Speichel kann nicht mehr geschluckt werden und bildet den krankheitstypischen Schaum vor dem Mund. Es wird unterschieden zwischen dem Paralysestadium, der ›stillen Wut‹, die mit Teilnahmslosigkeit einhergeht, und dem Exzitationsstadium, der ›wilden Wut‹ mit Aggressivität, Raserei, Beißen und Schlagen.«

»Genau das hat Tara beschrieben«, flüsterte Tinne. »Die ›wilde Wut‹, so hat sich Erik verhalten, als die beiden Jogger ihn gefunden haben.«

Sie mussten ihr Gespräch unterbrechen, weil die drei Märchengestalten johlend durch die Küche rannten. Es kam Tinne grotesk vor, dass sie und Elvis am Tisch über die Symptome einer tödlichen Krankheit brüteten und zwei Meter weiter ein ausgelassenes Kinderspiel stattfand.

Elvis rückte seine Siebkrone zurecht und las weiter vor. »Eine vorbeugende Impfung mit Totimpfstoff kann den Krankheitsausbruch verhindern, diese ist verpflichtend für Risikogruppen wie Waldarbeiter und Jäger. Im Falle einer Infektion ohne vorherige Impfung muss so schnell wie möglich mit aktivem Impfstoff nachversorgt werden, idealerweise bereits am Tag der Ansteckung. Auf diese Weise kann die Ausbreitung des Virus zuverlässig verhindert werden.

Wenn die prä- oder postexpositionelle Impfung fehlt, bricht die Krankheit aus. Ab diesem Stadium gibt es kein bekanntes Heilmittel, nahezu 100 Prozent der Patienten versterben innerhalb weniger Tage durch Asphyxie, also Atemversagen oder Herzstillstand, bei ungetrübtem Bewusstsein.«

Wieder hatte Tinne Eriks Totengesicht vor sich, den blutigen Schaum vor dem Mund, die starren Augen. Atemversagen bei ungetrübtem Bewusstsein. Was für eine grässliche Todesart.

Derweil war Elvis als König gefordert, er musste dem Ritter versprechen, dass dieser die schöne Prinzessin zur Frau bekäme, wenn er das Reich vom garstigen Drachen befreien würde. Seine lautstarke Forderung nach einer neuen Königsschorle war zwar nicht ganz nach Märchenbuch, trotzdem wurde ihm dieser Wunsch zügig erfüllt.

»So, und jetzt?«, fragte er halblaut, als die drei weitertobten. »Tollwut gibt es eigentlich nicht mehr bei uns in Deutschland. Wie kann es dann sein, dass dein Kollege daran stirbt?«

Tinne hatte darüber auch schon nachgedacht. »Tja, das Einzige, was mir einfällt, ist seine Arbeit. Das Institut für Pharmazie, der Forschungsbereich. Da oben gibt es Bakterienkulturen und Virenstämme, ganz sicher auch so was wie den Tollwuterreger. Und Erik hat ja nicht nur in unserer AG gearbeitet, er hat eine ganz normale Mitarbeiterstelle im Institut. Vielleicht hat er sich da irgendwie infiziert?«

»Aber warum hat er dann keine Hilfe gesucht? Ich meine, wenn man mit Tollwuterregern arbeitet und sich im Labor in den Finger schneidet, dann lässt man doch alles stehen und liegen und rennt zum Arzt. Er wird doch gewusst haben, dass er sofort Impfungen braucht. Warum ist er nicht bei den ersten Anzeichen in die Klinik gegangen?«

»Wenn wir das wüssten, Elvis, wäre der Fall gelöst.«

Beide schwiegen. Das Märchen ging in den epischen Endkampf zwischen Drache und Ritter, die Fetzen flogen. Da summte Tinnes Handy. Es war die Antwort von Leo, im üblichen WhatsApp-Tempo getippt und deshalb orthografisch etwas kreativ:

> hlo die formel ist kreatin o creatin eine verbindung mit 2 sauerstoff u 3 stckstzoffatomen. ist im körper für energielieferung a d muskeln

Elvis lugte über ihre Schulter. »Was ist das?«

Sie erklärte ihm kurz, wie sie online Eriks Protokolle eingesehen hatte und dann in letzter Sekunde einige Informationen retten konnte.

»Bodybuilder-Präparate?« Elvis zog ein Gesicht. »Was, bitte schön, sollen die mit Mittelaltermedizin und Tollwut zu tun haben?«

Tinne schaute auf die Nachricht, als käme gleich eine zweite mit der Lösung hinterher. Elvis hatte recht, nichts passte zusammen. Vielleicht hingen Eriks Einträge ja gar nicht mit seinem Verschwinden zusammen und waren einfach nur Details seiner AG-Tätigkeit. Wieder eine Sackgasse?

Die Märchengeschichte kam zum Happy End und unterbrach ihre Grübeleien. Mit übertriebenem Wehklagen lag Drache Axl am Boden, Ritter Bertie machte gemeinsam mit Leonie ein Freudentänzchen um das besiegte Untier. Tinne schmunzelte. Auch wenn ihre Recherchen heute Abend nicht wirklich erfolgreich gewesen waren, freute sie sich, dass die Kleine Spaß hatte und die unschönen Begleitumstände zumindest für eine Weile vergessen konnte. Elvis gab Leonie einen Schmatzer auf die Wange, sie verzog das Gesicht und wischte mit dem Ärmel darüber. Alle lachten und fühlten sich an die eigene Kindheit erinnert, wenn die Tante mit spuckefeuchtem Finger einen Schokofleck im Gesicht wegwischte und man es einfach nur eklig fand.

Doch nun war es an der Zeit, das Mädchen wieder zur Mama zu bringen. Tinne ertappte sich bei einem Gefühl des Bedauerns. So anstrengend die kindliche Rundumversorgung auch war, es machte Spaß, den kleinen Wirbelwind um sich zu haben.

*

Die Nacht hatte sich wie eine weiche Decke über Rüdesheim gelegt und dämpfte die Geräusche. Um halb drei waren kaum Autos unterwegs und noch weniger Fußgänger. Straßenlampen tupften gelbe Kleckse auf den Asphalt, ihre Lichter ließen die Dunkelheit dazwischen noch finsterer erscheinen. Die Wallfahrtskirche St. Hildegard ragte schwarz in die Höhe, die Augen einer Katze leuchteten als winzige Punkte, irgendwo in der Nähe verstummte gerade ein einsames Radio, nun herrschte Ruhe.

Plötzlich änderte sich das Szenario. Von einer Sekunde zur nächsten waren die Wände der Kirche in einen unruhigen roten Schein getaucht, Lanzen aus Licht schnitten durch die Nacht, sie pulsierten und rotierten auf jeder Seite des Gebäudes. Die gespenstische Leuchterscheinung vermittelte den surrealen Eindruck, die Kirche sei ein gigantisches Herz, das angefangen hatte zu schlagen. Nach wie vor war kein Ton zu hören, die absolute Stille machte das Schauspiel noch unheimlicher.

In der Küsterwohnung im Anbau der Kirche schnarrte ein summender Ton durch die Räume, eine Signallampe im Büroraum schaltete sich klickend ein und aus, in unendlicher Wiederholung. Küster Berringer, der den Schlaf der Gerechten schlief, fuhr hoch und brauchte einen Augenblick, um sich zu orientieren. Seine Frau neben ihm murmelte etwas Unverständliches, schlang das Kissen um ihren Kopf und schlief weiter. Berringer fand seine Hausschuhe nicht, das Summen irritierte ihn … Sein Wecker klang anders, sein Telefon auch, die Türklingel fabrizierte ein Bimmeln, kein Brummen. Endlich dämmerte die Erkenntnis durch sein schlaftrunkenes Hirn: Es war der Alarm! Jemand musste in die Kirche eingebrochen sein.

In Windeseile schlüpfte Berringer in seine Kleider, fuhr mit der Hand durch die spärlichen Haare und rannte hinaus. Tatsächlich, die roten Warnlampen an der Kirchenfassade drehten sich. Einen akustischen Alarm gab es nicht, der wurde nur in der Küsterwohnung ausgelöst. Die Vorgaben des Bistums bestimmten, dass in solch einem Fall unverzüglich die Polizei zu informieren sei. Es hatte in den letzten Jahren allerdings einige Fehlalarme gegeben, deswegen wollte Berringer nicht gleich die Kavallerie rufen. Er entschloss sich, zuerst die Fenster zu überprüfen und die drei Eingänge, die beiden Hauptpforten und die hintere Tür zur Sakristei. Die Türen waren allesamt verschlossen, keines der Fenster war beschädigt. Das machte einen Fehlalarm immer wahrscheinlicher. Also wurde er mutig und schloss die Sakristei auf, die in den Altarraum führte. Im Kirchenschiff war alles dunkel, nur der rote Schein von außen pulste durch die Fenster. Berringer wartete bewegungslos, bis sich seine Augen an das schwache Licht gewöhnt hatten. Nichts, keine Bewegung, keine verstohlene Gestalt. Nun trat er an die Schalterleiste und knipste die Deckenbeleuchtung an. Die weiß getünchten Wände strahlten hell. Vom Altarraum hatte er einen optimalen Überblick und sah, dass sich tatsächlich niemand hier aufhielt. Also ein Fehlalarm, vielleicht ein technischer Defekt. Der Küster war froh, nicht die Polizei informiert zu haben, und drehte sich um. Das wäre ja peinlich geworden, wegen eines …

Mitten in der Bewegung erstarrte er. Neben ihm, auf der Empore des Altarraums, stand der goldene Reliquienschrein unter seiner Glasabdeckung. Doch der Glaskasten war zerschmettert, das Sicherheitsglas lag in Tausenden glitzernden Einzelteilen auf dem Boden. Der Schrein selbst klaffte auf. Mit roher Gewalt hatte jemand den Deckel aufgebrochen, der schwarze Innenraum starrte Berringer an wie ein vorwurfsvolles Zyklopenauge. Der Küster ging rückwärts in die Sakristei zurück und hielt endlich den Telefonhörer in der Hand.

Eine Viertelstunde später standen sieben Polizisten vor dem Altarraum. Pfarrer Weller kam hereingestürzt, das Hemd halb in der Hose, sein Gürtel hatte den Kampf gegen den Bauch verloren. Der Mann Gottes hatte sich immerhin Zeit genommen, seine Haare zu kämmen und ein Kollarhemd anzulegen.

»Was ist vorgefallen, was ist gestohlen, was ist mit dem Schrein?«, sprudelte er hervor und setzte eine schmale Brille auf die Nase. Sein Blick wurde magisch von dem zerstörten Kasten angezogen. »Alfred, hast du, also, eh …«

Berringer schüttelte den Kopf. »Ich … Die Herren und ich wollten auf dich warten.«

Zögerlich trat der Pfarrer die Stufen nach oben, einer der Polizisten folgte ihm. Unter ihren Füßen knirschten die Glassplitter. Der Beamte legte ihm die Hand auf den Arm.

»Bitte nur einen Blick, und auch nicht näher herangehen. Wir warten noch auf die Spurensicherung.«

Weller nickte und reckte den Kopf, um besser sehen zu können. Er kannte den Inhalt des Schreins, schließlich war er 1998 einer derjenigen gewesen, die den Reliquien beim Umbau der Kirche diesen neuen, repräsentativen Platz gegeben hatten.

Seine Konzentration wurde gestört, als er das Stampfen schwerer Stiefel vernahm. Drei Feuerwehrleute kamen aus der Sakristei gepoltert, ihre Uniformen reflektierten neonfarben und wirkten unpassend in dem weißen Kirchenschiff. Die Polizisten machten sich daran, gemeinsam mit den Neuankömmlingen die Eingänge und die Fenster zu überprüfen.

»Weg. Die Hildegard-Reliquien sind weg«, murmelte der Pfarrer eher zu sich selbst und konnte den Blick nicht von dem aufgebrochenen Schrein nehmen. Dort, wo normalerweise die Heiligtümer der Eibinger Kirche in hellen Säckchen aufbewahrt wurden, war nur schwarzer Samt zu sehen.

Der Polizist wandte sich an Küster Berringer: »Und Sie haben auch von außen nachgesehen, ob alle Zugänge verschlossen waren?«

Berringer nickte, doch sie wurden schon wieder unterbrochen. Ein Sanitäter mit Erste-Hilfe-Koffer schaute fragend reihum. Der Beamte signalisierte ihm, dass es für den Notarzt nichts zu tun gab, der Mann sah deswegen nicht unglücklich aus. Wahrscheinlich freute er sich auf ein paar weitere ruhige Stunden in der Wache.

»Ja, alles war zu, ganz sicher.« Wie zur Bekräftigung klimperte der Küster mit seinem Schlüsselbund.

Der Polizist schaute zu seinen Kollegen, die die Türen nochmals sorgfältig überprüft hatten. Alle abgeschlossen, und sämtliche Schlösser waren intakt. Küster Berringer und Pfarrer Weller wechselten einen Blick. Was ging hier vor in der Wallfahrtskirche St. Hildegard?

ZWEITER TEIL

DIENSTAG, 14. NOVEMBER 2017

Geschenk der Naturgeister

Kieselsammler Tausendschön ertastet Schicksale im Stein

von Elmar Wissmann

»In den Kieseln steckt die Seele des Steins«, ist Siggi Tausendschön überzeugt. Der Dexheimer weiß, wovon er redet: Seine Sammlung an Flusskieselsteinen umfasst inzwischen mehr als 1.400 Exponate. Tausendschön, der mit bürgerlichem Namen Heinz-Hermann Klaffit heißt, versteht sich als Wanderer zwischen der Welt des Menschen und des Steins. »Jeder Kiesel ist einzigartig und erzählt seine eigene Geschichte«, erklärt der freischaffende Künstler, der seine Kieselkollektion in der heimischen Doppelgarage ausgebreitet hat. »Man spürt, was dem Stein widerfahren ist. Ein junger Kiesel, unberührt von menschlichen Einflüssen, hat eine ganz andere Textur als einer, der von Füßen getreten und verletzt wurde.« Bei seinen langen Wanderungen entlang der Rheinauen hält Tausendschön oft Zwiesprache mit den Sphären der Mineralien. Wenn man still sitzen bleibe, so erläutert der 47-Jährige, dringe nach und nach die Stimme der Steine zu einem durch. In diesen Augenblicken fänden dann auch die schönsten Stücke der Sammlung den Weg in seine Hände. »Manchmal wache ich auf wie aus einer Trance und spüre einen neuen Kiesel bei mir.« Das sei, da ist Tausendschön sich sicher, jedes Mal ein ganz persönliches Geschenk der Naturgeister an ihn.

Der Künstler arbeitet momentan an einem Gipsabdruck-Zyklus seiner Exponate. Durch das weiße Material und den negativen Abdruck der Kieselstruktur werde das Innere nach außen gekehrt, erklärt er. »Ich blicke direkt hinein in die Seele des Steins, in ein Land jenseits aller Grenzen. Wunderschön, mehr als wunderschön.«

*

Um halb sieben morgens war nicht viel los am Rheinufer. Eine Handvoll Gassigeher und drei frühe Jogger hatten die Wege für sich. Die Ausflugsdampfer schaukelten an ihren Anlegestellen hin und her, träge dümpelte eine Entenschar auf den Wellen. Sogar die Möwen waren noch still und hockten reglos auf den Geländern, die Morgenbrise zauste ihre Federn.

Im Schein der Lampen stapfte ein einsamer Mann am Fluss entlang und kickte auf Höhe des Hyatt Hotels kleine Steine vor sich her. Trotz der kühlen Temperatur trug er ein kurzärmliges Hemd, das über dem Bauch spannte, seine Hände steckten in den Hosentaschen. Eine ältliche Dame mit Dackel grüßte ihn höflich, bekam aber nur ein ungnädiges Nicken zurück. Eilig tippelte sie weiter. Mit dem Dicken war wohl nicht gut Kirschen essen, da wollte sie lieber schnell weg. Wer weiß, vielleicht war er angetrunken und aggressiv, so etwas las man ja immer wieder in der AZ.

Elvis war weder angetrunken noch aggressiv, sondern auf dem Tiefpunkt seiner eh schon schlechten Grundstimmung. In der Nacht hatte er wieder kaum geschlafen, seine Gedanken kreisten und raubten ihm jede Ruhe. Um halb sechs hatte er sich mit Augenringen aus dem Bett gequält und beschlossen, einen Morgenspaziergang zu machen. Am Zeitungsrohr war ihm dann die heutige AZ entgegengerutscht mitsamt seinem grandiosen Steinesammlerbericht. Er hatte den Artikel nochmals überflogen und die Zähne zusammengebissen. Mein Gott, wie tief war er gesunken!

Nun ließ er sich die Morgenluft um die Nase wehen, die nach Wasser und Bäumen roch. Normalerweise erfüllte der Anblick des Rheinufers Elvis' Herz mit Freude. Die malerische Uferstraße mit ihren stattlichen Häusern, der Grünstreifen davor, der majestätische Fluss, die eleganten Bögen der Theodor-Heuss-Brücke – all das war so stimmig und schön, dass er fast rührselig wurde vor Glück. Doch heute wollte sich seine grantige Stimmung nicht aufhellen.

Kaninchennachmittage! Kieselsteinflüsterer! Elvis merkte, dass er drauf und dran war, innerlich bei der Zeitung zu kündigen. Das war für ihn so schmerzhaft, als würde das Schicksal höchstpersönlich den roten Faden durchschneiden, der sich seit seiner frühen Jugend durch sein Leben zog. Elvis arbeitete nicht nur als Reporter, nein, er *war* Reporter.

Schon im Theresianum hatte er die Schülerzeitung für sich entdeckt und war in Personalunion für alles Mögliche verantwortlich gewesen: Artikel schreiben, Layout machen, Anzeigenkunden suchen und die Verhandlungen mit der Druckerei. Später folgten ein Volontariat beim ZDF und einige Jahre in Westberlin beim Radio. Elvis moderierte, führte Interviews und hielt den Alltag der bundesdeutschen Insel inmitten der DDR in spannenden Reportagen fest.

In all der Zeit hing sein Herz aber immer an seiner Heimatstadt. Sicher, Berlin war groß und aufregend und hatte Kultur und Bohème zu bieten, doch er mochte sein »Goldisch Meenz«, wo die Schrippen Weck hießen und man den Wein beim Winzer holte und nicht im Supermarkt. So oft wie möglich fuhr er heim und genoss die Sommerabende mit Freunden. Als sich 1989 eine Jobmöglichkeit bei der Allgemeinen Zeitung ergab, fackelte er nicht lange, packte seine Koffer und reiste dorthin zurück, wo seine Seele schon immer zu Hause gewesen war.

Seither waren die Redaktion am Markt und Elvis ein gutes Gespann. Mit den Augen des Lokalreporters wachte er über die Geschicke der Stadt, gab den Geschichten der Menschen eine Plattform und sorgte dafür, dass manch kommunalpolitischer Hasardeur Federn lassen musste. Dabei griff er gerne zu äußerst kreativen Methoden: Legendär war sein Einsatz bei einer nichtöffentlichen Sitzung des Verkehrsamts, in der er als vollbärtiger Weihnachtsmann stocksteif inmitten der Adventsdekoration stand und glatt als künstliche Figur durchging. Ein anderes Mal machte die Stadtfraktion einen Bootsausflug auf dem Rhein und besprach dabei sensible Themen. Keiner achtete auf den dicken Kapitän, der nicht sehr geschickt mit dem Steuerrad hantierte. Dass unter der Schiffermütze und der Bartkrause Elvis die Ohren spitzte, offenbarte sich erst am nächsten Tag in Form eines entlarvenden Leitartikels.

So gingen die AZ und der Reporter gemeinsam durch die Jahre, Elvis überstand alle Änderungen und Umstrukturierungen und gehörte irgendwann zum Inventar der Zeitung wie der schnörkelige blaue Schriftzug.

Und nun? Jede Faser seines Leibes sträubte sich gegen die Behandlung, die ihm im Moment widerfuhr. Und eine Aussicht auf ein Ende dieser Situation war nicht in Sicht. Eine vorsichtige Anfrage an die VRM-Verwaltung hatte ergeben, dass seine reguläre Chefin nach wie vor in Heilbronn zugange war. Den Zeitpunkt ihrer Rückkehr kannten – wenn überhaupt – die Götter. Also weiterhin die Mistkaeferin, weiterhin Termine auf Praktikantenniveau, weiterhin der Fußabstreifer der Redaktion.

Elvis war beim Rathaus angekommen. Er zog seinen Rotkreuzbeutel aus der Tasche, drehte eine Zigarette und schaute nach oben. Der klotzige Arne-Jacobsen-Bau machte ihm seine Misere mehr als deutlich. »Haha«, schienen die designvergitterten Fenster zu höhnen, »bis du hier wieder reindarfst, fließt noch viel Wasser den Rhein herunter.« Er ballte die Fäuste in den Taschen. Wenn er wenigstens eine Ahnung hätte, wer für diese Chose verantwortlich war! In seinen schlaflosen Nächten hatte er gegrübelt, wem er in der Vergangenheit dermaßen ans Schienbein getreten hatte. Viele waren ihm eingefallen, aber den Wenigsten traute er ein solch ausgeklügeltes Rachekomplott zu. Dazu kam: Es musste jemand sein, der sich mit dem journalistischen Handwerk auskannte. Denn die komplette OB-Falschmeldung war so eingefädelt gewesen, dass er als Reporter geradezu darauf hereinfallen *musste*: erst das Anteasern ohne den kompletten Zusammenhang, und dann, nachdem er angebissen hatte, nach und nach immer größere Informationshappen. Alles mund- oder vielmehr zeitungsgerecht aufbereitet, jedes Detail scheinbar griffig belegt, und immer die komplette Dramaturgie der fertigen Berichterstattung im Auge. Eine professionelle Herangehensweise, die ihn mit Karacho ins Abseits befördert hatte. Und wenn die Mistkaeferin weiter auf ihm herumhackte, wer weiß, dann würde sein Stuhl bei der AZ vielleicht bald schon leer sein.

Abrupt blieb Elvis stehen. Moment mal. Wenn er seinen Platz räumen würde, wer wäre dann der Nächste, der in der Reihe stand? Da musste er nicht lange nachdenken: Jannik, der seit Jahren als freier Mitarbeiter auf eine feste Stelle schielte. Jannik, der sich von der ersten Sekunde an bei der Mistkaeferin eingeschleimt hatte und seine Show vom dynamischen Jungreporter mit einer Inbrunst spielte, die jeder Seifenoper zur Ehre reichen würde. Jannik, der über das journalistische Know-how verfügte, um eine Schmierenkomödie wie diese durchzuziehen.

Groll wuchs in Elvis. War das möglich? Aber sicher! Er kannte Jannik gut genug, um zu wissen, dass dieser seine ehrgeizigen Ziele mit allen Mitteln verfolgte. Fast automatisch trugen seine Beine ihn die Treppe hoch zum Jockel-Fuchs-Platz vor dem Rathaus und von dort über die Fußgängerbrücke zum Brand. Kurz vor sieben war noch kein Mensch in der Redaktion. Genau die richtige Zeit, um auf Spurensuche zu gehen.

In den Räumen der Lokalredaktion herrschte Stille, die Fensterfront zeigte die Silhouette des Doms, darüber hellte der Himmel langsam auf. Elvis machte kein Licht, als er an Janniks Schreibtisch trat. Unschlüssig schaute er auf die Schubladen, die rechts einen bodentiefen Block bildeten. Mit spitzen Fingern rüttelte er daran. Abgeschlossen, natürlich. Aber so leicht gab er nicht auf. Im Techniklager, das gleichzeitig eine Sammelstelle für alles Mögliche war, fand er einen Schraubenzieher und eine Taschenlampe. Von hinten trat er an den Schreibtisch heran. Ein gewaltiger *Ficus Benjamina* verdeckte die Rückseite des Schubladenelements, er schob die Pflanze zur Seite und legte sich ächzend auf den Rücken. Wie ein Automechaniker robbte Elvis an den Schreibtisch heran. Die Lampe hielt er zwischen den Zähnen, mit dem Schraubenzieher öffnete er nacheinander die Halteschrauben des Schubladenelements. Sägemehl der Spanplatten rieselte in seine Augen, er rutschte mit dem Werkzeug ab und stach sich in den Finger. Egal, nach einer Weile konnte er die Rückwand des Elements herausstemmen. Na also! Eilig leuchtete er hinein, immer auf der Hut vor Geräuschen aus dem Flur. Die Schubladen standen mit dem Rücken zu ihm, jeweils mit einem kleinen horizontalen Spalt. Er erkannte Papiere, stapelweise, kreuz und quer in ungeordneten Haufen. Aha, so pflegte Mr. Superreporter also seine Unterlagen aufzubewahren. Mit dem Schraubenzieher stocherte er hinein und verschob die Unterlagen, um etwas entziffern zu können.

Mahnung, Mahnstufe 2: Zahlungsverzug bei Konsumentenkredit 2324481 … möchten wir den AZ-Termin am kommenden Donnerstag … freuen, wenn Du es schaffst, zu meiner Geburtstagsfeier …

Sämtliche Texte standen Kopf, klar, er schaute ja von hinten in die Schubladen hinein. Angestrengt kniff Elvis die Augen zusammen.

…jane Behrens als Sopran bei der h-Moll-Messe von Johann Sebastian Bach … sind der Zerstörungswut zum Opfer gefallen, beispielsweise Abelmoschus, Flohkraut und … Versteigerung der Altbestände aus der wissenschaftlichen Stadtbibliothek wurde …

Nur Zeitungskram und handschriftliche Notizen. Doch dann wurden seine Augen groß.

Hinweise auf Unregelmäßigkeiten bei privaten Ausbaumaßnahmen des Oberbürgermeisters. Originalquellen, Gesprächsprotokolle und interne Abrechungsformulare sind …

Bingo! Das waren haargenau die Worte, mit denen Elvis' Misere ihren Anfang genommen hatte! Er spürte tief in sich eine Mischung aus Jagdinstinkt und dem dringenden Bedürfnis, Jannik an die nächste Wand zu klatschen. Diese kleine Ratte! Aber jetzt hatte Elvis ihn am Wickel.

Er versuchte, in den Zwischenraum zu greifen, doch vergebens. Mithilfe des Schraubenziehers stemmte er die Rückwand der Schublade ein paar Zentimeter nach oben und schob seine Hand hindurch. Auf diese Weise schaffte er es, den Papierstapel zu umfassen. Doch nun konnte er die Hand nicht mehr zurückziehen. Verflixt! Er fühlte sich an eine Tierdoku erinnert, in der Affen durch ein Loch in einen Termitenbau griffen und die geballte Faust nicht mehr herausbekamen. Er drehte die Hand und zog sie in allen möglichen Winkeln nach hinten, doch es passte nicht, die Rückwand blockierte. Entnervt ließ Elvis die Papiere los und griff nach dem Schraubenzieher, um das Schubladenelement komplett zu lösen.

Doch was war das? Die Rückwand hatte sich durch seine Drehbewegungen dermaßen verkeilt, dass er sogar seine flache Hand nicht mehr herausziehen konnte, egal wie er sie verrenkte. Er hing fest. Als wäre diese unfreiwillige Gefangennahme nicht schon schlimm genug, ertönte plötzlich ein metallisches Geräusch an der Eingangstür. Ein Schlüssel im Schloss. Jemand kam! Panisch hatte Elvis das Bild vor sich, wie er selbst hinter dem aufgeschraubten Schreibtisch eines Kollegen kauerte, die Finger in einer fremden Schublade. Verzweifelt riss er an seiner eingeklemmten Hand. Mit einem gequälten Krachen gaben die Verbindungszapfen nach. Die komplette Schublade glitt nach hinten heraus und hingen an Elvis' rechter Hand wie ein gewaltiger kastenförmiger Auswuchs. Da schwang auch schon die Tür auf, jemand tastete nach dem Lichtschalter.

*

Michael Jacobs blinzelte in das helle Deckenlicht. Er hatte sich angewöhnt, so früh wie möglich in der Redaktion zu sein. Dann konnte er anstehende Arbeiten erledigen, ohne ständig vom Telefon oder den Kollegen unterbrochen zu werden. Doch heute war er nicht der Erste. Überrascht sah er Elvis, der in der Mitte des großen Raumes stand und sich an Janniks Schreibtisch lehnte.

»Elvis! Was ist los, bist du aus dem Bett gefallen?«

Seine Frage war berechtigt, der Dicke war nicht gerade berühmt dafür, zur morgendlichen Stunde in der Redaktion Präsenz zu zeigen. Dieser machte eine nichtssagende Kopfbewegung.

»Ooch, ich war früh auf und dachte, hey, ich schaff hier mal was weg, es gibt ja genug zu tun.«

Michael nickte halbherzig. Wie jeder wusste er, wie sehr Elvis von der neuen Chefin gepiesackt wurde. Und wie jeder war er froh, dass es einen Kollegen und nicht ihn selbst getroffen hatte. Er war genauso ein AZ-Urgestein wie Elvis und konnte sich vorstellen, wie sich der plötzliche Gegenwind anfühlte. Klar, alle hatten Mitleid mit Elvis, aber keiner wollte mit ihm tauschen.

Nun fiel Michael auf, dass Elvis ein wenig verkrümmt stand, seine rechte Körperseite verschwand fast hinter dem Benjamini neben Janniks Tisch.

»Du stehst so krumm. Hast du Rücken oder was?«

Elvis winkte ab, zog aber gleichzeitig ein schmerzverzerrtes Gesicht.

»Halb so wild, hab wohl nur blöd gelegen heute Nacht.« Theatralisch fasste er sich mit der linken Hand ans Genick, ohne die rechte zu bewegen, die nach wie vor hinter der Pflanze versteckt war. Michael reckte sich. Was hatte Elvis denn mit diesem Grünzeug? In dieser Sekunde riss der Dicke die Augen auf.

»Sag mal, hast du unten eigentlich die Frau getroffen?«

»Welche Frau?«

»Na, die Frau, die dich gesucht hat!«

Nach einer bedeutungsschwangeren Pause fragte Michael behutsam, als würde er mit einem Idioten reden: »Welche Frau, die mich gesucht hat?«

Elvis holte Luft. »Na, da war vorhin so eine komische Frau. Mit russischem Akzent, sah ziemlich gut aus und hat sich dauernd umgeschaut, als werde sie verfolgt oder so. Sie hat nach dir gefragt, hat geklungen wie: ›Michail Tschacobbs‹, und ich wollte erst mal wissen, um was es überhaupt geht.«

Er machte eine Pause. Michael wartete, doch es kam nichts. Fordernd hob er die Arme. »Und?«

»Eh, ja, sie ...« Elvis suchte nach Worten. Wenn Michael seinen Kollegen nicht schon viele Jahre kennen würde, hätte er vermutet, dass dieser sich die Geschichte gerade aus den Fingern saugte.

»Sie hätte einen Hinweis auf etwas, das schon ewig gesucht wird und das hier in Rheinhessen versteckt ist. Im Keller eines Weinguts. Hinter den Rieslingfässern.«

»Und ... *was genau* soll dort versteckt sein?«

»Der, eh, das eh ...« Elvis blinzelte angestrengt. »Das Bernsteinzimmer. Genau, das Bernsteinzimmer.«

Michael Jacobs bemühte sich, nicht in die Luft zu gehen. Das Bernsteinzimmer. In Rheinhessen. Klar.

»Okay, wo ist diese Frau jetzt?«, fragt er betont ruhig.

»Ich hab ihr gesagt, dass du bald kommst und sie noch ein paar Minuten warten soll. Sie hat dann etwas auf Russisch in ihren Kragen gemurmelt, ich vermute mal, in ein Mikrofon. Und dann hat sie genickt. War sie nicht mehr unten?«

Michael holte tief Luft. Die momentane Belastung sorgte ganz offensichtlich dafür, dass sein Kollege etwas neben der Spur war. Am besten, er reizte ihn nicht weiter. Freundlich nickte er. »Mann, das klingt nach einer tollen Story. Ich geh mal runter und schau, ob ich sie finde. Vielleicht hat sie mich ja übersehen. Oder sie war gerade damit beschäftigt, einen Typen vom Mossad auszuschalten.«

Mit einem Winken ging er nach draußen. Hui, Elvis war nahe am Burn-out. Mit Rücksicht auf seinen Kollegen schlug er drei Minuten tot, bevor er wieder eintrat und die Achseln hob.

»Leider keine Spur. Die Frau ist weg, vielleicht wusste sie zu viel. Du weißt ja, wie schnell das geht.« In bester Comicmanier zog er seinen Daumen über die Kehle und lachte gekünstelt. Würde Elvis jetzt austicken?

Zu seiner Beruhigung war der Dicke nun entspannter. Mit einem Papierstapel in der Hand schlenderte er durch den Raum zu seinem Platz und packte die Blätter in eine Tasche, die dort lag. Sein Rückenleiden musste sich spontan gebessert haben.

»Na, schade aber auch«, meinte er leichthin. »Wäre bestimmt eine Top-Sache geworden.«

Michael antwortete nicht und lugte zu dem Benjamini vor Janniks Schreibtisch. Was war hier los? Nicht nur, dass der Schubladenschrank dahinter etwa schief in den Angeln hing, nein, im Topf der Pflanze lag auch noch gut sichtbar ein Schraubenzieher.

Seine Gedanken wurden jäh unterbrochen, als eine keifende Stimme den Raum füllte.

»Guten Morgen, die Herren. Schön, dass Sie schon so früh da sind. Es gibt ein paar Aufgaben, die erledigt werden müssen.« Wie ein dickes Insekt schob sich die Mistkaeferin in den Raum. Nun war kein Platz mehr für Grübeleien über Schraubenzieher, nun ging es wieder ums alltägliche Überleben.

*

Die Jacke landete auf einem Hocker, in hohem Bogen flogen die Schuhe in die nächste Ecke, die Socken folgten. Kirsten lief daheim am liebsten barfuß, nur in den Wintermonaten durften es auch mal Strümpfe mit ABS-Noppen sein. Für heute hatte sie Feierabend, wobei der Begriff »Abend« wohl nicht ganz passend war. Eher Feiervormittag, wenn es so etwas überhaupt gab.

Ihre Arbeitszeit in der Kunst- und Museumsbibliothek war heute etwas ungewöhnlich gewesen – von Mitternacht bis acht Uhr morgens. Solche Nachtschichten kamen nicht allzu oft vor. Manchmal aber waren historische Bücher und andere Exponate tagsüber als Teil einer Sonderausstellung im Fokus der Besucher, und wenn dann eine Instandhaltung anfiel, musste sie eben nachts erledigt werden. In den vergangenen Stunden hatte Kirsten bei fünf Inkunabeln behutsam den Rückdeckel neu verklebt und die Naht des Einbandspiegels verstärkt. Nun standen die Wälzer wieder in farbig beleuchteten Vitrinen, an denen sich die Besucher der Ausstellung »Kulturimperialismus zur Zeit Karls des Großen« die Nasen platt drückten. Sie ging ins Bad, um Hände und Unterarme gründlich zu waschen, zweimal sogar. Oft hatte sie das Gefühl, allerlei Arbeitssubstanzen würden noch an ihr kleben. Buchbinderleim, Farbpartikel, Reinigungsmittel, Stofffäden.

Es war still in der Vierzimmerwohnung in Köln-Lindenthal, nur der Verkehr rauschte draußen vorbei. Ihr Mann Idris arbeitete als Ingenieur bei einer amerikanischen Firma und war oft tagelang nicht zu Hause, manchmal sogar über Wochen. Die beiden hatten sich damit arrangiert, der Job war gut und brachte ordentlich Geld, da mussten sie als Paar eben öfter mal in den sauren Fernbeziehungsapfel beißen. Als klitzekleinen, aber knuffigen Ersatz hatte sie Crabbit und McIntosh, ihre beiden Meerschweinchen.

»Na, ihr Süßen, habt ihr gut geschlafen heute Nacht?« Mit blanken Knopfaugen schauten die beiden sie an, Kirsten glaubte lesen zu können, was in ihren kleinen Köpfen vorging: »Quatsch nicht, sondern rück Futter rüber, und zwar zackig.« Vor sich hin summend machte sie sich daran, frisches Wasser in die Trinkflasche zu füllen und die Futterschalen zu säubern. Da klingelte es an der Tür. Aha, das war bestimmt Frau Wegener aus dem Erdgeschoss. Die Rentnerin nahm öfter Pakete an und brachte sie später herauf, wenn jemand zu Hause war. Auf diese Weise konnte sie gleichzeitig ihren Wissensdurst auf all das befriedigen, was im Haus geschah. Für den bequemen Paketservice nahm Kirsten diese gewisse Grundneugierde aber gern in Kauf. Sie ging zur Tür. Doch es war nicht die Nachbarin, sondern zwei Männer, einer mit Aknenarben, der andere hatte geradezu unglaublich leuchtend blaue Augen.

»Frau Bleckmann?«, fragte das Blauauge.

»Ja, um was geht's, bitte?«

»Kriminalpolizei Köln.« Die beide zeigten ihre Dienstausweise und stellten sich vor. Im Hintergrund tappten Schritte auf der Treppe, ein grauhaariger Kopf erschien. Frau Wegener, wie immer genau im richtigen Augenblick. Mit unverhohlener Neugier schaute sie die Männer und die gezückten Ausweise an, dann deutete sie nach unten in Richtung Erdgeschoss. »Da ist was gekommen, Frau Bleckmann, ein Paket, schon vor drei Tagen. Ich hab Sie leider nicht getroffen, sonst hätte ich …«

»Ist schon gut, Frau Wegener, jetzt passt es gerade nicht so gut.«

Nach einigen ungemütlichen Sekunden drehte sich die ältliche Dame um und verschwand. Die Männer holten Luft.

»Dürfen wir hereinkommen? Es geht um Ihren Bruder.«

Eine Stunde später hatte Kirsten Crabbit und McIntosh auf dem Schoß und streichelte sie mechanisch. Tränen tropften auf das weiche Fell, Kirsten spürte die schnellen Herzschläge und die Atemzüge der Tiere und versuchte, sich darauf zu konzentrieren. Doch immer wieder brachen ihre Gedanken aus und flohen zu Erik. Tot. Tot! Das kurze Wort wollte noch immer nicht bei ihr ankommen. Ihr großer Bruder, der sie auf dem Spielplatz vor den gemeinen Jungs aus dem Viertel beschützt hatte und in dessen Arme sie gekrochen war, wenn wieder einmal eine Beziehung in die Brüche gegangen war.

Dass Erik vor sieben Jahren von Köln nach Mainz gezogen war, hatte ihre Bindung nicht schwächer werden lassen, sondern gestärkt – sie sahen einander zwar seltener, dafür war das Beisammensein vertrauter und offener. In den letzten Wochen hatte sie sich gewundert, dass ihr Bruder sich so rarmachte, er rief kaum an, und wenn sie ihn ans Telefon bekam, war er kurz angebunden und mit den Gedanken irgendwo anders. Sie schob es auf seine Arbeit, auf die AG Mittelaltermedizin, in der er sich sehr engagierte und hoffte, seine Habil darauf aufbauen zu können.

Doch nun wusste sie instinktiv, dass die schlimmen Geschehnisse etwas mit ihrem Fund zu tun hatten. Sie verfluchte den Tag, an dem sie darauf gestoßen war, sie verfluchte ihre Entscheidung, sich damit an Erik zu wenden. Und nun war die Sache völlig aus dem Ruder gelaufen. Hatte sie wirklich den Tod ihres Bruders herbeigeführt? Bei dem Gedanken verkrampfte ihr Bauch, ihr Gesicht schmerzte vor Trauer. McIntosh fing an, die salzigen Tränen von ihrem Arm zu lecken, der Kleine mochte Salz und konnte nicht genug davon bekommen.

Ein Entschluss reifte in ihr. Jemand musste erfahren, was sich zugetragen hatte. Nicht die Polizei, sondern jemand, der sich mit dem Thema auskannte und einschätzen konnte, was hinter ihrem Fund steckte. Vorsichtig setzte sie die beiden Meerschweinchen in den Käfig zurück, wo sie sich auf ein Büschel Löwenzahn stürzten. Auf ihrem Tablet durchsuchte sie die Unterseiten von www.uni-mainz.de und fand die Homepage des Pharmazeutischen Instituts. Hier gab es Informationen über das Projekt Mittelaltermedizin. Sie wischte durch die Texte und Abbildungen, bis sie auf die Mitarbeiter der AG stieß. Erik hatte einige Male eine Frau erwähnt, die ebenso wie er die historischen Zusammenhänge untersuchte. Aha, hier.

Eine brünette Frau schaute in die Kamera, sie mochte Mitte 30 sein und sah hübsch aus mit großen Augen, einem zierlichen Kinn und braunen, halblangen Locken. Darunter stand ihr Name: »Ernestine Nachtigall, M.A.«

Kirsten schniefte und stand auf. Sie wusste, was sie nun zu tun hatte.

*

Das Kamerabild wackelte, wurde unscharf und wieder scharf, dann erschien ein Symbol im Display, das nach einer Fehlermeldung aussah.

»Ich hoffe, du kommst klar, Elvis. Das Material muss gut werden, brauche ich dir wohl nicht extra zu sagen.«

Jannik warf Elvis mit erhobenem Kinn einen Blick zu, als würde er einem dummen Jungen auf die Finger schauen. Elvis zerbiss einen Fluch und drückte ein paar Knöpfe an der Kamera. Das Fehlersymbol verschwand nicht, stattdessen kam ein zweites hinzu.

»Alles gut, läuft, kannst weitermachen.« Er nickte Jannik zu und hoffte, dass er glaubhaft lügen konnte. Um ihn herum wuselten die Menschen auf dem Mainzer Hauptbahnhof,

Trolleys quietschten, Lautsprecherdurchsagen hallten von den Bahnsteigen nach oben, Tauben flatterten umher auf der Suche nach Krümeln. Im Sucher von Elvis' Videokamera standen Jannik und ein Mann mit Prinz-Eisenherz-Haarschnitt und Bahner-Uniform.

»Gut, Herr Schnabel, dann fangen wir noch mal an in der Hoffnung, dass der Kollege auch mal den richtigen Knopf findet«, meinte Jannik und garnierte die Spitze mit einem meckernden Lachen. »Also, unser heutiges Thema ist Mainz als Knotenpunkt im Schienenverkehr, ich spreche mit Manuel Schnabel, Betriebsleiter der Deutschen Bahn. Herr Schnabel, die Bahn und Mainz, das ist eine Geschichte mit Höhen und Tiefen …«

Während Jannik schwadronierte, hielt Elvis die Kamera krampfhaft gerade und hoffte, dass sie irgendetwas aufzeichnete. Er und eine Kamera – zwei Welten trafen aufeinander! Es half aber nichts, als Sparmaßnahme in der Lokalredaktion hatte die Mistkaeferin den Einsatz von Videojournalisten heruntergekürzt. Die jungen Leute, die als VJs normalerweise kurze Online-Beiträge für die Zeitung filmten und schnitten, schauten in die Röhre, als plötzlich die Redakteure ihren Job übernehmen mussten. Seither traf man immer wieder altgedientes AZ-Personal an, das bei Zeitungsterminen mehr oder weniger ratlos mit Kameras hantierte und versuchte, brauchbare Szenen einzufangen. Der Filmwissenschaftsstudent, den Frau Kaeferin wortreich als Cutter angelockt hatte, raufte sich regelmäßig die Haare angesichts des katastrophalen Rohmaterials. Doch es half nichts, die Redaktionsleiterin hielt an ihrer Idee fest und zog das Projekt gnadenlos durch.

Heute Vormittag war Elvis zusammen mit Jannik losgeschickt worden – eine weitere Bösartigkeit der Mistkaeferin. Nach seiner Entdeckung am frühen Morgen hatte Elvis die allergrößte Lust, seinen Kollegen vor den nächsten Zug zu schmeißen, aber er machte gute Miene zum bösen Spiel. Er wollte sich nicht anmerken lassen, dass er Lunte gerochen hatte, also hielt er das Interview brav im Fokus der Kamera. Bei dem Termin ging es um die Inbetriebnahme einer neuen Stellwerksanlage am Hauptbahnhof. Neben dem Zeitungsartikel war ein Online-Clip geplant, für den Elvis die passenden Szenen und Interviews filmen sollte.

»Das neue System ist eingebunden in ein bundesweites Streckenmanagement«, erklärte Herr Schnabel gerade. Sein Mainzer Dialekt war unüberhörbar, sosehr er ihn hinter einer hochdeutschen Betonung zu verstecken versuchte. »Dadurch kann die Stellwerkskontrolle extern geschaltet werden, sodass wir auch bei Personalengpässen handlungsfähig bleiben.«

Elvis hob die Augenbrauen. Das wurde auch mal Zeit. Wie jeder Mainzer erinnerte er sich gut an den Sommer 2013, als die Stadt zur Lachnummer der Republik wurde. Damals fielen durch Krankheit und Urlaub dermaßen viele Stellwerk-Fahrdienstleiter aus, dass Mainz seinen Fahrplan eindampfen musste und wochenlang vom Fernverkehr abgeschnitten war. Mehr als peinlich für eine Landeshauptstadt.

Jannik nickte mit knallhartem Reportergesicht, als würde er gerade die Wahrheit über Kennedys Ermordung mitgeteilt bekommen. Elvis wettete innerlich, dass er zur Vervollständigung der Show gleich sein ledergebundenes Notizbuch hervorholen und etwas aufschreiben würde. Jannik holte sein ledergebundenes Notizbuch hervor und schrieb etwas auf. Am liebsten hätte Elvis in die Kamera gebissen. Argh! Vor lauter Mordgedanken versäumte er fast einen Schwenk, als Herr Schnabel ein Tablet hochhielt und darauf tippte.

»Diese Echtzeitanwendung hier registriert ab heute, welcher Zug mit welcher Länge auf welchem Gleis unterwegs ist, Güter- und Personenzüge, und zwar im gesamten Rhein-Main-Gebiet. Die Daten werden gespeichert und in eine App gespeist, sodass jeder Fahrdienstleiter sogar von seinem Diensthandy Zugriff hat. Dadurch haben wir die Gewissheit, dass …«

Elvis driftete ab, seine Aufmerksamkeit wurde durch die großen Infotainment-Bildschirme im Hintergrund abgelenkt. Diese waren überall im Bahnhof verteilt und zeigten abwechselnd Werbung, das Wetter, Bahninfos und regionale Programme. Gerade lief SWR, eine Kirche war zu sehen, polizeiliches Absperrband flatterte, eine Menschentraube stand davor. Dann ein Ortsschild – Rüdesheim am Rhein. Nanu, was war denn da im Rheingau los? Ein Unglück, ein Anschlag? Er stellte sich unauffällig auf die Zehenspitzen. Das Bild wechselte, es zeigte alte Illustrationen, kranke Menschen, Nonnen beim Pflegen. Dann ein Buch, »Mittelalterliche Klostermedizin. Heilkräfte der Natur«. Und wieder die Kirche, ein neuer Einsatzwagen der Polizei kam an. Elvis verrenkte den Kopf, um besser sehen zu können. Mittelalterliche Medizin? Genau das Thema, das Tinne im Moment umtrieb und mit dem auch der Tote zu tun gehabt hatte. Aber wie passten eine Rüdesheimer Kirche und die Polizeiabsperrung dazu?

Kurz entschlossen rüttelte er an der Kamera und schnalzte missbilligend mit der Zunge. Erwartungsgemäß brach Jannik sein Gespräch ab, Elvis hob engelsgleich die Hände. »Das Ding hat irgendwas, sorry, da ist was nicht in Ordnung. Moment, ich ruf eben mal bei unserem Cutter an, der hat bestimmt eine Idee.« Mit einem zuckersüßen Lächeln wandte er sich ab, ging einen Schritt zur Seite und wählte Tinnes Nummer.

*

»Ichwillichwillichwillabeeeer!«

Wie eine Kreissäge schrillte Leonies Gebrüll durch den Netto, die Leute schauten. Tinne lief rot an. Sie stand mit beiden Armen voller Einkäufe an der Kasse, Leonie neben ihr stampfte auf den Boden, hatte die Fäuste geballt und heulte mit Überschalllautstärke. Ihr Universum hatte sich auf die Ü-Eier in der Kassenauslage reduziert, ihr Leben hing davon ab, eines davon zu bekommen. Tinne hingegen erinnerte sich an Claudis Weisung bezüglich Schokorationierung und schüttelte stur den Kopf.

»Nein, Leonie, nein. Und wenn du noch so laut brüllst, nein.«

»Ichwillichwillichwillwillwillwiiiiiill!«

Tinne spürte, wie ihr der Schweiß ausbrach. Sie verfluchte ihre Idee, auf dem Weg zur Kita einzukaufen. Es war schon Mittag, sie hatte vormittags Arbeiten für die Uni erledigen müssen und Leonie deshalb etwas länger bei ihrer Mutter gelassen. Das funktionierte inzwischen gut, Claudi ging an Krücken und war nicht mehr so schnell erschöpft. Das Netto-Schild in der Hechtsheimer Straße war einen halben Kilometer vor der Kita in Tinnes Blick geraten, spontan hatte sie das Rad angeschlossen, die Kleine aus dem Sitz gepellt und mitgenommen. Nun fühlte sie sich wie im Rampenlicht einer Bühne, sogar zwischen den Regalen lugten Köpfe hindurch, um zu schauen, welches Kind da gerade geschlachtet wurde.

»Jetzt komm endlich!«, schimpfte sie und versuchte, Leonies Ärmel zu erwischen. Das Mädchen riss sich los und plärrte umso lauter. »Man muss sich ja schämen mit dir! Was sollen denn die Leute denken!« Mitten in ihrem Satz stellte Tinne fest, dass sie wie ihre eigene Mutter klang. Oh nein, niemals!

»Jaja, das ist sie, die antiautoritäre Erziehung.« Ein

Mann an der Nachbarkasse, Marke Oberlehrer, nickte wissend. »Da sagen die Kinder den Eltern, wo's langgeht, statt umgekehrt.« Zur Kassiererin meinte er halblaut: »So was kommt raus, wenn man nicht von Anfang an Grenzen aufzeigt.«

Tinne machte den Mund auf wie ein Fisch auf dem Trockenen und suchte nach einer passenden Erwiderung. Wie immer fiel ihr nichts ein, also packte sie Leonie resolut und schob sie voran in Richtung Kassenband. Das Geschrei erreichte eine neue Dimension.

»Jetzt höre Sie abber emal auf, des Kind zu schubse!« Eine Matrone mit Überbreite und derbem Mainzer Zungenschlag baute sich empört neben ihr auf. »Des is ja Misshandlung, is des!«

Gleichzeitig drehte sich eine Oma mit klimperndem Perlenbehang um. »Nun kaufen Sie der Kleinen schon was Süßes, Sie sehen doch, wie das Kind weint!«

Tinne biss die Zähne zusammen, schaute stoisch geradeaus und zählte die Sekunden, bis sie endlich bezahlt hatte und mit Leonie an der Hand herausrennen konnte. Sie spürte die Blicke der übrigen Kunden in ihrem Rücken. Als Aushilfsmama, so stellte sie fest, hatte sie ganz eindeutig ein zu dünnes Nervenkostüm. Die Bewunderung für ihre Freundinnen stieg ins Unermessliche, die all das jeden Tag teilweise mit mehr als einem Kind und auch noch neben dem Job wuppten.

An der Kita war Leonie wieder bei Normallautstärke angekommen, Tinne hatte das Bedürfnis nach einem Schnaps. Sie trat ein und begrüßte Mirjam, da klingelte ihr Telefon. Elvis' Nummer wurde angezeigt.

»Hör zu«, flüsterte er. Die Hintergrundgeräusche klangen nach einem großen Raum mit vielen Menschen. »Ich bin gerade am Bahnhof auf Job und komm hier nicht weg.

Kannst du irgendwo SWR-Fernsehen gucken? Da ist was in Rüdesheim passiert, in einer Kirche, hat mit Mittelaltermedizin zu tun. Läuft gerade im Programm.« Bevor Tinne antworten konnte, hörte sie eine Stimme im Hintergrund. Elvis antwortete mit schlecht gespieltem Enthusiasmus: »Ja, wir haben's gerade, die Kindersicherung vom Akku ist wohl noch eingerastet.« Klack, aufgelegt.

Etwas verwirrt stand Tinne da. Rüdesheim, Mittelaltermedizin, SWR? Das Mobiltelefon hielt sie ja schon in der Hand, also suchte sie den Livestream des SWR. Der Empfang war aber so schlecht, dass das Bild nur ruckte und sie außer verpixelten Halbbildern nichts erkennen konnte. Sie suchte Mirjam.

»Sagen Sie, gibt es zufällig einen Fernseher hier? Ich, äh, müsste eben mal SWR gucken.«

Wenn die Kindergärtnerin diese Bitte seltsam fand, ließ sie es sich zumindest nicht anmerken.

»Ja, in unserem Pausenraum, kommen Sie.«

Der Raum war klein, es gab kaputte Spielsachen, Zeitschriften und einen halb aufgegessenen Kuchen. Seitlich stand ein Fernsehgerät, Mirjam drückte auf der Fernbedienung die Programme durch bis zum SWR.

»Machen Sie aus, wenn Sie fertig sind«, sagte sie und ging.

»… keine Hinweise auf die Hintergründe der Tat«, kommentierte eine Off-Sprecherin, während ein hohes, helles Kirchenschiff zu sehen war. Den vorderen Bereich, dessen Wand blau gestrichen war, hatte man abgesperrt, Polizisten scharten sich im Altarraum. Nun zeigte die Kamera Bilder von dort. Kleine Schilder mit Nummern machten klar, dass es um den Schauplatz eines Verbrechens ging, Glasscherben lagen auf dem Boden, ein goldener Kasten stand im Mittelpunkt des Interesses.

»Der Diebstahl löste die Alarmanlage der Wallfahrtskirche aus, doch der oder die Täter waren beim Eintreffen der Polizei bereits geflohen. Bei sich trugen sie etwas, das als größtes Heiligtum der Eibinger Kirche gilt und dessen Wert nur schwer in Zahlen zu bemessen ist: die Reliquien der Heiligen Hildegard von Bingen.«

Es folgte ein Schnitt, nun stand ein Mann in dunklem Anzug vor der Linse. Er trug einen schlohweißen Vollbart und einen ebenso weißen Haarkranz. »Dr. Georg Anschütz«, verriet die Einblendung, Vorsitzender der *Societas Hildegardis*.

»Der Schrein enthält mehrere Reliquien der Heiligen Hildegard, die an ebendieser Stelle als Äbtissin gewirkt hat«, erklärte er. »Gerade seit ihrer Heiligsprechung im Jahr 2012 sind die Reliquien hier in der Wallfahrtskirche St. Hildegard als spiritueller Mittelpunkt ein Besuchermagnet geworden. Viele Menschen wollen die Nähe zu dieser ungewöhnlichen Frau spüren, deren Wirken selbst auf uns moderne Menschen noch immer großen Eindruck macht. Dass diese Reliquien jetzt gestohlen wurden, lässt uns alle tief betroffen zurück.«

Das Bild zeigte nun Pflanzen, einen Klostergarten, Blüten und Kräuter in Nahaufnahme. Die Off-Sprecherin fuhr fort: »Die Lehren der großen Kirchenfrau aus Bingen sind auch in der heutigen Zeit gefragt, vor allem im Gesundheitsbereich. Auch wenn die sogenannte Hildegard-Medizin inzwischen ein Sammelbegriff für viele Arten der naturnahen Alternativheilkunde ist, gehen die Basisbegriffe doch auf die große Schriftensammlung Hildegards zurück. Über viele Jahre hat sie das medizinische Wissen der damaligen Zeit zusammengetragen und mit ihren eigenen Erfahrungen der Heilkunst verknüpft. Das Originalwerk *Causae et Curae*, zu Deutsch ›Ursachen und Behandlungen‹, ist nicht erhalten geblieben. Von Teilen des Buches wurden allerdings Abschriften angefertigt und über die Jahrhunderte weitergereicht. Deshalb können wir auch heute noch …«

Der Beitrag lief weiter, doch Tinne hörte nicht hin. Sie merkte, wie in ihrem Kopf zwei Einzelheiten zu einer Erkenntnis zusammenrückten. Das ursprüngliche Werk der Hildegard, *Causae et Curae* und die Abkürzung in Eriks Dokument: »Ca+Cu«.

Es waren vielleicht gar keine chemischen Elemente gemeint, sondern eine verschollene Handschriftensammlung! War es möglich, dass Erik sich mit der Medizin der Hildegard von Bingen beschäftigt hatte? Und dass er auf etwas gestoßen war, das ihm letztlich zum Verhängnis wurde?

In Windeseile verabschiedete Tinne sich von Leonie und rannte zu ihrem Fahrrad. Ihr Gefühl sagte ihr, dass sie endlich eine Spur gefunden hatte.

*

»Kriminalpolizei Mainz, Cosima Jesper, hallo?«

»Hallo, Petersen hier. Die Zentrale hat mich jetzt zu Ihnen durchgestellt, weil Sie die Ansprechpartnerin sind bei gestohlenen Tieren, also Hunden. Oder?«

»Im Moment schon, ja. Was gibt's denn?«

»Also, wir haben eine Hundepension in Mombach, und so wie's aussieht, hat uns heute Nacht jemand drei Hunde geklaut.«

»Hm. Sicher, dass die nicht weggelaufen sind oder so?«

»Ja, sehr sicher sogar. Erstens sind die in einzelnen Zwingern gewesen, verschlossen, und die sind aufgebrochen worden. Und dann ist noch mal ein Zaun ums Gelände herum, da hat jemand mit dem Bolzenschneider die Kette am Tor durchgeschnitten.«

»Hundepension, sagen Sie. Gibt's da nicht 'ne Menge Radau, wenn jemand Fremdes aufs Gelände kommt? Gerade nachts?«

»Na ja, Radau machen die immer, ein paarmal pro Nacht. Da muss nur eine Katze vorbeilaufen oder eine Ratte. Wissen Sie, wir sind ein bisschen außerhalb bei den Schrebergärten Richtung Budenheim, da läuft immer irgendwas herum.«

»Was sind das für Hunde, also, die verschwundenen?«

»Dobermänner, schuckeschwarz, alle drei. Ziemliche Kraftpakete, gehören einem Spielhallenbesitzer, haben wir für 14 Tage hier in Pflege. Und die sind echt aggressiv erzogen, die Tiere.«

»Aha. Und wie sind die dann weggeholt worden?«

»Ja, also, wir vermuten mal mit Betäubung. Wir haben ein paar Fleischfetzen gefunden, die sind ganz sicher nicht von unserer Fütterung. Einen haben wir vorhin unserem Tierarzt gezeigt, und der meinte, da könnte tatsächlich irgendwas reingespritzt sein. Das ist auch, ehrlich gesagt, die einzige Möglichkeit, an die drei Biester ranzukommen. Wir hatten hier schon unseren Spaß mit denen, können Sie mir glauben.«

»Na gut, ich schicke Ihnen die Kollegen vorbei, die nehmen den Vorfall auf und schauen sich die Käfige an. Wenn Sie noch welche von den Fleischstücken haben, können Sie die gerne mitgeben. Und eine genaue Beschreibung der Hunde, mit Foto, wenn's geht.«

»Natürlich, kann ich machen. Bilder haben wir, machen wir von jedem Neuankömmling. Aber sagen Sie, Frau Jesper, da passiert gerade einiges in die Richtung, oder? Stand zumindest in der AZ.«

»Tja, im Moment gibt's in Mainz tatsächlich eine auffällige Häufung von Tierdiebstählen, viele Hunde, auch ein paar Katzen. Deshalb haben wir hier ein kleines Team dafür abgestellt. Ist schon ungewöhnlich.«

»Was kann da los sein? Haben Sie schon einen Verdacht oder so?«

»Herr Petersen, ich kann Ihnen nur sagen, was ich weiß. Irgendjemand ist hier unterwegs und sammelt Hunde und Katzen wie andere Leute Briefmarken. Und wir haben keine Ahnung, was dahintersteckt.«

*

Mit quietschenden Bremsen fuhr ein Regionalexpress auf Gleis 4 ein, Elvis folgte der Bewegung mit seiner Kamera und wartete, bis der Koloss zum Stehen gekommen war.

»Hast du das jetzt?« Jannik stand mit verschränkten Armen hinter ihm. »Willst du nicht noch sicherheitshalber einen anderen filmen? Nicht, dass ich nachher mit dem Material blöd dastehe.«

Elvis biss sich auf die Zunge. Jannik würde auf jeden Fall blöd dastehen angesichts seiner stümperhaften Drehversuche. Der Cutter war nicht zu beneiden und tat ihm jetzt schon leid. Na, und wenn schon. Nicht sein Problem. Er wurde auf eine groß gewachsene Frau aufmerksam, die auf einer Treppe zum ersten Stock stand und ihm Zeichen machte, nach oben zu kommen. »Ach je, das Nachtigallchen«, murmelte er unhörbar und drückte Jannik die Kamera in die Hand. »Ich muss eben mal auf Klo, bin gleich zurück.« Ohne auf eine Entgegnung zu warten, trottete er davon. Im ersten Stock wartete Tinne auf ihn.

»Das ist ein Volltreffer gewesen, dein Anruf!«, sprudelte sie heraus. »›Ca+Cu‹, das Kürzel von Erik – das steht für ein verschollenes Werk der Hildegard von Bingen, für ihre medizinische Sammlung, *Causae et Curae*. Und ich wette, dass Erik da auf irgendwas gestoßen ist.«

»Aha«, meine Elvis und zog sie am Ärmel mit sich.

»Kannst sofort weiterreden, aber erst müssen wir 'n Meter weg. Mister Superreporter kommt gleich mit einer ordentlichen Krawatte anmarschiert.«

Gemeinsam liefen sie ins Nanu-Nana und gingen hinter einem Bücherrondell in Deckung. Von hier konnten sie die Treppen zu den Gleisen einsehen, ohne entdeckt zu werden.

»Okay, diese Abkürzung in Eriks Sachen, die bezieht sich also auf Hildegard von Bingen«, nahm Elvis den Faden wieder auf. »Aber habt ihr denn bei eurer Mittelaltermedizin die gute Hilde nicht komplett durchgehechelt? Beim Thema Kräuterrezepte kommt man doch kaum an ihr vorbei.«

»Das haben wir eben nicht!« Vor Aufregung trat Tinne einen Schritt nach vorn, Elvis zog sie wieder zurück. »Die Hildegard-Arzneien sind für die AG nicht wirklich interessant, das hat mir Erik mal erklärt. Und zwar weil es keine Originalrezepte mehr gibt. Ihre handgeschriebenen Texte sind verschwunden, verloren gegangen, wohl schon sehr früh. Alles, was es gibt, sind tradierte Abschriften. Die sind aber viel später entstanden und nach dem zeitgenössischen Wissenschaftsverständnis interpretiert worden, haben also nicht mehr viel mit den Ursprungsarzneien zu tun. Deshalb habe ich in der ganzen Zeit so wenig von Hildegard mitgekriegt, sie war einfach kein Thema bei uns in der Gruppe.«

Jannik tauchte auf einem der Gleiszugänge auf. Er hielt die Kamera in der Hand und sah sich wütend um, bevor er in Richtung Ausgangstreppe stampfte. Tinne und Elvis machten lange Hälse hinter ihrem Bücherrondell, eine Verkäuferin schaute ihnen interessiert zu.

»Und jetzt halt dich fest.« Tinne stieß Elvis den Zeigefinger in die Seite. »Heute Nacht ist etwas gestohlen worden aus dieser Kirche in Rüdesheim, die du im SWR gesehen hast. Und zwar … die Reliquien der Hildegard von Bingen!«

»Ist nicht wahr!«

»Aber so was von. Die waren in einem goldenen Schrein, der ist aufgebrochen worden, ich hab Bilder im TV gesehen. Und die Reliquien – verschwunden!«

Elvis lugte aus dem Eingang von Nanu-Nana und blickte sich nach Jannik um. »Kommt es mir nur so vor oder ist das alles ein bisschen viel des Zufalls?«

»Kein Zufall, nie und nimmer. Ich sag dir, Elvis, das hängt alles zusammen. Und ich weiß auch schon, wie wir mehr über das Thema rauskriegen! Dort drüben hängt ein Fahrplan – Rüdesheim wartet!«

Der Regionalexpress brachte sie nach Wiesbaden, wo sie am Hauptbahnhof in die VIAS umstiegen und bald darauf Rüdesheim erreichten. Tinne war froh, dass sie dick angezogen war, denn am Rhein pfiff ein eisiger Wind. Mit hochgezogenen Schultern und kalten Händen hielt sie ihr Mobiltelefon fest, das ihnen den Weg in die Marienthaler Straße zur Wallfahrtskirche zeigte. Der Ortsteil Eibingen lag oberhalb von Rüdesheim, nach 20 Minuten Fußmarsch erreichten sie das Kirchengebäude.

Der Parkplatz davor war restlos überfüllt, Polizeiautos standen quer, Kleinbusse und Vans mit den Logos von Fernsehsendern versperrten mit offenen Türen den Weg. Eine Freitreppe führte zum Eingang der Kirche, rot-weißes Absperrband flatterte im Wind, eine Gruppe Neugieriger hatte sich davor versammelt. Elvis quetschte sich hindurch, zückte seinen Presseausweis und hielt ihn den Polizisten unter die Nase.

»Keine Presse«, beschied ihm einer der Beamten knapp. »Erst wenn das Bistum Limburg die Kirche wieder freigibt.«

Tinne und Elvis schauten sich ernüchtert an. So viel zu ihrem grandiosen Plan, einen der Fachleute vor Ort zu Hildegard und ihren medizinischen Werken auszufragen. Im

Geist überlegte Tinne bereits, welchen ihrer Unikollegen sie morgen zu diesem Thema löchern könnte, da gab Elvis ihr einen Rippenstoß und deutete zum Parkplatz. Ein Kamerateam, drei Fotografen und einige Leute, die nach schreibender Zunft aussahen, hasteten zu einem Gebäude, das sich links an das Kirchenschiff anschloss und fast ebenso hoch war.

»Das sind ZDF und AP und RPR1.« Elvis fing an, sich durch die Menschen zu schieben, Tinne kam kaum hinterher. »Vielleicht gibt es eine Pressekonferenz.«

Sie folgten den Journalisten ins Nebengebäude. »Pfarrbüro« stand am Eingang, zwei weitere Polizisten hielten Wache. Elvis wedelte mit seinem Presseausweis und ließ Tinne als angebliche Volontärin hinter sich her traben. Die Tür führte sie in einen überraschend hohen und geräumigen Flur, der eher zu einem herrschaftlichen Anwesen gepasst hätte. Eine Aufstelltafel mit dem handgeschriebenen Hinweis »Pressekonferenz« zeigte nach links.

Dort erwartete sie ein lang gestreckter Raum, der normalerweise wohl als Sitzungssaal genutzt wurde. Nun hatte man die Tische in den hinteren Bereich geschoben, die Stühle waren ineinander gestellt und säumten die Wand neben dem Eingang. Dunkle Gemälde mit kirchlichen Szenen schluckten das spärliche Novemberlicht, in Glasvitrinen waren Exponate aus der Geschichte der Wallfahrtskirche ausgestellt. Kamerateams und Reporter hatten sich zu einem Halbkreis aufgestellt, die Pressekonferenz lief schon. Im Zentrum des Interesses standen mehrere Männer mit dunklen Anzügen und ernsten Gesichtern. Gerade sprach ein älterer Herr mit dem Kollarhemd eines Geistlichen. »Pfarrer Ludewig Weller« verriet das Flipchart daneben. Weller war dick und schwitzte sichtlich, eine halbmondförmige Brille rutschte auf seiner Nase. Hinter ihm entdeckte Tinne den weißen Bart, der vorhin im SWR-Fernsehen ein Interview gegeben hatte.

»Noch niemand von der AZ da.« Elvis reckte den Kopf. »Wundert mich eigentlich, bestimmt kommt … verflixt!« Mitten im Satz packte er Tinne und zog sie mit sich. Hinter den gestapelten Stühlen an der Seite des Raumes gingen die beiden auf Tauchstation. »Da!«, zischte Elvis und deutete zum Eingang.

Tinne peilte an den Stühlen vorbei – Frau Kaeferin schob sich höchstpersönlich in den Raum. Elvis war anzusehen, dass die Mistkaeferin der allerletzte Mensch war, den er hier treffen wollte. Tinne fühlte sich wie eine Ölsardine. Die Stuhltürme verbargen sie zwar beide, doch sie mussten eng zusammenrücken und sich halb auf den Boden legen. Elvis' Bauch brauchte viel Platz, und ihre langen Glieder passten nur gebeugt dahinter. Super. Ihr fiel ein, dass Frau Kaeferin sie ja gar nicht persönlich kannte. Eigentlich könnte sie sich entspannt unter die Journalisten mischen. Doch nun kam die Redaktionschefin in ihre Richtung und stellte sich so nah an die Stühle, dass sie unter Garantie stutzig werden würde, wenn eine 1,85-Meter-Frau dahinter hervorgekrabbelt käme. Also blieb Tinne nichts anderes übrig, als Elvis' Masse zurechtzuschieben und sich eine halbwegs bequeme Position zu suchen. Heute, stellte sie fest, war wohl allgemeiner Versteckspieltag, ob im Nanu-Nana oder im Pfarrbüro.

»Ja, das waren also die Informationen, die ich Ihnen über die Vorfälle von heute Nacht geben kann«, schloss Pfarrer Weller gerade. Mit etwas Verrenkungsgeschick schafften es Tinne und Elvis, nach vorn zu schielen und den Redner zu sehen. »Nochmals kurz zusammengefasst: Es hat einen Einbruch in die Wallfahrtskirche gegeben, der Schrein wurde dabei gewaltsam geöffnet und die Reliquien der Heiligen

Hildegard von Bingen entwendet. Die Spurenlage ist laut Kriminalpolizei dürftig, an den Türen und Fenstern der Kirche sind keine Beschädigungen feststellbar. Sowohl die Pfarrei als auch das Bistum stehen vor einem Rätsel.« Er räuspert sich etwas unsicher wie jemand, der den Übergang zu einem neuen Thema suchte. »Die zentrale Bedeutung der gestohlenen Reliquien wird Ihnen jetzt Dr. Georg Anschütz erläutern. Herr Dr. Anschütz ist Vorsitzender der *Societas Hildegardis* mit Sitz in Bingen. Die Gesellschaft verwaltet das theologische Erbe der Heiligen Hildegard.«

Mit einer höflichen Bewegung bat er den Mann mit dem weißen Bart in die Mitte. Die Fotoapparate begannen zu rattern, Blitze zuckten.

»Meine Damen und Herren, ich bedauere sehr, dass wir uns unter so ungünstigen Vorzeichen treffen.«

Die Stimme von Dr. Anschütz war klar und ohne jeden Akzent. Er stand locker, aber nicht lässig vor den Kameras, man sah, dass er Medienauftritte gewohnt war.

»Die Heilige Hildegard ist in unserer Region eine populäre Gestalt, was zum einen sicher an der regionalen Nähe zu ihrem Wirkungsort Bingen liegt, zum anderen aber auch an der Vielseitigkeit ihres Werks, das noch heute viele Lebensbereiche durchdringt. Nicht nur kirchliche, sondern auch weltliche Themen bis hin zu dem, was wir heute sehr modern *Achtsamkeit* nennen, also seelische Ausgeglichenheit und einen gesunden Körper.«

Während er redete, betrachtete Tinne ihn genauer. Er war eher klein und hatte wasserhelle Augen, die prüfend, aber nicht unfreundlich dreinschauten. Vom Alter her schätzte sie ihn irgendwo zwischen 50 und 60. Sein Bart war weiß wie Schnee, ebenso der Haarkranz um seinen ansonsten kahlen Schädel. Die ganze Erscheinung erinnerte an eine biblische Gestalt aus einem Historienfilm, eigentlich hätten ein Umhang und ein Wanderstab besser zu ihm gepasst als der dunkle Anzug.

»Wer ist diese Frau gewesen, die die Menschen seit über 800 Jahren fasziniert? Hildegard wird 1098 in Rheinhessen geboren, mit acht Jahren geben ihre Eltern sie in klösterliche Erziehung, übrigens kein ungewöhnlicher Vorgang im Hohen Mittelalter. Ihre Lehrmeisterin wird Jutta von Sponheim, die ihr über viele Jahre auch als treue Freundin zur Seite steht. Ihre Jugend verbringt sie im Kloster Disibodenberg an der Nahe, dem sie später vorsteht, mit knapp 50 Jahren gründet sie ihren eigenen Konvent auf dem Binger Rupertsberg. 50 Lebensjahre sind in der damaligen Zeit außergewöhnlich. Hildegard verbringt aber noch drei weitere Jahrzehnte bei guter geistiger und körperlicher Gesundheit auf dem Rupertsberg, erst mit 81 verstirbt sie.«

Tinne warf einen vorsichtigen Blick hinter dem Sockel hervor. Die Journalisten waren alle konzentriert bei der Arbeit. Neben den Logos der Mainzer Fernseh- und Radiosender sah sie Reuters und den HR und FFH, aus Wiesbaden waren der Kurier und das Tagblatt da. Der nächtliche Vorfall in der Wallfahrtskirche stieß wohl tatsächlich auf allgemeines Interesse.

»Schon zu Lebzeiten wurde Hildegard wie eine Heilige verehrt, entsprechend groß war das Interesse an ihren Gebeinen. In den folgenden Jahrhunderten haben diese Reliquien dann eine wahrlich abenteuerliche Reise hinter sich gebracht, die eher nach der Feder eines Thrillerautors klingt als nach echter Kirchengeschichte.«

Die Presseleute schmunzelten.

»Bis zum 30-jährigen Krieg hat die Klostergemeinschaft die sterblichen Überreste weiter in Rupertsberg aufbewahrt. 1631 wurde die Gefahr durch die schwedischen Truppen dann allerdings zu groß, deshalb floh die damalige Äbtissin Anna Lech von Dirmstein nach Köln in das Benediktinerinnenkloster St. Agatha. Bei sich trug sie Haupt, Haare, Herz und Zunge der Hildegard sowie einige Handschriften aus deren Nachlass. Die übrigen Knochenreliquien verbarg sie im Grabgewölbe unter der Rupertsberger Kirche.«

Prompt lief Tinnes Kopfkino los, das ihr solche Szenen in hollywoodreifer Inszenierung zu zeigen pflegte: Die Äbtissin, die im schlichten Überwurf aus einem verborgenen Ausgang des Gewölbes kroch, während vor dem Klostertor schwedische Soldaten mit Mordlust in den Augen Fackeln schwenkten. In der Hand trug die Vorsteherin einen blicklosen Totenschädel, den sie ehrfurchtsvoll in ein Reisebündel legte und danach ihren Weg durch die hügelige Binger Landschaft fortsetzte. Hinter ihr schlugen die Flammen in den Himmel, das Schreien der Nonnen und das rohe Lachen der Landsknechte hallte weit über den Rupertsberg …

Tinne war plötzlich wieder im Hier und Jetzt, als sich ein massiges Etwas direkt neben ihrem Kopf ausbreitete. Es war der voluminöse Hintern der Mistkaeferin, die sich auf einen der Stuhlstapel setzte und auf den Oberschenkeln weiterschrieb. Die metallenen Beine der Stühle quietschten protestierend und schoben sich ineinander. Zwei Handbreit von Tinnes Augen entfernt zitterten die Speckrollen ihrer Heckansicht, ein rosafarbener Schlüpfer schielte aus dem Hosenbund hervor. Sie tauschte einen entsetzten Blick mit Elvis und wagte nicht die kleinste Bewegung. Schnell konzentrierte sie sich wieder auf das Geschehen weiter vorne, um nicht länger an den Schlüpfer des Schreckens denken zu müssen.

»Anna von Dirmstein kehrte zurück, sechs Jahre später, nach Abzug der Schweden. Das Kloster Rupertsberg hatten sie zerstört bis auf die Grundmauern, doch das Versteck im Gewölbe war wie durch ein Wunder noch unangetastet. Es hatte sowohl die Brandschatzung der Soldaten als auch die Plünderung durch die Bevölkerung überdauert. Somit waren die Reliquien Hildegards wieder vereint. Einen neuen Platz bekamen sie an der Stelle, an der wir uns heute befinden.«

Tinne musste zugeben, dass Dr. Anschütz ein guter Geschichtenerzähler war, der lebhaft redete und sich gleichzeitig gewählt ausdrückte. Dass der Krimi um Hildegards Gebeine auch noch der Wahrheit entsprach, machte seinen Vortrag doppelt spannend.

»Denn hier, in Rüdesheim-Eibingen, hatte die Heilige Hildegard ein Tochterkloster von Rupertsberg gegründet. Das ursprüngliche Hildegardiskloster gibt es schon längst nicht mehr, die Eibinger Pfarrkirche steht auf den Überresten der alten Mauern und beherbergt die Reliquien wie eh und je. Hildegards Heiligsprechung vor fünf Jahren hat diesen historischen Schatz einmal mehr ins Bewusstsein der Öffentlichkeit gerückt … tja, und heute Nacht sind ebendiese Reliquien aus ihrem goldenen Schrein gestohlen worden.«

Mit erhobenen Händen stand er da wie ein Magier, bevor er sich knapp verbeugte und einen Schritt zurücktrat. Pfarrer Weller schob seine Brille nach oben und übernahm das Wort.

»Ja, vielen Dank, äh, Herr Dr. Anschütz.« Er schaute sich um, als warte er auf Unterstützung durch die anderen Anwesenden, dann fixierte er wieder die Journalisten. Es war zu spüren, dass die Pressekonferenz etwas improvisiert war und es keine richtige Dramaturgie gab. »Wenn … wenn vielleicht jemand von Ihnen noch eine Frage hat?«

Ein Mann mit grauem Zopf und gegerbter Haut hob die Hand, seine Stimme klang nach Kettenraucher.

»Alfred Quast, Frankfurter Allgemeine. Dr. Anschütz, vielleicht können Sie einen kurzen Einblick geben in das Werk der Hildegard von Bingen. Sie war ja eine Art Universalgelehrte ihrer Zeit, wenn man das so sagen kann.«

Der Mann mit dem weißen Bart trat wieder nach vorn. »Ja, das trifft die Sache durchaus, Herr Quast. Hildegard hat ein gewaltiges schriftstellerisches Erbe hinterlassen, das wir bei der *Societas Hildegardis* seit vielen Jahren wissenschaftlich aufarbeiten. Ihre Hauptwerke sind verständlicherweise theologische Abhandlungen, ganzheitliche Betrachtungen der Welt mit all ihren menschlichen und göttlichen Ausprägungen. Aber Hildegards Interessen waren weiter gefasst, viel weiter. Sie stand in Briefverkehr mit geistlichen und weltlichen Machthabern, nahm Stellung zu ethischen Fragen, zu Tugenden und Lastern, sie komponierte geistliche Lieder und schrieb über Musiktheorie. Auch die Natur, die Elemente, Steine, Pflanzen, Tiere – all das waren Themen ihrer Betrachtungen. Und natürlich sind ihre Schriften zur Heilkunde ein Novum gewesen in der damaligen Zeit. Sie hat nämlich die griechisch-lateinische Tradition mit der Volksmedizin zusammengebracht und dabei erstaunliche neue Arzneiwirkungen festgestellt. Bis heute finden Sie in jeder Drogerie meterweise Produkte der sogenannten ›Hildegard-Medizin‹. Die gehen zwar in den seltensten Fällen tatsächlich auf ihre heilkundlichen Erkenntnisse zurück, da die Originalschriften bedauernswerterweise nicht überliefert sind. Aber immerhin hat die Alternativmedizin geholfen, das Gedächtnis an diese wohl bedeutendste Frauengestalt des Hohen Mittelalters wachzuhalten.«

Die Zeitungsjournalisten bemühten sich, seine fast druckreifen Sätze mitzuschreiben. Tinne und Elvis rückten einen Zentimeter nach vorn. Die medizinischen Abhandlungen, die verschwundenen Originale – das war das Thema, zu dem sie weitere Informationen wollten. Liebend gern hätte Tinne eine Frage gestellt, doch das verbot sich leider angesichts des voluminösen Hinterns neben ihr. In diesem Augenblick geriet die Mistkaeferin in Wallung, sie reckte den Arm.

»Gisela Kaeferin, Leiterin der Lokalredaktion AZ Mainz. Dieses vielfältige Wissen, dazu hat Hildegard von Bingen ja gesagt, das würde gar nicht aus ihr selbst kommen. Es wären vielmehr göttliche Visionen, die in sie einströmen, und sie würde nur aufschreiben, was sie sieht und hört. Vielleicht können Sie dazu ein paar Worte sagen.«

Dr. Anschütz lächelte, als würde ihn die Frage freuen. »Danke, Frau Kaeferin. Sie spielen auf die berühmte Selbstbeschreibung Hildegards an – sie bezeichnete sich als ›Gottes Posaune‹.« Er malte Gänsefüßchen mit den Fingern in die Luft. »Tatsächlich sind diese Visionserlebnisse etwas, das sich wie ein roter Faden durch ihr Leben zieht und wesentlich zur Mystifizierung ihrer Person beiträgt. Mit ihrer klösterlichen Erziehung als Achtjährige beginnt diese Phase, sie sieht und hört ›merkwürdige Dinge‹, die außer ihr niemand wahrnimmt. Diese ›Gesichter‹ verstärken sich, bis sie im 42. Lebensjahr eine solche Heftigkeit erreichen, dass Hildegard in ihnen Gottes Stimme erkennt. Sie sagt, der Sinn der Schriften hätte sich ihr plötzlich erschlossen. Die Stimme habe von ihr verlangt: ›Schreibe, was du hörst und siehst.‹«

Er ging zur Seite, wo einige großformatige Drucke an die Wand gelehnt waren. Auch hier sah alles ein wenig unorganisiert aus. Nach einigem Hin- und Herschieben hielt er ein Bild hoch. Es war eine der bekanntesten Darstellungen der Hildegard von Bingen, gemalt im typisch zweidimensionalen Stil des Mittelalters: Die Klosterfrau saß zwischen zwei Türmen und hatte eine Schreibtafel in der Hand, rote Flammen kamen aus dem Himmel und hielten ihren Kopf wie mit starken Händen umklammert.

»Hildegard beschreibt die Visionen als ein feuriges Licht mit Blitzesleuchten, diese Erscheinungen werden für sie zu einer Quelle des Wissens und der Inspiration. Letztlich sind all ihre theologischen Werke auf dieser Basis entstanden.«

Dr. Anschütz lächelte spitzbübisch. »Ein durchaus positiver Nebeneffekt der göttlichen Botschaften war übrigens, dass Hildegard sich im Disput mit ungleich mächtigeren Würdenträgern durchsetzen konnte. Denn niemand, nicht einmal der Papst, wagte Widerworte gegen Botschaften, die auf direktem Weg vom Himmel diktiert worden waren. Durchaus nachvollziehbar, oder?«

Die Journalisten lachten. Keiner hatte mehr eine Frage, Pfarrer Weller beendete die Pressekonferenz mit einer kurzen Verabschiedung. Das allgemeine Zusammenpacken fing an, auch Frau Kaeferin erhob sich. Tinne und Elvis drückten sich so tief wie möglich in ihre Deckung, um unsichtbar zu bleiben. Die Redaktionsleiterin dachte allerdings nicht daran, den Raum zu verlassen, sondern plauderte mit den Pressekollegen.

Tinne zog ihren Arm unter Elvis' Hüfte hervor und bemühte sich, Abstand von seinen stacheligen Koteletten zu gewinnen. Sie mochte den Dicken ja gerne, aber kuscheln wollte sie mit ihm dann doch nicht.

»Mist, das ist jetzt nicht so gut«, wisperte sie. »Diesen Anschütz hätte ich gerne noch mal ausgequetscht über Hildegards medizinische Schriften, er weiß da sicher Bescheid.« Sie peilte um die Ecke. Dr. Anschütz zog seinen Mantel an und griff nach einem Schirm, den er sich nach Art der Engländer an den Unterarm hängte. Dann wechselte er noch einige Worte mit dem Pfarrer, bevor er zur Tür ging. Endlich machten sich auch die letzten Journalisten auf den Weg, die Mistkaeferin schob sich zum Schluss durch den Ausgang.

»Jetzt aber hurtig!« Gerade wollte Tinne sich erheben, da fiel ein Schatten über sie. Pfarrer Weller stand neben den gestapelten Stühlen, blinzelte hinter seiner Halbmondbrille und beugte sich mit verwunderter Miene nach unten. »Was, äh … wie …?«

Elvis reagierte blitzschnell. Er drückte Tinne zu Boden, tätschelte ihr die Wange und zauberte einen besorgten Ausdruck in sein Gesicht. »Schlecht geworden«, erklärte er im Tonfall väterlicher Fürsorge. »Der Kreislauf, Sie wissen ja. Weiß wie die Wand und umgekippt.«

Tinne schoss ihm einen Blick entgegen, der einer Ohrfeige gleichkam, aber sie spielte mit. Ächzend ließ sie die Lider flattern und bemühte sich, leidend auszusehen.

»Geht gleich. Sie kriegt schon wieder Farbe.« Elvis tätschelte weiter, fester als nötig. »Schön durchschnaufen, gell.« Sie hätte ihm am liebsten in die Hand gebissen.

Der Pfarrer erhob sich. »Ich hole schnell ein Glas Wasser.« Mit großen Schritten lief er in die Teeküche des Pfarrbüros, füllte einen Becher und trug ihn zurück. »Hier, trinken Sie, das wird …« Verblüfft blieb er stehen. Der Platz hinter den Stühlen war leer.

*

Laurent Pelizaeus stand auf einem Balkon, den es rechts und links davon in identischer Ausführung gab, ebenso oben und unten. Die Wohnanlage in der Rektor-Forestier-Straße in Gonsenheim bemühte sich durch ihren gelb-orange-roten Farbverlauf um etwas Individualität, doch ihre völlige Symmetrie ließ den Kommissar an eine Reißbrettzeichnung denken. Durch die offene Balkontür hinter sich hörte er die halblauten Kommentare der Spurensicherung, die Erik Faßbenders Wohnung nach potenziellen Gefahrenstoffen durchsuchte.

Der Kommissar warf einen verdrießlichen Blick in den grauen Himmel, der sich nicht entscheiden konnte, jetzt sofort oder doch erst später einen Regenguss loszuschicken. Der November deprimierte ihn jedes Jahr aufs Neue – die

Erntezeit und die Weinlese waren vorüber, Weihnachten ließ noch auf sich warten, es wurde kalt, und das ungemütliche Wetter würde noch drei oder sogar vier Monate anhalten. Schade eigentlich, dass er keinen Job in der Wirtschaft hatte mit dickem Managergehalt. Dann würde er sich ein Winterdomizil leisten, irgendwo dort, wo es länger schön war. In Marrakesch vielleicht oder auf Sizilien. Tinne wäre die allererste, die die Koffer packen würde, sie liebte die Wärme ebenso wie er. Einen süßen Augenblick gönnte er sich die Vorstellung, gemeinsam mit ihr ohne Geldsorgen als Weltenbummler unterwegs zu sein, in Shorts und T-Shirt, die Haare ausgebleicht von Sonne und Salz. In diesem Augenblick merkte er, wie sehr er sie vermisste.

Die Wirklichkeit holte ihn schneller ein, als ihm lieb war.

»Laurent, wir sind durch.« Der Teamleiter streckte den Kopf durch die Tür, er trug einen weißen Ganzkörperoverall. »Bis jetzt alles negativ, wir prüfen im Labor dann noch die Abstriche, aber ich denke nicht, dass er hier drin irgendetwas aufbewahrt hat. Es gibt gar keine Infrastruktur dazu, keine Probenkühlschränke, keine Möglichkeit zum Pipettieren, keine Behälter mit Schutzklasse, nichts.«

»Okay, danke, Paul.« Laurent schaute von draußen zu, wie seine Kollegen die Wischproben in Tüten packten und ihr Equipment zusammenräumten. Nachdem sie weg waren, trat er in die Wohnung. Er trug Plastiküberzieher an den Füßen und Handschuhe, um die Spurenlage nicht zu verfälschen. Insgeheim musste er Paul aber zustimmen: Faßbender hatte hier keine medizinischen Experimente gemacht, es war nur eine ganz normale, etwas unaufgeräumte Zweizimmerwohnung.

In der Mitte des Wohnzimmers blieb der Kommissar stehen und ließ die fremde Umgebung mit all ihren Eindrücken auf sich wirken. In diesen stillen Minuten versuchte er, den Lebensraum einer Person einschätzen zu können und darin zu lesen. Faßbender hatte eher zweckmäßig als behaglich gewohnt, das war offensichtlich. Alles Nötige war da, aber nichts hatte den Chic und die Ästhetik einer sorgfältigen Auswahl. Bilder und Persönliches gab es kaum, ebenso Pflanzen. Im Pharmazeutischen Institut hatte man ihm gesagt, dass Faßbenders Leben seine Arbeit gewesen sei. Die Wohnung bestätigte das, eigentlich war sie nichts als eine Erweiterung seines Büros. Laurent sah nichts, was auf die zumindest gelegentliche Anwesenheit einer zweiten Person schließen ließ. Das wichtigste Einrichtungsstück war der große Schreibtisch, der über und über mit Papieren bedeckt war. Ein leerer Platz in der Mitte zeigte, dass hier ein Computer gestanden hatte, ein Notebook, das Netzkabel lugte im hinteren Bereich des Tisches hervor. Das Schicksal des Geräts war kein Geheimnis: Faßbender hatte es oft an der Uni gehabt und im Labor damit gearbeitet. Dort war es bei der Explosion zu einem unförmigen Klumpen aus Plastik und Aluminium verschmolzen, bei dem selbst die besten Polizeitechniker nur mit den Schultern zucken konnten.

Laurent trat an den Schreibtisch. Wissenschaftliche Literatur, Kopien von historischen Texten, handschriftliche Notizen. Überall gelbe Post-its mit krakeligen Hinweisen: »→ Schlaming, S. 212«, konnte er entziffern, und: »Quelle auth.?«. Die Tischplatte sah aus wie ein riesiges Durcheinander, doch Laurent spürte, dass es eine Ordnung gab. Ein System, das sich im Laufe von Faßbenders Forschungen entwickelt hatte und das seinem Arbeitsfluss entsprach. Fast sah er den Mann vor sich, wie er spätnachts im Schein der Schreibtischlampe am Rechner saß, ein Griff zu den Quellen, ein zweiter Griff zur Sekundärliteratur, ein paar eingetippte Stichworte, ein Post-it dazu, alles ablegen auf einem weiteren Stapel. Vorsichtig hob der Kommissar einen Papierhaufen an, hütete sich aber davor, irgendetwas durcheinanderzubringen. Wer wusste schon, ob die Sortierung der Blätter letztendlich nicht der Schlüssel zur Lösung war? Die Zahlen, Formeln und Stichworte setzten sich fort, er verstand nichts davon. Ihm war klar, dass hier ein Experte ranmusste. Für solche Fälle hatte die Kripo feste Ansprechpartner, meist Wissenschaftler der Universität oder von privaten Forschungsinstituten. Diese wurden bei Bedarf zu Fällen hinzugezogen und konnten auch vor Gericht als vereidigte Gutachter aussagen.

Laurent schürzte die Lippen. Am liebsten hätte er Tinne mit im Boot gehabt. Denn zum einen hatte sie mit Faßbender zusammengearbeitet und war in das Thema Mittelaltermedizin involviert. Zum anderen kannte er ihre oft ungewöhnlichen Einfälle und wusste, dass sie Zusammenhänge entdeckte, die kein anderer fand. Doch in diesem Fall wäre ein Kampf gegen die Mühlen der Bürokratie aussichtslos – sein Chef, Polizeirat Metternich, würde niemals eine neue und in seinen Augen unerfahrene Gutachterin zulassen, die noch nicht einmal einen Doktortitel hatte.

Er wurde auf einen Schuhschrank neben der Zimmertür aufmerksam. Obenauf lagen Kleinigkeiten, eine Packung Taschentücher, Kaugummis, etwas Münzgeld. Die typische Ablage, die man beim Hereinkommen ins Zimmer nutzte, wenn man die Hände voll hatte. Zwei, drei Briefe waren dabei, Laurent nahm sie in seine behandschuhten Finger. Werbung von Möbel Martin, eine Infokarte der Hausverwaltung, ein Brief in einem aufgerissenen Umschlag. Laut Datum eine Woche alt, Absender war das Medizinhistorische Journal, wohl eine Fachzeitschrift. Er überflog die Zeilen murmelnd: »… bedanken wir uns für Ihre Ankündigung eines Fachartikels zum Thema Hildegard von Bingen … blabla … voraussichtlich in der Ausgabe 5/2018 … freuen uns auf Ihre

Synopsis und eine Rohfassung des Artikels.« Aha, das hatte wohl ebenfalls mit dem Thema Mittelaltermedizin zu tun. Der Kommissar legte den Brief zurück und ließ seinen Blick erneut durch die Wohnung wandern. Forschungen über historische Heilkunde und ein Toter, der an einer eigentlich ausgerotteten Krankheit gestorben war. Vorschriften hin oder her, er wollte, dass Tinne einen Blick auf die Unterlagen warf. Vielleicht hatte sie eine Idee, wie alles zusammenpasste.

*

»Da ist er. Schnell!« Elvis rannte hinter Tinne her, die über den Parkplatz spurtete. Es regnete zwar noch nicht, doch der Himmel sah aus, als würde er gleich die Schleusen öffnen. Der weiße Schopf von Dr. Anschütz wippte vor ihnen, die Mistkaeferin war zum Glück nirgends zu sehen.

»Hallo, 'tschuldigung, gerade eine Sekunde bitte«, rief Tinne und warf sich halb in seinen Weg. »Ich, also, mein Name ist Ernestine Nachtigall, ich bin Historikerin an der Uni Mainz. Aktuell arbeite ich im Pharmazeutischen Institut bei einer AG zum Thema mittelalterliche Medizin. Und dabei bräuchte ich ein paar fachliche Informationen zu einer verschollenen Schrift der Heiligen Hildegard, zur *Causae et Curae*. Hätten Sie ein paar Minuten, Herr Anschütz?

»Soso.« Mit wachem Blick wandte er sich Tinne zu. »Mittelalterliche Medizin. Eher theoretisch oder praktisch?«

»Schon praxisnah. Wir versuchen, alte Rezepturen zu rekonstruieren, dann werden die Produkte auf Basis dieser Anleitungen hergestellt und zum Schluss auf pharmazeutische Wirksamkeit überprüft.«

Seine Augen verrieten, dass sein Interesse geweckt war. »Nun, wenn es um einen wissenschaftlichen Kontext geht, kann ich sicherlich ein paar Minuten erübrigen.« Er schüttelte ihr und Elvis die Hand, der Reporter stellte sich vor, dann machte Anschütz eine Kopfbewegung zur Straße hin. »Laufen Sie mit mir. Hier war es so voll, dass ich ein Stück weiter parken musste.«

Anschütz hatte einen strammen Schritt. »Was genau wollen Sie denn wissen, Frau Nachtigall?«

»Äh, also«, Tinne überlegte krampfhaft, wie sie anfangen sollte, ohne gleich mit der Tür ins Haus zu fallen. »Das Werk *Causae et Curae*, also die Heilschriften, was beschreibt Hildegard darin genau?«

»In erster Linie geht es um die Entstehung und Heilung von Krankheiten. Hildegard wählt dabei einen ganzheitlichen Ansatz, Gesundheit ist für sie der Einklang von Mensch, Gott und Umwelt, ein Ungleichgewicht führt zu Krankheiten. Die heilenden Arzneien wiederum liefert die Natur, es sind Pflanzen, Elemente, Edelsteine und Metalle.«

»Die Originalschriften sind ja verschollen. Sicherlich ausnahmslos, oder?«

Er hob mit der universellen Geste des Nichtwissens die Hände. »Ja und nein. Es ist ja kein kompaktes Buch, das man findet oder nicht. Es sind zahllose Pergament gewesen, die Hildegard gesammelt und zu einem Kompendium zusammengeführt hat. Einzelne Handschriften haben sicher die Zeiten überdauert, aber die genaue Zuordnung ist schwierig. Sie hat schließlich nicht auf jedem einzelnen Blatt ihren Namen notiert.«

Elvis, der hinter ihnen herlief und kaum das Tempo halten konnte, wurde auf einmal zappelig. »Darf ich … darf ich grade mal?« Er griff nach Dr. Anschütz' Schirm und spannte ihn auf. Dann hielt er ihn über die rechte Schulter, der Schirm war nun eher neben ihm als über ihm. »Zugluft«, meinte er entschuldigend zu Anschütz und tippte sich vielsagend an die rechte Kopfseite, die vom Schirm verdeckt wurde. »Muss ich arg aufpassen, hat mein Hals-Nasen-Ohren-Arzt gesagt.«

Tinne hielt ihn eine Sekunde lang für bekloppt, dann sah sie das, was Elvis schon längst erspäht haben musste: Frau Kaeferin stand mitten auf der Straße neben einem Minivan des ZDF, hielt die Hände in die Hüften gestemmt und redete mit den Kollegen. Mit dem Kopf hinterm Schirm versuchte Elvis mehr oder weniger erfolgreich, seinen breiten Körper hinter den anderen beiden zu verstecken, während sie weiterliefen. In dieser eher unvorteilhaften Haltung klinkte er sich in das Gespräch ein.

»Dr. Anschütz, was wäre, wenn … sagen wir mal: Wenn ein Teil der *Causae et Curae* plötzlich auftauchen würde? Oder eine authentische Abschrift von Rezepten, genau so wie Hildegard sie seinerzeit verfasst hat?«

Der *Societas*-Vorsitzende machte übertrieben große Augen. »Das wäre – eine Sensation! Ein Weltereignis!« Er schmunzelte. »Nein, Herr Wissmann, Spaß beiseite. Da würden sich ein paar Kirchengelehrte freuen und natürlich Historiker wie Frau Nachtigall, ansonsten wäre kaum Resonanz zu finden.«

Tinne mischte sich ein. »Auch nicht medizinisch? Immerhin hat Hildegard ja viele neue Wirkstoffe und Kombinationen ausprobiert und damit durchaus Heilungserfolge erzielt.«

»Auszuschließen ist nichts, da haben Sie natürlich recht. Aber die Chance, dass in der *Causae et Curae* so etwas wie ein Heilmittel gegen Krebs oder ein Impfstoff gegen Alzheimer steckt, ist verschwindend gering. Schauen Sie, die allermeisten von Hildegards Arzneien sind von der Wirksamkeit her nicht mit heutigen Präparaten zu vergleichen. Viele haben sogar eher Placebo-Charakter. Aber sie wirken. Sie wirken manchmal sogar besser als ihre modernen Gegenstücke, weil – und das ist das Geheimnis – der Glaube an die Heilung quasi unsichtbar mitschwingt. Und Glaube, Frau

Nachtigall, kann nicht nur Berge versetzen, sondern eben auch Krankheiten heilen.«

Tinne schwieg. Sie hegte ein tiefes Misstrauen gegen sämtliche Religionen der Welt. Jede einzelne fußte auf schwammigen Überlieferungen ohne den Funken eines Beweises. Trotzdem brachten sie die Menschen dazu, sich ohne Unterlass die Schädel einzuschlagen, sich gegenseitig zu massakrieren, zu foltern, zu verbrennen, zu verjagen und in die Luft zu sprengen. Und über alldem sollte ein gütiger Gott sitzen, der milde lächelnd auf die Erde schaute?

Anschütz erriet ihre Gedanken. »Frau Nachtigall, Sie als Historikerin sind es gewohnt, so auf Fakten zu schauen, wie Wissenschaft eben funktioniert. Es ist ein ureigenes Bedürfnis des Menschen, alles erklären zu wollen. Aber Glaube kann man nicht erklären, man kann ihn nur spüren. Das gilt für Hildegards Lebenswerk, für ihre Visionen und für die Heilmittel, die sie in *Causae et Curae* gesammelt hat. Für mich, für uns von der *Societas Hildegardis* und für viele, viele Menschen ist Hildegard eine faszinierende Persönlichkeit. Eine Visionärin. Wer anders darüber denken will, soll das tun, damit habe ich kein Problem. Es gibt kein richtig und kein falsch, es gibt nur das, was wir in den Dingen sehen.« Er schaute die beiden ruhig mit einem kleinen Lächeln an, das in seinen Augen wohnte. Tinne ertappte sich bei dem Gedanken, dass der Mann ein wunderbarer Pfarrer wäre. Jemand, der nicht betriebsblind der christlichen Lehre hinterherlief, sondern auch andere Standpunkte akzeptierte. Sie mochte die Art, wie er argumentierte, seine klaren Worte und seine heitere Gelassenheit. Die drei erreichten einen dunklen 5er-BMW, dessen Lichter angingen. Anschütz trat darauf zu. Aufschnaufend gab Elvis den Schirm zurück.

»Ganz mieser Windzug da in der Gasse, ein ganz mieser«, brummte er.

Anschütz hängte den Schirm wieder elegant an seinen Arm. »Kann ich Ihnen denn sonst noch eine Frage beantworten?«

»Nein, Herr Anschütz, das ist's erst mal gewesen.« Tinne reichte ihm die Hand. »Vielen Dank, dass Sie sich Zeit genommen haben für uns.«

»Gerne. Ich wünsche Ihnen viel Erfolg bei Ihrem Medizinprojekt an der Universität. Und kommen Sie doch mal in Bingen vorbei, die *Societas Hildegardis* besitzt eine kleine, aber feine Fachbibliothek. Würde Ihnen bestimmt gut gefallen.«

Die beiden verabschiedeten sich und marschierten nach unten in Richtung Rhein, um wieder zum Bahnhof zu kommen.

»Und, was hältst du von der ganzen Sache?«, fragte Tinne.

»Na ja. Das, was er über *Causae et Curae* erzählt hat, ist nicht gerade ermutigend. Ich frage mich, über was Erik da gestolpert ist. Oder sind wir auf dem falschen Dampfer und es geht eigentlich um etwas ganz anderes?«

Tinne konnte nur die Schultern zucken. Ihre Intuition sagte ihr, dass Erik einer großen Sache auf der Spur gewesen war. Sie hatte nur keine Ahnung, wo sie anpacken sollte.

*

Linus klopfte an und wartete. Die persönliche Assistentin von Herrn Fouqué tippte auf ihrem Notebook und beachtete ihn nicht. Typisch, sie behandelte alle Mitarbeiter unterhalb der Führungsebene wie Luft. Na, und wenn schon.

Er klopfte ein zweites Mal, noch immer kam keine Antwort. Dieses Ritual gehörte zu einem von Fouqués Markenzeichen – die Leute immer warten lassen, das sorgte von vornherein für ein Wichtigkeitsgefälle. Endlich wurde die

Tür aufgerissen, der Vorstandsvorsitzende der LeCaris AG stand vor ihm.

»Nein, das machen wir auf keinen Fall so, das können Sie vergessen.« Fouqué hielt sein Telefon am Ohr und machte Linus Zeichen, hereinzukommen. Der kannte dieses Szenario. Imponiergehabe, die Zweite: Jedes Mal, wenn er zu seinem obersten Chef bestellt wurde, führte dieser ein Telefonat zu Ende und trat dabei hart und kantig auf. Linus vermutete, dass es niemanden am anderen Ende der Leitung gab, sondern das Gespräch eine gut einstudierte Show war. Das Büro, das ihn empfing, passte zu dieser Vermutung, es war ein einziges Statussymbol: eine voll verglaste Fensterfront, eine viktorianische Antiquität als Schreibtisch, an den Wänden Originale von Baselitz, Lichtenstein und Sherman. Das ausgeklügelte Lichtsystem sorgte für indirekte Beleuchtung und brachte ein afrikanisches Totem zur Geltung, Mfondo-Kultur, wie Fouqué ihm einmal erklärt hatte. Linus war danach bei Google auf die Suche gegangen: 40.000 Euro, mindestens.

»Dann kriegen Sie unsere Anwälte an den Hals, und die ziehen Sie bis auf die Unterhosen aus. Überlegen Sie es sich gut, das ist mein letztes Wort in dieser Sache!« Ohne eine Verabschiedung beendete Fouqué das Telefonat, setzte sich hinter seinen Schreibtisch und deutete zu einem der Lederstühle, die davor in Reih und Glied standen.

»Guten Tag, Dr. Stiehl, schön, dass Sie es geschafft haben.«

Linus nickte halbherzig. Ein Anruf von der Chefetage war etwas, das man besser nicht ignorieren sollte, insofern waren Fouqués Worte nur eine Floskel.

»Unschöne Sache, die da in Mainz passiert ist. Sie waren mittendrin in der Explosion, oder?«

»Ja, also, im Nebenraum. Aber klar, das war kein besonders tolles Erlebnis.« Wie immer fühlte er sich in der Nähe seines Chefchefs gehemmt und linkisch, es war, als würde die Allmacht in diesem Raum ihm die Luft zum Atmen nehmen.

Linus hatte sich gefreut, als er vor fünf Jahren den Job bei LeCaris bekommen hatte. Zuvor war er als Biochemiker bei der Linde AG angestellt gewesen, sein erster Job nach dem Studium. Zuerst in Kostheim, bis Linde das dortige Kältewerk dichtmachte, dann folgte er dem Job nach München, war im Süden aber nie wirklich glücklich. Die Zusage von LeCaris schien ihm damals wie vom Himmel geschickt, doch inzwischen wusste er, dass im Gefüge des Unternehmens ein erbarmungsloser Machtkampf tobte und keiner dem anderen über den Weg traute. Der Vorstand ließ seine Augen auf Linus ruhen.

»Wie ist Ihre Einschätzung, was ist mit den Laborgeräten? Haben wir da Chancen auf Reparatur?«

»Das … kann ich schwer sagen. Auf den ersten Blick eher nicht. Alles, was in dem Raum war, hat den vollen Explosionsdruck abbekommen und danach den Schaum der Sprinkleranlage. Aber da müssten die Fachleute drauf schauen.«

Sein Gegenüber winkte ab, als wäre Ausrüstung im Wert von einer dreiviertel Million ein Pappenstiel. Jean-Baptiste Fouqué hatte kleine Augen und eine wulstige Stirn, diese Kombination gab ihm etwas Verschlagenes. Linus mochte ihn nicht, er hasste die vordergründige Freundlichkeit, die Fouqué ausstrich wie süßen Honig. Eine falsche Bewegung genügte, dann zappelte die Fliege darin.

»Geräte sind zu ersetzen, dafür gibt es Versicherungen. Was mich mehr interessiert, sind die Ergebnisse.« Er neigte sich nach vorn, und wieder musste Linus wider Willen die perfekte Inszenierung bewundern: Das Licht durch die dahinterliegende Fensterfront ließ den hohen Sessel des Vorstands schwarz wirken und verlieh ihm einen monströsen

Oberkörper. Fouqué sah darin aus wie eine Mensch-Maschine, mächtig und kraftstrotzend. »Immerhin forschen Sie und die Universitätsmitarbeiter nun schon über drei Monate an dem Projekt Mittelaltermedizin, und Ihre wöchentlichen Berichte sind, nun ja, dürftig.« Mit einer beiläufigen Bewegung streifte seine Hand einen Papierstapel, der auf dem Tisch lag, Linus erkannte die von ihm erstellten Protokolle.

»Ja, das … das mag so aussehen. Aber schauen Sie, die Versuche sind …«

Fouqué redete weiter, als hätte Linus nichts gesagt. »Ich habe mich am Anfang des Projekts klar ausgedrückt, Dr. Stiehl. Natürlich unterstützt LeCaris die Bereiche Wissenschaft und Forschung gern und ohne monetäre Hintergedanken. *Social responsibility* ist für uns kein Modewort, sondern Teil der Unternehmenskultur.« Er stand auf, verschränkte die Hände hinter dem Rücken und trat an die Fensterfront heran. »Aber ein gewisser *return on investment* muss da sein, schließlich sind wir unseren Gesellschaftern und mehr als 600 Mitarbeitern verpflichtet. Da ist es sicher nachvollziehbar, wenn wir den Blick in die Zukunft richten.«

Der Vorstand schaute aus den bodentiefen Fenstern, an denen Regentropfen Wettrennen auf dem Weg nach unten veranstalteten. Linus realisierte, dass auch diese Position nicht zufällig gewählt war, denn davor lag, von wucherndem Buschwerk umgeben, das alte Laborgebäude von LeCaris. Der flache Bau, zweistöckig und in der nüchternen Architektur der 1970er errichtet, war die Gründungsstätte der Firma, die nun aber längst schon geräumt und zum Abriss vorbereitet worden war. Die Fläche sollte mit weiteren Forschungs- und Produktionsanlagen bebaut werden – eine perfekte Bebilderung zum »Blick in die Zukunft«.

Er erschrak, als Fouqué herumfuhr, blitzschnell an den Schreibtisch herantrat und sich nach vorn beugte. »Meine

Frage lautet ganz klar: Welche Ergebnisse gibt es, welchen Nutzen kann LeCaris daraus ziehen und wie viel Input ist nötig, um einen effektiven Wirknutzen zu erhalten?«

Seine Stimme hatte einen scharfen Beiklang, Linus spürte, wie sich Schweiß in seinen Achseln bildete. Er schluckte. »Das kann ich, eh, aus dem Stegreif nicht sagen. Dazu müsste ich Einsicht nehmen in die konkreten Versuchsprotokolle, aber die sind nicht einfach so …« Er verstummte erschrocken, als sein Vorgesetzter mit der flachen Hand auf den Tisch schlug. Es knallte wie ein Pistolenschuss.

»Dann machen Sie das«, fauchte Fouqué. Seine kleinen Augen waren im Gegenlicht kaum zu sehen und ließen ihn wie eine Schattengestalt wirken. »Wir haben einen Arsch voll Geld in dieses Projekt gesteckt, und jetzt ist uns alles um die Ohren geflogen. Bringen Sie Ergebnisse, Stiehl, sonst stehen Sie demnächst auf der Straße!«

Der Vorstand verharrte in seiner aggressiven Haltung, Linus kroch fast aus dem Stuhl. Er verabscheute sich selbst dafür, dass er keine Widerworte gab. Die Fliege war in den Honig hineingeraten und musste strampeln, damit sie nicht unterging.

*

Kalte Tropfen liefen in Tinnes Kragen, der Rand ihrer Kapuze ließ einen Wasserfall vor ihrer Stirn niedergehen. Elvis hielt einen Schirm über ihre beiden Köpfe, doch der Wind zwischen den Häusern wehte ihnen immer wieder eisige Schauer ins Gesicht. Der Dicke hatte keine Kapuze und sah aus wie ein gebadeter Basset. »Kackwetter!«, schimpfte er und machte einen Ausfallschritt, um nicht in eine Pfütze zu treten.

Die beiden liefen von der Straßenbahnhaltestelle Bahnstraße zur Kommune 47, Tinne schob ihr Rad mit klammen Händen neben sich her, das trübe Tageslicht machte bereits Platz für die Dämmerung. Der Regen war wiedergekommen, während sie im Zug über die Geschehnisse der letzten Tage geredet hatten. Angesichts der Bindfäden vor dem Fenster entschloss Tinne sich, Bertie anzurufen und ihn wieder einmal um eine Taxi-Gefälligkeit zu bitten, ob er nicht Leonie von der Kita abholen könnte. Sie selbst war zwar bei Wind und Wetter mit dem Fahrrad unterwegs, doch sie hatte keine regendichte Jacke für Leonie, Elvis war noch nicht dazu gekommen, weitere Kinderkleidung aus der Wohnung von Claudi und Ferdi zu holen. Bertie, die gute Seele, war einverstanden, Mirjam kannte den rothaarigen Taxifahrer inzwischen auch, also schaffte Leonie es trockenen Fußes in die Kommune – ein Luxus, in dessen Genuss Tinne und Elvis nicht kamen. Der Reporter hatte sich entschlossen, Tinne zu begleiten, weil er am späten Nachmittag eh einen AZ-Termin in Bretzenheim hatte. Um was es ging, konnte Tinne allerdings nicht aus ihm herausbekommen, er schüttelte jedes Mal nur den Kopf und verdrehte die Augen.

Jetzt schnaufte Elvis, endlich kam die Hausnummer 47 in Sicht. »Ich melde mich jetzt schon mal für einen Espresso an. Und für einen zweiten, in den ich meine Finger reinstecken kann.«

Die Stahlmonster aus Axls Werkstatt begrüßten sie im Hof der Kommune. Elvis stand da wie eine gebadete Katze und wartete verdrießlich, bis Tinne ihr Rad angeschlossen hatte. Das dauerte länger als sonst, denn normalerweise nutzte sie das rechte hintere Metallbiest als extravaganten Fahrradständer. Axl hatte dem Monster, einem übermannshohen Drachenwesen, sogar eigens ein Loch in den Schwanz gebohrt, damit Tinne ihr Schloss anbringen konnte. Doch das Biest hatte Schlagseite bekommen, eine Schweißnaht am

Fuß war gerissen, es drohte umzustürzen. Also wand Tinne das Spiralschloss mit klammen Fingern um die Lehne einer Gartenbank und sah zu, dass sie ins Trockene kam. Auf der Treppe nach oben in den ersten Stock zog sie die Kapuze ab und schüttelte sich vor Kälte und Nässe.

»So, jetzt erst mal ...«, fing sie an, dann stockte sie. In der Küche brannte Licht, doch niemand war da. Auch in Berties Zimmer sah sie niemanden, die Tür stand offen. Kein Laut war zu hören, dabei mussten er und Leonie längst hier sein. Sie tauschte einen Blick mit Elvis. Sehr ungewöhnlich. Mit einem unguten Gefühl warf sie einen Blick in Axls Zimmer. Wieder keine Menschenseele.

»Bertie? Leonie?«, rief Tinne halblaut. Keine Antwort. Ihr Blick fiel auf einen Teller mit einem angebissenen Kuchenstück auf der Anrichte, die dazugehörige Gabel war zu Boden gefallen. Daneben stand eine Tasse Kakao. Sie fasste daran. Noch warm.

»Elvis, was ist hier los?« Ihr ungutes Gefühl verwandelte sich in Angst. In diesem Augenblick ertönte ein gellender Schrei, eine Kinderstimme. Die beiden schauten sich entsetzt an, dann war Tinne auch schon auf der Treppe. »Das kam von unten!«

Sie stürmte ins Erdgeschoss und zur Haustür hinaus. Regen, Dunkelheit, Metallmonster, sonst war draußen nichts zu sehen. Wieder erklang die Kinderstimme, so schrill, dass sie wehtat. Dann schepperte es, als würde etwas umfallen. Der Keller!

»Leonie!«, brüllte Elvis und überholte Tinne fast auf den Stufen. Atemlos rissen sie die Tür zum *Steelram*-Proberaum auf ... und erstarrten bei dem Anblick.

Die Bandmitglieder und Bertie standen mit seligem Lächeln um das Schlagzeug herum. Zwischen den Trommeln hockte Leonie mit zwei Drumsticks in den Händen, ein Mikrofon vor sich, sie holte Luft und schrie aus Leibeskräften hinein. Ihre Stimme wurde durch die Boxen verstärkt, zusätzlich ließ sie die Schlagzeugstöcke auf die Becken scheppern. Die Männer johlten und applaudierten, die Kleine lächelte geschmeichelt.

Mit einem pfeifenden Geräusch wich die Luft aus Elvis' Lungen. Auch Tinne war maßlos erleichtert, sie hätte am liebsten Leonie umarmt und die Jungs ausgeschimpft. Oder umgekehrt.

»Onkel Elvis! Tinne!«, krähte das Mädchen. »Ich bin Rocksta-Reppa, ihr müsst zuhören!« Wieder gellte sie ins Mikrofon und hieb mit den Sticks auf das Schlagzeug ein.

»Sie wollte unbedingt der Band zuhören, als wir heimgekommen sind«, erklärte Bertie entschuldigend.

Tinne ließ sich mitsamt nasser Jacke auf einen Hocker sinken, der Schreck steckte ihr in den Knochen. Sie hatte eine der wenigen freien Ecken im Raum erwischt, der Rest des Kommunenkellers erinnerte an einen Boxenladen mit brummenden Verstärkertürmen. Die Wände waren mit alten Teppichen zugehängt, die den Schall dämpften, überall lagen Kabel, jede Handbreit war mit Notizzetteln, Songabläufen und Liedtexten vollgepflastert. Die Luft im Raum roch nach elektrischen Geräten, zu lange getragenen Klamotten und Männerschweiß. Wenn man es gut meinte, würde man sagen: Der Geruch von Rockmusik erfüllte den Raum.

»Und ich kann noch viel mehr, ihr müsst zuhören!« Leonie brachte sich in Positur und schaute Stanislav erwartungsvoll an. Dieser hatte als Aufnahmetechniker die Hoheit über die Audiogeräte im Keller. Er war groß und dünn, fast wie Axl, im Gegensatz zu diesem aber mit Glatze. Verruchte Tattoos bedeckten seine Arme und seinen Hals, sogar auf den Jochbeinen trug er welche. In seinen Ohrläppchen steckten Ringe mit dem Durchmesser eines Daumens. Überbreite

Bildschirme standen am Recordingpult, an das er nun herantrat. Er drückte einige Tasten und nickte Leonie belustigt zu. »Kannst loslegen.«

Sie holte Luft und fing an, laut und falsch in das Mikrofon zu singen. Doch das, was aus den Boxen kam, hatte wenig Ähnlichkeit mit einer Mädchenstimme – ein raues Röhren erklang wie bei Janis Joplin in ihren besten Tagen. Stanislav tippte mit dem Finger, nun fauchte Leonie katzenhaft, dann wurde das Klirren einer Eisprinzessin daraus, nun ein brausender Feuersturm, schließlich das Blubbern einer Unterseekreatur. Tinne staunte, was der Computer aus Leonies Stimme zaubern konnte, doch die Soundvielfalt zerrte an ihren Nerven. Sie war froh, als die Klänge verhallten.

In der plötzlichen Stille erklang eine dunkle, volltönende Stimme, alle fuhren herum.

»Die Kriminalpolizei rät: Haustüren immer verschlossen halten!« Laurent stand halb im Raum und strich die Regentropfen von seinen Schultern. Tinne brauchte keine Sekunde, um bei ihm zu sein und ihre Arme um ihn zu schlingen.

»Hab dich vermisst, und wie«, murmelte sie halb in sein Ohr, halb in den Kragen. Er gab ihr einen Kuss und lächelte sein spezielles Laurent-Lächeln, das bei ihr wieder einmal für weiche Knie sorgte. Erst mit reichlich Verzögerung fiel ihr der Grund für seine Haustür-Bemerkung ein: Sie und Elvis hatten die Tür nicht hinter sich zugezogen, als sie vorhin panisch auf dem Weg nach unten gewesen waren.

Die Übrigen begrüßten den Kommissar, Leonie sagte wohlerzogen »Guten Tag«. Laurent war für sie eine Respektsperson, sie wusste, dass er Polizist war, und benahm sich in seiner Gegenwart stets vorbildlich – wahrscheinlich fürchtete sie insgeheim, er könne Handschellen zücken und sie verhaften. Tinne hütete sich, dieses Missverständnis aufzuklären. Vielleicht würde es beim nächsten Netto-Einkauf nützlich sein. Laurent kniete sich zu der Kleinen, strich ihr über den Kopf und zauberte eine gelbe Stoffente mit rotem Schnabel hervor. Leonie jubelte, schloss die Ente sofort ins Herz und taufte sie »Fratzi«.

Nach einer kurzen Plauderrunde verzogen sich alle Nicht-Musiker nach oben in die WG, damit die Band weiterproben konnte. In der Küche heizte Tinne ihre heilige Bezzera-Maschine hoch und machte Espresso für alle, danach hing sie schlapp in Laurents Armen. Heute hatte sie eindeutig zu viele mittelalterliche Medizinthemen im Kopf hin- und hergedreht, sie brauchte Zeit, um alle Informationen in den passenden Hirnschubladen zu verstauen. Während *Steelram* zwei Stockwerke tiefer wieder loslegte und die Besteckschublade zum Klirren brachte, berichtete Laurent vom Stand der Ermittlungen. Tara und das Tropeninstitut hatten bei Erik Faßbender die Diagnose Tollwut nun endgültig bestätigt, die beiden Jogger wurden entsprechend mit Immunglobulinen und Impfungen behandelt. Ein Tierbiss oder zumindest ein Kratzer als typische Ansteckungsverletzung war aber bei dem Toten nicht zu sehen gewesen, und das Pharmazeutische Institut verneinte, aktive Tollwutstämme zu besitzen. Alle bisherigen Spuren verliefen im Sand.

Bertie und Elvis teilten sich derweil eine halbe Fleischwurst, Senf und einen Weck, Leonie zeigte Fratzi die Kommune und erklärte ihr altklug jedes einzelne Einrichtungsstück. Am Ende ihrer Runde trug sie die Ente zum Tisch. »Und das da sind Tinne und Laurent«, flüsterte sie für alle hörbar in die nicht vorhandenen Entenohren, »die haben sich lieb und hochzeiten bald.«

Elvis gab einen erstickten Laut von sich und hätte um ein Haar die Fleischwurst ausgespuckt, Bertie gluckste verhalten. Tinne wusste nicht so recht, ob sie lachen oder rot werden sollte. Verflixt aber auch, Kindermund! Klar hatten sie und Laurent über das Thema Heirat gesprochen, und sie konnten sich vorstellen, diesen Schritt irgendwann zu machen. Aber das war eine Entscheidung, die in einer weit entfernten Zukunft lag. Oder?

Laurent beugte sich zu der Kleinen und fragte mit seiner Brummbass-Stimme: »So, so. Würde es dir denn gefallen, wenn wir *hochzeiten*?«

Sie nickte heftig. »Jaaa! Weil, ich hab ein gaaanz tolles Kleid, bombomfarben mit einer Schleife, und auch Schuhe dazu. Das darf ich immer nur für was Besonderes anhaben. Und das wäre bestimmt, wenn ihr hochzeitet.«

Bombomfarben? Laurent unterdrückte ein Schmunzeln und nahm Tinne fest in den Arm. »Dann sollten wir uns mal überlegen, ob wir dem Kind eine herbe Enttäuschung bereiten oder nicht«, wisperte er. Tinne deutete ein Nicken an und hatte keine Ahnung, was sie sagen sollte. Laurents warmer Körper und ein Hauch Cool Water ließen ihr Herz bis zum Hals klopfen.

Ein Geräusch wie ein undichter Luftballon ertönte. Es war Elvis, der mit einem gedämpften Aufstoßen jede romantische Stimmung im Ansatz erstickte. Er wischte einen Senfklecks vom Doppelkinn und klatschte in die Hände. »So, ihr Turteltäubchen, ihr könnt gleich weiter bussibussi machen, ich sag nur schnell tschö. Muss zu meinem Termin.«

Er polterte hinaus und hatte es wieder einmal geschafft, das vertraute Zweiergefühl zu torpedieren. Viele ungesagte Worte blieben in der Luft hängen. Laurent seufzte und meinte mit einem Blick auf Leonie: »Na, komm, dann fahre ich euch schnell hoch in die Klinik. Ich will dir eh noch was zeigen.«

Claudi freute sich wie jeden Abend unbändig, ihre Tochter wiederzusehen. Auch Ferdi war nicht mehr auf Intensiv, mit geschienten Beinen konnte er im Rollstuhl sogar schon für kurze Phasen das Bett verlassen. Leonie präsentierte ihre neue Entenfreundin, plapperte wie ein Wasserfall und erzählte ihren Eltern alle Geschichten auf einmal. Auf dem Rückweg zum Auto wurde Tinne plötzlich bewusst, dass die Kleine bald wieder bei Mama und Papa sein würde. Sicher, das war von vornherein klar gewesen, und sie würde endlich wieder mehr Zeit für ihre eigenen Belange haben. Trotzdem fühlte sich der Gedanke komisch an. Die Kommune ohne das kleine Temperamentbündel? Merkwürdig leer, nur Erwachsene. Keine Drachen mehr und keine Prinzessinnen. Kein Kinderlachen. Es war, als hätte Leonie eine Saite in Tinne zum Klingen gebracht, die sie vorher nicht an sich gekannt hatte. Ohne dass sie es merkte, waren ihre Augen plötzlich feucht.

»Warum hattet ihr keine Kinder, Mona und du?«, fragte sie Laurent unvermittelt. Der Kommissar hatte seine Frau vor neun Jahren bei einem Autounfall verloren, es war ein langer Prozess gewesen, bis er sich wieder auf die Nähe eines anderen hatte einlassen können. Auch Tinne war nicht frei von bedrückenden Erfahrungen. Ihr ehemaliger Lebensgefährte Olaf, ein selbstverliebter Blender, hatte sie am Ende der Beziehung hintergangen und mit einem ordentlichen Ego-Knacks zurückgelassen. Im Laufe des letzten Jahres waren Laurent und Tinne aber immer weiter aufeinander zugegangen, beide hatten das Gefühl, sich endlich von der Vergangenheit gelöst zu haben. Sicher, das Gestern prägte und formte sie, doch es überdeckte das Heute nicht mehr wie ein Schatten.

Laurent ließ einige Sekunden verstreichen, bevor er leise antwortete. »Tja, es ist nie der richtige Augenblick gewesen, weißt du? Da war immer irgendetwas, das wir vorher noch abschließen wollten. Der Hauskauf und all die Umbauten, Monas Weiterbildung zur Osteopathin, meine Beförderung zum Hauptkommissar. Reisen, die wir unbedingt noch machen wollten, nach Südamerika, nach Laos, nach Kanada. Wir hatten ja noch so viel Zeit für Kinder. So viel Zeit.«

Er verstummte. Tinne spürte seine Traurigkeit, als wäre sie etwas Körperliches. Ihre eigene Zukunftsplanung mit Olaf war nie so weit gediehen, dass eine Familiengründung überhaupt zur Debatte gestanden hätte. Ein Kind, das Olaf den Rang als strahlende Lichtgestalt und Zentrum des Universums streitig gemacht hätte? Undenkbar!

Sie hielt Laurents Hand fest. Und nun? Wie würde der weitere Weg mit Laurent aussehen? Selbst wenn sie tatsächlich »hochzeiten« würden – wären gemeinsame Kinder eine realistische Vorstellung? Sie waren ja noch nicht einmal richtig zusammengezogen. Tinne fühlte sich zwar in Laurents Haus in Gonsenheim wohl, doch ihr Zuhause war nach wie vor die Kommune. Und das Alter? Im Sommer hatte sie ihren 40. Geburtstag gefeiert, Laurent war 47. Sicher nicht das typische Alter für Nachwuchs. Andererseits wurden heutzutage viele Frauen spät schwanger, sie wollten erst gesicherte Verhältnisse und eine stabile Partnerschaft. Und im Kopf war Tinne mit Sicherheit jung geblieben, dafür sorgten ihr leicht chaotischer Unialltag und die Kindskopf-Mitbewohner Bertie und Axl.

Sie hing ihren Gedanken nach, während Laurent das Auto durch die Lichter der abendlichen Stadt lenkte. Beide schwiegen, SWR1 spielte »Streets of Philadelphia«, der melancholische Song passte zur Stimmung im Wagen. Erst nach einer ganzen Weile fiel Tinne auf, dass sie auf der Koblenzer unterwegs waren und Bretzenheim schon hinter ihnen lag.

»Was ist, fahren wir zu dir? Ich wollte eigentlich daheim noch ein paar Sachen fertig machen.«

»Nein, ich bring dich gleich zurück. Aber vorher will ich

dir etwas zeigen, vielleicht kannst du mir eine Einschätzung dazu geben.« Er erzählte ihr von seinem Aufenthalt in Eriks Wohnung am Nachmittag, vom Brief des Wissenschaftsjournals und den Unterlagen auf dem Schreibtisch. »Es ist zwar nicht ganz nach den Regeln, aber ich würde dich gerne mal durch die Papiere blättern lassen und deine Meinung dazu hören. Wenn unser Experte sie erst mal an sich genommen hat, kommen wir nicht mehr dran.«

Tinne sortierte, was Laurent ihr gerade erzählt hatte. Ein Brief vom Medizinhistorischen Journal, der eine Artikelvormerkung über Hildegard von Bingen bestätigte. Es sah immer mehr danach aus, als hätte Erik eine Entdeckung im Nachlass der Klosterfrau gemacht. Tatsächlich ein Teil der *Causae et Curae*? Die Chancen standen gut, dass sie in seinen Arbeitsmaterialien endlich einen konkreten Hinweis darauf finden würde.

In der Weserstraße war viel los, der Feierabendverkehr staute sich an der Ampel. Plötzlich fing Laurent an, am Lenkrad zu kurbeln, auch die übrigen Autos wichen zur Seite und holperten auf den Bürgersteig. Ein paar Sekunden später erkannte Tinne den Grund: Ein Martinshorn wurde hörbar, blaue Lichter zuckten über die Häuserwände, dann überholte sie auch schon ein Feuerwehrwagen, ein zweiter folgte. Laurent ordnete sich rasch wieder in den fließenden Verkehr ein und nahm die Ampel an der Elbestraße bei Gelb, um den Löschfahrzeugen auf der Spur zu bleiben. Tinne sah an seinem kritischen Gesicht, dass er einen Verdacht hatte.

»Verdammt«, knurrte der Kommissar, als die Einsatzwagen in die Rektor-Forestier-Straße einbogen. Blaulichter und Warnblinker erleuchteten die Straße, weitere Feuerwehrwagen folgten, Polizisten winkten den Verkehr vorbei. Aus einem der Appartementgebäude flackerten helle Flammen, soeben fuhr eine Drehleiter mit zwei Männern in Schutzanzügen nach oben. Das Feuer wütete im zweiten Stock und tauchte die umgebenden Häuser in einen unheimlichen gelben Schein.

Laurent parkte das Auto und stieg aus, Tinne trat neben ihn. An seiner Reaktion konnte sie ablesen, was es mit der brennenden Wohnung auf sich hatte.

»Dein Kollege muss auf etwas wirklich, wirklich Wichtiges gestoßen sein.« Er riss seinen Blick von den Flammen los und schaute Tinne ernst an. »Und es gibt jemanden, der dieses Geheimnis um jeden Preis hüten will.«

*

Der Raum war rechteckig und groß, aber nicht sehr hoch. Die Kacheln, mit denen Wände und Boden gefliest waren, hatten eine schmutzig weiße Färbung, dunkle Schlieren zogen sich daran entlang. Fenster gab es keine, das Licht stammte von Neonröhren, die in gleichmäßigen Abständen an der Decke hingen. Zwei waren defekt und flackerten in einem unruhigen Rhythmus, ihr Brummen schwoll an und ab. In den Ecken des Raumes, dort, wo die Helligkeit nicht hinreichte, wuchsen Schimmelflecken, die schwarzen Flechten sahen aus wie Krebsgeschwüre. Altes Laborequipment stand aufgereiht, blinde Gläser, staubige Flaschen, technische Apparate – verbeult und rostig.

An einer Wand erhob sich ein Labortisch, ein gefliester Block, so lang wie der Raum, von integrierten Abflussbecken und Wasserhähnen unterbrochen. Über dem Tisch waren runde Abzugsgitter angebracht, sie hingen halb heraus, die Ventilatoren darin steckten schief in den Streben. Eine Sektion der Arbeitsfläche wurde von einer Lampe mit altertümlichem Blechschirm beleuchtet. In ihrem Schein hockte eine Gestalt in weißem Laborkittel. Auf dem Tisch standen Petrischalen und Chemikalienflaschen, zwei Analysegeräte blinkten. Im Gegensatz zum Zustand des übrigen Raumes waren Probengefäße, Flaschen und Apparate nagelneu.

Konzentriert tröpfelte die Gestalt eine Flüssigkeit aus einer Pipette in eine der Schalen, ein Tropfen, zwei, drei, dann folgte die nächste Schale. Die Hände waren durch Latexhandschuhe geschützt, eine Filtermaske bedeckte Mund und Nase. Hinter einer Schutzbrille verfolgten die Augen jeden Tropfen. Schließlich verschloss die Gestalt die Petrischalen mit einem Deckel und klebte einen Sticker mit Datum und Bezeichnung darauf. Nachdem die Versuchsreihe beendet war, trug die Gestalt die Behälter vorsichtig zu einem matt glänzenden Brutschrank, der ebenfalls fabrikneu war und in der maroden Umgebung aussah wie von einem anderen Stern. Im Inneren waren Dutzende identischer Schalen untergebracht, alle in streng symmetrischer Ordnung, alle mit beschrifteten Aufklebern versehen.

Nun trat die Figur in den hinteren Teil des Raumes und nahm eine Kladde zur Hand. Geräusche wurden laut, ein kehliges Knurren erst, dann kamen heiseres Japsen und Gebell dazu. Pfoten kratzten, Metall klirrte, die Laute steigerten sich zur Raserei, dazwischen erklangen Schreie wie von einem Kind, heulend und schmerzerfüllt, die in ein klägliches Miauen übergingen. Wieder und wieder prallten Körper gegen Metall, Zähne und Krallen kratzten an Eisen, die Kakofonie wurde ohrenbetäubend. Ohne eine Gefühlsregung ließ die Gestalt ihren Blick schweifen, notierte Stichworte, setzte hier einen Haken, trug dort eine Zahl ein. Dann legte sie die Kladde zur Seite und ging ruhig zum Arbeitsplatz zurück.

Das Jaulen und die klagenden Schreie rissen nicht ab, sie erfüllten den Raum wie ein Chor der Verdammten.

MITTWOCH, 15. NOVEMBER 2017

Die Herren der Ringe

Rekordversuch »menschliche Fleischwurstpyramide« scheitert knapp

von Elmar Wissmann

Eine Schnapsidee – so sagt der Volksmund – hat selten längeren Bestand. Im Falle von Jochen Winter und seinen Freunden stimmt das nicht ganz, denn ihre Schnapsidee führte nun zu einem hochoffiziellen Rekordversuch. »Letztes Jahr haben wir in geselliger Runde darüber geflachst, wie toll es wäre, einen eigenen Eintrag im Guinness-Buch der Rekorde zu haben«, erzählt der 27-jährige Lagerist aus Bretzenheim. »Und noch am selben Abend wussten wir, womit wir das schaffen wollen: mit einer menschlichen Fleischwurstpyramide.« Bei diesem akrobatisch-kulinarischen Kunststück steigen zehn Männer gegenseitig auf ihre Schultern und bilden dadurch eine klassische Menschenpyramide. Für das nötige rheinhessische Flair sorgen dabei Fleischwurstringe, die jeder über Arme und Beine geschoben hat und zusätzlich als Meenzer Heiligenschein auf dem Kopf trägt.

»Nach ein paar Übungsstunden haben wir eine dreistufige Pyramide geschafft«, berichtet Winter stolz. Für den Rekordversuch einigten sich die Wurstakrobaten auf eine vierte Höhenstufe und meldeten ihre Idee bei der Guinness-Redaktion an.

Am gestrigen Dienstag schlug schließlich ihre große Stunde: Unter notarieller Aufsicht startete der Versuch, Winter und seine Freunde klommen fleischwurstgeschmückt in höchste Höhen. Doch die Schicksalsgötter waren ihnen nicht gewogen – bei der vierten und letzten Stufe kam es zu einem Ungleichgewicht, worauf die Menschenpyramide in sich zusammenfiel. Die Wurstringe dämpften glücklicherweise den Aufprall, sodass außer einigen blauen Flecken keine Blessuren zu vermelden waren. Lediglich der Notar wurde von einer umherfliegenden Fleischwurst leicht am Auge verletzt und musste ärztlich behandelt werden. Doch Jochen Winter lässt sich von dem Misserfolg nicht entmutigen. »Wir werden das Ganze als Ansporn sehen und weiter üben«, gibt er sich kämpferisch. Schließlich kennt der Volksmund auch hierzu einen passenden Spruch: Alles hat ein Ende, nur die Wurst hat zwei.

*

Der neue Fitzek? Nee, da würde Sonja sich die Fingernägel abkauen. Eher etwas Humorvolles. Ein Tommy Jaud vielleicht? Na ja, war auch nicht ganz ihr Geschmack. Tinne durchstreifte das obere Stockwerk der Buchhandlung Hugendubel am Brand auf der Suche nach einem Geschenk. Ihre Freundin Sonja feierte demnächst den 35., das war ein Lebensalter, in dem man eigentlich alles hatte und nichts mehr brauchte. Schwierig. Zu Studentenzeiten war etwas zum Hinstellen und Aufhängen nie verkehrt gewesen, klar, die Wohnungen bestanden aus einem bunten Mix zwischen Erbstücken, Ikea und Sperrmüll. Und wenn alles nicht half, dann hatte man mit einer Flasche Hochprozentigem immer einen Joker für die Party. Diese Zeiten waren vorbei. Ihr war klar, dass sie weder mit einer pseudo-witzigen Tasse noch mit einer Pulle Berentzen bei Sonja und ihrem Mann Tobi punkten konnte. Inzwischen waren die Leute und auch die Feten brav geworden, meist saß man um halb zwölf auf der Couch und unterhielt sich über den letzten Schwedenurlaub, die Kinder durften länger aufbleiben, und nach dem dritten Wein winkte jeder ab. Tinne seufzte. Wo waren nur die wilden Jahre geblieben? Ihre melancholische Stimmung von gestern kam ihr wieder in den Sinn. 40. VIERZIG! Ohne dass sie es gemerkt hatte, war der Zug des Lebens ins Rollen geraten, und nun hielt er nicht mehr an. Die Jahre flogen dahin, schon war der Frühling vorbei, der Herbst, wieder Weihnachten, hoppla, ich wollte doch noch so viel machen in diesem Jahr, reisen, mir mehr Auszeiten nehmen … Hatten die Monate auf einmal weniger Tage?

Tinne nahm sich zusammen und konzentrierte sich auf die Büchersuche. Nach langem Hin und Her entschied sie sich für einen älteren Roman von Carlos Ruiz Zafón, »Marina«, den hatte sie gelesen und gemocht. Auf dem Weg zur Kasse kam sie an den Tischen mit den Regionalkrimis vorbei und rollte die Augen. Sie fand diese Art von Büchern schrecklich. Die Protagonisten mussten an den Haaren herbeigezogene Fälle lösen und dabei an mindestens 100 bekannten Örtlichkeiten vorbeikommen. Andererseits war sie selbst von diesen unrühmlichen Weihen nicht allzu weit entfernt – ein rheinhessischer Autor hatte schon vor Jahren angefangen, ihre und Elvis' Abenteuer in Buchform zu veröffentlichen. Reingeschaut hatte sie bisher in keins der Bücher, aber sie hatte sich vorgenommen, demnächst auf eine Lesung zu gehen und in der letzten Reihe zuzuhören, wie ihre Erlebnisse in Buchform klangen.

Als sie an der Kasse stand und bezahlen wollte, klimperten Wallace and Gromit los. Axl rief an.

»Hör ma, Tinne, hier ist eine Frau in der Kommune, aus Köln, die will unbedingt mit dir reden. Eine Kirsten Bleckmann, es wäre wichtig. Ich wollte ihr jetzt nicht einfach deine Nummer geben.«

Kirsten Bleckmann? Der Name sagte Tinne nichts. »Ja, gut, danke dafür. Was will sie denn?«

Getuschel, dann kratzte das Telefon. Eine weibliche Stimme war zu hören, schüchtern, die Frau klang, als würde sie gleich in Tränen ausbrechen.

»Frau Nachtigall, hallo. Ich ... Sie kennen mich nicht, aber ich muss Sie sprechen. Ich bin die Schwester von Erik.«

Eine Viertelstunde später saßen Tinne und Kirsten bei Wilma Wunder auf dem Markt. Es ging auf die Mittagszeit zu, um sie herum war viel los. Im Gegensatz zum gestrigen Tag regnete es heute nicht, das Novemberwetter war sogar ausgesprochen freundlich. Prompt zog es die Mainzer vor ihre Türen, Menschen liefen plaudernd und mit vollen Einkaufstüten an der Heunensäule vorbei. Vom Brand klang ein Akkordeon herunter, das eine russische Weise spielte, beschwingt und gleichzeitig schwermütig. Tinne hatte einen Espresso vor sich, Kirsten hielt ihre Cappuccinotasse mit beiden Händen, als müsse sie sich daran festhalten. Ihre roten Lider verrieten, dass sie in letzter Zeit oft geweint hatte, auch jetzt glitzerten ihre Augen.

»Also bin ich hergekommen«, schloss sie. »Sie sind die Einzige, von der Erik oft erzählt hat, wenn es um historische Dokumente ging. Den Kopf voll alter Bücher, so hat er es immer genannt. Deshalb ...«, sie holte Luft, weil ihre Stimme zu sehr zitterte, »deshalb will ich Ihnen erzählen, was passiert ist und was vielleicht hinter seinem Tod steckt.« Nun liefen die Tränen.

Tinne konnte nicht anders und nahm sie in den Arm, obwohl sie die Frau kaum kannte.

»Er ist weg«, schluchzte Kirsten in ihre Schulter, »weg, für immer weg.«

Wie immer, wenn Erwachsene weinten, fühlte Tinne sich schrecklich. Sie wartete, bis die Frau sich beruhigte, dann reichte sie ihr eine Serviette als Taschentuch und schaute genauer hin. Um die 30, hübsches Gesicht, die schmalen Lippen ließen sie ein wenig streng aussehen. Rötliche Haare mit Pagenschnitt, fast schon bieder, doch der Eindruck wurde durch ein Tattoo aufgehoben, das am Halsansatz nach oben kroch und aussah, als würde es auf den Armen und am Rücken weitergehen. Nun konnte Tinne ihre Ungeduld nicht länger bremsen. Sie spürte, dass endlich Bewegung in diesen verworrenen Fall kam.

»Also, was ist los gewesen mit Erik? Warum ist er ein paar Tage lang nicht zur Arbeit gekommen, warum hat er sich nicht gemeldet, und, hm, was ist am Ende mit ihm passiert?«

Die Frau rührte in ihrer Tasse und suchte nach einem Anfang. »Sie wissen, was vor acht Jahren mit dem Kölner Stadtarchiv passiert ist?«

»Hm, ja, das ist zusammengefallen. Wegen einem Tunnelbau oder so. Da sind ewig viele Bücher und Handschriften beschädigt worden oder sogar ganz kaputt gewesen.«

»Genau. Ich bin Buchbinderin und arbeite normalerweise in einem Museum, aber ich mache gleichzeitig Restaurierungsarbeiten für die beschädigten Exemplare des Stadtarchivs. Und dabei bin ich auf etwas ziemlich Ungewöhnliches gestoßen.«

Unwillkürlich rückte Tinne auf ihrem Stuhl nach vorn, als würde sie sonst die Worte überhören.

»Ist jetzt ein halbes Jahr her, da hatte ich einige Bücher auf dem Tisch, Teile einer Klostersammlung, St. Agatha, ein

Konvent bei uns in Köln. Wurde bei der Säkularisierung aufgelöst, und die Bibliothek ist über fünf Ecken im Stadtarchiv gelandet. Ziemlich schwere Wälzer, Ledereinbände, zum Teil arg hinüber, Wasser- und Druckschäden halt. Bei einigen musste ich die Einbände fast völlig ablösen, um sie neu zu unterfüttern. Und dabei bin ich auf etwas gestoßen. Auf eine Pergamentmakulatur.«

Tinne wusste, worüber die Frau sprach, es war ein Phänomen, das in Historikerkreisen immer wieder für Überraschungen sorgte: Beim Binden früherer Bücher hatte man oft ältere, für wertlos befundene Handschriften genutzt, um die Buchdeckel im Inneren zu verstärken. Diese Dokumente steckten dann unsichtbar unter dem äußeren Umschlag, wurden bei Restaurierungen entdeckt und waren oft wertvoller als das eigentliche Buch. In Mainz war die Aufregung groß gewesen, als vor einigen Jahren eine solche Pergamentmakulatur in alten Rechnungsbüchern gefunden worden war – in den Innendeckeln steckten Teilen einer originalen Gutenberg-Bibel aus dem 15. Jahrhundert.

Kirsten fuhr fort. »Rücken und Einband sind hinterklebt gewesen mit einer Handschrift, die ganz eindeutig älter war. Sah aus wie Alt- oder Mittelhochdeutsch, an den Rändern eingerissen, ich hab kaum ein Wort lesen können. Aber es war wohl eine Art Medikamentenrezept oder eine medizinische Anleitung.«

Tinne merkte, wie ihr Puls stieg und sie noch nervöser wurde. Das musste ein Teil der *Causae et Curae* gewesen sein! »Was haben denn die Fachleute vom Archiv gesagt?«, fragte sie mühsam beherrscht. »Die haben das Pergament doch bestimmt zeitlich und thematisch einordnen können, zumindest grob.«

Kirsten schwieg, da verstand Tinne.

»Sie haben es denen gar nicht gezeigt.« Es war mehr eine

Feststellung als eine Frage. »Sie haben es rausgeschmuggelt und das Klosterbuch wieder zugeklebt.«

Die Frau nickte hauchfein, nun schwammen wieder Tränen in ihren Augen. Tinne brauchte nicht viel Fantasie, um zu ahnen, wie die Geschichte weiterging.

»Und dann haben Sie es Erik gegeben. Weil er Medizinhistoriker ist und sich mit so etwas auskennt.«

Kirsten kämpfte ein Schluchzen herunter. »Ich dachte … Er hat so große Pläne gehabt, er wollte unbedingt seine Habil machen und eine Professur kriegen. Und er hat immer wieder Sachen veröffentlicht in wissenschaftlichen Magazinen und so, und da … da wollte ich ihm helfen. Vielleicht, hab ich mir gedacht, ist mein Fund ja etwas Besonderes, etwas, das ihn weiterbringt. Und deshalb, ja, deshalb hab ich die Schrift heimlich rausgebracht in meiner Tasche und sie ihm gegeben. Und niemandem im Archiv etwas davon erzählt.«

Tinne wäre am liebsten aufgesprungen und hätte die Frau bei den Schultern gepackt, um alles Wissen aus ihr herauszuschütteln.

»Eine Kopie, haben Sie eine Kopie gemacht?«

Sie schüttelte den Kopf. »Ich hatte Angst, dass Licht und Luftfeuchtigkeit noch mehr Schäden anrichten, deshalb hab ich das Pergament in eine Dokumentenbox gepackt und die dann nicht mehr aufgemacht.«

»Und … hat Erik denn was gesagt zum Inhalt? Ich meine, Sie haben doch bestimmt später noch mal mit ihm darüber geredet.«

»Da fängt die Sache an, komisch zu werden. Er hat bald darauf angerufen, war völlig aus dem Häuschen und hat gemeint, es wäre eine ganz große Sache. Mehr wollte er nicht sagen, er ist schon immer ein Geheimniskrämer gewesen.« Sie lächelte schwach, als die Erinnerung sie streifte. »Typisch Mann, kommt erst aus der Höhle, wenn alles fix und fertig ist.«

Tinnes Gedanken wirbelten. Eine ganz große Sache. Ein Pergament, ein mittelalterliches Arzneirezept, ein Heilmittel aus der Sammlung der Heiligen Hildegard. Erik als Medizinhistoriker bekam es in die Hand, bald darauf starb er an Tollwut. Passte das zusammen? Hatte er vielleicht eine Art archaische Impfung entdeckt und sie im Selbstversuch getestet? Das Gespräch mit Elvis fiel ihr wieder ein, unmerklich schüttelte sie den Kopf. Wenn jemand mit Tollwut experimentierte und merkte, dass er gesundheitliche Probleme bekam, dann wäre der nächste Weg doch in die Klinik. Kein Mensch würde warten, bis die Krankheit ausbrach und ihn jämmerlich sterben ließ.

»In den letzten Wochen sind seine Anrufe immer seltener geworden, und wenn ich ihn mal am Telefon hatte, war er ziemlich kurz angebunden. Nicht patzig oder so, sondern irgendwie, na ja, als würde ihn etwas beschäftigen.« Kirsten zögerte. »Oder … als hätte er Angst. Und dann – Funkstille. Ich konnte ihn nicht mehr erreichen, weder per Telefon noch irgendwie online.«

Vor Tinnes Erinnerung erschien Eriks verzerrtes Gesicht, gesprenkelt mit Blut. Die Flammen, die aus seiner Wohnung schlugen und die nächtliche Straße erhellten. O ja, seine Angst war nicht unberechtigt gewesen.

»Wo ist die Handschrift jetzt? Wo hat Erik sie aufbewahrt, wissen Sie das?«

Wieder lächelte Kirsten wehmütig. »Da ist er wie die Drei ??? gewesen – immer einen Extratrick auf Lager. Er hat bei sich zu Hause einen doppelten Boden in die Schrankschublade eingezogen, dort liegt das Dokument. Wir können es holen, ich habe einen Schlüssel für seine Wohnung.«

Den Blick auf die Tischplatte geheftet berichtete Tinne von dem, was gestern in den Abendstunden passiert war. Die Nachricht ließ Kirsten zittern, ihre Tasse klapperte. Tinne konnte den Schock nachvollziehen. Nun waren auch noch die letzten Besitztümer des toten Bruders verloren. Sie selbst hatte gleichfalls Mühe, ihre Konzentration zu behalten. Das Pergament war verbrannt.

»Hat er anderswo Notizen aufbewahrt? Eine Abschrift vielleicht oder einen Scan?«

Kirsten schüttelte den Kopf, die minimalistischen Bewegungen sahen aus wie ein Tremor. »Ein ... ein paar Sachen dazu hat er verschlüsselt auf seinem Notebook gehabt. Aber das ist bei diesem Laborunglück zerstört worden, sagt zumindest die Polizei.«

Beide schwiegen. Tinne hatte das Gefühl, in einem Raum ohne Türen zu stehen. Überall Mauern, kein Weiterkommen.

»Er hat ...«, fing Kirsten an, verstummte jedoch, als wären ihre Gedanken in die Irre gegangen.

Tinne hakte ein. »Was hat er?«

»Also, mir ist gerade etwas eingefallen. Und zwar, Erik hat eine Bemerkung gemacht, vor ein paar Wochen, als wir über die Handschrift geredet haben. Was ziemlich Komisches, aber genau deshalb hab ich es mir merken können. Eben weil's so schräg klang.« Sie blinzelte konzentriert. »›Ich hab einen Capernus zurückgebracht zu Seinesgleichen, mit einem kleinen Nachtgebet an Gertrudis.‹ Dann hat er gelacht. ›Ist zwar nicht mehr nötig, aber sicher ist sicher.‹ Ich konnte überhaupt nichts damit anfangen. Haben Sie eine Idee, was er gemeint haben könnte?«

»Einen *Capernus*.« Tinne legte den Kopf schräg. »Sicher, dass er *Capernus* gesagt hat? Nicht *Copernus*?«

Kirsten stieß die Luft aus. »Oh je, eh, das ... kann sein. Ja, vielleicht auch Copernus. Warum, was ist das?«

»Das ist ein alter Ausdruck für ein Arbeitsexemplar. Früher, in Klosterschulen und so, da haben die Scholaren manchmal von den Originalpapieren einen solchen Copernus gemacht, quasi eine Abschrift. Mit der haben sie dann weiterarbeiten können, ohne das Original nutzen zu müssen.«

»Also eine Art Kopie?«

»Ja, ganz genau.« Tinne setzte sich kerzengerade hin. »Und wenn Erik einen solchen Copernus irgendwo hingebracht hat, heißt das, dass es eine Kopie der Handschrift gibt!«

»Aber wo? Wohin? ›Zurückgebracht zu Seinesgleichen‹, hat er gesagt. Was soll das heißen?«

Tinnes Blick schweifte umher, ohne wirklich etwas wahrzunehmen. Sie glaubte, Erik gut genug gekannt zu haben, um zu wissen, dass eine historische Anspielung darin versteckt war. Wenn die Schrift tatsächlich auf Hildegard zurückging, dann wäre die Gegend um Bingen wohl der perfekte Platz für eine solche Kopie. Aber wo genau? Die Vita der Klosterfrau kam ihr in den Sinn, die Dr. Anschütz gestern erläutert hatte. Die Klosterruinen Disibodenberg an der Nahe, wo Hildegard groß geworden war? Nein, eher das Kloster Rupertsberg in Bingen, dort hatte sie ihren Hauptwirkungsort gehabt. Allerdings war heute kein Stein mehr davon erhalten. Zurückgebracht – wohin?

Sie konnte nur hilflos mit den Schultern zucken, beide schwiegen eine Weile. Dann fragte Tinne vorsichtig: »Wie … geht's jetzt weiter bei Ihnen?«

»Ich fahre erst mal nach Köln zurück, und wenn ich grünes Licht von den Behörden kriege, muss ich mich um Überführung und Beerdigung und so kümmern. Unsere Eltern sind beide tot, wissen Sie, das ist jetzt alles meine Aufgabe.« Sie legte ihre Hand auf Tinnes, die Berührung war leicht wie eine Feder. »Danke, dass Sie sich mit mir getroffen haben. Es hat gutgetan, darüber zu reden, über dieses Pergament und all die Sachen.«

Tinne schaute die Frau an. »Ich habe da so eine Ahnung, in welche Richtung Eriks Forschungen gegangen sind, und ich werde auf jeden Fall weiterbohren. Vielleicht kriegen wir raus, was es mit Ihrem geheimnisvollen Fund auf sich hat.«

Als Kirsten gegangen war, grübelte Tinne über die seltsamen Worte. ›Ich hab einen Copernus zurückgebracht zu Seinesgleichen, mit einem kleinen Nachtgebet an Gertrudis. Ist zwar nicht mehr nötig, aber sicher ist sicher.‹

Nach wie vor war sie der Meinung, er habe auf etwas Historisches Bezug genommen. Schließlich drehte sich sein ganzes Leben um geschichtliches Wissen, da war es fast zwingend, dass er eine so wichtige Aussage ebenfalls in ein historisches Gewand kleidete. Sie bestellte sich einen weiteren Espresso und recherchierte eine Weile mit ihrem Handy. ›Nachtgebet‹ – das klang am Ehesten nach einer Kirchenfrau. Es gab jede Menge Treffer, alleine vier Heilige mit dem Namen Gertrudis, dazu Klöster, Feiertage, Kirchfeste und Prozessionen. Doch nichts ergab einen Sinn, nichts deutete auch nur ansatzweise auf die Binger Gegend hin. Verärgert schüttelte sie den Kopf. Das Internet war zu oberflächlich für so eine spezielle Suche. Was sie brauchte, war eine gut ausgestattete Bibliothek mit kirchlichem Schwerpunkt und vielen Querverweisen. Und sie wusste auch schon, wo es so etwas gab!

Schnell zahlte sie und sprang auf ihr Rad. Der Weg war nicht weit, einmal um den Dom herum und an der Kneipe »Domsgickel« vorbei, schon bremste sie in der Grebenstraße. Die Hausnummer 8 war der Arnsburger Hof, ein lang gestreckter, zweistöckiger Bau mit weißen Wänden und rot eingefassten Fenstern. Das hölzerne Tor in der Mitte hätte eher zu einer Burg gepasst: Es war von Sandsteinen ummauert, halbrund und so riesengroß, dass Tinne sich wie ein Zwerg vorkam. Zwei kleinere, ebenfalls halbrunde Türen waren eingelassen und erlaubten den Durchgang in die Martinus-Bibliothek, die öffentliche Wissenschaftliche Diözesanbibliothek des Bistums. Im Laufe ihres Studiums war Tinne oft hier gewesen, nun hatte sie die Sammlung einige Jahre nicht besucht. Doch sie fühlte sich sofort wieder wie zu Hause in dem großen Raum, der von endlosen Bücherregalen gesäumt war. Hier gab es mehr als 300.000 Bände und Handschriften, die bis ins 9. Jahrhundert zurückreichten. Tief atmete sie die Luft ein, die nach Staub und Pergament roch und nach den Abenteuern, die in den alten Büchern steckten. Der Geruch von Geschichte! Vom Treppenaufgang in den ersten Stock schaute sie ein Standbild des St. Martin mit hochaufgerichtetem Stab streng an.

»Friss mich nicht, heiliger Mann«, flüsterte sie ihm zu. »Hilf mir lieber. Ich suche eine Gertrudis, für die ein Nachtgebet nicht mehr nötig ist.«

*

Elvis' Wohnzimmer sah aus, als hätte er eine Druckerei eröffnet. Sämtliche Papiere aus Janniks Schublade lagen, nach Themen geordnet, auf Tisch, Couch, Kommode und Boden. In einem Copyshop in der Altstadt hatte er jedes einzelne Blatt kopiert und die Originale in einer stillen Minute wieder in den Schreibtisch seines Kollegen gesteckt. Nun würde Jannik sich höchstens über die kaputte Mechanik der Schublade wundern, aber Elvis vermutete, dass Mister Wichtig an solche Kleinigkeiten keinen Gedanken verschwendete.

»Du kleines Sackgesicht! Das hast du dir schön aus den Fingern gesaugt, um mich blöd dastehen zu lassen«, zischte der Reporter und blätterte einen Stapel durch. Haargenau das, was ihn hatte auflaufen lassen – Quittungen, gedruckte E-Mails, Gesprächsprotokolle, sämtliche fingierte Beweise über die angeblichen Mauscheleien des OBs. »Freddy, was sagst du dazu? Alles auf dem Mist von diesem Arschkeks gewachsen!«

Dass von Freddy keine Antwort kam, wunderte Elvis nicht. Sein Gesprächspartner war schließlich nur ein Kaktus, der auf dem Fensterbrett stand und dermaßen schrumpelig aussah, als hätte schon Tutanchamun vergessen, ihn zu gießen. Seit Elvis das Gewächs vor einigen Jahren als Trostpreis bei einer Tombola gewonnen hatte, diente es ihm als Sparringspartner bei seinen heimischen Selbstgesprächen. Zur Belohnung wässerte er das Kaktustöpfchen hin und wieder mit einem tüchtigen Schluck Rheinhessenwein.

»Ganz genau, er hat nur darauf gewartet, dass in der Redaktion die Karten neu gemischt worden sind, dann hat er zugeschlagen. So ein Aas!«

Wut packte ihn, er stürmte auf die Dachterrasse, um sich mit einer Zigarette zu beruhigen. Elvis' Wohnung lag in der Klarastraße mitten in der Mainzer Innenstadt, sie war sein stiller Rückzugsort im Trubel der Stadt. Mit Holzboden, ausgesuchten Antiquitäten und Kunstdrucken hatte er sie genau nach seinem Geschmack *hyggelig* eingerichtet, lange bevor es das Modewort überhaupt gegeben hatte. Sein Cello in der Ecke vollendete das Gefühl von Behaglichkeit. Doch nun war er auf hundertachtzig und schob gleich eine zweite Zigarette hinterher, kaum dass er die erste aufgeraucht hatte. Sein Reflex war, zur Redaktion zu laufen, Jannik den Papierstapel in das vorlaute Maul zu stopfen und allen klarzumachen, dass dieser Wicht der Drahtzieher hinter Elvis' Waterloo war. Doch er musste sich bremsen. Die Mistkaeferin stand voll auf Janniks Seite und würde ihm das Wort im Mund herumdrehen. Nein, die Sache musste mit einer guten Strategie angegangen werden.

Er schaute zu, wie der Wind den Rauch davontrug. »Was

machen wir, Freddy?«, rief er durch die geöffnete Tür. »Holen wir uns Schützenhilfe aus den oberen Etagen des Verlags? Offiziell ist die Mistkaeferin ja nur eine Interimslösung, obwohl sie sich aufführt, als wäre sie die neue Königin. Dann kann die Geschäftsleitung den Hebel von oben ansetzen und die Sache wieder geradebiegen.«

Freddy schwieg.

»Hm, ja, da hast du recht, so richtig beweisen können wir nichts. Jannik wird einfach behaupten, ich hätte ihm die Papiere untergejubelt, um ihn anzuschwärzen. Und die kaputte Schublade macht das auch noch glaubhaft, verflixt.« Er ging zurück ins Wohnzimmer und ließ sich in einen Sessel plumpsen. »Wie kriegen wir ihn nur gepackt, diesen falschen Fuffziger? Wie können wir nachweisen, dass er dahintersteckt?«

Der Kaktus schwieg beharrlich, da schnippte Elvis mit dem Finger. »Na klar, wir brauchen die Dateien, nicht die Ausdrucke! Pass auf.« Er beugte sich verschwörerisch zu Schrumpelfreddy. »In seinem Benutzerverzeichnis auf dem Zeitungsserver müssen ja die Ursprungsdateien liegen. Bei der faulen Ratte kann ich mir kaum vorstellen, dass er den ganzen Schmu zu Hause gemacht hat – er wird dafür sicher seinen Bürorechner benutzt haben. Und ganz bestimmt werden ein paar Leute ins Grübeln kommen, warum meine falschen OB-Informationen fein säuberlich in Janniks Verzeichnis liegen.«

Er drehte seine Idee im Kopf hin und her, dann kniff er listig die Augen zusammen. »Klar, Freddy, ich verstehe deinen Einwand: Jannik wird einfach behaupten, ich hätte die Dateien bei ihm draufgespielt. Und schon ist der Schwarze Peter wieder bei mir. Das kann er aber knicken, denn jede Datei hat ein Erstellungsdatum, das nicht geändert werden kann. Und damit ist es ein Klacks, zu beweisen, dass seine Daten älter sind als die Infos, die ich zugespielt bekommen habe. Zack, schon haben wir ihn!« Sein Kopf reckte sich vor wie bei einer Schildkröte. »Wie ich das rauskriegen will, meinst du? Ganz einfach, ich muss Zugang kriegen zu seinem Konto auf dem Redaktionsserver. Jaja, Freddy, ich weiß, da braucht man ein Passwort und alles Mögliche, aber das kriege ich schon hin, lass das mal meine Sorge sein!«

Nun, da er einen Entschluss gefasst hatte, war Elvis wieder voller Tatendrang. Bevor er allerdings aufstehen und weitere Pläne schmieden konnte, fiepte sein Telefon. Es war Tinne, sie klang gehetzt und saß offensichtlich auf dem Fahrrad, zumindest zerrte der Fahrtwind am Mikrofon.

»Elvis, es gibt Neuigkeiten über unser Hildegard-Rätsel. Und leider auch einen kleinen Notfall. Kannst du eben mal hochkommen in Leonies Kita?«

*

Im Labor des Pharmazeutischen Instituts herrschte reges Treiben, ein Gutachter und die Männer einer Transportfirma gaben sich die Klinke in die Hand. Alle beschädigten Apparaturen mussten mit der Inventarliste abgeglichen, fotografiert und weggeschafft werden. Eine Mail von Fouqués blasierter Assistentin hatte Linus klargemacht, dass er diese Prozedur beaufsichtigen sollte. Er ärgerte sich, schließlich war er Biochemiker und kein Versicherungsfuzzi. Aber Widerspruch war zwecklos, dazu kannte er Fouqué zu gut. Er spürte die Scham noch immer wie eine heiße Welle, wenn er an den gestrigen Termin dachte.

»Ja, kann raus«, antwortete er auf die fragende Geste eines bulligen Möbelpackers und hakte einen Posten auf seiner Liste ab. Der Mann stemmte eine Zentrifuge in die Höhe, an der Linus sich einen Bruch gehoben hätte. Der geiergesichtige Gutachter schlich umher und nahm jedes Gerät ausführlich in Augenschein, als könne er es durch schiere Willenskraft reparieren und damit die Versicherungssumme sparen.

Linus schaute über den Rand seiner Liste. Der Raum war notdürftig wiederhergestellt, die Fenster hatte man ersetzt, die Tür ebenso, Scherben und Bruchstücke waren weggefegt. Als zwei weitere Möbelpacker einen verbeulten Brutschrank herausrollten, folgte Linus ihnen unauffällig. Im Flur wartete er, bis ein Institutsmitarbeiter mit Kaffeetasse vorbeigeschlendert war, dann ging er ein paar Türen weiter. Hier befand sich der kleine Konferenzraum, in dem die AG Mittelaltermedizin ihre aus dem Labor geretteten Unterlagen aufbewahrte. Das Projekt galt offiziell als unterbrochen, bis es Ergebnisse zum Hergang des Vorfalls gab. Linus schloss auf, schaute sich nochmals um und trat ein. Die Tür verschloss er wieder sorgfältig hinter sich. Der Tisch lag voll mit Papieren und Büchern, der Hausmeister hatte alte Regale aus dem Kellerarchiv geholt und sie an einer der Wände aufgestellt. Darin lagen endlose Beobachtungslisten und Protokolle, geordnet nach Versuchsreihen. Er schaute die ersten Stapel durch, dann zog er drei Ergebnisblätter heraus und legte sie auf den Tisch. Aus seiner Tasche nahm er eine kleine Kamera. Nervös fotografierte Linus die Seiten, steckte sie zurück ins Regal und machte sich auf die Suche nach den nächsten Zusammenfassungen.

Eine Viertelstunde arbeitete er konzentriert, bis er plötzlich eine halblaute weibliche Stimme hörte. Jemand schob einen Schlüssel ins Schloss. Erschrocken steckte Linus die Kamera weg und schaute sich um. Er wollte ungern erwischt werden, solange die Projektarbeit pausierte, schließlich war er kein offizieller Institutsmitarbeiter. Neben den aufgestellten Regalen gab es weitere, in die Wand eingelassene Schränke, deren Türen bis zur Decke reichten. Hastig schaute er hinein, einer war mit einer Garderobenstange versehen und leer bis auf etwas Kleinkram. Er schob sich gebückt unter der Stange durch, packte die Tür von innen am Schließmechanismus und zog sie zu, nur einen winzigen Spalt ließ er offen. Keine Sekunde zu früh, denn schon trat jemand in den Konferenzraum. Es war Magdalena, sie hielt ihr Handy ans Ohr und telefonierte.

»Gut, ich bin jetzt da. Wo genau?«, fragte sie und lauschte. Wie immer trug sie figurbetonte Kleidung und war geschminkt. Unsicher trat sie auf die Regale mit den Unterlagen zu. Linus veränderte seine Position um eine Winzigkeit, um sie weiter durch den Spalt beobachten zu können.

»Aha, okay, und wie sehen die aus?« Ihr Blick glitt suchend über die Regalfächer. »Nee, hier sind Tausend Papiere, keine Ahnung, wo ich …« Sie brach ab, hörte zu und nickte wie im persönlichen Gespräch. »Ja, gut, ich schau.« Flüchtig blätterte sie die Stapel durch, sie sah verkrampft aus mit der hochgezogenen Schulter, mit der sie das Telefon ans Ohr presste. Ein Blatt betrachtete sie genauer. »Da, da ist was. Von Erik, Ergebnisse von einer, äh, Dünnschichtchromatografie.« Nach einer Pause nickte sie wieder und legte das Papier zur Seite. Auf diese Weise ging es weiter, sie suchte ganz spezielle Protokolle heraus und sammelte sie auf dem Tisch. Linus merkte, wie seine Beine in der krummen Haltung zu zittern anfingen, doch er hielt eisern durch. Endlich war Magdalena fertig, steckte das Handy weg und schob die Papiere zusammen. Anschließend packte sie das Bündel in ihre Tasche, verließ den Raum und schloss hinter sich wieder ab.

Mit knackenden Knien trat Linus aus dem Schrank. Nachdenklich schaute er zur Tür, als könne er hindurchsehen und Magdalena weiter beobachten. Das war ja ein sehr interessanter Auftritt gewesen.

*

Tinne, Elvis und Leonie teilten sich eine Bank auf dem Grünstreifen der Kaiserstraße. Um sie herum brauste der Verkehr, vereinzelte Spaziergänger marschierten über die Grünflächen, zwei Hunde tollten ausgelassen. Die Luft war frisch, aber nicht zu feucht, ab und zu lugte sogar die Sonne zwischen den Wolken hervor und schickte ihre wärmenden Strahlen zur Erde.

»Na, Leonie, ist's besser?« Tinne strich der Kleinen über die Wange, die ihren rechten Arm in die Höhe hielt wie eine Trophäe. Ein weißer Verband zierte den Ellbogen.

»Mhm«, nickte das Mädchen und zog ein tapferes Gesicht. Sie war in der Kita vom Klettergerüst gefallen, direkt auf den Arm, ihr Gebrüll hatte die Wände wackeln lassen. Mirjam rief Tinne an, die zeitgleich mit Elvis dort ankam. Als Mini-Konvoi fuhren sie zur Kinderärztin in die Kaiserstraße, Tinne und die heulende Leonie mit dem Fahrrad vornweg, Elvis auf seiner Vespa hinterher. Frau Dr. Weikel gab zum Glück Entwarnung, nur eine Prellung, Leonie bekam Salbe und einen Verband, die Tränen versiegten. Danach suchten sie eine Bank, denn Tinne wollte unbedingt die Ergebnisse ihrer Ermittlungen loswerden. Gerade hatte sie Elvis von dem Treffen mit Kirsten erzählt und von der Pergamentmakulatur in dem alten Klosterbuch.

Der Dicke beugte sich vor. »Okay, also, du meinst, dieses gefundene Schriftstück ist tatsächlich ein Arzneirezept von Hildegard. Aber wie soll das denn bitte schön nach Köln ins Stadtarchiv gekommen sein?«

Tinne antwortete mit einer Gegenfrage. »Weißt du noch, was uns Anschütz gestern in Rüdesheim erzählt hat? Über die Gebeine von Hildegard?«

»Äh, ja, die sind weggebracht worden aus Bingen, im 30-jährigen Krieg, nach …« Seine Miene erhellte sich, »nach Köln!«

»So ist es! Nach Köln, genauer gesagt in das Kloster St. Agatha, das hat Anschütz erwähnt. Und weiter hat er gesagt, dass die damalige Äbtissin nicht nur die Reliquien mitgenommen hat, sondern auch ein paar Handschriften der Heiligen Hildegard. Und da schließt sich der Kreis, denn die Bücher, die Eriks Schwester restauriert hat, stammen aus ebendiesem Kloster, aus St. Agatha!«

»Du meinst, die Handschriften sind dort geblieben und wurden irgendwann später als billiges Buchbindematerial genutzt?«

»So muss es gewesen sein. Und das hat sie in unsere Zeit hinübergerettet.«

Elvis schaute gedankenverloren zu, wie Leonie auf seinen ausgestreckten Fingern Klavier spielte und dazu summte.

»Und jetzt? Wo ist das Ding? Wie kommen wir dran?«

»Das Original ist verbrannt, es war in Eriks Wohnung in einem Versteck. Aber er hat seiner Schwester gesagt, er hätte einen Copernus gemacht, also eine Kopie, und dazu gibt's ein kleines Rätsel. Pass auf: ›Ich hab einen Copernus zurückgebracht zu Seinesgleichen, mit einem kleinen Nachtgebet an Gertrudis. Ist zwar nicht mehr nötig, aber sicher ist sicher.‹ So, und ›zurückgebracht zu Seinesgleichen‹ klingt für mich nach der Binger Gegend, eben dort, wo Hildegard gewirkt hat.«

»Hm. Ein Nachtgebet an Gertrudis. Ich vermute mal, dass Gertrudis nicht gerade seine Binger Großtante ist und er die Kopie in ihrem Nachtschränkchen versteckt hat.«

Tinne musste lachen. »Nein, so einfach hat er es uns nicht gemacht. Es gibt zwar eine ganze Menge Gertruden im Kirchenkanon, aber keine hat direkt etwas mit Bingen zu tun. Deshalb habe ich in der Bibliothek vom Priesterseminar recherchiert und bin tatsächlich auf etwas gestoßen, das passen könnte.« Sie zog eine ausgedruckte Seite aus ihrer

Hosentasche. »Die Heilige Gertrudis, Äbtissin von Nivelles in Brabant, verstorben 659, Gedenktag 17. Mai, dabei Weihe des ›Gertrudenwassers‹. Und jetzt kommt's: Sie gilt als Patronin gegen die Mäuseplage. Der Legende zufolge hat sie ihr Kloster auf wundersame Weise von einer Heimsuchung durch Mäuse befreit, und seither nehmen die Tiere Reißaus, wo auch immer das gesegnete ›Gertrudenwasser‹ verspritzt wird.« Sie schaute zu, wie ein breites Grinsen Elvis' Koteletten zur Seite schob.

»Mäuseplage! Na klar, der Binger Mäuseturm! Dort hat er das Dokument versteckt!«

»Klingt ganz danach. Und das Gebet an Gertrudis ist natürlich nicht mehr nötig, weil die Mäuse im Turm der Sage nach ja schon ewig verschwunden sind. Ein feines kleines Historienrätsel, das Erik da gedrechselt hat.« Tinne rückte Leonie zurecht, damit ihr von dem Gewicht nicht die Beine einschliefen. »Und es passt sogar, denn vor ein paar Jahren ist der Turm renoviert worden, weißt du ja, hattet ihr lang und breit in der Zeitung. Dabei ist eine Dauerausstellung eingerichtet worden, das Historische Seminar ist beratend dabei gewesen. Die Ausstellung behandelt die Geschichte des Turms und der Region. Und … das Wirken der Hildegard von Bingen! Zurückgebracht zu Seinesgleichen. Einen besseren Platz für eine Abschrift aus Hildegards Kanon gibt es nicht – vor aller Augen, und trotzdem versteckt.«

»Tja, dann wissen wir ja, wo wir suchen müssen, oder?« Elvis machte den Eindruck, als wolle er sofort aufspringen, um dem Mäuseturm Eriks Unterlagen zu entreißen.

Tinne verzog den Mund. »Damit enden allerdings die guten Neuigkeiten. Denn wir kommen nicht auf die Insel, geschweige denn rein in den Turm. Es gibt nämlich nur vier offizielle Besichtigungstermine im ganzen Jahr. Für 2017 gar keinen mehr, der letzte war vor zwei Wochen.«

Elvis schaute sie ernüchtert an. »Ach nee, is nicht wahr.« Er überlegte kurz. »Was ist mit einer Anfrage bei der Stadt Bingen? Eine Art Sondergenehmigung?« Doch im selben Atemzug verwarf er seine Idee. »Nee, so was dauert ewig und drei Tage. Oder noch länger.«

Die beiden saßen auf der Bank und grübelten. Tinne wäre am liebsten zum Rhein gelaufen und hineingesprungen, um bis zum Mäuseturm zu schwimmen. Da waren sie so nah an die geheimnisvollen Unterlagen herangekommen, und nun gab es keine Möglichkeit, die sprichwörtlichen letzten Meter zu überbrücken!

Sie sah, dass Elvis die Augen zusammenkniff und das Kinn vorschob. Er sah aus wie ein Kirmesboxer, es war sein typischer Gesichtsausdruck, wenn er eine Eingebung hatte. Und tatsächlich, schon stand er auf und stemmte die Fäuste in die Hüften.

»Eine Sache hätte ich da noch auf Lager. Ist zwar nur ein Versuchsballon, aber wir sollten es ausprobieren. Auf, sattele dein Rad, wir müssen zum Bahnhof.«

Die Mainzelbahn rumpelte über die Felder zum Lerchenberg. Leonie hockte in der Mitte zwischen Tinne und Elvis, spielte ein Spiel für sich allein und sang dabei in schrägen Tönen. Eigentlich hatten die beiden sie wieder in die Kita zurückbringen wollen, doch die Kleine weigerte sich beharrlich, und plötzlich tat ihr Ellbogen wieder »ganz dolle weh«. Also durfte sie mitkommen, was eine spontane Wunderheilung nach sich zog. Warum sie nun allerdings zu dritt in der Mainzelbahn saßen, war Elvis' Geheimnis. Er ließ sich nicht in die Karten schauen, sooft Tinne auch nachfragte.

An der Endhaltestelle Hindemithstraße stiegen sie aus, Elvis führte sie vom Ortskern weg zu einem Wohngebiet mit aufgelockerter Bebauung. Vor einem Einfamilienhaus blieb er stehen und hielt den Daumen auf die Klingel gepresst, als wolle er sie in die Wand drücken.

Die Tür ging auf, ein älterer Herr mit Weste, Fliege und Kaiser-Wilhelm-Bart schaute heraus, einen amüsierten Zug im Gesicht.

»Herr Wissmann, warum schlagen Sie die Tür nicht gleich mit einem Rammbock ein? Guten Tag, Frau Nachtigall, möchten Sie vielleicht gleich noch mal klingeln? Und die junge Dame mit dem schwer verletzten Arm auch?«

»Hallo, Herr Rosenzweig«, rief Tinne und strahlte.

Sie hatten Johann »Jean« Rosenzweig bei ihrem allerersten Abenteuer kennengelernt, er hatte ihnen damals wertvolle Tipps gegeben und sie auf die richtige Spur gebracht. Der Mann war ein Unikum in Mainz mit schier unerschöpflichem Wissen über die Geschichte der Stadt und der Region. Als »Jean, der Gewaltbote« pflegte er im Nachtwächtergewand abendliche Führungen durch die Altstadt zu machen, die sich großer Beliebtheit erfreuten. Darüber hinaus hielt er Vorträge, organisierte Ausstellungen und war bei sämtlichen Veranstaltungen dabei, die auch nur im Entferntesten etwas mit der Historie Rheinhessens zu tun hatten. Nun durchschaute Tinne Elvis' Plan: Wenn es jemand gab, der sie schnell und unkompliziert in den Binger Mäuseturm bringen konnte, dann war es Jean, der Gewaltbote.

»Sagen Sie, Herr Rosenzweig, haben Sie ein bisschen Zeit für uns?«, fragte Elvis. »Wir, na ja, wir stecken wieder mal in einer Sache drin, bei der Sie uns vielleicht helfen könnten.«

»Hmmm«, entgegnete er und legte einen Finger an die Nase, »was haben Sie denn zu bieten?«

Elvis musste nicht lange überlegen. »Eine rätselhafte Geschichte aus der Vergangenheit, alte Mauern mit verborgenen Geheimnissen und das Vermächtnis einer Frau, die seit 800 Jahren tot ist. Wie klingt das?«

Ein jungenhaftes Lächeln machte sich auf seinem faltigen Gesicht breit und ließ den Backenbart beben. »Ich würde sagen, da bin ich mit von der Partie!«

Eine Stunde später tuckerte die St. Nikolaus I. gemächlich den Rhein herunter. Rechts erhoben sich die Weinberge des Rheingaus mit dem majestätischen Niederwalddenkmal, die Ruine der Burg Ehrenfels erinnerte an die kriegerischen Zeiten, die das Mittelrheintal erlebt hatte. Links lag das Binger Ufer, das grün-weiße Schiff hatte die Nahemündung bereits hinter sich gelassen. Leonie streunte auf den Deckplanken herum, fasste alles an und hatte gerade ihr Herz für die Seefahrt entdeckt. Tinne und Elvis standen am Bug wie weiland Rose und Jack, zwar nicht in My-heart-will-go-on-Haltung, aber mindestens so aufgeregt. Vor ihnen wuchs der Mäuseturm in die Höhe, die gleichnamige Insel mit ihrem üppigen Grün erstreckte sich dahinter.

»Na, zufrieden?« Jean kam nach vorn, seine karierte Jacke wurde vom Wind gebläht. Er hatte mit dem Kapitän geplaudert, einem alten Freund von ihm.

»O ja, das ist super, mehr als super!« Tinne konnte ihr Glück kaum fassen, sogar Elvis ließ sich zu einem Nicken und einem brummigen »Gar nicht schlecht« hinreißen.

Nachdem sie Jean in seinem Wohnzimmer die ganze Geschichte erzählt hatten, war er zum Telefon gesprungen. Ein halbes Dutzend Gespräche später packte er sie in sein Auto, ein BMW-02 Coupé aus den 1970ern, das perfekt zu ihm und seinem altmodischen Auftreten passte. Er hatte sogar noch einen Kindersitz von seinen Enkeln im Keller, sodass Leonie vorschriftsmäßig angegurtet werden konnte. In Bingen marschierten sie zum Anleger am Rhein-Nahe-Eck, der stellvertretende Bürgermeister stand parat und überreichte ihnen einen wuchtigen Eisenschlüssel. Dann kam auch schon die St. Nikolaus um die Ecke geschippert, im Nu waren sie auf dem Fluss unterwegs. Generalstabsmäßige Planung!

Jean machte ein zufriedenes Gesicht. »Tja, es zahlt sich immer aus, die nötigen Kontakte zu haben. Der stellvertretende Bürgermeister war vorhin am Telefon ganz meiner Meinung, dass die Ausstellung im Turm vor den Wintermonaten nochmals dringend auf eventuelle Feuchtigkeit geprüft werden muss. Schließlich habe ich bei der Renovierung 2012 mehr oder weniger unentgeltlich daran mitgearbeitet, da ist mir sehr an der Erhaltung gelegen.«

Tinne erinnerte sich gut an die Renovierung, die ganze drei Jahre gedauert hatte. Die Baumaßnahmen waren aufgrund von Schimmelbefall nötig geworden, nun besaß der Mäuseturm eine moderne Heizungsanlage und war technisch auf dem neuesten Stand. Bei dieser Gelegenheit hatte man die etwas altbackenen Außenfarben ersetzt, anstelle von roten Zinnen und weißen Wänden waren die Mauern nun in einem Cremeton mit dezenten beigen Akzenten gestrichen.

Leonie kam nach vorn und beäugte den Turm, der links am Schiff vorbeizog. »Sind da früher Ritter gewesen?«, fragte sie. Tinne musste zugeben, dass das Gemäuer mit seinen vier Erkern und der hoch aufstrebenden Plattform durchaus Burgcharakter hatte.

»Ritter nicht, aber Mäuse, und zwar ganz schön viele. Deshalb heißt er auch Mäuseturm.« Sie kitzelte die Kleine und tat, als würden die Nager unter ihre Jacke schlüpfen. Leonie quiekte und wusste nicht, ob sie lachen oder entrüstet schauen sollte.

Jean beugte sich zu dem Mädchen herab. »Sag bloß, junge Dame, du kennst die Geschichte vom Bischof und den Mäusen nicht?«

Sie schüttelte ihren Kopf und schaute den Mann mit dem geschwungenen Bart neugierig an.

»Dann komm mal her.« Jean setzte sich und hob sie auf seinen Schoß. Tinne schmunzelte. Sie wusste aus eigener Erfahrung, dass Jean ein begnadeter Geschichtenerzähler war. Er zog die Augenbrauen zusammen und ließ die Sage aus längst vergangenen Tagen mit seiner besten Märchenonkelstimme lebendig werden: Wie der hartherzige Bischof Hatto die Binger Bevölkerung hungern ließ, obwohl seine Kornkammern voll waren bis unters Dach, wie er die verzweifelten Menschen in einer Scheune einsperrte und Feuer legte. »Hört ihr, wie die Kornmäuslein pfeifen?«, so soll er sich über die Schreie der Sterbenden lustig gemacht haben. Doch o weh, schon krochen Mäuse aus allen Ecken und Winkeln, sie verfolgten den Bischof, der in seiner Not ein Boot bestieg und zum Turm fuhr. Dort wähnte er sich in Sicherheit, aber weit gefehlt, die Mäuse fanden ihn auch hier, liefen ihm bis zur höchsten Zinne nach und fraßen ihn bei lebendigem Leib.

Leonie hing an seinen Lippen. »Aufgefressen?«, hauchte sie.

Tinne fürchtete um die Nachtruhe der Kleinen und nahm sie bei den Händen. »Keine Angst, das ist ein Märchen, das erzählen sich die Leute nur. Wie Rotkäppchen und Hänsel und Gretel und so.«

»Und wie das Dornröschen?«

»Genau, wie das Dornröschen.«

Damit war Leonie zufrieden. In der Zwischenzeit hatte der Kapitän die St. Nikolaus um die Mäuseinsel herumgesteuert und näherte sich dem Turm von Westen. Tinne schaute zu, wie er am Steuerrad drehte.

»Sagen Sie, Herr Rosenzweig, fährt Ihr Freund immer diese Strecke? Oder ist er zumindest die letzte öffentliche Tour vor zwei Wochen gefahren?«

»Ja und ja, Peter macht alle Überfahrten zur Mäuseinsel, also auch die vor 14 Tagen.«

Mit ihrem Handy in der Hand ging Tinne zum Steuerhaus, klopfte und hielt Kapitän Peter ein Bild unter die Nase. Es war das Foto von Erik, das sie im Labor geschossen hatte. »Bei der letzten Fahrt, war da vielleicht dieser Mann dabei? Können Sie sich erinnern?«

Der Schiffsführer hatte ein gegerbtes Gesicht und trug eine speckige Kapitänsmütze, die aussah, als habe sie schon alle sieben Weltmeere gesehen. Er nickte behäbig. »Ja, der Bursche war dabei. Erinnere mich an die roten Haare, und ganz schön groß ist er gewesen.«

Tinne bedankte sich, rannte zu Elvis und berichtete ihm von den Worten des Kapitäns. Sie waren auf der richtigen Spur! Eine halbe Stunde hatten sie, um Eriks Copernus in der Hildegard-Ausstellung zu finden. Dann musste das Schiff wieder zurück nach Bingen, da eine regulär gebuchte Ausflugsfahrt wartete. Tinne war optimistisch. 30 Minuten waren keine Ewigkeit, sollten aber reichen, um eine einzelne Seite aufzuspüren.

Ihr Hochgefühl verpuffte, als sie den Anleger der Insel erreichten. Ein kleines Boot dümpelte dort, der Bootsführer las Zeitung. Am Ufer stand ein Mann mit Anzug und Krawatte, er hielt eine Kladde in der Hand und schaute der St. Nikolaus erwartungsvoll entgegen.

»Wer ist das denn jetzt?«

»Ach nee, der hat uns gerade noch gefehlt!« Jean senkte die Stimme, obwohl sie noch ein gutes Stück vom Ufer entfernt waren. »Das ist Ernst-Ludwig Farnbach, der Erste Beigeordnete des Stadtrates. Hat sich schon bei der Ausstellungsplanung in alles eingemischt und uns damit den letzten Nerv gekostet. Ein Korinthenkacker allererster Güte!«

»Hallo, hallo, guten Tag allerseits!«, rief Farnbach, kaum

dass das Schiff angelegt hatte. »Der stellvertretende Bürgermeister hat mir von der Begutachtung erzählt, und da habe ich mich spontan freigeschaufelt.« Er winkte mit der Kladde. »Wir protokollieren den Erhaltungszustand gemeinsam, und ich kann dem Stadtrat bei der morgigen Sitzung direkt Bericht erstatten. Großartiges Timing, Herr Rosenzweig, großartiges Timing!«

Der Mann hatte einen militärischen Bürstenhaarschnitt und einen grauen Schnauzer. Die rosige Nase verriet, dass er dem lokalen Wein nicht abgeneigt war, seine Körperhaltung verströmte die joviale Kumpelhaftigkeit, die vielen Lokalpolitikern eigen war. Tinne sah ihre Felle davonschwimmen, in aller Ruhe nach dem kopierten Dokument zu suchen. Jean nickte lahm und stellte sie vor: Tinne als Historikerin, Elvis als Zeitungsreporter mit Großnichten-Anhang.

»Na, dann geht's los!« Farnbach rieb sich die Hände. »Ich bin seit der Renovierung selbst nicht mehr hier gewesen. Zeit für eine Bestandsaufnahme!« Er tätschelte Leonie den Kopf. »Und wir beide, wir können die Mäuse zählen, gell?«

Die Kleine sagte keinen Ton, auch Tinne und Elvis verdrehten die Augen. Aus der Nähe war der Turm riesig, drei Stockwerke hoch, die Ecktürme ragten weit nach außen. Ein gemauerter Hochwasserschutz schob sie wie ein Bug nach vorn in Richtung des Wasserstroms. Mit dem Eisenschlüssel öffnete Jean die Tür, die über eine Steintreppe zu erreichen war. Im Inneren ging es überraschend eng zu, im Erdgeschoss war kaum Platz, sich umzudrehen.

»Onkel Elvis, du bist zu dick!«, beschwerte sich Leonie und schob seinen Bauch zur Seite. Elvis zog ein Gesicht wie eine beleidigte Diva, er konnte es nicht leiden, wenn man seine Leibesfülle erwähnte. Tinne hob eine Augenbraue. Kindermund tut Wahrheit kund. Zu schade, dass man als Erwachsener nicht mehr diese Art von Narrenfreiheit besaß.

Sie gingen weiter nach oben. Der Blick aus den spitz zulaufenden Fenstern war spektakulär, Vater Rhein lag eingebettet im üppigen Grün der umgebenden Hügel, als wäre ein Gemälde aus der Zeit der Romantik zum Leben erwacht. Im Inneren wirkte alles weiß und neu, man sah, dass frisch renoviert worden war. Jedes Stockwerk des Turms bestand aus einem großen Raum und zwei oder drei kleinen Kammern, vieles war mit Liebe zum Detail hergerichtet worden. Sogar eine gemalte Bordüre gab es, die sich in Form einer Mäuseschar an den Wänden entlangzog. Herr Farnbach redete unaufhörlich und vermittelte den Eindruck, er habe jeden Pinselstrich selbst erledigt. Mit einer Kleinbildkamera fotografierte er und machte Notizen in seinen Unterlagen.

»Na, wenn Herr Erbsenzähler weiter an uns pappt wie Kaugummi, wird die Suche nicht ganz so einfach«, wisperte Elvis. Jean hob in einer Das-war-leider-nicht-vorauszusehen-Bewegung die Schultern, Tinne verfluchte das Schicksal.

Im dritten Stock war die Ausstellung untergebracht, an der Jean mitgearbeitet hatte. Mannshohe Stelltafeln erläuterten die Geschichte des Turms, der ursprünglich als Wahrschau gedient hatte, als Beobachtungs- und Signalposten, um den Schiffsverkehr am gefährlichen Binger Loch zu regeln. Andere Tafeln zeigten die Legende von Bischof Hatto, weiter hinten waren Zeichnungen von Kräutern und Wurzeln zu sehen.

»Das sind die Hildegard-Tafeln.« Jean zeigte auf das Bild einer Nonne. »Früher, im 14. und 15. Jahrhundert, hat man vom Turm direkt auf das Kloster Rupertsberg schauen können, bevor es zerstört worden ist. Das war ja direkt hier drüben.« Er deutete zu einem der Fenster, durch das der Uferstreifen und die dahinterliegenden Häuser von Bingerbrück sichtbar waren. Leise fügte er hinzu: »Wenn Sie etwas finden werden, dann hier. Ich weiß nur nicht, wie Sie …« Er ließ den Satz unvollendet, warf aber einen vielsagenden Blick auf

Herrn Farnbach, der mit seiner Kladde in der Hand um die Tafeln schlich und vor sich hin brabbelte.

Leonie wurde es langweilig, sie zischte ab, um die gemalten Mäuse im unteren Stockwerk nochmals zu betrachten. Tinne ermahnte sie, ja nichts kaputt zu machen, dann sah sie sich die Hildegard-Ausstellung näher an. Eine Installation fiel ihr sofort auf: »Blättern Sie in Hildegards Kräuterapotheke«, lud eine Überschrift ein, darunter waren zwei Dutzend Klapptafeln angebracht. Wie ein dickes Buch hingen sie an der Wand, man konnte die einzelnen Glasflächen an Scharnieren hin- und herbewegen. Jede Tafel enthielt mehrere handschriftliche Rezepte in Mittelhochdeutsch und eine Transkription in modernes Deutsch. Die Arzneiblätter waren hochwertige Faksimile, jede Einzelheit war zu erkennen, gezeichnete Pflanzen, eine Rübe, etwas, das wie Knoblauch aussah, Bohnen und Baumblätter. »Zypressenbad gegen Hautreizungen«, lauteten die Erklärungen, »gelöschter Wein für erholsamen Schlaf, Bärwurz-Honig zur Darmentgiftung«. Nach einem Blick auf die Rezepte schnaufte Elvis hörbar. Tinne konnte seine Meinung vom Gesicht ablesen: Ein halber Ring Fleischwurst und ein Schoppen Wein halfen bei jeder Art von Unwohlsein genauso gut, wenn nicht sogar besser.

»Da!«, wisperte sie und zeigte auf eine der Glastafeln. Hinter einem Blatt lugte eine weitere Handschrift hervor, die ganz offensichtlich fehl am Platz war. Das Papier sah anders aus, eine schlichte weiße Kopie, kein Kunstdruck wie die übrigen Ausstellungsstücke. Elvis verrenkte den Kopf. »Ist es das?«

»Ich denke schon. Erik wird in einem unbeobachteten Moment den Rahmen aufgeschraubt und den Copernus reingeschoben haben.« Tinne fuhr mit dem Finger am Rand des Metallrahmens entlang und erspürte zwei Schrauben, die die Konstruktion verschlossen hielten. »Das dauert keine drei Minuten, die Zeit hat er locker gehabt bei einer offiziellen Führung. Ein bisschen zurückfallen lassen und schon war das Hildegard-Rezept versteckt. ›Zurückgebracht zu Seinesgleichen‹.«

Keine Frage, dieses Versteck passte zu Erik. Es war seine Verbeugung vor Hildegard, hier, inmitten einer touristischen Inszenierung, ein bislang unbekanntes Originalrezept zu verbergen und sich danach wieder harmlos unter die Besucher zu mischen. In ihrer Hose tastete Tinne nach dem Schweizer Taschenmesser, das Jean ihr in weiser Voraussicht zugesteckt hatte.

»Na, Frau Nachtigall, da schlägt Ihr Herz höher, oder?« Kumpelhaft schob sich Herr Farnbach zwischen Tinne und Elvis. »Lauter historische Sachen.« Sie roch kalten Kaffee, Zigaretten und einen Hauch Schweiß. Leckere Mischung. Er schnickte die einzelnen Tafeln mit dem Zeigefinger von rechts nach links. »Und alles in Top-Zustand, das haben wir hier super trocken gekriegt, ich sag Ihnen, das waren Monate auf der Baustelle, Mo-na-te!« Während der Beigeordnete umständlich anfing, jedes Glaselement abzufotografieren und den jeweiligen Zustand in seiner Kladde zu protokollieren, drehte Tinne das Taschenmesser in der Hand und schielte auf ihre Uhr. Die Zeit flog, in zehn Minuten musste die St. Nikolaus ablegen.

Elvis drückte sich an ihnen vorbei und verschwand im hinteren Teil des Raumes. Nach einer Weile rief er mit bedeutungsschwangerem Unterton: »Herr Farnbach, kommen Sie doch eben mal her. Was kann das denn sein hier? Das sieht ja nicht so gut aus.«

Schnell wie der Blitz war der Mann verschwunden, und ebenso schnell hatte Tinne das Taschenmesser in der Hand. Was auch immer Elvis gerade inszeniert hatte – es war ihre Chance! Klick, schon war der Kreuzschraubendreher aufgeklappt. Gerade wollte sie ihn an der Halteschraube ansetzen, da erscholl Herr Farnbachs Stimme: »Frau Nachtigall, darf ich Sie bitten, hier mal einen Blick darauf zu werfen?

Als Fachfrau sozusagen.« Ergeben steckte Tinne das Messer ein. Elvis, Jean und der Beigeordnete beugten sich über eine Mauerecke, in der kleine schwarze Krümel lagen. Angesichts der Tatsache, dass Elvis' Rotkreuzbeutel aus seiner Hosentasche lugte, fiel Tinnes Votum eindeutig aus: Der Dicke hatte eine Prise Tabak auf den Boden gestreut und machte nun ein Aufhebens darum. Guter Plan, aber leider nicht gut genug.

»Insektenlarven? Oder … kleine Würmer oder so?« Herr Farnbach schaute besorgt in die Runde. Da ertönte ein Tuten, das weit über das Tal und den Fluss hinweg scholl. Kapitän Peter! Es war Zeit, zum Schiff zurückzukehren.

»Ich schaue, ob ich noch ein paar Minuten raushandeln kann«, murmelte Jean und verschwand. An der Tür stieß er fast mit Leonie zusammen, die gerade wieder zurückkam und ihr klassisches Mir-ist-sooo-langweilig-Gesicht zog. Während Herr Farnbach weiterhin allerlei Halbwissen zu den schwarzen Krümeln von sich gab, nahm Elvis die Kleine zur Seite. Tinne sah aus den Augenwinkeln, wie er gestikulierte und Leonie begeistert nickte. Eine Sekunde später war sie wieder nach unten verschwunden.

Elvis schob sein Ballongesicht zurück in die Krümelraterunde. »Es könnte die Schwarze Buchleimwanze sein«, mutmaßte er und kratzte sich am Kinn. »Hatten wir mal im Zeitungsarchiv, die macht vor nichts Halt. Vor gar nichts, sag ich Ihnen! Da waren nur noch die Einbände übrig.«

»Die Schwarze Buchleimwanze«, echote Herr Farnbach unheilvoll und machte sicherheitshalber ein weiteres Foto. »Das … da muss ich aber schnellstmöglich …«

In diesem Augenblick gellte ein Schrei von unten herauf. Eine Kinderstimme, schrill vor Panik.

Elvis fuhr hoch. »Leonie!«, hauchte er, die Augen aufgerissen. Seine Stimme bebte vor Drama. »Herr Beigeordneter – schnell!«

Bei seiner politischen Ehre gepackt, fackelte Farnbach nicht lange. »Aus dem Weg, da ist ein Kind in Not!«, rief er theatralisch und stürmte zur Treppe. Mit einem schnellen Augenzwinkern in Tinnes Richtung folgte Elvis ihm, nicht ohne den Mann zu Eile anzutreiben.

Während die beiden nach unten polterten, hatte Tinne bereits das Taschenmesser angesetzt und die beiden Schrauben herausgedreht. Von unten klangen Männerstimmen, dann kam wieder Kindergebrüll. Tinne hatte keine Ahnung, was Elvis der kleinen Leonie aufgetragen hatte, aber sie nahm ihre Rolle anscheinend sehr ernst. Vorsichtig klappte sie die Glastafel auf, die Schriftstücke rollten sich, mit der flachen Hand tastete sie voran. Endlich hatte sie das kopierte Blatt erwischt und löste es von dem davorliegenden Faksimile. Ein kurzer Blick war alles, was sie sich gönnte. Textzeilen, handschriftlich, fast unleserlich. Sie würde eine Lupe und ihr mittelalterliches Lexikon brauchen, um sie transkribieren zu können. Doch ein Ausdruck sprang ihr ins Auge: »schândt fiber« – Schandfieber, der alte Ausdruck für Tollwut!

Ohne viel Federlesens faltete Tinne die Kopie und steckte sie in ihre Hosentasche. Schon tutete die St. Nikolaus wieder, eilig schraubte sie die Tafel zusammen und rannte nach unten. Strahlend wie ein Honigkuchenpferd kam ihr Leonie entgegengehüpft, die Kleine war offenbar sehr stolz auf ihre stimmliche Leistung. Hinter ihr wischte Herr Farnbach seine Stirn mit einem geblümten Taschentuch ab, Elvis stapfte hinterher.

»Da ist nämlich eine Wasserratte gewesen, gell, Onkel Elvis? Da hab ich mich total erschrocken, weil die war soooo groß!« Leonie zeigte mit den Armen die Größe eines mittleren Tigers.

»Ja, mein Engelchen, so groß, und zwar ohne Schwanz«, meinte der Reporter und schob sie in Richtung Schiff. Tinne musste ein Lachen verkneifen – vielleicht hätte Elvis bei seinen Regieanweisungen oben im Turm auch gleich die tatsächliche Größe einer Wasserratte erwähnen sollen. Aber egal, ihre Laune war glänzend, sie zeigte dem Dicken unauffällig beide hochgereckten Daumen. Mission erfüllt – sie hatten das geheimnisvolle Arzneirezept der Hildegard von Bingen!

*

Aus der *Sprinter*-Stellung heraus glitten die Arme nach oben. Die Beinposition blieb dieselbe, der rechte Fuß auf dem Boden mit dem Knie im 90-Grad-Winkel, das andere Knie gesenkt. Das Kinn ging in die Höhe, der Kopf in den Nacken. Der *Ardha Chandrasana*, der Halbmond, forderte Rückenstrecker und Latissimus, Tara konzentrierte sich auf die Spannung ihres Körpers und genoss das paradoxe Gefühl von Anstrengung und Entspannung im selben Augenblick.

Chandra Namaska, der Mondgruß, war ihre liebste Yoga-Übung, die harmonisch ineinander übergehenden Bewegungen waren wie für sie gemacht. Manchmal fiel es Tara schwer, die Bilder loszuwerden, die ihr Job mit sich brachte. Der Tod war ihr täglicher Begleiter, meist konnte sie eine professionelle Distanz wahren. Doch manche Fälle schlichen ihr nach wie ein Schatten, wie etwas, das in den Augenwinkeln lauerte und sich nicht vertreiben ließ. Kinder meist. Der Brei aus Knochen und Fleisch, der nach einem Autounfall im kleinen Zinksarg hereingetragen wurde. Das tote Neugeborene, das keine sechs Stunden Zeit gehabt hatte auf Erden, weggeworfen wie ein Stück Müll.

In solchen Fällen halfen die gut einstudierten Bewegungen, den Geist zu reinigen. Die Wiederholungen, die Gewissheit eines normativen Rahmens, die absolute Vorhersehbarkeit. Für andere waren es vielleicht die immer gleichen

Worte eines Gebets oder die Melodie eines lieb gewonnen Musikstücks – Tara halfen die Rituale des Mondgrußes, ihre Gedanken auf einer imaginären Nulllinie auszurichten. Was war wirklich wichtig? Was blieb morgen, was übermorgen, was nächstes Jahr? Wo hatte sie vielleicht Ja gesagt, obwohl sie Nein gemeint hatte? Oder umgekehrt?

Mit geschlossenen Augen zog sie das rechte Bein an und ließ den Oberkörper nach vorn sinken, bis die Stirn auf der Matte ankam. *Malasana*, die tiefe Hocke. Ihr Atem strömte ein und aus in einem Rhythmus, den ihr Körper vorgab und dem der Geist willig folgte.

Im Moment fiel es ihr besonders schwer, Abstand zu den Herausforderungen ihres Berufs zu gewinnen. Kein Wunder, ein Tollwutfall mit Todesfolgen war etwas, das weite Kreise zog. Eine Krankheit, die eigentlich als ausgelöscht galt, kehrte zurück – gab es etwas Besseres für die Journaille? Prompt hatte die BILD-Zeitung gestern eine schrille Fotomontage auf der Titelseite gehabt: das rot gefärbte Foto eines Fuchses mit Schaum vor dem Maul, im Hintergrund der Mainzer Dom. Dazu die Schlagzeile »TOLLWUT! MAINZ UNTER QUARANTÄNE!« Wie üblich eine hemmungslose Übertreibung, aber sie wirkte. Prompt reagierte die Bevölkerung mit einer regelrechten Hysterie: Kaum jemand traute sich noch, im Wald spazieren zu gehen, um Hunde wurde ein großer Bogen gemacht, die Tierärzte hatten schon nach einem einzigen Vormittag keine Tollwut-Impfstoffe mehr. Und mehr noch, in bester Tradition asiatischer Pandemieangst liefen immer mehr Leute mit Mundschutz durch die Fußgängerzone, frei nach dem Motto: Ich habe zwar keine Ahnung, aber ich helfe kräftig mit, Panik zu schüren. Die letzten Nächte war Tara nie vor drei Uhr nachts aus dem Labor gekommen. Heute hatte sie sich freigenommen, um wieder Kraft zu schöpfen.

Beine im V-Schritt auseinander, Rumpf gebeugt, die

Handflächen auf der Matte. *Parsvottanasana*, die Pyramide. Die Sehnen an Knien und Oberschenkeln schmerzten, aber nicht grimmig, sondern wohlwollend, als würden sie sagen: »Danke, dass du uns forderst, das brauchen wir und das mögen wir.«

In diesem Augenblick ertönte ein Summen, das gegen den stetigen Strom ihrer inneren Konzentration anschwamm. Die Türklingel. Tara überlegte, ob sie das Geräusch ignorieren und mit ihren Übungen weitermachen sollte, doch nun war sie eh aus der Balance. Mit kreisenden Bewegungen lockerte sie die Schultern und trat in den Flur. Der elektronische Türspion besaß ein Farbdisplay, auf dem die karottenroten Haare des Besuchers übertrieben bunt leuchteten. Oha, Bertie aus der Kommune 47.

Eine Minute später kam er die Treppe hochgeeilt, immer zwei Stufen auf einmal. Tara wartete im Türrahmen.

»Hi, Tara, 'tschuldige die Störung.« Für das Küsschen rechts links musste er sich auf die Zehenspitzen stellen. »Ich hab Dienst und bin auch gleich wieder weg, aber Tinne hat mir das hier in die Hand gedrückt für dich.« Er wedelte mit einem Umschlag. »Ob ich's schnell vorbeifahren kann. Ist wohl dermaßen topsecret, dass sie's nicht per Mail schicken will. Sie meint, du sollst auf jeden Fall gleich reinschauen. Ich bin erst oben am Kästrich gewesen, aber da haben sie mir gesagt, dass du heute frei hast.«

Sie nahm den Umschlag und drehte ihn. Ursprünglich war wohl einmal eine Zeitschrift darin gewesen, an der Seite war er aufgerissen und mit viel Tesa wieder zugeklebt. Eine typische Tinne-Konstruktion.

»Ja, okay, gut, danke schon mal. Schneller Kaffee?«

Bertie schüttelte bedauernd den Kopf. »Kunde wartet schon, sonst gerne. Viel Spaß beim Blättern!« Seine füllige Gestalt verschwand im Treppenhaus. Tara ging ins Wohnzimmer zurück und machte sich daran, die erste der 20 Tesaschichten zu lösen. Soso, von Tinne, und dann auch noch per Mitbewohnertaxikurier. Na klar, wenn sie etwas auf dem Herzen hatte, musste es immer ganz schnell gehen. Tara mochte die unorthodoxe Historikerin, die manchmal das ewige Kind war und eine Sekunde später mit ihrer altklugen Art allen auf die Nerven ging. Aber Tinne war auf Zack, sie hatte eine unstillbare Neugier und konnte sich bis zur Selbstaufgabe in ungelöste Geheimnisse hineinsteigern. All das waren Eigenschaften, die Tara von sich selbst kannte, deswegen unterstützte sie Tinne und natürlich auch Elvis gerne, wenn Not am Mann war.

Mehrere Blätter rutschten aus dem Umschlag, einige handschriftlich, einige ausgedruckt, eine Seite sah aus wie die Kopie eines mittelalterlichen Dokuments. Ein flüchtig geschriebener Brief lag obenauf.

Hi Tara,
ich schicke dir ein paar Unterlagen, die vielleicht eine Erklärung für die ganze Tollwutsache sein könnten. Einmal eine Formel von Erik, dem toten Wissenschaftler. Und dann sieht es so aus, als hätte Erik eine Handschrift aus dem Hohen Mittelalter gehabt, aus Hildegard von Bingens Arzneisammlung. Und jetzt halt dich fest: Es geht um eine Krankheit, die sie »Schandfieber« nennt, und das ist ein alter Ausdruck für Tollwut! Ich habe so viel wie möglich aus dem Mittelhochdeutschen transkribiert, aber bei einigen Eigennamen von Pflanzen bin ich mir nicht sicher.
Hast du vielleicht Zeit, zumindest eine Stunde oder zwei? Dann können wir uns an der Uni im Pharmazeutischen Institut treffen, dort hab ich alle Bücher mit Pflanzennamen und so. Elvis kommt auch. Wir

brauchen deine medizinische Einschätzung, was dieses Medikament bewirkt. Dann wissen wir mehr über das, was hier am Institut und überhaupt in Mainz los ist. Und vielleicht auch darüber, warum Erik gestorben ist. Klappt das???
LG Tinne

Schandfieber? Ein Medikament aus dem Mittelalter? Tara hatte plötzlich das Gefühl, kaum Luft zu bekommen. Sie legte ihr Trainingshandtuch über die Schultern, trat auf den Balkon und atmete die kalte Novemberluft ein. Der Nachmittag war freundlich, eine Wohltat nach den vielen regnerischen Tagen. Drei Stockwerke unter ihr dümpelten die Boote im Winterhafen wie Spielzeuge, im Hintergrund floss der Rhein, die hessische Seite zog sich als grünes Band daran entlang. Der Blick aufs Wasser hatte ihr die Kaufentscheidung leicht gemacht, als vor fünf Jahren das Bauprojekt »Wohnen am Winterhafen« vorgestellt worden war.

Nun galt ihre Konzentration den Unterlagen. Eines der Papiere zeigte lediglich ein paar flüchtig geschriebene Worte und eine Strukturformel, offensichtlich ein Bildschirmfoto.

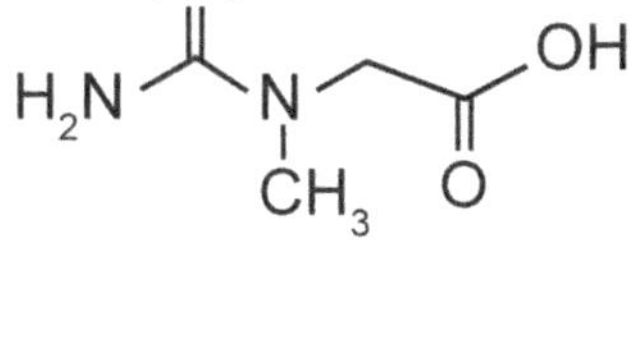

Kreatin/Creatin. War in Eriks Aufzeichnungen, kurz bevor er verschwunden ist. Ein Unikollege meint, es wäre ein Aufbaupräparat für Muskeln oder so???

Das zweite Blatt war die Kopie einer mittelalterlichen Handschrift, dazu gab es eine getippte Reinschrift.

Wendt geplagget vom schândt fiber
meren wizen mundt undt wazer scheue.
Diez artzney erfare in frûhe jare
lutta v Spohnheyms.

Von dorret undt gemalen swînflesch ein kraemerspundt
matzernyre ueber nacht in verslozen irden gefaez.
Nim fînspritt halb mass genuge mit scharffnessel
gundmân pitesane zede quendlkrutz. Von pyllicken snidte
zwey loth undt pulvere groeblich, allz dekoktes presz
undt filters uber linnen.
Dieze rothbrune sûd koche sorglich presz undt filters
merentlich. Seye swînflesch gib brueh zue dekoktes
ruers langen undt gibs dem krancken.

Danach folgte eine Übersetzung mit vielen Fragezeichen. Aha, das musste Tinnes Werk sein.

> Wenn geplagt vom Schandfieber mit weißem Mund [Schaum?] und Wasserscheue. Diese Arznei habe ich in frühen Jahren erfahren durch Jutta von Sponheim.
>
> Von getrocknetem und gemahlenem Schweinefleisch ein Krämerspundt [470 Gramm] mazeriere [einweichen] über Nacht in einem verschlossenen Tongefäß. Nimm von Feinsprit [rektifizierter Weingeist] ein halbes Maß [ein Liter] mit Brennnessel, Gundermann [Gundelrebe?], Ptisane [gekochte Gerstengraupen], Zitwer und Quendelkraut [Sand-Thymian? Oder normaler Thymian?]. Von Pyllicken [keine Ahnung!] schneide zwei Loth [ca. 30 Gramm] und hacke es grob, alles Dekokte [den Absud] presse und filtere durch ein Leintuch. Diesen rotbraunen Sud koche sorgfältig und presse und filtere ihn mehrmals. Seihe das Schweinefleisch, gib die Brühe zu dem Absud, rühre ihn lange und gib ihn dem Kranken.

Tara spürte ein Frösteln, das nicht nur an der kalten Luft lag. Sie schaute auf die Unterlagen und merkte, wie sich in ihrem Kopf erste Zusammenhänge bildeten. Kreatin. Quendelkraut. Gefilterter und gekochter Absud.

Eine Viertelstunde später war sie geduscht und saß am Steuer ihres Range Rover Evoque. Ihr Ziel war das Institut für Rechtsmedizin. Freier Tag hin oder her, in diesem merkwürdigen Fall gab es viel zu viele Fragezeichen. Und auf einige würde sie jetzt eine Antwort finden.

*

Karel, der Theaterbote, ging zwischen den Brezelständen hindurch, die wie zwei Sphingen den Eingang zum Höfchen bewachten, »Geppert« links, »Ditsch« rechts. Der Kleidersack über seiner Schulter war schwer wie Blei. Kein Wunder, da steckte schließlich nicht das billige Zeug aus dem Internet drin, sondern echte Bühnenqualität.

Hinter Karel erhob sich das Mainzer Staatstheater, der Mollerbau mit roten Ecktürmen und hohen schlanken Fenstern, gekrönt von einer gläsernen Kuppel. Sein Arbeitsplatz. Normalerweise führten Karels Wege durch die endlosen Gänge des Gebäudes, er ging mit seinem Wagen von Tür zu Tür und erledigte die Botengänge, die im täglichen Schauspielbetrieb anfielen. Heute hatte ihn der Chefrequisiteur beauftragt, eine Lieferung zum Markt zu bringen, ins Gebäude der AZ Mainz.

Vorbei an der Heunensäule erreichte er schließlich den Markt 17. Die Fenster des AZ-Shops kannte Karel und natürlich auch die Stellwände davor, in denen die tagesaktuelle Zeitung aushing und auf müßige Spaziergänger wartete. Im Stockwerk darüber, in der eigentlichen Redaktion, war er noch nie gewesen. Der Eingang lag etwas versteckt an der Seite, dann ging es im Treppenhaus nach oben.

Auf sein Klingeln öffnete ein Mann in Hemd und Pullunder und schaute ihn fragend an.

»Hallo. Vom Staatstheater. Ich soll das hier abgeben bei einer Frau …«, er fummelte einen Zettel aus der Hosentasche, »Frau Kaeferin.«

»Ah ja, okay, kommen Sie rein.« Der Mann ging vor und führte ihn zu einem separaten Büro mit Glastür, während Karel sich neugierig umschaute. Eigentlich hatte er eine chaotische Zeitungsredaktion erwartet, wie man sie aus Filmen kannte: laute Telefongespräche, Journalisten, die angespannt auf der Schreibtischkante hockten, Praktikanten, die eilig Zettel hin und her trugen. Stattdessen saßen die Mitarbeiter mit gesenkten Köpfen an ihren Plätzen und tippten, keiner sagte ein Wort oder blickte auch nur auf, die Atmosphäre erinnerte ihn eher an ein Bestattungsunternehmen.

»Hier, bitte.« Sein Begleiter klopfte an die Glastür und verzog sich. Im Inneren des Separees redeten zwei Leute miteinander, eine unförmige Frau in grauem Kostüm und ein junger Mann mit lässigem Scheitel, in Jackett und mit übergeworfenem Schal. Im Theater hätte er sofort die Rolle »aufstrebender Nachwuchsreporter« bekommen.

»Ja?«, fragte die Frau ungnädig. Das musste wohl diese Frau Kaeferin sein. Ihr Gesicht sah faltig aus, es waren aber keine Falten, die eine Lebensgeschichte erzählten, sondern missmutige Furchen.

»Ja, hallo, ich bringe Ihre Bestellung vom Theater. Hier.« Er hob den Kleidersack.

Der dynamische Jungreporter warf einen Blick darauf. »Ist es das, worüber wir letztens geredet haben?«, fragte er sie.

»Ich denke schon.« Frau Kaeferin verzog ihre Falten zu einem bösen Lächeln. »Machen Sie's mal auf.«

Gehorsam öffnete Karel den Reißverschluss des Kleidersacks. Die beiden schauten sich an, was zum Vorschein kam, und waren zufrieden.

»Weiß er's eigentlich schon?«, fragte der Mann.

»Noch nicht. Aber ich hab ihm für morgen Vormittag einen Termin eingetragen. Was es genau ist, wird er noch früh genug erfahren.« Die beiden lachten so hämisch, dass Karel fast erschauderte.

»Äh, ja, wenn's das war, bin ich wieder weg.« Er brachte den Kleidersack in Ordnung, hängte ihn an eine Stuhllehne und verzog sich. Keiner sagte Tschüss, keiner bedankte sich bei ihm. Na, wenn das das viel gelobte Reporterleben war, dann eierte er hundertmal lieber durch die Flure des Theaters. Auf dem Weg nach unten musste er an das hämische Lachen denken. Über wen auch immer die beiden geredet hatten – er tat Karel jetzt schon leid.

*

Der Betrieb auf dem Campus ließ nach, die meisten Studenten waren schon verschwunden, die begehrten Parkplätze vor den Gebäuden leerten sich. Es ging auf 18 Uhr zu, um diese Zeit wurde der Herzschlag der Universität langsamer. Auch am Institut für Pharmazie war nicht mehr viel los, einige Doktoranden hielten Wache neben ihren Versuchsaufbauten, eine Gruppe Zweitsemester kam mit müden Gesichtern aus dem Proseminar »Arzneiformenlehre«.

Im Nebenraum des Mittelaltermedizin-Labors ließen die Neonröhren ihr kaltes Licht erstrahlen. Tara und Tinne brüteten stumm über der Handschrift aus dem Mäuseturm und verglichen ihre Aufzeichnungen mit dem, was die Bücher preisgaben. Elvis hatte nach einem einzigen Blick auf die mittelalterlichen Texte einen Stapel Kopien hervorgezogen, die etwas mit seinem OB-Fauxpas zu tun hatten und die er aufmerksam studierte. Mit roboterhaften Bewegungen rupfte er eine mitgebrachte Laugenstange in Stücke und stopfte sie in den Mund.

Nach einer Weile hob Tara den Kopf. »Okay, ihr zwei. Bereit für eine tüchtige Portion Biochemie?«

Beide nickten, obwohl Tinne bei diesem Thema am liebsten schreiend davongerannt wäre. Finstere Schulerinnerungen kamen zurück, an Abfragen an der Tafel ohne den Hauch einer Ahnung, an planloses Büffeln, um die Kursarbeit zumindest mit einer schwachen Vier zu bestehen.

»Euer Dokument erlaubt schon in der Überschrift eine

eindeutige thematische Zuordnung.« Tara nahm den Ausdruck zur Hand. »Der Begriff ›Schandfieber‹ wird genannt, ein früh- und hochmittelalterlicher Ausdruck für die Tollwut. Weiter wird ein weißer Mund erwähnt und eine Scheu vor Wasser. Beides bestätigt diese Annahme, denn das Tollwut-Virus verhindert das Abschlucken. Erkrankte haben deshalb Angst vor Flüssigkeiten und sondern ihren Speichel als weißlichen Schaum über Mund und Nase ab.« Sie schaute die beiden an, als seien sie Studenten und würden in ihrer Vorlesung sitzen. Tinne und Elvis nickten unisono.

»Dieses Schandfieber war zu Hildegards Zeiten eine gefürchtete und weit verbreitete Krankheit, die den Sprung vom Wild- zum Nutztier und von dort zum Menschen problemlos bewältigt hatte. Die Symptome im fortgeschrittenen Stadium sah man fälschlicherweise als eine Verwandlung von der menschlichen in die tierische Gestalt an: Das Laufen auf allen vieren, der Verlust der Sprache, der Speichelfluss, die fortschreitende Aggressivität.«

Tinne suchte ein Kompendium aus ihrem Bücherstapel heraus. »Hier. In den ›Kranckheyten des Leybes‹ ist ein Abschnitt darüber. Die Leute haben geglaubt, der Erkrankte würde sich in einen ›Mannwolf‹ verwandeln, in einen Werwolf.« Sie hob einen Gemäldedruck hoch. In der Art mittelalterlicher Malerei zeigte er ein riesiges Biest, das aufrecht stand und in seinen Klauen eine Frau hielt. Ihr Kopf war nach hinten gereckt, die Haare hingen herunter, das Wesen hatte sich in ihrem Oberkörper festgebissen. .

Tara fuhr fort. »Werwölfe gibt es heute nur noch im Kino, und auch die Tollwut ist – zumindest in den Industrieländern – kein Thema mehr. Anders sieht es in Entwicklungs- und Schwellenländern aus, dort gibt es immer wieder Ansteckungen und sogar regelrechte Epidemien. 60.000 Tote pro Jahr. Die Impfstoffe haben zum Teil eine sehr schlechte Qualität oder sind schlicht nicht vorhanden. Und damit sind wir beim größten Problem der Tollwut.«

Elvis beugte sich vor. Wie immer, wenn Tara dozierte, lauerte er wie ein Schuljunge darauf, sein Wissen einzubringen. Diesmal stammte es aus der Märchenstunde in der Kommunenküche, als er gemeinsam mit Tinne den Pschyrembel gewälzt hatte.

»Ich weiß es! Und zwar: Nach dem Ausbruch der Krankheit gibt es keine Heilungschancen mehr. Vorher impfen – kein Problem. Nach Ansteckung impfen – auch noch okay. Nach Ausbruch und ersten Symptomen – Todesurteil.«

Tara nahm seinen Eifer mit einem kleinen Lächeln zur Kenntnis. »Du triffst die Sache auf den Punkt. Es hat zwar immer wieder Patienten gegeben, die eine Tollwuterkrankung überlebt haben, das lag allerdings nicht an der Art der Behandlung, sondern an ihrer genetischen Ausstattung. Solche Menschen nennt man Resilienten, sie haben eine angeborene Immunität gegen bestimmte Krankheitserreger. Aber selbst bei diesen Tollwut-Resilienten hat das Virus Nervenschäden verursacht, bevor die Immunreaktion des Körpers erfolgt ist. Elmar hat also durchaus recht – der Krankheitsausbruch ist fast immer ein Todesurteil. Das war zu Hildegards Zeiten so, und das ist auch heute noch so.«

Sie schwieg und ordnete ihre Papiere exakt übereinander an, bis auf den letzten Millimeter. An oberster Stelle lag die kopierte Handschrift. Als sie fortfuhr, verriet ihre Stimme, dass nun der Kernpunkt ihrer Erörterung folgte.

»Und jetzt kommen wir zu etwas sehr, sehr Interessantem. Man spricht bei Tollwut von einer viralen Enzephalitis, eine von Viren verursachte Entzündung des Gehirns, durch die die Nervenzellen absterben. Das stimmt aber nicht hundertprozentig, denn die Tollwutviren greifen nicht direkt die Nervenzellen an, sondern stören die Neurotransmission zwischen ihnen, also die elektrochemische Kommunikation.«

Tara überlegte mit zusammengekniffenen Augen. Tinne vermutete, dass sie Medizinersprech gerade in Formulierungen für Normalsterbliche übersetzte.

»Es werden verschiedene Rezeptoren aktiviert, die dafür sorgen, dass riesige Mengen von Kalziumionen in die Nervenzellen einströmen, viel mehr als normal. Dadurch kommt es zu einer Reizüberflutung, die Zelle steht quasi unter Dauerfeuer, und über kurz oder lang stirbt sie daran. Das nennt man Exzitotoxizität.«

Elvis versuchte stumm, das Wort mit all seinen x und z nachzuformen. Tinne nickte in Zeitlupe, sie war damit beschäftigt, all die neuen Begriffe einzuordnen.

»Vorhin habe ich dazu recherchiert und bin auf eine ziemlich neue Untersuchung gestoßen, die gerade in den USA läuft. Parkinson und Huntington sind zwei Krankheiten, die ebenfalls eine Enzephalitis verursachen, und bei denen gibt es einen Erfolg versprechenden Ansatz mit …« Tara machte eine Pause, als warte sie auf einen Tusch, »mit hoch dosiertem Kreatin.«

»Kreatin«, flüsterte Tinne. »Die Formel aus Eriks Aufzeichnungen. Das Zeug, mit dem Bodybuilder ihre Muckis kriegen. Was … was hat das mit …?«

»Kommt gleich«, unterbracht Tara sie. »Ist alles ein bisschen kompliziert, hört einfach weiter zu. Also Kreatin, genau, das kennt man eher als Fitnessstudiowundermittel. Es ist aber nicht nur Energielieferant für die Muskeln, sondern – und das ist die neue Entdeckung, die gerade erforscht wird – Kreatin hat auch eine neuronale Funktion, wenn man es hoch genug dosiert. Auf eine noch unbekannte Weise dockt es an den Rezeptoren an, die für die Neurotransmission wichtig sind, und wirkt dort inhibierend, also bremsend. Das lindert Parkinson, das hilft Huntington-Patienten. Kurz gesagt sieht es so aus, als könne Kreatin diese besondere Form der Hirnentzündung, die Exzitotoxizität, verlangsamen oder sogar stoppen.« Sie nahm die Übersetzung des Rezepts zur Hand. »Und damit macht der erste Teil der Zutaten Sinn: Schweinefleisch, getrocknet und zermahlen. Denn tierische Bestandteile enthalten von vornherein viel Kreatin, und wenn man das Fleisch trocknet, reduziert sich die Masse, aber der Kreatinanteil bleibt gleich. Am meisten steckt in Stockfisch, gleich darauf kommt getrocknetes Schweinefleisch. Genau das, was Hildegard hier als Basisstoff ihrer Arznei nennt.«

Keiner sagte etwas. Tara hielt den Blick auf die Zutatenliste gerichtet und nagte an ihren Lippen. Tinne drehte die Einzelheiten im Kopf hin und her, während sie vor Aufregung kaum still sitzen konnte.

»Okay, okay, so weit klar. Aber was ist mit dem Rest? Mit Brennnesseln und dem anderen Kram? Und was zum Teufel sind diese Pyllicken?«

»Brennnesseln, Gundelrebe und Zitwer sind althergebrachte Wirkpflanzen gegen Entzündungen. Gerstenwasser und Quendelkraut helfen bei Fieber. Das sind Zutaten, die sich häufig in Klosterarzneien finden, ich nehme an, da hat Hildegard auf ihren Erfahrungsschatz zurückgegriffen. Interessanter wird es allerdings bei den ominösen Pylliken. Da habe ich lange suchen müssen, bis ich etwas entdeckt habe. Und zwar, haltet euch fest, im Nachdruck eines alten Zauberbuchs. Das hatten wir in der Bibliothek der Rechtsmedizin, warum auch immer. Jedenfalls, Pylliken ist ein alter Begriff für die Poleiminze.«

»Poleiminze.« Elvis knetete sein Doppelkinn. »Das sagt mir genauso wenig.«

»Kein Wunder, ist bei uns so gut wie ausgestorben, steht

schon ewig auf der Roten Liste. Außerdem sind Anzucht und Handel seit 2005 verboten, weil laut einer EU-Richtlinie gesundheitsgefährdende Stoffe darin enthalten sind.«

»Ich vermute mal, genau das macht sie für uns interessant?«, mutmaßte Tinne.

»So ist es. Die Poleiminze enthält eine Menge Wirkstoffe, darunter Pulegon, ein Keton, das ziemlich heftig und je nach Anwendung sogar toxisch ist. Aber jetzt kommt's: Bei entsprechender Dosierung ist es neurologisch wirksam. Es blockiert die Acetylcholinrezeptoren, das sind Anschlussstellen für die Weiterleitung von Erregungszuständen. Und jetzt wird langsam ein Schuh daraus.« Sie wählte ihre Worte sorgfältig. »Denn wenn hoch dosiertes Kreatin eine neurale Enzephalitis bremst und Pulegon gleichzeitig die Erregungsleitung blockiert, dann ist es möglich, dass es zu einem *auctus reciprocus* kommt, zu einer gegenseitigen Verstärkung der Substanzwirkungen. Das ist in der Medizin nicht gerne gesehen, weil dadurch Medikamente einen ganz anderen Wirkungscharakter kriegen. In unserem Fall hier könnte, wohlgemerkt *könnte*, diese Kombination aber eine durchaus positive Funktion haben, nämlich die Möglichkeit, eine bereits ausgebrochene Tollwut zu behandeln.«

Elvis beugte sich vor und machte ein Gesicht, als hätte Tara ihm vom Weihnachtsmann erzählt.

»Moment. Soll das heißen, dieses Kreatinzeug aus gemahlenem Schwein und eine fast ausgestorbene Pflanze können das leisten, was die Ärzte in Zighundert Jahren nicht geschafft haben, nämlich Tollwut *nach* dem Krankheitsausbruch zu heilen?«

Die Gerichtsmedizinerin hob die Hände. »Das ist alles hochspekulativ. Kein Mensch kann aufgrund loser Wirkungsverknüpfung sagen, ob so etwas tatsächlich funktioniert. Aber ja, möglich ist es.« Sie schaute Tinne und Elvis nachdenklich an, ihre Zungenspitze erschien zwischen den Lippen. »Und angesichts der Tatsache, dass irgendjemand mächtig Wind macht und es sogar schon Anschläge und einen Toten gegeben hat, könnte dieses Hildegard-Rezept tatsächlich ein echter Paukenschlag sein.«

*

Laurent Pelizaeus hatte die Arme verschränkt und zog ein finsteres Gesicht. Damit missachtete er sämtliche Regeln, die man ihm unlängst in der Vortragsreihe »Positive Kommunikationssignale – offener Umgang zwischen Polizei und Zivilpersonen« eingebläut hatte. Es war ihm allerdings auch herzlich egal, denn den Mann, der ihm gegenübersaß, konnte er eh nicht leiden.

»Herr Sörensen, wir drehen uns im Kreis. Eine Explosion verwüstet Ihr Labor, einer Ihrer Mitarbeiter infiziert sich mit Tollwut und stirbt daran, ein paar Tage später verbrennen alle Unterlagen in seiner Wohnung. Und Sie wollen mir ernsthaft weismachen, Sie hätten keine Ahnung, was hier vor sich geht?«

Professor Sörensen musterte ihn kühl aus farblosen Augen. Die Antipathie beruhte auf Gegenseitigkeit – zwei Alphamännchen im selben Käfig.

»Es tut mir leid, wenn ich Ihren Ermittlungen nicht den Drall zu sofortigem Erfolg geben kann. Aber die Gründe für diese Ereignisse entziehen sich meiner Kenntnis, und ich kann auch keinen wie auch immer gearteten mühsam konstruierten Zusammenhang entdecken.«

Laurent ließ seinen Blick schweifen. Die Befragung von Professor Sörensen war sein letzter Termin heute, danach wartete nur endloser Schreibkram auf ihn. Er hatte darauf verzichtet, Sörensen ins Kommissariat zu bestellen, er bevorzugte es, Menschen in ihrer gewohnten Umgebung zu befragen. Sie waren dann entspannter und sagten manchmal mehr, als sie eigentlich wollten. Doch hier funktionierte dieser Trick nicht, seit 20 Minuten saß er bei diesem aalglatten Professor im Büro und biss sich die Zähne aus. Sörensen war perfekt frisiert und gekämmt, auf seinem Schreibtisch herrschte penible Ordnung, selbst die Bücher in den Regalen standen wie mit dem Lineal gezogen. Ein Mann ohne Angriffsfläche, Laurent wusste nicht, wo er ihn anpacken sollte. Er erinnerte sich an das, was Tinne ihm vorhin am Telefon erzählt hatte – ein verschollenes Arzneirezept der Hildegard von Bingen, das sie und Elvis im Mäuseturm aufgestöbert hatten. Der tote Forscher, eine Frau aus Köln und eine tigergroße Wasserratte spielten ebenfalls eine Rolle, ganz schlau war Laurent aus der Geschichte nicht geworden, aber egal. Vielleicht konnte er Sörensen damit aus der Reserve locken.

»Mir ist zu Ohren gekommen, dass es eine bahnbrechende Entdeckung im Rahmen der AG Mittelaltermedizin gegeben hat. Können Sie mir dazu etwas sagen?«

Im Gesicht des Professors rührte sich nichts. »Dann ist Ihnen mehr zu Ohren gekommen als mir. Auf welche Entdeckung spielen Sie an, wenn ich fragen darf?«

Der Kommissar pokerte weiter. »Eine verschollene Arznei der Hildegard von Bingen. Eine Arznei, an der Ihr verstorbener Mitarbeiter großes Interesse hatte.«

In Zeitlupe schob sich Sörensen nach vorn und stützte sein Kinn auf die Hände. Es war die erste Regung, die er zeigte. »Die Rezepturen der Heiligen Hildegard sind für unsere AG unwichtig, Herr Pelizaeus. Sie sind über Jahrhunderte verändert worden, abgeschrieben, dem Zeitgeist angepasst. Ich könnte mir höchstens vorstellen, dass Herr

Dr. Faßbender aus medizinhistorischer Sicht Interesse gehabt hat an einer solchen Handschrift. Als zeitgenössisches Dokument mag so etwas einen gewissen Wert besitzen, da wird Ihnen aber eher Frau Nachtigall Auskunft geben können, unsere zweite historische Fachkraft. Ich kann und will eine solche hypothetische Annahme nicht beurteilen.«

Teflon. Der Mann war wie Teflon. Laurent merkte, wie ihm der Kamm schwoll. Er beugte sich ebenfalls nach vorn und ließ seine Fantasie ins Kraut schießen. »Ich sag Ihnen was, Herr Sörensen – ich glaube Ihnen kein Wort. Sie und Ihre AG sind da auf etwas gestoßen, auf etwas, das weit wertvoller ist als ein paar Kräuterrezepte. Sie haben eine wissenschaftliche Sensation gewittert und weitergeforscht, und dann ist die Sache außer Kontrolle geraten. Und jetzt warten Sie, bis sich die Wogen geglättet haben, damit Sie heimlich, still und leise weitermachen können.«

Sörensen schwieg, kein Muskel rührte sich, er sah aus wie eine Porzellanmaske. Dann ließ er ein leises Schnaufen hören, halb amüsiert, halb abfällig. »Herr Pelizaeus, Sie sollten sich überlegen, als Drehbuchschreiber beim ›Tatort‹ anzufangen. Sonntagabend finden Sie vielleicht eher ein Publikum für Ihre Schauergeschichten als hier in meinem Büro.« Mit einer ruckartigen Bewegung stand er auf. »Ihre wilden Verdächtigungen könnte ich zum Anlass nehmen, Sie wegen Verleumdung und übler Nachrede anzuzeigen. Aber ich bin nicht auf Ärger aus, bei Gott nicht, dazu habe ich viel zu viel zu tun. Nur ein Wort dazu: Was auch immer wir hier herausfinden, und wenn es das Mittel zu ewiger Jugend wäre – es gehört weder mir noch der AG. Unser Drittmittelgeber, die LeCaris AG, hat eine vertragliche Zusicherung über alle medizinisch relevanten Ergebnisse. Herr Dr. Stiehl als Vertreter des Unternehmens ist in jeden unserer Schritte eingebunden, er hat Zugang zu sämtlichen Daten und Ergebnissen, und wenn irgendeiner meiner Mitarbeiter hier sein eigenes Süppchen kochen würde, wäre das längst aufgeflogen. Wir sind eine kleine AG, Herr Kommissar, wir besitzen einen einzigen Laborraum. Da können Sie nicht eben mal so nebenbei ein paar Versuchszyklen fahren, das kriegt jeder mit. Jeder.«

Laurent ließ ihn reden. Sein Plan hatte nicht funktioniert, diesen aalglatten Professor aus der Reserve zu locken. Aber trotzdem – er hatte eine feine Antenne für seine Mitmenschen, und diese Antenne meldete ihm, dass etwas unhörbar und unsichtbar mitschwang. Er war sicher, dass Sörensen ein Geheimnis hütete, aber hier und heute würde er keinen Schritt weiterkommen.

»Gut, Herr Sörensen, das ist es erst mal gewesen. Ich würde gerne noch einen Blick ins Labor werfen, wenn das für Sie in Ordnung ist. Wäre schön, wenn Sie mich begleiten. Ist ja, glaube ich, gerade ein Stockwerk unter uns, oder?«

Sein Gegenüber machte eine ungeduldige Handbewegung. »Im Labor ist zwar nichts, die beschädigten Geräte sind heute Vormittag abtransportiert worden, aber wenn Sie wollen, meinetwegen. Kommen Sie mit.«

Laurent registrierte, dass ihn der Professor am liebsten hochkant hinausgeworfen hätte und die Minuten zählte, bis er das Gebäude verließ. Sein vages Verdachtsgefühl wurde deutlicher. Er wusste nur noch nicht, wie er diese Beobachtung einordnen sollte.

*

Ein Stockwerk tiefer schauten Tinne, Elvis und Tara auf die ausgedruckte Handschrift, als könnten sie ihr alle Geheimnisse durch intensives Anstarren entreißen.

»Also … also hat Erik dieses Rezept übersetzt und angefangen, damit zu experimentieren?«, begann Tinne. »Und als letzten Test hat er dann einen Selbstversuch unternommen?«

Tara schaute ins Leere. »Das würde zumindest die Punktierung im Nacken erklären. Bei der Obduktion haben wir dort nämlich eine fast verheilte Läsion gefunden, direkt am Haaransatz. Wie ein Insektenstich, reizlos, nicht entzündet. An sich nichts Besonderes – es sei denn, wir ziehen eine vorsätzliche Infektion mit Tollwutviren in Betracht. Dann könnte es auch der Injektionskanal einer feinen Kanüle sein.« Sie dachte einen Augenblick nach, eine Falte erschien zwischen ihren Brauen. »Diese Applikationsstelle würde übrigens gut zur Theorie eines Selbstversuchs passen.«

»Warum?«, fragte Tinne.

»Weil sich Tollwutviren vom Infektionsort durch die Nervenbahnen bis zum Rückenmark und zum Hirn fortbewegen. Erst dort beginnt der Angriff auf das zentrale Nervensystem. Diese Fortbewegung ist ziemlich langsam. Wenn die Infektion beispielsweise am Fuß oder an der Hand stattfindet, dauert es manchmal Monate, bis die Krankheit ausbricht. Je näher die Eintrittsstelle am Rückenmark und am Stammhirn liegt, umso kürzer ist die Inkubationszeit. Im Fall von Faßbender ist das Virus extrem nah an diesen neuralgischen Punkten appliziert worden, nämlich im Nackenbereich. Da bleiben zwischen Infektion und Krankheitsausbruch gerade mal ein paar Tage – wenn der Einstichkanal bis zum Rückenmark durchgeht, sogar weniger als 24 Stunden. Wenn ich eine vorsätzliche Tollwutinfektion vornehmen wollte, wäre das die ideale Stelle für eine Injektion.«

»Könnte er das selbst gemacht haben?« Elvis tippte sich vielsagend in den Nacken. »Ich meine, eine Spritze ins Genick direkt neben das Rückenmark macht man ja nicht gerade vor dem Badezimmerspiegel.«

»Schwierig, aber machbar. In Liegeposition und mit einer guten optischen Kontrolle klappt das.«

»Aber mal ehrlich, ist das denn realistisch? Setzt jemand sein Leben aufs Spiel, um ein mittelalterliches Medikament auszuprobieren? Gerade bei einer Krankheit wie Tollwut, wo klar ist, dass sie mit fast 100-prozentiger Sicherheit zum Tod führt?«

Tara stützte ihre Ellbogen auf den Tisch. »Ich sag's mal so: Er hätte den letzten Schritt zuerst gemacht. Bei der Prüfung neuer Wirkstoffe fängt man erst mit Grundlagenforschung im Labor an. Es folgen Tierversuche, und erst ganz zum Schluss kommt der Test am Menschen. Es gab und gibt aber immer wieder Wissenschaftler, die den direkten Weg gehen, ungeachtet jeder Gefahr. Sämtliche große Entdeckungen der Medizin haben Opfer gefordert, teilweise aus Unwissenheit, teilweise aber auch durch gnadenlose Selbstversuche. Wer weiß, vielleicht war Erik Faßbender ein solch ruheloser Geist und bereit, bis zum Äußersten zu gehen.«

Tinne, die still zugehört hatte, schüttelte den Kopf. »Es passt nicht. Sicher, Erik ist durch und durch Forscher gewesen. Aber was ist mit der Explosion im Labor? Mit dem Brand in seiner Wohnung? Nein, es muss jemand anders dahinterstecken. Oder zumindest hat Erik nicht alleine gearbeitet.«

»Ich stelle die Frage mal ein bisschen anders.« Elvis knautschte sein Gesicht mit den Fingern dermaßen zusammen, dass er wie eine Bulldogge aussah. »Wissenschaftlicher Ruhm hin und her, okay, schön, davon kann man sich allerdings nicht viel kaufen. Aber wenn dieses Tollwut-Medikament tatsächlich funktioniert, kann man doch damit richtig Kasse machen, oder?«

Tara brauchte keine Sekunde für eine Antwort. »Oh, auf jeden Fall. Wir reden zwar *nur*«, sie betonte das Wort übertrieben, »von 60.000 Tollwutopfern im Jahr. Aber es gibt viel, viel mehr Erkrankungen, die durch Impfung und Nachimpfung glimpflich verlaufen. Und genau das wäre die Lizenz zum Gelddrucken: Sämtliche Tollwutimpfungen wären von heute auf morgen unnötig – wenn sich jemand ansteckt, gibt es ein Heilmittel, und Punktum. Die Hersteller der Impfstoffe würden auf ihren Ampullen sitzen bleiben, und das neue Medikament wäre der weltweite Marktführer. Ja, da würde viel Geld drinstecken, verdammt viel sogar.«

Tinne bekam große Augen, es war zu sehen, wie sich in ihrem Kopf eine Erkenntnis zusammenfügte. »LeCaris«, flüsterte sie. »Das ist deren Eintrittskarte in den internationalen Pharma-Markt, und zwar in ganz großem Stil!«

»LeCaris? Die Ingelheimer Drogeriebeschicker? Was haben die damit zu tun?«

»Die finanzieren die ganze Sache hier als Drittmittelgeber und haben sich vertraglich sämtliche Ergebnisse zusichern lassen.« Tinne machte eine umfassende Handbewegung. »Aber jetzt sieht es so aus, als würde es statt um Hustenbonbons und Kräutertees auf einmal um ein milliardenschweres Tollwutpräparat gehen. Und plötzlich werden die harten Bandagen angezogen.«

Elvis schaute irritiert. »Aber Moment, das ist doch Quatsch. Wenn LeCaris eh alle Ergebnisse bekommt, warum sollten sie dann das Labor in die Luft jagen? Sie können sich doch entspannt zurücklehnen, die AG die Arbeit machen lassen und sich zum Schluss nett für die Resultate bedanken. Oder?«

Tinnes Euphorie bekam einen Dämpfer. »Öh, ja, auch wieder wahr.«

»Schon, aber«, Tara legte ihren Finger nachdenklich an den Mund, »wäre das nicht ein Grund für einen heimlichen Alleingang der AG? Angenommen, Sörensen merkt, dass einer seiner Mitarbeiter auf eine ganz große Sache gestoßen ist – vielleicht hat er auf einmal keine Lust mehr, die Ergebnisse brühwarm an LeCaris weiterzugeben. Vielleicht sagt er sich: Nö, Leute, unsere Forschung ist auf dem freien Markt riesige Summen wert, und die Kohle wollen wir gerne selbst abschöpfen.«

Alle drei schwiegen, bis Elvis den Kopf hob. »Also, wie ist es gelaufen? Erik kriegt von seiner Schwester dieses Hildegard-Rezept, das sie in einem alten Klosterbuch gefunden hat. Er übersetzt es und denkt: ›Hey, eine Arznei gegen Tollwut, das ist ja mal ein Ding.‹ Damit geht er zu Sörensen, und der erkennt die Tragweite. Er macht Erik klar, dass das nicht an die große Glocke gehängt werden darf, weil viel, viel Geld dahintersteckt.«

»Das erklärt auch, warum Eriks Aufzeichnungen vom Server der AG verschwunden sind«, fuhr Tinne fort. »Klar, der Professor hat die passenden Zugangsberechtigungen, und dass ich noch die letzten beiden Zeilen mit der *Causae et Curae* und der Kreatinformel erwischt habe, war pures Glück.«

Elvis übernahm wieder. »Aber Erik macht weiter, ob mit dem Segen des Professors oder ohne. Er experimentiert, und weil er nur sehr eingeschränkte Möglichkeiten hat, entschließt er sich zu einem riskanten Selbstversuch: Er infiziert sich mit dem Tollwuterreger und vertraut auf Hildegards Gegenmittel.«

Nun war Tara an der Reihe. »Das geht leider in die Hose. Entweder wirkt das Medikament überhaupt nicht, oder Erik hat es falsch hergestellt. Wir haben ja gesehen, dass das Rezept zum Teil keine Mengenangaben hat und einige Anweisungen so oder so ausgelegt werden können. Wie auch immer – die Krankheit überrennt ihn, bald ist ihm ist klar, dass kein Arzt der Welt mehr helfen kann.«

»Da gehen beim Professor die Alarmglocken an.« Tinne drehte ihre Hand wie ein Blaulicht. »Er weiß, dass Erik zu voreilig war und das Medikament erst mal grundlegend analysiert werden muss. So, wie Tara es vorhin gesagt hat: Laborexperimente, Tierversuche, und dann erst als allerletzter Schritt menschliche Probanden.«

Elvis zielte mit seinem Zeigefinger auf seine Gegenüber. »Also zieht Sörensen die Notbremse. Er löscht Eriks Protokolle und manipuliert eine der Gasflaschen im Labor, um alle Spuren zu beseitigen. Und nicht nur das, auch in Eriks Wohnung legt er Feuer. Jetzt ist er der Einzige, der das Hildegard-Rezept besitzt. Er kann das Medikament in aller Ruhe zur Marktreife bringen und am Ende die Hand aufhalten für das beste Angebot.«

Die drei erschraken, als ein Geräusch aus dem Hauptraum ertönte. Nebenan wurde ein Schlüssel im Schloss gedreht. Durch die halb geschlossene Verbindungstür sahen sie, wie das Licht im Labor anging. Auf eine irrationale Weise fühlten sie sich ertappt, obwohl sie eigentlich nichts Unrechtes taten. Eine Männerstimme ertönte, leise und ohne Betonung. Sörensen!

»Gut, hier also das Labor. Leer, wie ich es Ihnen gesagt habe.«

Eine zweite Stimme antwortete, voll und tief. Den Klang hätte Tinne unter Tausenden anderen herausgehört – Laurent Pelizaeus.

»Konnten Sie denn eigentlich Ihre Ergebnisse retten? Oder sind die Versuche durch die Explosion zu früh gestoppt worden?«

Eine leichte Ungeduld war dem Professor anzuhören. »Das wissen wir noch nicht genau, weil das Datenmaterial sehr umfangreich ist und erst ausgewertet werden muss. War's das dann? Ich habe heute einen ziemlich vollgepackten Tag gehabt und würde mich gerne noch um ein paar wichtigere Sachen kümmern.«

Tinne wusste genau, was nun passieren würde. Laurent hasste es, wenn ihn jemand von oben herab behandelte. Dann kehrte er den Kriminalhauptkommissar heraus und spielte die Autorität seines Amtes aus. Und tatsächlich – seine Stimme sank, wenn überhaupt möglich, um einen Ton.

»Herr Sörensen, *ich* entscheide, wann dieses Gespräch endet, und wenn Ihnen das nicht passt, setzen wir die Befragung morgen auf dem Kommissariat fort. Dann können Sie Ihre Termine für den kompletten Tag ersatzlos streichen. Habe ich mich klar ausgedrückt?«

Das Schweigen des Professors war Antwort genug. Laurent klang milder, als er wieder das Wort ergriff.

»Was ist da im Nebenraum? Da brennt Licht.«

»Das ist unser medizinhistorisches Archiv. An sich ist dort ebenfalls Arbeitsunterbrechung, es sollte niemand hier sein.«

Schritte hallten durch das leere Labor, die beiden Männer gingen auf die Tür zu. Tinne wechselte einen alarmierten Blick mit Elvis und Tara. Wenn Sörensen sie hier einträchtig zwischen Forschungsliteratur und Arzneirezepten fand, würde er ahnen, woher der Wind wehte. Wie auf geheimen Befehl gingen sie auf Tauchstation unter die Arbeitstische, Tara nahm mit einer raschen Bewegung das Hildegard-Rezept mit. Auf eine groteske Weise fühlte Tinne sich an das Versteckspiel mit der Mistkaeferin erinnert. In Moment war es wohl en vogue, unter Stühlen und Tischen herumzukriechen. Elvis ächzte leise, als er seinen fülligen Körper unter die Platte zwängte.

»Sie sehen, hier haben wir Handschriften und Lexika und historische Medizinbücher, mit denen wir unsere Versuchsreihen abgleichen.« Sörensen Stimme war mit einem Mal ganz nah, seine Schuhe wurden sichtbar, dann kamen die von Laurent dazu. Die drei wagten sich nicht zu rühren und kauerten unter den Tischen.

»Das war's, mehr hat unsere AG Mittelaltermedizin im Moment nicht zu bieten. Und glauben Sie mir, Herr Kommissar, ich hatte ziemlich große Hoffnungen in das Projekt gesetzt.«

»Ja, das kann ich verstehen. Wie geht's jetzt eigentlich weiter? Die Finanzierung der AG läuft ja noch drei Monate. Gibt es neues Equipment? Können Sie Ihre Arbeit fortsetzen?«

Sörensens Stimme bekam einen reservierten Beiklang, als würde er nicht gern über dieses Thema sprechen. »Das liegt nicht in unseren Händen. Ich habe LeCaris geraten, die Laborphase als beendet zu betrachten und die verbleibende Projektzeit zur Auswertung der Daten zu nutzen. Da haben wir hier noch genug zu tun. Aber wie die Entscheidung letztendlich ausfällt, kann ich nicht vorhersagen.«

Eine Sekunde blieb es still, schließlich antwortete Laurent: »Danke, Herr Sörensen, das war's dann erst mal. Ich melde mich, wenn es von unserer Seite noch Fragen gibt.«

Es klickte, das Licht erlosch. Schritte entfernten sich, die Tür zum Flur ging auf und zu, dann herrschte Ruhe. Nach ein paar gespannten Sekunden tastete Tinne ihren Weg unter dem Tisch hervor, tappte an der Wand entlang und fand den Lichtschalter. Die Neonröhren ließen Tara und Elvis blinzeln, während sie sich aufrappelten.

»Er will das Projekt stoppen«, rief Tinne. »Dann schaut ihm nämlich keiner mehr auf die Finger und er kann ungestört an dem Hildegard-Rezept weiterforschen.«

Elvis bog mit Leidensbittermiene sein Kreuz durch. »Und wie und wo will er das bitte schön machen? Ohne Labor?«

»Da gibt es andere Möglichkeiten hier am Institut. Jeder Fachbereich hat ein eigenes Labor, manche sogar mehrere, und viele Projekte laufen interdisziplinär. Als Professor kann er sich jederzeit einen Laborplatz reservieren, ohne dass das jemand hinterfragt. Und schwupp, schon läuft die weitere Untersuchung unterm Radar, LeCaris ist abgemeldet. Sogar ihr Wachhund Linus, der hier bei jedem Schritt dabei ist, kriegt nichts davon mit.«

Alle schwiegen und drehten die neuen Erkenntnisse im Kopf hin und her. Ihre Theorie war schlüssig, doch sie hatten nicht einen einzigen Beweis. Tara brachte es auf den Punkt: »Und jetzt? Wie wollt ihr Sörensen festnageln?«

Elvis schob das Kinn vor und nahm seine Kirmesboxerhaltung ein. Aha, eine Idee reifte in ihm!

»Tara, du bist doch Ärztin, oder?«, fing er an. »Du hast in der Mainzer Gerichtsmedizin ein gut ausgestattetes Labor. Und …«, er schürzte die Lippen und quälte sich ein wenig, »na ja, du bist ziemlich fit in dem, was du machst.«

Tinne und Tara wechselten einen Blick. Worauf um alles in der Welt wollte der Dicke hinaus?

»Also, wir grübeln ja die ganze Zeit über dieses Hildegard-Medikament. Und vorhin hast du uns gesagt, ein ordentlicher Mediziner würde erst mal Versuche im Labor machen. Vielleicht würden wir da schon sehen, ob diese Arznei überhaupt auch nur ansatzweise funktioniert.«

Nun merkte Tara, woher der Wind wehte. Sie schaute ihn an mit einem Blick, der an seinem Geisteszustand zweifelte. »Moment. Du willst allen Ernstes, dass ich diese Hildegard-Medizin für euch nachkoche?«

»Klar«, gab er ungerührt zurück. »Warum nicht? Du hast das Rezept, du hast ein Labor und du bist ein helles Köpfchen. Wenn du rauskriegst, dass die Arznei keinen Schuss Pulver taugt, sind wir auf dem Holzweg. Aber wenn auch nur der Hauch einer Erfolgschance besteht, können wir Sörensen in die Zange nehmen.«

»Elmar!« Tara wedelte mit den Händen und wusste nicht, wo sie anfangen sollte. »Ich arbeite an Leichen. Ich seziere und obduziere, ich kriege exhumierte Skelette auf den Tisch und analysiere Gifte, um gierige Witwen hinter Gitter zu kriegen. Ein mittelalterliches Medikament ist von meiner täglichen Arbeit so weit entfernt wie die Erde vom Mond.«

»Einen Versuch wäre es doch wert, oder?« Tinne hatte Feuer gefangen. »Sicher, dein normaler Job hat damit nicht viel zu tun. Aber hey, wäre das nicht eine spannende Sache? Eine 800 Jahre alte Rezeptur nachzukochen und zu schauen, wie Krankheitserreger unter modernen Laborbedingungen darauf reagieren?«

»Leute!« Tara schaute die beiden an, als wären sie Vorschulkinder. »Ich ... ich ... das ist ...« Ihre Hand, eben noch gestikulierend, sackte auf den Tisch. Ihr Blick wanderte hin und her, schließlich presste sie die Lippen zusammen.

Tinne und Elvis wussten, dass sie angebissen hatte.

»Also, ganz prinzipiell: Ich habe keine Ahnung, wo ich die einzelnen Zutaten herkriegen soll. Das Rezept lässt viel Spielraum über Mengen, Zeiten und Mischungsverhältnisse. Und wenn, ich sage, *wenn* Versuche mit Kulturen unter Laborbedingungen positiv ausfallen, dann haben sie erst mal wenig Aussagekraft über eine Wirksamkeit im menschlichen Körper.«

»Ja, aber trotzdem, wir kriegen einen Anhaltspunkt. Dann fischen wir nicht mehr ganz so im Trüben«, meinte Elvis. Er zog ein zufriedenes Gesicht, wie immer, wenn er seinen Willen durchgesetzt hatte. Tara nahm das Rezept und blickte darauf, als könne sie nicht glauben, wozu sie sich hatte breitschlagen lassen.

»Bei der Hälfte der Sachen muss ich erst mal schauen, wo

ich sie überhaupt herbekomme. Rektifizierter Weingeist … hab ich in meinem Leben noch nie gebraucht. Quendelkraut, Gundelrebe, Zitwer. Und hier, die Poleiminze – die kriegt man wegen dieser EU-Richtlinie gar nicht bei uns, zumindest nicht als frische Pflanzen. Ein paar Kräuterweiblein werden ihr Flohkraut noch heimlich im Garten anbauen, das ist's gewesen. Keine Ahnung, wie dieser Faßbender da rangekommen ist. Und hier, dieser …« Sie stoppte ihren Wortschwall, als Elvis abrupt die Hand hob. Mit konzentriertem Blick fragte er: »Was war das gerade? Was bauen die Kräuterweiblein an?«

»Flohkraut. Der Volksbegriff für Poleiminze, weil man sie gegen Flöhe und anderes Ungeziefer eingesetzt hat. Warum?«

Statt einer Antwort fing Elvis an, in seinen Papieren zu wühlen. »Das sind Unterlagen, die hab ich aus der Schublade von Jannik geklaut, meinem Arschkekskollegen. Sieht nämlich so aus, als würde er hinter dem OB-Fake stecken«, erklärte er, während er weiterblätterte. »Und da hab ich irgendwo was über Flohkraut gelesen … Moment …« Endlich hatte er das richtige Papier gefunden. »Hier, eine Pressemitteilung von der Uni, vom Institut für Allgemeine Botanik. Hat die AZ vor ein paar Wochen gekriegt und ist bei Jannik gelandet.« Er las vor:

»Mittwoch, 18. Oktober 2017. In der vergangenen Nacht haben sich Unbekannte Zutritt zum Botanischen Lehrgelände der Universität Mainz verschafft und beträchtlichen Schaden angerichtet. Ziel der Vandalen war der 2016 angelegte ›Gart der Gesundheit‹, ein Arzneipflanzengarten mit mehr als 70 mittelalterlichen Heilkräutern und entsprechenden Informationstafeln. Mehrere Dutzend Pflanzen wurden mutwillig herausgerissen, mit einer brennbaren Flüssigkeit übergossen und verbrannt. Seltene und streng geschützte Kräuter sind der Zerstörungswut zum Opfer gefallen, beispielsweise Abelmoschus, Flohkraut und Meerträubel. Das Institut für Allgemeine Botanik beziffert den Schaden auf rund 2000 Euro.«

Er schaute auf. »Da hast du deine Antwort, wie Erik an dieses Flohkraut gekommen ist. Er wusste, dass es 300 Meter weiter von hier wächst, wahrscheinlich mit einer Ausnahmegenehmigung für Forschung und Lehre. In einer Nacht- und Nebelaktion ist er hingegangen und hat ein paar Stängel ausgebuddelt, und um seine Spuren zu verwischen, reißt er auch noch irgendwelche anderen Kräuter raus und fackelt sie ab. Schwupp, schon hat er frische und saftige Pflanzen für sein Hildegard-Medikament.«

»Das nenne ich mal ein Husarenstück«, meinte Tara. »Langsam glaube ich tatsächlich, dass in diesem Rezept ein paar echte Überraschungen drinstecken.« Ihre Augen funkelten. »Okay, einverstanden, ich stelle es her und prüfe es auf Wirksamkeit. Und in ein, zwei Tagen wissen wir, woran wir sind.«

Eine Sekunde lang sagte keiner etwas. Inmitten der Stille war ein leises Geräusch von nebenan zu hören – die Labortür wurde verstohlen zugezogen. Mit einem Schritt war Elvis an der Verbindungstür, doch das Labor war dunkel und leer.

»Da ist keiner.« Seine Stimme klang gepresst. Die drei schauten sich an und dachten dasselbe: Entweder war jemand während ihres Gesprächs so leise hereingekommen, dass sie es nicht gehört hatten. Oder Sörensen war gar nicht gemeinsam mit Laurent gegangen, sondern heimlich im Labor geblieben. Wie auch immer – irgendjemand hatte sie belauscht.

*

In Bretzenheim waren die Häuser dunkel. Die meisten Leute pflegten einen Lebensstil, den sie »ordentlich« nannten: Früh raus und früh ins Bett. Autos mit wummernden Bässen wie in Mombach waren hier selten, ebenso palavernde Nachtschwärmer mit Bierdosen in der Hand. Nein, Bretzenheim war bodenständig, hier konnte man die Ruhe genießen – zumindest bis um fünf, dann endete das Nachtflugverbot in Frankfurt. Auch die Wilhelmstraße lag still und dunkel in der Nacht. Nur in der Hausnummer 47 brannte ein einsames Licht, das helle Fenster warf einen Schein in den Hof.

Tinnes Schreibtischlampe malte einen Klecks auf den Tisch, auf dem ein Sammelsurium von Büchern, Zetteln und Notizen lag. Es war halb eins, Bertie machte wieder Doppelschicht und würde erst im Morgengrauen heimkommen, Axl schlief längst. Entgegen seines wilden Äußeren legte er großen Wert auf ausreichenden Schlaf, oft verzog er sich schon vor zehn Uhr ins Bett.

Mit den Knöcheln rieb Tinne ihre brennenden Augen und lehnte sich zurück. Der Tag war lang und ereignisreich gewesen, ihr brummte der Kopf. Noch immer versuchte sie, im Internet weitere Zusammenhänge zwischen den verschiedenen Wirkstoffen herauszufinden, die Tara aufgezählt hatte. Doch inzwischen verschwammen die Buchstaben vor ihren Augen, sodass sie nur noch mechanisch von Seite zu Seite klickte. Gleichzeitig jagten die Gedankenfetzen durch ihren Kopf. Eine Arznei, die Hildegard von Bingen gegen Tollwut angewandt hatte – war das möglich? Dr. Anschütz' Worte kamen ihr in den Sinn: »Die Chance, dass in der *Causae et Curae* so etwas wie ein Heilmittel gegen Krebs oder ein Impfstoff gegen Alzheimer steckt, ist verschwindend gering.« Das galt wohl ebenso für Tollwut. Andererseits wusste Tinne aufgrund ihrer Zusammenarbeit mit der AG von schier unglaublichen Ergebnissen, die Forscher in aller Welt bei sorgfältiger Analyse alter Rezepte gewonnen hatten. Nicht immer, aber immer wieder. War Erik auf einen solchen Treffer gestoßen? Und wer war heute heimlich im Labor gewesen? Vielleicht steckte auch nichts dahinter, und ein Student hatte sich in der Tür geirrt. Doch tief in ihr drin ahnte sie, dass irgendjemand ein Spiel nach seinen ganz eigenen Regeln spielte.

Ein Geräusch mischte sich in ihre Grübelei. Etwas kratzte unten im Hof, hörte wieder auf, fing von Neuem an. Tinne trat ans Fenster und machte es auf. Ihr Zimmer erlaubte einen Blick in den Innenhof, die Fenster der beiden Männer zeigten zur Straße und nach hinten.

Der Hof war dunkel, die stählernen Chimären glitzerten im schwachen Licht der Straßenlaternen. Wieder ertönte ein Kratzen und etwas, das wie ein unterdrücktes Atmen klang. Oder wie ein Keuchen.

Tinne stand da und wusste nicht so recht, was sie tun sollte. Von den Vermietern im Erdgeschoss war keine Unterstützung zu erwarten, mit ausgeschaltetem Hörgerät würden die beiden einen Atomkrieg verschlafen. Axl wecken? Und dann? Wahrscheinlich hatte Mufti dort unten nur eine Revierstreitigkeit mit einem Rivalen vom Zaun gebrochen. Der Kater war im Moment etwas unleidlich, weil ihn die Kommunenbewohner nicht allzu häufig vor die Tür ließen. Die Hunde- und Katzendiebstähle, die immer wieder Thema in der AZ waren, besorgten sie, Tinne hätte Mufti am liebsten komplett in der Wohnung behalten. Doch das war ein Ding der Unmöglichkeit, er randalierte dermaßen, dass sie ihn zumindest in den Nachtstunden gehen ließen.

Es raschelte erneut unten im Hof. Tinne entschloss sich, selbst nach dem Rechten zu sehen, um nicht wochenlang

Angsthasengeschichten von ihren Mitbewohnern ertragen zu müssen. Am Fuß der Treppe entriegelte sie die Tür und drückte auf den Schalter für das Hoflicht. Doch die gelben 70er-Jahre-Milchglasscheiben der Haustür blieben dunkel, die Lampe draußen funktionierte nicht. Leicht planlos betätigte sie den Schalter ein paarmal, als würde das Licht schlafen und sich erst nach mehrmaligem Anschalten dazu entschließen anzugehen. Nun wurde es Tinne doch etwas mulmig. Sie ging zurück nach oben und suchte in der Küche nach einer Taschenlampe, leider erfolglos. Also nahm sie ihre Fahrradlampe und tappte wieder nach unten.

Die Luft draußen war kalt, sie spürte, wie sie Gänsehaut bekam. Der Hof sah unheimlich aus im Licht der Fahrradlampe, Axls Stahlmonster schienen nur aus blitzenden Krallen und Zähnen zu bestehen. Ansonsten war nichts zu entdecken.

»Mufti?«, rief sie halblaut. »Machst du hier Zores?«

Ein Laut kam aus dem hinteren Bereich, den Tinne nicht einordnen konnte. Ein rasselndes Atmen? Ein Knurren? Oder ein Kater beim Imponiergehabe? Zögerlich trat sie einen Schritt nach vorn, dann noch einen. Es raschelte, etwas stieß an eine der Monsterfiguren, das Metall geriet in Schwingung.

»Hallo? Ist da wer?« Tinnes Nackenhaare sträubten sich, sie kam sich vor wie in einem Horrorfilm. Der Lichtschein der Lampe war ihre einzige Orientierung, denn das grelle Leuchten ließ die Dunkelheit darum umso schwärzer erscheinen. Sie schlich weiter voran und schwenkte die Lampe umher. Monsterzähne funkelten, Metalltatzen reckten sich in die Nacht. Da – wieder ein Rascheln, eine Bewegung, doch das Licht kam zu spät, sie sah nur noch einen Schatten, der im Nichts verschwand. Ein kehliges Knurren erklang von überall und nirgends, und dieses Geräusch hatte ganz eindeutig nichts mit Mufti zu tun. Tinnes Herz dröhnte, sie merkte, wie ihr Fluchtinstinkt jede Vernunft ausknipste. Nur noch zurück ins Haus und die Tür abschließen!

Sie leuchtete zum Eingang und schrie vor Entsetzen auf. Zwischen ihr und dem Haus stand eine geduckte Silhouette, ein Tier in Angriffshaltung, dessen Augen als weiße Punkte aus der Schwärze glühten. Zitternd erfasste das Licht den Körper. Es war ein schwarzer Hund mit mächtigem Brustkorb und stumpfer Schnauze, so groß, dass sein bulliger Kopf auf Höhe von Tinnes Hüfte war. Sie kannte sich nicht gut mit Hunderassen aus, doch dieses Tier sah nach Kampfhund aus, nach Kraft und Jagdinstinkt. Was sie unwillkürlich zurücktreten ließ, war der weißlich-blutige Auswurf, der aus dem Maul des Hundes quoll und zu Boden troff. Schaum. Tollwut. Tinne merkte, wie eiskalter Schreck sie lähmte, fast wäre sie gestolpert.

Das Tier ging einen Schritt voran, noch einen. Seine Bewegungen waren steif und ungelenk, immer wieder knickten die Hinterläufe ein, doch gleichzeitig grollte das Knurren aus seiner Kehle, der Kiefer schnappte in die kalte Nachtluft. Die Zähne knallten zusammen, blutiger Schaum spritzte.

Tinne registrierte, dass sie keine Chance hatte zu fliehen. Mauern umgaben drei Seiten des Hofes, die vierte Seite zeigte zur Straße und zum Hauseingang. Und genau dort stand der tollwütige Hund. Unbarmherzig spulte ihr Hirn die Fakten ab, die Elvis aus dem Medizinlexikon vorgelesen hatte: die Lähmung der Nerven, die »wilde Wut« mit ungezügelter Raserei und Beißattacken. Keine Kontrolle, pure Aggressivität.

Wieder ging sie einen Schritt nach hinten, wieder rückte das Tier nach. Mit schlangenhaften Bewegungen pendelte der Hund nach links und rechts, der Kopf geduckt, die

Fänge glitzerten. Schreien! Vielleicht schaffte sie es, so laut zu schreien, dass Axl wach wurde? Tinne holte Atem, erst kam nur heiße Luft, dann wurde ein Wort daraus, endlich schaffte sie es zu rufen.

»Axl! Axxxxl! Hilfeeee!«

Der Hund legte die Ohren an und ließ ein Jaulen hören, sein Körper krümmte sich wie ein gespannter Bogen. Tief im Inneren registrierte Tinne, dass er zum Angriff überging, ihr Schrei hatte seine Wut potenziert. Sie schaffte es gerade noch, einen Satz nach hinten zu machen, doch schon stieß sie mit dem Rücken gegen die Mauer. Ihr Spielraum war zu Ende. Im selben Augenblick straffte der Hund seine Muskeln, mit weit aufgerissenem Maul flog er auf sie zu. Tinne sah nur noch Zähne und blitzende Augen, ein Schrei gellte, der aus ihrer Kehle kam – da prallte etwas an den Körper des Hundes und riss ihn zur Seite. Starr vor Entsetzen sah Tinne, wie sich braun geschecktes Fell wälzte, ein Fauchen erklang, zwei Leiber gingen umklammert zu Boden.

»Mufti!«, hauchte sie. Der Kater hieb seine Krallen in den Körper des Hundes, seine Zähne waren überall, der schwere Hund rollte umher und ließ seine Kiefer zuschnappen, heiseres Bellen und Muftis Zischen klangen durcheinander. Wie ein Derwisch stürzte sich der Kater auf das vielfach größere Tier und riss ihm Striemen in die Seite. Tinne schlotterte am ganzen Körper, sie sah ohnmächtig zu, wie die Fänge des Hundes sich in Mufti verbissen, das Blut des Katers und der weiße Schaum vermischten sich, die Schreie klangen wie die eines Kindes. Endlich kehrte das Leben in sie zurück, sie versuchte, zwischen den Metallmonstern zur Haustür zu gelangen. Doch vergebens, der Hund nahm ihre Bewegung wahr, er schüttelte Mufti ab und ging erneut in Angriffshaltung. Mit all den Bisswunden glich er einer Ausgeburt der Hölle. Und schon wieder stürzte sich der Kater auf die schwarze Bestie, aber er schaffte es nie, den rasenden Hund lange genug abzulenken.

Da übernahmen Tinnes Instinkte die Herrschaft. Eine Erinnerung durchzuckte sie – die gerissene Schweißnaht. Das Fahrrad, das sie seit Tagen an der Gartenbank anschließen musste. Mit einer Präzision, die ihr selbst fremd vorkam, schlich sie voran und lauerte auf den richtigen Augenblick. Eben drängte Mufti den tollwütigen Hund ein Stück nach rechts, das Tier biss um sich, der Kater ging in Deckung. Jetzt! Mit schier übermenschlicher Kraft stemmte Tinne ihr Körpergewicht gegen die Drachenfigur vor ihr. Das Zwei-Meter-Monster, an dem sie normalerweise ihr Fahrrad anschloss, neigte sich, bekam immer mehr Schlagseite, dann erklang ein metallisches Ächzen aus den Tiefen der Konstruktion. Auf einmal ging alles ganz schnell: Tinnes Schwung trug sie ins Leere, der Drachentorso kippte und donnerte mit infernalischer Gewalt zu Boden – genau an die Stelle, an der der Hund lauerte. Metall dröhnte wie eine Glocke, ein organisches Knacken war zu hören, dann herrschte unheimliche Stille. Da, wo eben noch das tollwütige Tier darauf gewartet hatte anzugreifen, trat unter Stahlstreben Blut zwischen zerschmetterten Knochen aus.

Die nächste halbe Stunde erlebte Tinne wie in Trance. Der Krach rief Axl auf den Plan, er fand die heulende Tinne und den blutenden Mufti. Kurz darauf waren Laurent und Tara da. Die Gerichtsmedizinerin hatte einen befreundeten Tierarzt aus dem Bett geklingelt, Bertie war informiert worden, und Elvis raste auf seiner Vespa herbei. Der Hof stand voll von Leuten, Tinne hatte eine Decke über den Schultern, klebte an Laurent und schaute bei der Untersuchung von Mufti zu. Der Kater hatte eine Spritze bekommen, er ließ alles apathisch über sich ergehen.

»Die große Frage: Ist er gegen Tollwut geimpft?« Der Tierarzt, ein Mann mit Händen wie Kohleschaufeln, untersuchte die Biss- und Kratzwunden mit doppelten Latexhandschuhen. »Wenn ja, dann stehen die Chancen mit Auffrischungsimpfung ziemlich gut. Wenn nicht, dann …«, er zögerte, »dann muss ich ihn einschläfern. Begründeter Verdacht auf Tollwutansteckung ohne Impfung, da ist das Gesetz knallhart.«

Tinne sah schillernde Ringe und fühlte sich nahe an einer Ohnmacht. Tollwutimpfung? Sie hatte keine Ahnung … Mufti gehörte ja eigentlich den Vermietern, die Kommunenbewohner gingen zwar mit ihm zum Arzt, wenn er etwas hatte, aber Impfungen? Das Wort »einschläfern« bohrte sich in ihren Verstand und verdrängte jede Vernunft. Fast hätte sie nicht mitbekommen, dass Axl ein Klappkärtchen hervorholte und es dem Tierarzt gab.

»Klar, alles da, alle empfohlenen Impfungen. Panleukopenie, Katzenschnupfen, Leukose, Bauchfellentzündung. Und Tollwut.«

Der Arzt wuschelte das Fell des Katers. »Na, Glück gehabt, Bursche. Ein kräftiger Kerl wie du steht das durch, da mache ich mir keine Sorgen. Aber er muss mit zur Nachimpfung und in Quarantäne.«

Tinne merkte, wie ihr Tränen in die Augen schossen. Axl! Der gute, hyperkorrekte Axl! Der das Zasterblatt bis auf den letzten Cent ausrechnete, sämtliche Gas- und Stromablesetermine im Kopf hatte und dafür sorgte, dass der Kommunenkater ganz selbstverständlich gegen alles Mögliche geimpft war. Sie ließ Laurent los, umschlang den spindeldürren Altrocker und heulte ihm das Shirt voll.

Tara trat heran, sie strich Tinne die Haare aus der Stirn.

»Der Hund hat dich nicht erwischt, da bist du dir ganz sicher?«, fragte sie leise. »Keinen Kratzer mit der Pfote, keine Berührung, kein gar nichts? Und Mufti hast du auch nicht angefasst?«

Tinne schüttelte den Kopf und antwortete zwischen Schluchzen. »Er … er ist nicht näher als zwei Meter rangekommen. Immer weit weg, und auch als … als die beiden gekämpft haben, war ich abseits. Und Mufti ist danach weggekrochen und hat sich eingerollt, er wollte niemanden an sich ranlassen.«

Laurent strich über ihre Schultern. Tinne sah den erleichterten Blick, den die beiden austauschten. Keine Berührung. Keine Ansteckung. Mit Scheu betrachtete sie die umgestürzte Metallfigur, die den Hund zermalmt hatte. Die rote Pfütze darunter. Bertie und Elvis standen mit sorgenvollen Gesichtern daneben.

»Kann er zufällig hier reingeraten sein in den Hof? Ich meine, irgendwie von den Feldern oder so?«

Der Tierarzt hatte ihre Frage gehört und drehte sich um. »Ausgeschlossen. So, wie Sie ihn beschrieben haben, war er in der Exzitation, im letzten Stadium der Krankheit. Muskellähmungen, massiver Speichelfluss, Kontrollverlust. Da legt ein Tier keine großen Strecken mehr zurück.«

»Außerdem«, Laurent räusperte sich, »außerdem habe ich die Hoflampe überprüft. Die Birne war zwar in der Fassung, aber rausgedreht. Es war Absicht, dass der Hof im Dunkeln lag.«

Alle schwiegen, aber jedem war klar, was das bedeutete: Irgendjemand hatte eine bösartige Falle aufgebaut. Sein Ziel war es gewesen, Tinne mit dem Tollwutvirus zu infizieren.

DRITTER TEIL

Der Fuß des Bürgers steht im Mittelpunkt

Zähes Ringen um die städtische Amtsbepflasterung in der Großen Langgasse

von Elmar Wissmann

Bei der gestrigen nicht-öffentlichen Sitzung des Verkehrsausschusses, Abteilung Pflasterwesen, stand eine zentrale Frage der städtischen Amtsbepflasterung auf der Agenda: Die Gehsteig-Neugestaltung der Großen Langgasse im Rahmen der anstehenden Bauarbeiten. Einig waren sich alle Anwesenden darin, auf junge und schwungvolle Grautöne zu setzen, die einen dynamischen Kontrapunkt zur bestehenden dunkel-marmorierten Porphyrbepflasterung bilden. »Der Trend geht zu hellen, sympathischen Zementnuancen, weil sie an silbrige Wasseroberflächen erinnern und beim Fußgänger Urlaubsgefühle hervorrufen«, weiß Johanna Bopp vom Planungsstab Fußverkehr Rheinland-Pfalz (PFuRz). Doch bei der anschließenden Ausgestaltungsfrage standen sich die Parteien zunächst unversöhnlich gegenüber. Bürgervertreter Erwin Pickel pochte darauf, den Trend der letzten Jahre beizubehalten und einen kleinflächigen Läuferverband mit angenopptem Doppel-T-Pflaster und leichter Fugenvegetation zu verlegen. Der städtische Beigeordnete Dr. Hans-Hermann Knötig (CDU) hingegen verwies auf Paragraf 12 Absatz 3 der kreisweit gültigen Gestaltungs- und Erhal-

tungssatzung für Versickerungsfähige Verkehrsflächen (GEfVV), die eine Belastungsklasse 3 mit besonderem Bezug zum Straßenbegleitgrün vorschreibt.
Nach vierstündiger Beratung konnte sich das Gremium auf zwei Favoriten einigen: auf Beckelsheimer Leichtgranit mit freundlichen Glimmereinschlägen und auf haufwegporigen Drillingsbeton, dessen leicht fasierte Kanten ein interessantes Spiel mit Licht und Perspektive bieten. Beide Materialien sollen nun in winkelständiger Kreuzbepflasterung verlegt werden und die Große Langgasse durch ein frisches Mausgrau aufwerten.
»Ich bin stolz, dass wir den Mainzerinnen und Mainzern diese außergewöhnliche Gehweggestaltung präsentieren dürfen«, fasst Hans-Hermann Knötig zusammen. »Das neue Wegegefühl wird bei jedem Schritt zu spüren sein, denn der Fuß des Bürgers steht für uns immer im Mittelpunkt.«

*

Die Vorbereitungen waren getroffen. Elvis hockte am Schreibtisch und musste sich konzentrieren, um die Finger stillzuhalten. Schräg hinter ihm zog Jannik gerade die Jacke aus und setzte sich an seinen Platz. Es war kurz nach sieben, die beiden waren die ersten in der Redaktion. Vor den Fenstern schälte Morgengrau den Dom aus der Dunkelheit, es wurde langsam dämmrig, doch heute sorgten tiefe Wolken wieder für echtes Novemberwetter. Die Laternen am Markt glommen wie dicke Glühwürmchen durch das Zwielicht, Leute eilten über den Platz und hatten den Kragen hochgeschlagen.

»Die Filmaufnahmen vorgestern waren nicht gerade dolle, Elvis, muss ich leider sagen«, waren Janniks erste Worte.

»Der Cutter hat ganz schön geflucht, am Ende haben wir gerade mal eins dreißig zusammengekriegt. Und das auch nur, weil er noch ein paar ältere Außenaufnahmen vom Bahnhof auf Platte gehabt hat.«

Elvis brummte etwas Nichtssagendes. Er wollte keine Diskussion vom Zaun brechen, Jannik sollte endlich anfangen zu arbeiten.

»Da werde ich sicher mal mit Gisela darüber reden müssen, das geht ja gar nicht.«

Gisela. Man war schon per Du mit der Chefin. Elvis unterdrückte ein Schnauben und tat weiterhin so, als würde er Blätter sortieren. Seine Ohren waren auf das konzentriert, was hinter ihm geschah. Jannik quietschte mit dem Stuhl, einige Papieren raschelten, dann endlich ertönte das Geräusch, auf das Elvis gewartet hatte: das Klappern einer Tastatur. Jannik meldete sich mit seinem Benutzernamen und seinem Passwort im Redaktionssystem an. Jetzt konnte die Show beginnen!

Elvis hatte lange gegrübelt, wie er Janniks Passwort herauskriegen und damit auf dessen Materialien im Computer zugreifen konnte. Auf guten Kumpel machen, ihn in einer Weinstube abfüllen und das Gespräch auf Passwörter bringen? Ein Wahrheitsserum in den Kaffee mischen und ihn im Archiv ausfragen? Sein Tastaturkabel verlängern, sodass die Eingabe nicht an seinem, sondern an Elvis' Rechner getätigt wurde? Doch alle Ideen hatten eins gemeinsam: Jannik würde den Braten riechen und sein Passwort schnell wie der Blitz ändern. Deshalb hatte Elvis nun eine regelrechte Inszenierung vorbereitet. Ein wichtiger Teil davon war Petra Quednau, eine Performance-Künstlerin, über die er schon einige Artikel geschrieben hatte und die ihm noch einen Gefallen schuldete. Petra war klein und zierlich, sie beherrschte es meisterhaft, in verschiedene Rollen zu schlüpfen und ihr Gegenüber dabei um den Finger zu wickeln. Das waren genau die Eigenschaften, die Elvis jetzt brauchte. Unter dem Tisch wählte er Petras Nummer, ließ einmal klingeln und legte auf. Los ging's!

Keine Minute später rumpelte es an der Redaktionstür. Elvis rührte sich nicht, also stand Jannik auf und öffnete. Im Flur stand eine junge, dunkelhaarige Frau im Blaumann, sie hatte eine kecke Malermütze auf, hielt zwei Eimer Farbe in der Hand und balancierte mit der anderen eine bunt bekleckste Holzleiter. Mit großen Augen klimperte sie Jannik an und schaute an ihm hoch.

»Morgen, 'tschuldigung.« Ihre Stimme kiekste mädchenhaft. »Ich, eh, bin von der Firma Bödefeld und soll hier das Büro streichen.« Sie pustete eine Haarsträhne aus ihrem Gesicht und legte ein Lächeln auf, das genau die richtige Mischung aus schüchtern und kokett hatte. Elvis konnte aus den Augenwinkeln sehen, wie Jannik darauf hereinfiel und prompt anfing zu gockeln: Er drückte das Kreuz durch, lehnte sich lässig an den Türrahmen und bemühte sich um eine tiefe Stimme.

»Soso, das Büro. Na, welches Büro soll's denn genau sein?«

»Das, eh …«, die Frau bekam einen leicht hilflosen Gesichtsausdruck, »also, das vom Chef. Oder der Chefin. So hat's mir heute früh der Herr Bödefeld gesagt.« Mit treuherziger Miene erklärte sie: »Das ist nämlich mein Chef, wissen Sie?«

»Aha, hm«, Jannik nickte und wechselte das Standbein, um noch cooler zu wirken. »Das Problem ist, hier soll nichts gestrichen werden, auch nicht das Büro der Chefin. Hier ist die Redaktion der AZ Mainz, der Zeitung, und wir haben keinen Maler bestellt.« Mit kaum versteckter Anzüglichkeit fügte er hinzu: »Obwohl das schon ein bisschen schade ist.«

»Ui, echt jetzt?« Sie biss auf ihre Unterlippe und senkte den Kopf, was dem Kindchenschema eines verletzten Welpen gleichkam. »Dann bin ich hier wohl falsch.«

Jannik überschlug sich fast. »Aber das ist doch kein Problem, ich kenn mich gut aus in der Gegend. Wir finden schon raus, wo Sie hinmüssen.« Beiläufig legte er die Hand auf ihren Arm. »Haben Sie denn einen Auftrag oder so was, wo 'ne Adresse draufsteht?«

Eifrig nickte sie und fing an, in den Taschen ihres Blaumanns zu kramen. Elvis saß wie auf glühenden Kohlen und drückte sich selbst die Daumen, dass weiterhin alles gut lief.

»Hier!« Die Frau strahlte und zauberte einen handgeschriebenen Zettel hervor. »Coco 2 Style and Fashion.«

Mild lächelnd tippte Jannik darauf. »Ah so, da haben wir's doch schon. Das ist in der Korbgasse, gerade gegenüber.« Spielerisch drehte er ihre Schultern, sodass sie in Richtung Treppenhaus schaute.

Verwirrt blinzelte sie ihn an. »Aber da war ich schon, da drüben. Da war nichts, kein Coco Fashion oder so. Deshalb bin ich hierher, weil ich dachte, ich … ich …« Sie verstummte und sah aus, als würde sie gleich losheulen. Jannik, gepackt von Ritterlichkeit, griff nach ihren Farbeimern und meinte im allerbesten Heldenbariton: »Das ist kein Problem, ich bring Sie eben rüber. Kommen Sie mit!«

Das letzte, was Elvis sah, war Petras strahlendes Lächeln der Marke »gerettete Jungfrau«, dann schwirrten die beiden ab. Jetzt war Eile angesagt! Aus der Schublade holte er seinen Lieblings-USB-Stick in Form einer Miniaturfleischwurst, den er vorher formatiert hatte. So schnell sein Umfang es zuließ, umrundete er den Tisch, setzte sich an Janniks Platz und steckte den Stick in dessen Rechner. Der Bildschirm zeigte die Windows-Oberfläche, in der oberen

Ecke verriet ein Symbol, dass als Benutzer »Jannik Korbach« angemeldet war. Bingo! Im Explorer klickte Elvis sich zum Benutzerverzeichnis von Jannik durch, markierte sämtliche Ordner und startete den Kopiervorgang auf seinen Fleischwurst-Stick. Der Balken wuchs langsam, zwei, drei Minuten würde es wohl dauern. Doch Elvis war einigermaßen beruhigt, denn Petra hatte noch ein paar Extraeinlagen vorbereitet, um Jannik zu beschäftigen.

Der Kopierbalken kam ins letzte Drittel. Elvis merkte, wie sich ein triumphierendes Grinsen auf seinem Gesicht breitmachte. »Jetzt hab ich dich, mein Freund und Kupferstecher!«, knurrte er böse und machte sich bereit, den Stick abzuziehen. Da geschah etwas, womit Elvis nie und nimmer gerechnet hätte: Eben war der Kopiervorgang noch bei 97 Prozent, im nächsten Augenblick umgab ihn Dunkelheit. Der Bildschirm vor ihm, die anderen Monitore auf den Tischen, die Deckenlampen der Redaktion – alles dunkel. Und nicht nur das, auch draußen vor den Fenstern waren von einer Sekunde auf die andere sämtliche Lichter ausgegangen, die Straßenlampen, die Beleuchtung in den Geschäften, der Strahler, der den Heiligen Bonifatius vor dem Dom beschien. Die Altstadt von Mainz war mit einem Schlag ohne Strom.

Elvis bekam fast Schnappatmung. Der Raum war geisterhaft still, seit die Rechner und die übrigen Geräte ihr Summen eingestellt hatten. Umso lauter polterten die Schritte im Treppenhaus, gefolgt von einem dumpfen Knall und einem Schmerzenslaut. Das war Jannik! Er musste sich im dunklen Flur irgendwo angestoßen haben, aber egal, in fünf Sekunden würde er hier sein. Panisch hetzte Elvis auf seinen Platz zurück. Da fiel es ihm siedend heiß ein – der Stick steckte noch in Janniks Rechner! Doch zu spät, schon bog sein Kollege mit funzelndem Handylicht um die Ecke.

»Ey, Scheiße, ey, es is' Stromausfall!« Jannik keuchte und rieb sich den Kopf. »Alles dunkel da draußen, der ganze Brand, die Mailandgasse, alles.«

»Was du nicht sagst«, murmelte Elvis und lauerte auf eine Gelegenheit, den Stick abzuziehen. Doch schon ließ Jannik sich auf seinen Platz fallen. »So ein Mist, und ich hatte den Artikel hier noch nicht abgespeichert.« Anklagend deutete er auf den schwarzen Bildschirm. Dabei fiel sein Blick auf die Plastikfleischwurst, die aus dem Desktopgehäuse seines Rechners ragte. »Sag mal, ist das nicht deiner?«

Elvis bemühte sich um einen möglichst desinteressierten Blick. »Nö. So einen hatte ich mal, der ist aber irgendwann kaputt gegangen.« Innerlich fiel ihm ein Stein vom Herzen, weil er daran gedacht hatte, sämtliche Daten von dem Stick zu löschen. Nun konnte keiner nachweisen, dass es sehr wohl sein Stick war.

Jannik schaute skeptisch auf die USB-Wurst, zog sie ab und schloss sie im Schreibtisch ein. Elvis sah an seinem Gesicht, dass er auf der Hut war. Die Chance, den Inhalt des Verzeichnisses zu kopieren, war vertan. Von nun an, das war klar, würde Jannik sein Benutzerkonto streng im Auge behalten.

Elvis war nahe dran, durchzudrehen. Hatte ihm das Schicksal eben tatsächlich einen linken Haken verpasst? Ein Stromausfall in Mainz! Was war da nur los?

*

♫ Eins gehört gehört – SWR1! ♫

»Hier ist Birgit Steinbusch, guten Morgen an alle, die mich in Mainz und Wiesbaden hören können – und das sind vielleicht nicht allzu viele. Sie haben es sicher schon mitbekommen oder erfahren es gerade am eigenen Leib: In Mainz und Wiesbaden herrscht Chaos, weil größtenteils der Strom ausgefallen ist. Mehr dazu von Oliver Böhm aus der SWR1 Nachrichtenredaktion.«

»Seit zwanzig nach sieben heute früh geht nichts mehr im Stromnetz, Totalausfall in Wiesbaden, und auch weite Teile von Mainz sind betroffen: die Neustadt, Mombach, Bereiche der Innenstadt, sogar Budenheim bis hin nach Ingelheim. Soweit bekannt ist, hat es einen Kurzschluss gegeben in einem Wiesbadener Umspannwerk, und der hat zu einem regelrechten Blackout geführt. In Mainz ist die Situation teilweise chaotisch, Aufzüge stecken fest, Rauchmelder und Alarmanlagen heulen, Polizei und Feuerwehr sind im Dauereinsatz. Auch auf den Straßen ist kaum ein Durchkommen, viele Ampeln sind ausgefallen, Polizisten versuchen, den Verkehr per Handzeichen zu regeln, aber gerade in den innenstädtischen Bereichen ist natürlich Berufsverkehr, alles ist voll, teilweise kommen die Autos weder vor noch zurück. Die Spezialisten der ESWE arbeiten mit Hochdruck an einer Lösung, aber noch kann niemand sagen, wie lange dieser Blackout noch dauern wird.«

»Und wir hier beim Radio? Wir haben für so einen Fall zum Glück ein eigenes Aggregat, das unseren Sender am Laufen hält. Also brummen wir für Sie auf Notstrom weiter und halten Sie auf dem Laufenden. Bis dahin bringe ich Ihnen die Elektrizität zumindest musikalisch zurück, hier sind die Toten Hosen mit ›Alles steht unter Strom‹.«

*

Tinnes Nacht war fürchterlich gewesen. Laurent hatte zwar bei ihr übernachtet und ihr das Gefühl von Zweisamkeit und Schutz gegeben, aber die Bilder aus dem Hof ließen sie nicht los. Immer wieder fuhr sie aus dem Halbschlaf hoch und schaute in das geifernde Maul des Hundes. Gleichzeitig tat ihr die Kreatur leid – sicher war sie nur das Spielzeug eines teuflischen Charakters gewesen. Aber wer steckte hinter alldem? Tinne ahnte, dass die Lösung immer näher rückte.

Jetzt spürte sie die schlaflose Nacht doppelt. Ihre Glieder waren steif, die kalte Luft ließ sie frieren, Leonie hinten im Kindersitz war schlecht gelaunt und bleischwer. Tinne war zeitig unterwegs, ausgerechnet heute hatte sie einen frühen Termin an der Uni. Ihr Chef, Professor Raffael, wollte mit ihr über wichtige Themen wie Vertragsverlängerung sprechen, da sollte sie wohl eher nicht zu spät kommen. Deshalb hatte sie schon um sieben in der Uniklinik bei Claudi vorbeigeschaut und die Kleine abgeholt. Nun war sie auf dem Weg in die Kita.

»Leonie, hör auf zu zappeln, oder wir fallen hin!« Sie wartete auf eine patzige Antwort. Doch diese kam nicht, weil auf der Philippsschanze plötzlich sämtliche Straßenlaternen ausgingen. Nanu, ein bisschen früh, oder? Tinne schaute sich um, ob irgendwo ein orangefarbenes Stadtwerke-Auto eine Wartung vermuten ließ. Doch sie sah keines, stattdessen brach nach und nach das Chaos aus: Menschen traten auf die Straße, Sirenen heulten, Autos stauten sich, die Ampeln waren schwarz. Nachdem Tinne schließlich registrierte, dass auch die Häuser und die Geschäfte dunkel waren, wurde ihr klar, dass es wohl ein größeres Problem gab.

»Warum hupen die Autos? Und warum sind so viele Leute hier?«, wollte Leonie von hinten wissen. Die Neugier siegte über ihre schlechte Laune.

»Du, ich glaube, der Strom ist ausgefallen. Guck mal, überall ist es dunkel, alle Lampen sind aus. Und die Ampeln funktionieren auch nicht mehr.«

Das Mädchen schaute zu den Leuten, die vor ihren Häusern standen. Es war nicht mehr stockdunkel, die Dämmerung färbte den Himmel fahl, doch die Sonne war noch nicht aufgegangen. Die Seitenstraßen, in denen keine Autos unterwegs waren, sahen gespenstisch aus ohne jedes künstliche Licht. Tinne fühlte sich an die Kulisse eines Katastrophenfilms erinnert, die Welt nach einem Atomkrieg. Doch allzu viele Blicke nach rechts und links konnte sie nicht riskieren, weil die Situation auf der Straße minütlich schlimmer wurde. Die Pariser Straße konnte sie noch überqueren, aber entlang der Goldgrube standen die Autos kreuz und quer, Rückstaus hatten sich an den ausgefallenen Ampeln gebildet. In der Ferne sah Tinne Blaulicht, ein Polizeiwagen. Vielleicht wollten die Beamten den Verkehr regeln, doch selbst für sie gab es kein Durchkommen in der Blechkarawane. Überall war Hupen und Schimpfen zu hören, in typisch deutscher Autofahrermentalität bestand jeder auf sein Vorfahrtsrecht und wich keinen Zentimeter zurück.

»Hey! Idiot!«, brüllte Tinne, als ein Mercedes knapp vor ihr auf den Bürgersteig hoppelte und einen stehenden Golf umrundete. Der Fahrer glotzte sie an, als hätte sie einen Fehler gemacht und nicht er.

50 Meter vor der Kreuzung zur Hechtsheimer Straße ging nichts mehr. Tinne stieg vom Fahrrad, weil sie nicht richtig vorankam und ständig ausweichen musste, dazu kam das zusätzliche Gewicht des Mädchens im Kindersitz.

»Komm, Leonie, bleib sitzen, ich schieb das Rad. Bringt ja nichts in diesem Affenzirkus.«

Um dem ärgsten Chaos zu entgehen, bog sie ins Fort Heiligkreuz ein. Sie suchte eine günstige Stelle, um die Hechtsheimer zu überqueren, denn die Kita befand sich im Wohngebiet auf der anderen Seite. Eher nebenbei nahm sie wahr, dass ihr ein Auto folgte. Eine kleine Grünfläche mit Büschen lag zwischen den Häusern, Tinne erspähte einen Durchschlupf zur Straße und schob das Rad hindurch.

»So, schau, jetzt sind wir gleich …« Sie brach erschrocken ab, als Leonie einen spitzen Schrei ausstieß. Bevor Tinne herumfahren konnte, bekam sie einen Schlag auf den Kopf und verlor das Gleichgewicht. Sie stürzte zu Boden und hörte die Kleine wieder schreien, doch Tinne fühlte sich wie in Watte gepackt, ihre Muskeln gehorchten ihr nur in Zeitlupe. Gerade als sie wieder zu sich kam, verschloss ihr etwas Weiches Mund und Nase. Panisch schnappte sie nach Luft, ein stechender Geruch knallte wie ein Dolch in ihr Gehirn. Wahnsinnige Kopfschmerzen hämmerten los, bevor die schwarzen Wogen einer Ohnmacht über ihr zusammenschlugen.

*

Die Türklingel schellte einmal und gleich noch einmal. Kirsten hatte sich freigenommen und war gerade dabei, in der Küche Ordnung zu schaffen. Alltagsroutinen halfen ihr, den Gedankenwirbel einzudämmen, den der Tod ihres Bruders in ihr verursacht hatte.

Vor der Tür stand die ältliche Nachbarin aus dem Erdgeschoss, Frau Wegener. Richtig, da war etwas mit einem Päckchen gewesen, das hatte Kirsten völlig verdrängt.

»Ja endlich, endlich krieg ich Sie! Die Treppe schafft mich immer wieder, ich sag's Ihnen. Wissen Sie, ich war gestern schon zweimal hier, aber …«

»Ich bin weg gewesen und erst spät wiedergekommen«, kürzte Kirsten den Redeschwall ab. Wenn man Frau Wegener nicht beizeiten bremste, war eine halbe Stunde im Nu vorbei. Und momentan hatte Kirsten keine Lust auf nachbarschaftlichen Klatsch. Ein wenig eingeschnappt reckte ihr Frau Wegener etwas entgegen.

»Das hab ich jetzt schon seit ein paar Tagen bei mir. Kann ja sein, dass es wichtig ist, nicht?«

Kirsten hatte mit einem Päckchen gerechnet, einem Buch vielleicht oder etwas zum Anziehen, irgendwas, das sie kürzlich bestellt hatte. Doch das, was sie in die Hand gedrückt bekam, war eine Röhre, mehr als einen Meter lang, sorgfältig in Packpapier eingeschlagen. Die Schrift auf dem Adressaufkleber gab Kirsten einen Stich. Es war Eriks Handschrift.

Sie bedankte sich bei Frau Wegener und ging zurück in die Wohnung. Was hatte ihr Bruder ihr da nur geschickt? Unter dem Packpapier steckte eine stabile Pappröhre, aus dem sie eine Stange zog, umhüllt mit Luftpolsterfolie. Vorsichtig entrollte sie die Folie und musste unwillkürlich lächeln. Vor ihr lag ein knorriger Holzstab, Schwarzkiefer, rau und mit knubbeligen Verwachsungen. Nicht gerade hübsch, doch dieser Ast hatte seine ganz besondere Geschichte.

Erik und sie hatten in Frankreich Urlaub gemacht, 1996, sie war 17 gewesen, Erik 20. Im Ardèche-Tal unternahmen sie eine Wandertour, natürlich mit völlig falschem Schuhwerk und einer Karte, die sie aus dem Autoatlas gerissen hatten. Es kam, wie es kommen musste: Sie bogen falsch ab und hatten schon bald keine Ahnung mehr, wo sie waren und wie sie aus der engen Schlucht herauskommen sollten. Dann stürzte Kirsten auch noch ab, zwar nur ein paar Meter, doch es reichte für einen verstauchten Knöchel und ein aufgeschlagenes Knie. Auf der Suche nach einer behelfsmäßigen Krücke fand Erik eben diesen Ast, mit dessen Hilfe sie einigermaßen gerade stehen konnte. Ihr Bruder stützte sie, so gut es ging, gemeinsam krochen sie durch Dickicht, erklommen Felsen und balancierten an Steilhängen entlang.

Am Ende schafften sie es nach oben, konnten ein Auto anhalten und wurden zum nächsten *médecin orthopédiste* mitgenommen. Dieses Abenteuer wurde zu einem gerne erzählten Schwank bei Familienfeiern und zu einer der stärksten Erinnerungen, die Kirsten mit ihrem Bruder verband. Die improvisierte Krücke behielten sie damals, sie landete bei Erik und zog schließlich mit ihm nach Mainz. Und nun hatte er den Ast in ein Paket gesteckt und ihr geschickt. Ein handgeschriebener Zettel lag dabei:

> Hab ich im Keller gefunden. Weißt du noch? ☺
> Heb ihn gut auf, er erzählt deine spannende Geschichte bis zum Ende.

Kirsten fühlte sich im Inneren berührt, eine Mischung aus Zuneigung und Schmerz. O ja, es war tatsächlich ihre spannende Geschichte, die dieses Holzstück erzählte! Von Erinnerungen umfangen ging sie ins Wohnzimmer zu Crabbit und McIntosh. Die beiden scheuchten sich durch den Käfig und waren im nächsten Augenblick wieder beste Kumpels, es machte Spaß, ihnen zuzuschauen. Doch der Stock und Eriks Zeilen gingen ihr nicht aus dem Kopf. Normalerweise würde die Sache sie nicht so lange beschäftigen, es war ein witziges Geschenk ihres Bruders, und abends würde sie bei ihm anrufen und sich bedanken. Es war aber keine normale Situation, er musste das Holzstück weggeschickt haben, kurz bevor er mit Tollwut infiziert worden und daran gestorben war. Der Gedanke, dass mehr dahintersteckte, hing in ihr fest. Die Zeilen. Seine Wortwahl. »Er erzählt deine spannende Geschichte bis zum Ende.« Klar, die Erlebnisse an der Ardèche waren aufregend gewesen. Aber könnte er nicht eine doppelte Bedeutung darin versteckt haben? Vielleicht … Kirsten traute sich kaum, die

Idee weiterzudenken. Vielleicht erzählte das Holz ja eine ganz andere spannende Geschichte bis zum Ende, nämlich die, die mit dem Fund in der Schnapsfabrik begonnen hatte. Sie nahm den Stab und ging ins Arbeitszimmer, wo sie eine starke Schreibtischlampe hatte. Das Holz war krumm und großporig, hier und dort fehlte die Rinde. Am unteren Ende war der Stock eingekerbt und abgestoßen, das waren wohl die Spuren ihrer damaligen Krückenaktion. Sonst gab es keine Besonderheit. Kirsten schüttelte den Kopf. Sie sah schon Gespenster!

Dennoch tasteten ihre Finger weiter. Erik liebte Versteckspiele. Oft hatte sie kleine Rätsel lösen müssen, um ihr Geburtstagsgeschenk zu finden, und schon als Kind war Erik mit Schippe und Schatzkarte losgezogen, um sagenhafte Reichtümer im Vorgarten aufzuspüren. Sie war sicher, dass er ihr den Stab mit einer ganz bestimmten Absicht geschickt hatte.

Ihre Fingernägel blieben an einem Spalt hängen. Eine Lücke im Holz, kaum breiter als ein Centstück. Sie schaute genauer hin und nahm eine Lupe vom Arbeitstisch zu Hilfe. Steckte da etwas drin? Mit den Nägeln kam sie nicht hinein, erst mit einem Messer und viel Fingerspitzengefühl bewegte sich etwas. Tatsächlich, der Hohlraum im Holz war künstlich geschaffen worden, ein schmaler Gegenstand befand sich darin. Nach vielen Versuchen schaffte Kirsten es, ihn hervorzuziehen.

In ihrer Hand hielt sie eine Micro-SD-Karte, wie sie in Computern und Fotokameras Verwendung fand.

*

Erst regte sich ein dumpfer Kopfschmerz, dann kam das Gehör zurück, am Ende spürte Tinne ihren Körper. Die

Beine waren ausgestreckt, mit dem Rücken lehnte sie an einer rauen Oberfläche, kalt und klamm. Sie fühlte sich wie ausgewrungen und hatte keine Ahnung, wo sie war und was mit ihr geschehen sein mochte. Durch den Sumpf der Schmerzen kamen nach und nach Bilder zurück … die Straßen ohne Licht … die chaotischen Autos … ihre Abkürzung über den Grünstreifen. Dann war die Erinnerung schlagartig wieder da: der stechende Geruch in ihrer Nase. Leonies Schreie.

Mit größter Willensanstrengung öffnete Tinne die Augen. Leonie! Was war mit ihr? Wo war sie? Ihr erster Blick fiel auf ein kleines Bündel Mensch, das neben ihr kauerte und leise schluchzte. Erleichterung durchströmte sie, obwohl sie kaum wusste, wo ihr der Kopf stand. Leonie war bei ihr, das war erst mal alles, was zählte. Mit schweren Armen griff sie nach der Kleinen und zog sie an sich. Das Mädchen wimmerte, ihr Körper war schlaff. Offensichtlich hatte jemand sie auch betäubt.

Nun schaute Tinne sich weiter um – und merkte, wie blankes Entsetzen ihre Benommenheit vertrieb. Sie befand sich in einer Art Zelle mit fleckigen Betonwänden und nacktem Boden, eine rostige Gittertür verschloss den Raum. Vor den Gittern erstreckte sich ein Labor, doch alles sah alt und verkommen aus, in den Ecken zogen sich Schimmelflechten entlang. Altertümliches Equipment stand kreuz und quer im Raum herum, Röhren mit abgeblättertem Lack verliefen an den Wänden. Das trostlose Ambiente wurde durch flackerndes Neonlicht verstärkt, kein Mensch war zu sehen.

Leonie wimmerte, Tränen liefen. »Ti-hinneee, mir ist schlecht. Und … und mein Kopf tut so weh. Ich will heim!«

»Ich auch, Süße, ich auch«, murmelte Tinne und presste das Kind an sich. Wo um alles in der Welt waren sie hier gelandet? Alles, was sie wusste, war, dass sie dem Geheimnis um Hildegard von Bingens Rezeptur einen Schritt zu nahe gekommen war.

»Hallo?«, rief sie. »Ist da wer?« Obwohl ihr Kopf schier platzen wollte, holte sie Luft und schrie noch mal, so laut sie konnte: »Haaaallooooo?«

Die Antwort kam prompt, doch nicht in der Art, wie Tinne erhofft hatte. Ein vielstimmiger Chor erhob sich, Heulen, Jaulen, Bellen, Knurren und Fauchen, alles durcheinander und so aggressiv, dass sie zusammenfuhr und unwillkürlich in eine Zellenecke kroch. Leonie entfuhr ein schriller Ton, lang und in höchster Angst, bis Tinne ihr Köpfchen in die Armbeuge nahm und ihr die Ohren zuhielt. Sie selbst war von Grauen erfüllt, das schreckliche Durcheinander zerrte an ihren Nerven. Als die Lautstärke zurückging, stemmte sie sich mühsam in die Höhe. Die Kleine klammerte sich an ihre Hüfte und wich keinen Zentimeter, Tinne zog sie vorsichtig nach vorn an das Gitter. Von hier reichte der Blick weiter. Was sie sah, ließ ihre schlimmsten Albträume wahr werden: Neben ihrer Zelle gab es weitere Verschläge. Darin hockten, standen und kauerten Katzen und Hunde, große und kleine, bestimmt zwei Dutzend. Einige waren kraftlos zusammengesunken oder bereits tot, andere hatten Angriffshaltung eingenommen. Die meisten hatten weißen Schaum vor dem Maul und blutige Lefzen, Wunden im Fell zeigten, dass sie sich schon mehrfach gegenseitig angefallen hatten. Kaum sahen die Tiere sie, ging das Gekläffe und Gejaule wieder los, in ohnmächtiger Wut warfen sie ihre Körper gegen die Gitter. Ganz Mainz rätselte über die verschwundenen Hunde und Katzen – nun wusste Tinne die Antwort. Angstvoll rüttelte sie an den Stäben ihrer Tür, doch ein massiver Riegel mit Vorhängeschloss sperrte sie und Leonie ein. Im Gegensatz zum vernachlässigten Zustand des übrigen Raumes glänzte das Schloss wie gerade gekauft. Mit einem ahnungsvollen Blick schaute Tinne genauer auf die schäbigen Untersuchungstische und merkte, wie Panik ihr den Hals eng werden ließ. Dort stand nagelneues Laborequipment: Pipetten, Kolben, ein modernes Mikroskop, im Hintergrund ein Brutschrank aus Edelstahl. Taras Worte kamen ihr in den Sinn: »Bei der Prüfung neuer Wirkstoffe fängt man mit Grundlagenforschung im Labor an, dann kommen Tierversuche …«

Mit grausamer Präzision fügten sich die Puzzleteile in ihrem Kopf zusammen: Professor Sörensen führte seine weiteren Hildegard-Experimente nicht etwa in einem der Labore des Pharmazeutischen Instituts durch, sondern hier, wo auch immer sie sich befand. Und nun waren Leonie und sie in seinen Händen.

Wie auf das Stichwort eines Regisseurs ertönte plötzlich eine Stimme.

»Sieh an, sieh an. Meine beiden Besucher sind aufgewacht.«

Eine Person erschien im flackernden Neonlicht und trat an das Gitter heran. Es war aber nicht Gunnar Sörensen, sondern jemand, mit dem Tinne nie und nimmer gerechnet hätte.

*

Freundliche Mailbox-Musik klimperte, Laurent legte auf. Ganz offensichtlich war Tinne seinem Ratschlag gefolgt und legte einen Tag Pause ein, um wieder Kraft zu tanken. In der Nacht, als sie heulend neben ihm lag, hatte er eindringlich auf sie eingeredet und ihr ans Herz gelegt, nach ihrem Unitermin nach Hause zu fahren. »Leg dich hin, mach dein Handy aus und schlaf. Dein Körper braucht Ruhe, schau doch mal, wie du drinhängst!« Das waren seine Worte gewesen, schluchzend hatte sie ihm zugestimmt und sich an ihn gekuschelt. Es freute ihn, dass Tinne auf ihn gehört hatte – das kam selten genug vor.

Im Polizeipräsidium am Valenciaplatz ging es zu wie in einem Bienenhaus, überall brummte es. Der vormittägliche Stromausfall hatte sämtliche Dienstpläne durcheinandergewirbelt, jede verfügbare Kraft war herausgeschickt worden, um die Kollegen von der Schutzpolizei zu unterstützen. Auch Laurent und Axel Börner hatten Adressen abgeklappert, von denen Notrufe abgesetzt worden waren. Das meiste entpuppte sich allerdings als Fehlalarm. Die neuen Smart-Homes, in denen von der Spülmaschine bis zum Garagentor alles per App gesteuert wurde, waren beim Stromausfall komplett kollabiert. Es kam sogar vor, dass mancher Hausbesitzer im Schlafanzug vor der Tür stand und von seinem ach so intelligenten Haus nicht mehr hineingelassen wurde. Laurent konnte sich in solchen Fällen eine gewisse Schadenfreude nicht verkneifen. Schloss und Schlüssel waren tolle Erfindungen, die auch ohne Strom funktionierten.

Nun marschierten er und Börner strammen Schrittes zum Aufzug. Ihr Ziel war die Tiefgarage, denn sie hatten heute Nachmittag einen Termin bei den Kollegen der Kripo Köln und waren spät dran. Es ging noch immer um den Fall Erik Faßbender, der nach wie vor nicht vollständig abgeschlossen war. Gestern Nacht hatte Tinne ihm zwischen Tränen berichtet, wie sie und Elvis sich die Sache zusammengereimt hatten. Das Hildegard-Rezept aus Köln. Der Verdacht, dass Professor Sörensen LeCaris hinterging und Forschung auf eigene Faust betrieb. Eriks Selbstversuch, der aus dem Ruder gelaufen war. All das war Laurent zwar etwas wirr vorgekommen, aber ein missglücktes Experiment am eigenen Körper würde zumindest Faßbenders Auffindesituation erklären. Kurz entschlossen hatte Laurent die Kölner um Amtshilfe gebeten. Er wollte mit Faßbenders ehemaligen Kollegen an der Medizinischen Fakultät sprechen, um herauszufinden, wo die Interessensschwerpunkte des Toten gewesen waren und ob er vielleicht vorher schon durch fragwürdige Experimente aufgefallen war.

Ping. Der Aufzug war da, die altersschwache Tür ging in Zeitlupe auf. Eine Frau trat heraus, groß und von ausladender Gestalt. Sie trug zwei Aktenordner in den Händen und hatte einen Papierstapel unter den Arm geklemmt. Ihre gekrümmte Haltung verriet, dass die Blätter gerade in Auflösung begriffen waren und der Schwerkraft nach unten folgen wollten. Blitzschnell griff Laurent zu und stabilisierte das Bündel.

»Na, Cosima, das mit den Akten üben wir aber noch mal.«

Kommissarin Cosima Jesper warf den Unterlagen einen Blick zu, als wolle sie sie direkt in den Reißwolf werfen. »Papierkram bis zum Abwinken, sag ich dir. Die Viecher kosten mich den letzten Nerv.«

Jesper war knurrig wie immer, sie kam nicht von hier und besaß den leicht singenden Akzent des Westerwaldes. Ihre Bissigkeit und ihre raue Stimme wirkten auf Fremde oft einschüchternd. Doch Laurent wusste, dass dahinter ein weicher Kern steckte. Er mochte sie und ging alle paar Wochen mit ihr in eine der Altstadt-Weinstuben, um über Gott und die Welt zu plaudern. Ihr Markenzeichen, über das im Kommissariat gerne geschmunzelt wurde, waren Pashmina-Schals in wechselnden Farben. Heute war Aubergine dran.

»Welche Viecher? Ach so, ja, stimmt. Ich hab gehört, diese komischen Tierdiebstähle sind bei dir gelandet. Was ist denn da los?«

Jesper, die gerne mit den Händen redete, schwenkte ihre Akten. »Tiere verschwinden. Hunde und Katzen, einfach weg. Beim Gassigehen, aus Zwingern, sogar aus Wohnungen, in denen jemand für 'ne halbe Stunde die Tür aufgelassen hat. Inzwischen sind es fast 30, und bis jetzt ist keins irgendwo wieder aufgetaucht. Als wäre der Rattenfänger von Hameln mit seiner dämlichen Flöte hier lang gekommen.«

»Hm, irgendwelche Rassetiere darunter? Wertvoll für Zucht oder Verkauf?«

Seine Kollegin vollführte eine wegwerfende Bewegung mit ihren Ordnern. »Bunt gemischt. Vom teuren Kromfohrländer bis hin zur Hauskatze, die du in jedem Tierheim kriegst. Es gibt keinen roten Faden bei den Fällen, nichts.«

»Sammelt jemand Versuchstiere für Industrie oder Kosmetik?«

»Haben wir auch überprüft. Aber Firmen, die Tierversuche machen, müssen ganz genau Buch darüber führen, sonst steigen ihnen die Tierschützer aufs Dach. Da kommt keiner auf die Idee, irgendwelche Hunde aus dem Vorgarten klauen zu lassen.« Jesper rückte den Papierstapel unter ihrem Arm zurecht und verzog ihr eh schon faltiges Gesicht. »Ich hab keine Ahnung, was da los ist. Aber ich sag dir was: Ich freu mich drauf, wenn ich demnächst wieder ein anständiges Mordopfer hab anstelle von dem Viecherzirkus.«

Mit einer knappen Verabschiedung ging sie weiter und verschwand im übernächsten Büro. Gleich darauf hörte Laurent einen Fluch und das Geräusch flatternder Blätter. Der Papierstapel hatte wohl doch gesiegt.

Im Aufzug waren seine Gedanken bei dem kurzen Gespräch mit Cosima. Hunde und Katzen, die spurlos verschwanden. Firmen mussten bei Tierversuchen Buch führen, so weit, so gut. Was aber, wenn jemand diese Experimente illegal durchführte? Vielleicht mit einem Medikament, das aus Bingen stammte und lange vergessen war?

Die Vorstellung ließ ihn nicht los. Vielleicht hatte Tinnes etwas krude Theorie mit dem Tollwutmedikament doch einen wahren Kern. Der Abstecher nach Köln war eine gute Idee, Faßbenders Vergangenheit würde sicher mehr darüber verraten. Er würde zwar erst spät zurück sein und Tinne wahrscheinlich nicht mehr sehen. Aber das machte nichts, vorerst war er froh, dass sie sich aus dem Geschehen zurückgezogen hatte. Es war ein gutes Gefühl, sie zu Hause im Bett zu wissen.

*

Tinne starrte auf den Mann, der vor den Gitterstäben stand. Innerhalb eines Augenblicks ordneten sich die Details in ihrem Kopf neu, sie durchschaute den Plan, der dahintersteckte. Nun wusste sie endlich, warum Erik sterben musste. Gleichzeitig wurde ihr klar, wo sie und Leonie sich befanden.

»Du«, flüsterte sie, »du bist es gewesen.«

Linus trug einen offenen Laborkittel, sein Gesicht zeigte keine Regung, nur seine Augen zwinkerten im Sekundentakt. Inmitten des vernachlässigten Labors wirkte er wie der Prototyp des verrückten Wissenschaftlers, der seine Experimente unerbittlich vorantrieb und dabei allmählich die Kontrolle verlor.

»Hallo, Ernestine. Es tut mir leid, dass ich euch beiden keine gastlichere Bleibe anbieten kann, aber die Möglichkeiten hier sind, nun ja, beschränkt«, sagte er mit seiner leisen, hohen Stimme. Die Höflichkeit seiner Worte spiegelte sich nicht in seinen Augen wider, die ausdruckslos blieben wie schwarze Kohlestücke.

Tinne spürte, wie Groll in ihr aufwallte und die Angst verdrängte. Sie kam näher an das Gitter heran.

»Halt die Klappe und lass uns raus, sofort!«

Keine Reaktion, nur sein Blick zuckte unstet. Tinne rüttelte an den Metallstäben, das Klirren ließ die Tiere wieder unruhig werden. Das war ihr aber egal, sie sprühte vor Wut.

»Ich weiß, wie es gelaufen ist. Erik hat dir von seiner Entdeckung erzählt, und dir ist klar geworden, was für ein Potenzial dahintersteckt. Da hattest du auf einmal keine Lust mehr, alles deinem Arbeitgeber zu überlassen, oder? Du machst die Fleißarbeit in der AG, und die Geldsäcke in den oberen Etagen kassieren ab. Nein, hast du dir gedacht, diesmal sitzt du am längeren Hebel. Also hast du dich entschlossen, das Medikament selbst zu erforschen und damit den ganz großen Coup zu landen.«

Solange sie redete, hatte die Panik keinen Platz. Also weitersprechen. Sie legte den Finger an die Nasenspitze und tat so, als würde sie nachdenken.

»Aber wo kannst du in Ruhe arbeiten? An der Uni geht das nicht, und ebenso wenig in der Forschungsabteilung von LeCaris, klar. Aber hey, es gibt doch einen perfekten Ort dafür: das alte Laborgebäude auf dem Ingelheimer Gelände.« Tinne hob die Hände und schloss den heruntergekommenen Raum ein. »Leer geräumt und zum Abriss vorbereitet, kein Mensch kommt hier rein, ideal für dich. Heimlich, still und leise schaffst du modernes Equipment hierher, es ist ja nur einen Steinwurf weit weg vom Neubau mit all der Ausrüstung. Du richtest dir ein biochemisches Labor ein und fängst an, Hildegards Tollwutmedikament nachzukochen. Die Zutaten? Schwer zu kriegen, aber nicht unmöglich. Die eigentlich verbotene Poleiminze kriegst du sogar auf dem Silbertablett serviert, nämlich im Botanischen Garten der Uni. Und es klappt! Es gibt Erfolge, zumindest im Reagenzglas. Okay, was kommt als Nächstes? Natürlich, du musst die Versuche an lebenden Organismen testen, an Tieren. Und auf einmal geht ein geheimnisvoller Hunde- und

Katzenfänger um in Mainz. Wo landen die Tiere? Na klar, auch hier unten. Dicke Mauern, Kellergeschoss, da hört keiner das Kläffen und Schreien.«

Ihre Stimme wurde lauter, sie redete sich in Rage. Gegen die Angst anzubrüllen, das half. Die Worte quollen geradezu aus ihr heraus, während sich in ihrem Geist die Einzelheiten zusammenfügten.

»Aber Erik wollte nicht mitziehen, stimmt's? Er hat sich nicht für Geld interessiert, sondern für wissenschaftliche Erkenntnisse. Und dann kommt's ganz dicke: Er meldet eine Veröffentlichung an, nämlich im Medizinhistorischen Journal. Einen Artikel über das neu gefundene Tollwutmedikament der Hildegard von Bingen. Aber das geht natürlich nicht, denn das würde zu viel Staub aufwirbeln. Also entschließt du dich, ihn zum Schweigen zu bringen – und zwar auf eine raffinierte Art. Du spritzt ihm den Tollwuterreger in den Nacken, direkt neben das Rückenmark, und schließt ihn ein, sodass er sich keine Hilfe holen kann. Die Krankheit bricht aus und ein paar Tage später ist er dem Tod nah. Jetzt schmeißt du ihn irgendwo in Mainz raus, er stirbt auf der Straße, und jeder denkt, er hätte sich bei einem gewagten Selbstversuch angesteckt. Freie Fahrt für dich und deine Pläne. Aber die kannst du jetzt vergessen, alle wissen Bescheid. Alle, die AZ, die Polizei, die Gerichtsmedizin. Du hast ausgespielt, Linus.«

Sie war am Ende ihrer Gedankenkette und schwieg. Erst jetzt spürte sie, dass Leonie sich an ihre Hüfte klammerte. Der Körper des Mädchens bebte, und plötzlich war auch Tinnes Angst zurück. Ihr wurde klar, dass ihr Bluff mit AZ und Polizei allzu leicht zu durchschauen war. Nein, Linus würde nicht von seinem Ziel abweichen. Sie waren in der Hand eines Mannes, der über Leichen ging.

Linus hatte sich währenddessen keinen Millimeter bewegt,

er stand da wie aus Stein, nur seine Augenlider wiederholten ihr Stakkato endlos. Nun trat er an den Labortisch heran, seine Bewegung war müde wie die eines alten Mannes. Er hob ein transparentes Probengefäß hoch, sodass Tinne es sehen konnte. Darin lag eine bräunliche Kugel, unregelmäßig, daneben etwas, das aussah wie trockenes Obst, dann noch ein flaches Ding mit filzigen Strähnen.

»838 Jahre.« Seine Stimme war kaum zu hören. »1179 ist sie gestorben, im Kloster Rupertsberg. Das ist 838 Jahre her.«

Es dauerte einen Augenblick, bis Tinne begriff. Das runde Ding war keine Kugel, es war ein menschlicher Schädel ohne Kiefer, braun gefärbt von den Jahrhunderten. Die Reliquien der Heiligen Hildegard, gestohlen aus der Eibinger Wallfahrtskirche. Knochen, Fasern, ein Stück Kopfhaut mit Haaren. Ihr grauste.

»Eine faszinierende Frau, so sagt man. Kirchenlehrerin. Wegbereiterin. Medizinerin. Ihre Heilkünste haben vielen Menschen geholfen. Seit 838 Jahren. So sagt man doch, oder?«

Es war mehr ein Selbstgespräch, das er führte. Tinne frage sich unwillkürlich, ob Linus noch ganz richtig im Kopf war. Wieder kam die lähmende Angst und umfing sie. Eingesperrt im Grusellabor eines Wahnsinnigen. Behutsam stellte er die Reliquien wieder zurück. Seine Hand zitterte, Tinne wusste nicht, ob es Ehrfurcht war oder Abscheu.

»Linus, hör zu«, fing sie an und versuchte, ihre Stimme ruhig klingen zu lassen. »Wir sollten über das, was du herausgefunden hast, in aller Ruhe reden. Schau, als Historikerin habe ich …«

»Sprich bitte nicht mit mir wie mit einem Verrückten, Ernestine.«

Tinne verstummte. Seine leise Stimme war schlimmer, als wenn er herumgebrüllt hätte.

»Was ich hier tue, folgt einem Plan. Einem klassischen Schema. Jeder Schritt baut auf vorherigen Ergebnissen auf, alles ist verifizierbar und wiederholbar. Wissenschaft, Ernestine. Wissenschaft, die vor vielen Hundert Jahren begonnen hat.« Er nahm einen anderen Gegenstand vom Labortisch, eine lange Stange mit Handgriff und einer Verdickung am anderen Ende. »Was fehlt noch? Das letzte Detail, das wichtigste. Der Abschluss. Die *Conclusio*.«

Linus näherte sich dem Gitter wie ein böser Geist, Tinne wich zurück und zog Leonie mit sich. Die Stange in seiner Hand – was war das? Ein Prügel? Eine Waffe? Ihre Glieder fingen an zu schlottern, schon stieß sie mit dem Rücken an die Wand der kleinen Zelle. Sie legte ihren Arm um das Mädchen und drückte es an sich.

»Linus, bitte … Sie ist ein Kind, sie versteht das hier alles doch gar nicht. Ich … ich weiß, warum du uns hierher gebracht hast, aber lass sie wenigstens …«

»Was weißt du schon, Ernestine?« Seine Worte waren kaum mehr als ein Flüstern. »Du weißt gar nichts. Du denkst, ihr beide seid hier, weil du zu viel herausgefunden hast? O nein, ich habe euch geholt, damit ihr den letzten Beweis liefert. Ihr seid längst schon Teil meines Experiments, ihr wisst es nur noch nicht.«

Mit einer blitzschnellen Bewegung stieß er den Stab durch das Gitter, der mit einem Mal brummte und an einem Ende einen kleinen, grellen Lichtbogen zeigte. Leonie schrie, Tinne versuchte auszuweichen, doch zu spät, der Lichtbogen berührte ihre Hand.

Ein Schmerz fährt durch ihren Körper, wie sie ihn noch niemals zuvor erlebt hat. Jede Wahrnehmung ist ausgeschaltet, sie klappt zusammen und knallt auf den Boden, es tobt in jedem Muskel. Atem holen geht nicht, das Gehör ist weg, ihr Hirn blockiert, es hat nur noch Platz für das Hier und Jetzt. Die Augen starren, verzerrte Froschperspektive von ganz unten. Sie sieht Linus, er schließt auf und kommt herein. Zieht Leonie weg von ihr, das Gesicht des Mädchens ist eine Maske aus Angst und Tränen. Packt es grob, zwingt es zwischen seine Knie, biegt den Kopf nach unten und hält plötzlich eine kleine Spritze in der Hand. Setzt die Nadel sorgfältig, sehr sorgfältig an Leonies Nacken an, sticht zu, drückt den Kolben, lässt die Kleine los, sie kauert sich heulend in einer Ecke zusammen. Kommt an Tinne heran, kniet nieder, eine zweite Spritze in der Hand. Berührung am Kopf, er wird zur Seite gebogen, keine Kontrolle über ihre Muskeln. Ein Finger, tastend im Nacken. Ein Stich, minimal nur, die Schmerzen im Körper sind viel, viel schlimmer. Sekunden später ist Linus schon wieder draußen, die Tür fällt zu, das Vorhängeschloss rastet ein.

Tinne liegt auf dem kalten Boden und spürt, wie ihr Nacken brennt. Das Tollwutvirus fängt an, sich zu vermehren. Es wird entlang der Nervenbahnen zum Rückenmark wandern. Es wird das Gehirn befallen. Es wird dort eine tödliche Kettenreaktion in Gang setzen.

Im Tosen der Schmerzen weiß sie, dass von nun an die Uhr läuft. 24 Stunden, dann hat die Krankheit gewonnen. Ticktack, ticktack.

*

»Hallo, das ist die Mailbox von Tinne Nachtigall. Sprechen Sie nach dem Ton, ich rufe zurück.«

Piiiiep.

»Hallo, mein Schatz, ich bin's. Du, ich komm gerade aus Köln zurück, hatte ich dir ja gesagt, dass wir da ein bisschen in Faßbenders Vergangenheit graben wollen. War leider ziemlich umsonst, er hat zwar viel gemacht und geforscht, aber nichts, was irgendwie ethisch fragwürdig war oder so was. Na ja, einen Versuch war's wert. Hör zu, ich komm jetzt nicht mehr vorbei, es ist spät, und du liegst wahrscheinlich noch immer oder schon wieder im Bett. Ist gut so, erhol dich ein bisschen nach allem, was los war. Klingel morgen einfach mal durch, okay? Drück dich!«

FREITAG, 17. NOVEMBER 2017

Die Marktfrau, gegen die Kälte eingepackt in zwei Jacken und Kopftuch, deutete einladend auf ihren Stand. »Na, Frau Doktor, wieder ein Kilo Lauch? Heut isser besonders dick!«

Karotten, Kartoffeln, Möhren, Tomaten und Porree reihten sich appetitlich auf. Doch Tara schüttelte mit einem Lächeln den Kopf: »Heute mal nicht, Frau Emons. Mein Einkaufszettel ist eher dienstlich!«

Sie liebte den Mainzer Wochenmarkt mit seinen bunten Schirmen, der dienstags, freitags und samstags vor dem Dom stattfand. Marktleute aus der Umgebung boten ihre Produkte an: Gemüse, Brote, Wurst, Käse, Honig, Antipasti, frische Blumen und vieles mehr. Die meisten Besucher waren Stammkunden, man plauderte mit den Verkäufern, tauschte Rezepte aus und erkundigte sich nach dem schlimmen Rheuma der Oma. Eine Attraktion für die Kinder war der Eiermann, der stets einen farbenprächtigen Hahn am Stand hatte. Morgen, am Samstag, würde sich der Wochenmarkt bis auf den Liebfrauenplatz erstrecken, dann kamen regionale Winzer hinzu. Dieses »Marktfrühstück« war beliebt bei Jung und Alt, die Mainzer trafen sich zu »Weck, Worscht und Woi« im Schatten des Doms.

Diesmal schlenderte Tara allerdings nicht im üblichen Tempo zwischen den Schirmen umher, sondern steuerte einen ganz bestimmten Stand an. »Elfis Kräuterstube«, verkündete ein handgemaltes Schild. Auf bodentiefen Regalen sammelten sich Töpfchen mit nahezu allem, was es an

Küchen- und Würzkräutern gab. Elfi, die Herrin über das grüne Wunderland, war Taras letzte Hoffnung bei der Vervollständigung von Hildegards Zutatensammlung.

Einen wichtigen Bestandteil hatte sie gestern bereits aufgespürt: Gedörrtes Schweinefleisch. Nachdem ihr weder Metzgereien noch Feinkostläden helfen konnten, wurde sie bei der Suche kreativer und ging nicht nur von menschlichem Appetit aus. Und siehe da, der »Fressnapf« in der Rheinallee erwies sich als Volltreffer. In der Hundeabteilung hingen dünne, in Plastik verpackte Schweinefleischstreifen, so trocken, dass man sie kaum mit der Hand biegen konnte. Was normalerweise die Zähne von Bello stärkte, wurde von Tara in der Gerichtsmedizin klein gemahlen und streng nach Rezept über Nacht in einem Tongefäß eingeweicht.

Heute war sie erneut auf Hildegards Spuren unterwegs. Die Manufaktur Vom Fass neben der Römerpassage konnte ihr zwei Liter rektifizierten Weingeist abfüllen, der normalerweise für die hauseigenen Brände genutzt wurde. Ptisane, gekochte Gerstengraupen, fand sie beim libanesischen Imbiss in der Klarastraße, der Besitzer gab ihr gleich noch ein halbes Dutzend Zubereitungsvorschläge mit auf den Weg.

Die Suche nach Heilkräutern gestaltete sich schwieriger. Es war Mitte November, draußen in der Natur wuchs kaum noch etwas. Sie telefonierte mit verschiedenen Gärtnereien, doch die konnten bei ihren sehr speziellen Anfragen nur den Kopf schütteln. Auch die Distributoren für Forschungs- und Medizinbedarf führten nur Halbfertigprodukte, keine frischen Pflanzen. Tara überlegte hin und her, bis ihr schließlich der grüne Stand auf dem Wochenmarkt einfiel, den sie schon oft gesehen, aber noch nie besucht hatte. Das Timing war perfekt, heute fand der Freitagsmarkt zum letzten Mal im Jahr statt, bald schon würden statt der Verkaufsstände die Glühweinbuden des Weihnachtsmarktes die Besucher anlocken.

»Was habbe Sie gesacht? Quendel? Ei sicher, des hab ich hier.« Elfi, eine quirlige Mittdreißigerin mit den Händen einer Gärtnerfrau, packte eine Handvoll Stängel mit kleinen lila Blüten ein. Ein Büschel Brennnesseln lag bereits säuberlich verschnürt auf dem Tresen.

»Und Gundermann, haben Sie davon etwas da?« Neugierig schaute Tara zu, wie die Frau unter einer Vielzahl Leinenbeutel einen auswählte. Krautige Pflanzen mit halbrunden Blättern kamen zum Vorschein.

»Die Gundelreb, da isse doch. Wie viel brauche mer'n?«

Mit den Händen deutete Tara eine üppige Portion an und konnte ihr Glück kaum fassen. Elfi war tatsächlich eine wandelnde Heilkräuterapotheke.

»Wie sieht's aus mit Zitwer? Können Sie mir da auch weiterhelfen?«

Die Kräuterfrau zog die Mundwinkel nach unten. »Ach du je, des glaab ich net. Nach dem wird ja so seltn gefraacht, gell. Geht ganz schlecht. Aber wadde Sie mal, vielleicht hab ich doch noch …« Sie brabbelte weiter, während sie unter dem Tresen verschwand und mit Transportboxen lärmte. Breit lächelnd tauchte sie wieder auf.

»Ei, so ein Zufall gibt's ja net, dass mei Tochter grad heut welche eingepackt hat!« Stolz hielt sie Tara eine Handvoll brauner Wurzelknollen unter die Nase, die aussahen wie dicke Würmer. »Unn des sind auch die Einziche, mehr hätt ich auch daheim net gehabt.« Die Knollen gesellten sich zu den übrigen Einkäufen, Elfi beugte sich mit schlecht verhohlener Neugier nach vorn.

»Aber saache Sie mal, was mache Sie denn mit all dene Sache? Trockne für Tee? Oder isses e Küchenrezept? Wisse

Sie, die Kunde frage mich ja immer, da hab ich gern e paar Tipps auf Lager.«

Tara wiegte den Kopf. »Hm, ja, ein Rezept«, meinte sie bewusst vage, »aber mehr so in die Gesundheitsrichtung.« Elfi würde sie wahrscheinlich für bekloppt halten, wenn sie erfuhr, dass ihre Kräuter für ein mittelalterliches Tollwutmedikament vorgesehen waren. Schnell wechselte sie das Thema und kam zum heikelsten Teil ihrer Mission.

»So, jetzt bräuchte ich noch etwas, das gibt's nicht mehr so oft, aber vielleicht haben Sie ja etwas davon. Und zwar Poleiminze. Flohkraut.«

Elfis Blick schaltete innerhalb einer Sekunde von freundlich auf misstrauisch. »Jetzt wolle Sie mich aber veräppele, gell? Oder is des e verdeckte Ermittlung, un Sie hole gleich de Polizeiausweis raus?« Sie verschränkte die Arme. »Da könne Sie aber suche, bis Sie schwarz wern, hier gibt' nix Illegales. Keen Hanf un kei Aztekensalbei un so Zeuch. Un ganz bestimmt auch kei Flohkraut.«

Tara war überrascht vom Ausbruch der Frau und hob beschwichtigend die Hand. »Nein, nein, keine Polizeikontrolle, nur ein sehr altes Rezept. Es ist aus dem Mittelalter, und da steht das Flohkraut halt als ganz normale Zutat drin. Es hätte ja sein können, dass Sie etwas davon haben.«

Bestimmt schüttelte Elfi den Kopf, ihre Miene blieb finster. »Ganz sicher nit. Un bevor Sie fraache: Ich kann Ihne auch net sage, wo Sie des herkriche. Ich kenn keinen, der sich strafbar macht weche so em verbotene Kraut, des sowieso kaum mehr genutzt wird.«

Tara bedankte sich, zahlte und machte, dass sie davonkam. Wer wusste schon, ob Elfi nicht gleich mit Roter Bete nach ihr warf. Auf dem Weg über den Markt grübelte sie. Nun hatte sie alles beisammen, um das geheimnisvolle Rezept nachzukochen – außer der vermaledeiten Poleiminze, die bestenfalls heimlich angebaut wurde. Ihr fiel kein Mensch ein, den sie hierzu fragen konnte. Es sei denn …

Die Idee war verwegen, aber sie hatte nichts zu verlieren. Schnell machte sie sich auf den Weg zum Winterhafen, um ihr Auto zu holen. Ihr nächstes Ziel war Bodenheim.

Das versprach ein spannendes Wiedersehen zu werden.

*

»Bittebittebitte, Mama, noch einmal zu dem Mann mit dem Helm! Ein Foto für Papa, bitte!«

Finn stemmte sich mit ganzer Kraft gegen die Marschrichtung seiner Mutter. Mit beiden Händen hielt er ihren Zeigefinger und kleinen Finger umklammert, um besser zerren zu können.

»Nein, wir haben doch schon ganz viele Bilder gemacht. Da sieht der Papa alles drauf, dich und auch den Mann. Und den Helm.«

Eigensinnig schüttelte der Junge den Kopf und bestand auf ein weiteres Foto. Seine Mutter verdrehte die Augen, gab aber schließlich nach. Sie wollte heute Vormittag noch einiges in der Stadt erledigen, da war ein bockiger Sechsjähriger eine denkbar schlechte Begleitung.

Um die beiden herum war viel los. Die Feuerwache 2 an der Rheinallee begrüßte heute alle kleinen und großen Besucher zum Tag der offenen Tür, schon jetzt gegen zehn hatten sich viele Gäste eingefunden. Die Wache hatte bei der Eröffnung wegen des mittig verschobenen 112-Schriftzugs viel Spott erdulden müssen, doch inzwischen gehörte das helle Gebäude mit dem roten Dachkubus selbstverständlich zum Straßenbild. Fünf große Löschzüge parkten in Reih und Glied, an einem Schrottauto wurde der Einsatz der Rettungsschere vorgeführt, zwei knallrote MAN-Oldtimer aus den 1960ern waren polierter Blickfang. Ein Bratwurststand schickte Rauch in den Himmel, neben Kaffee und Kuchen ging auch schon das eine oder andere Bier über den Tresen. Zum Glück war das Wetter trocken, die offenen Pavillons hatte man mit Heizpilzen ausgestattet.

»So, jetzt, was willst du denn noch für ein Foto haben?« Finns Mutter zückte ihr Handy, der Kleine stürmte voran.

»Einmal so von hier. Ich davor, und der Mann hinten. Und … und so, dass man den Helm sieht!« Der Junge stellte sich in Positur, seine Mutter fotografierte. So, noch einmal quer, damit es später kein Gejammer gab. Sie musste schmunzeln – das Motiv war aber auch wirklich köstlich! Hinter Finn war eine echte Rarität geparkt, ein hölzerner Spritzenwagen mit Glocke und Speichenrädern, bestimmt schon über 100 Jahre alt. Passend dazu stand ein dicker Mann in altmodischer Feuerwehruniform daneben, komplett mit geknöpfter Uniformjacke und lederner Schärpe. Auf dem Kopf trug er eine Pickelhaube, die sein rundes Gesicht mit buschigen Koteletten besonders gut zur Geltung brachte. In seiner Hand hielt er eine Messingglocke, die er in regelmäßigen Abständen erklingen ließ. Der Dicke machte ganz offensichtlich Werbung für die AZ: Eine Stellwand zeigte uralte Ausgaben in Schnörkelschrift, an einem kleinen Tisch konnte man Probeabos für die Zeitung abschließen.

Die Mutter senkte ihr Handy. »So, Finn, jetzt aber ab, wir haben noch viel vor heute.« Folgsam ging der Kleine mit. Sie freute sich darauf, die Fotos ihrem Mann zu zeigen. Das Einzige, was fehlte, war ein Lächeln des Feuerwehrmannes, darauf hatte sie leider vergebens gewartet. Warum auch immer, der Dicke zog ein Gesicht wie sieben Tage Regenwetter.

Elvis wusste nicht, ob er vor Scham im Boden versinken oder vor Wut explodieren sollte. Dieser Vormittag war der absolute Tiefpunkt seiner Reporterkarriere. Auf dem Feuerwehrfest in einer lächerlichen Uniform Werbung für die AZ zu machen – das schlug dem Fass den Boden aus.

Heute früh hatte die Mistkaeferin ihn vor vollendete Tatsachen gestellt, ein altmodisches Theaterkostüm mitsamt Pickelhaube hervorgezaubert und ihn auf direktem Weg in die Rheinallee geschickt. »Und vergessen Sie nicht, Wissmann: Sie sind heute das Gesicht der AZ, also bitte recht freundlich!« Das waren ihre letzten Worte gewesen, dazu hatte Jannik im Hintergrund hämisch gelacht.

Nun stand Elvis seit einer Stunde auf dem Feuerwehrfest und läutete vor sich hin, er hatte geschätzte 100 Sprüche abbekommen und ebenso viele peinliche Fotos erdulden müssen. Die Uniform zwickte, die Pickelhaube war eng und schabte wie ein Folterinstrument. Dummerweise war sie mit einem Lederband unter dem Kinn befestigt, Elvis hatte nicht kapiert, wie der Verschluss funktionierte, und das Ding entnervt mit zwei Dutzend Knoten festgezurrt. Nun konnte er den Helm nicht mehr abnehmen, um seiner Kopfhaut eine Pause zu gönnen. Er hätte schreien mögen! Mit zusammengebissenen Zähnen schaute er geradeaus, als die nächste Familie ankam und die Kinder juchzend auf ihn zeigten. Da klatschte von hinten eine Hand auf seine Schulter.

»Hoho, Spritzenmann, na, willste jetzt 'n Bier?«

Ein kleiner Mann schob sich vor ihn. Elvis ließ die Augen auf halb acht sinken – nicht schon wieder der Feuerwehropa! Das Gesicht mit dem struppigen Schnauzer und den weißen Stoppeln kannte er zur Genüge, der Typ hatte ihn vorhin geschlagene 20 Minuten zugetextet und sich kein bisschen daran gestört, dass von Elvis nichts außer einem Brummen und knappem Nicken gekommen war.

»Ich hab ja noch gar nicht fertig erzählt, wie das damals gewesen ist mit ›Wetten, dass..?‹! Und zwar, pass auf.« Der

Alte nahm einen Schluck aus seinem Bierbecher und wischte sich in bester Reeperbahnmanier mit dem Ärmel über den Bart. »Ich hatt mich da also angemeldet beim Gottschalk, die haben am Ende ja immer eine Adresse eingeblendet, wo man hinschreiben kann mit Wettideen. So, und zwar …«

Elvis ließ das Gerede stoisch über sich ergehen. Er wusste inzwischen, dass sein Gegenüber Walter hieß, von allen Walli genannt wurde, früher aktiv bei der Mainzer Berufsfeuerwehr war, insgesamt über 2.000 Einsätze mitgemacht hatte, auf dem Hartenberg wohnte, geschieden war, zwei Söhne hatte und kein Heimspiel von Mainz 05 versäumte. Die aktuelle Geschichte drehte sich um ein Highlight in Wallis Leben: seine Bewerbung bei ›Wetten, dass..?‹ anno 1988.

»… dass ich alle Wehren in Deutschland am Ton erkenne, alle! Gut, damals war ja noch die DDR, aber egal, sind noch immer über 200 Wehrregionen. Und jede Region hat mindestens vier Signale, nämlich für Bereitschaft, Alarm, Ausrücken und für Ortsschau. So, und mein Wettvorschlag war also, dass ich nach fünf Sekunden Signalton sagen kann, welche Wehr das ist und welches Signal, und dass …«

Wallis Geschwafel machte Elvis klar, dass er seine Lebenszeit verschwendete. Nicht nur hier und jetzt, sondern im gesamten Zeitungsbetrieb unter der Knute der Mistkaeferin. Gnadenlos und ohne Aussicht auf Besserung. Mit geballten Fäusten spürte er, wie sich ein Entschluss in ihm festigte: Das war's, seine AZ-Karriere hatte gerade ihr Ende gefunden. Passend zu Wallis tragischem Finale (er bekam niemals auch nur eine Antwort von der ›Wetten, dass..?‹-Redaktion) entschloss Elvis sich, heute Nachmittag bei der Rückgabe des Kostüms seine Kündigung einzureichen. Aus, Schluss, finito. Das Kapitel AZ war ein für alle Mal beendet.

Ein piepsiges SMS-Signal unterbrach seine Grübelei und Wallis Mitteilungsdrang, Elvis zog sein Siemens-Uralt-Telefon aus einer der Uniformtaschen. Neuerungen wie mobiles Internet, Fotofunktion und WhatsApp waren damit Zukunftsmusik, Elvis verzichtete aber gerne darauf. Wer etwas von ihm wollte, sollte ihn anrufen oder eine SMS schicken, basta. Dazu kam, dass seine Wurstfinger sich problemlos auf den breiten Tasten zurechtfanden und er nicht wie bei modernen Smartphones drei Funktionen gleichzeitig antippte.

Die Nachricht kam von Laurent: »Hast du gestern oder heute was von Tinne gehört? Oder sie gesehen?«

Elvis schaute vor sich hin und überlegte. Vorgestern Abend hatte er mit Tinne und Tara im Uni-Archiv gesessen, nachts war dann der Angriff des tollwütigen Hundes geschehen. Gestern hatte der Stromausfall für Halligalli in der Stadt gesorgt, in der Zeitung war entsprechend viel los gewesen. Und heute, nein, da hatte er auch noch nichts von Tinne gehört.

»Nein, warum?«, tippte er.

»Erreich sie nicht. Gestern und heute nicht, Handy ist aus, sie ruft nicht zurück. Meld dich, wenn du was hörst!!!«

Elvis steckte das Telefon weg. Wallis Geschichten waren mit einem Mal unwichtig geworden. Mit dem sicheren Instinkt eines Reporters wusste er, dass etwas nicht stimmte.

*

Laurent saß in der Einsatzbesprechung, schloss die SMS-Funktion seines iPhones und schaute auf die Uhr. Der Zeiger schlich, während sich vorn die Ablaufanalyse hinzog und der Koordinator von einem Detail zum nächsten kam. Der gestrige Stromausfall zog noch immer seine Kreise, 30 Kollegen blätterten in ihren Unterlagen und kritzelten Notizen.

Das alles interessierte den Kommissar herzlich wenig,

seine Gedanken waren bei Tinne. Elvis wusste nichts von ihr, und in der Kommune war niemand zu erreichen. Nun gut, wahrscheinlich hatte Bertie Dienst, und Axl machte im Keller Krach mit seinen Bandkollegen. Aber auch die Sekretärin im Historischen Seminar hatte Tinne heute noch nicht gesehen, und unter ihrer Handynummer ging nach wie vor nur die Mailbox ran.

Die Einsatzbesprechung war sakrosankt, Laurent konnte sie ohne dienstlichen Grund nicht schwänzen. Aber danach würde er in die Wilhelmstraße fahren und schauen, was da los war. Irgendetwas passte nicht, das spürte er deutlich.

Sein Handy brummte. »Claudia Frick«, verriet das Display. Nanu, Claudi? Sein ungutes Gefühl wurde stärker, mit einer entschuldigenden Geste schob er seinen Stuhl zurück und verließ den Besprechungsraum.

»Hallo, Laurent, Claudi hier. Sag mal, weißt du, was mit Tinne los ist und mit Leonie?«

Laurent merkte, dass seine Stimme mit einem Mal gepresst klang.

»Wieso?«

»Na ja, Tinne war gestern hier und hat Leonie abgeholt, ziemlich früh wegen irgendeinem Termin an der Uni. Dann hat sie nachmittags eine WhatsApp geschrieben, dass sie Leonie über Nacht bei sich lässt, weil sie in der Kommune eine Pyjamaparty machen wollen. Aber seitdem erreiche ich sie nicht mehr, und eben hat die Kita angerufen. Leonie ist gestern nicht da gewesen und heute auch nicht.«

Die unterschwellige Besorgnis in Laurent wuchs innerhalb eines Augenblicks zu einem Knoten aus Angst und dem Bedürfnis, zwei Dutzend Sachen gleichzeitig zu machen. Während er noch mit Claudi telefonierte, stürmte er in sein Büro und suchte die entsprechenden Kontakte in der internen Abteilungsliste. Zehn Minuten später hatte er die Fakten: Ein Fahrrad mit Kindersitz, dessen Beschreibung auf Tinnes Rad passte, war verlassen in einer Grünfläche nahe der Hechtsheimer Straße gefunden worden. Ihr Handy hatte in der dortigen Mobilfunkzelle seine Sendefunktion eingestellt, es war dann nochmals am Nachmittag online gegangen, in der Zelle des Gutenbergcenters in Bretzenheim. Seither konnte das Signal nicht mehr geortet werden.

Laurent starrte auf den Bildschirm und sah das Szenario vor sich, als würde es sich vor seinen Augen abspielen: Jemand hatte Leonie und Tinne auf dem Weg in die Kita entführt und ihr Mobiltelefon abgeschaltet. Später war es kurz an- und gleich wieder ausgestellt worden, um die WhatsApp an Claudi zu verschicken. Der Entführer hatte dazu das Einkaufscenter gewählt, wo sich im Real und im Media Markt die Menschenmassen drängten. Unendlich viele Mobilsignaturen waren gleichzeitig in der Funkzelle eingebucht und machten eine nachträgliche Spurensuche unmöglich. Und nun war Tinnes Telefon tot. Es gab keine Chance, sie und Leonie per digitaler Ortung aufzuspüren.

Eine Minute später war Laurent auf dem Weg zu seinem Chef, um die Polizeimaschinerie anlaufen zu lassen. Das verzerrte Gesicht von Erik Faßbender gaukelte wie ein Irrlicht vor ihm und ließ ihn fast rennen. Er schickte ein Stoßgebet zum Himmel, dass Tinne und die Kleine sich nicht in eine ähnliche Situation manövriert hatten.

*

Kälte, Schmerzen und Angst waren Tinnes Begleiter in den Nachtstunden gewesen, sie hatte Leonie ganz nah an sich herangezogen und mit ihrer Jacke zugedeckt. Um die Kleine nicht noch mehr zu ängstigen, unterdrückte sie ihre Tränen, summte Lieder und murmelte frei erfundene Geschichten in Leonies Ohr. Das Mädchen hielt sich tapfer und schlummerte sogar hin und wieder ein. Vorsichtig hatte sie sich den Nacken der Kleinen angeschaut. Ein winziger Einstich war zu sehen, die Haut darum rötete sich und fühlte sich warm an. Mit den Fingerspitzen ertastete Tinne dasselbe an ihrem eigenen Haaransatz. Sie wusste, was das bedeutete: Das Virus war dabei, sich zu vermehren. Ticktack, ticktack.

Linus war die meiste Zeit im Labor gewesen, ohne ein einziges Wort an sie zu richten. Zwei- oder dreimal verschwand er kurz, Tinne hörte jedes Mal eine schwere Eisentür zuschlagen. Den Rest der Zeit arbeitete er mit unendlicher Geduld an Petrischalen, sortierte Versuchsreihen im Brutschrank und tippte Ergebnisreihen in ein Notebook. Mit dem Elektroschocker, den Tinne zu spüren bekommen hatte, trat er immer wieder an die Käfige mit den Tieren heran. Tinne sah zwar nicht, was er dort tat, doch das Kläffen und Jaulen war schlimm genug. Am liebsten hätte sie sich unsichtbar gemacht, um diesem Teufel nicht länger ausgeliefert zu sein.

Nun kämpfte Tinne ihre lähmende Angst nieder und stand auf. Reflexartig klammerte sich Leonie an sie. »Nicht, nicht, nicht gehen!«

Behutsam strich Tinne ihr übers Haar. »Ich gehe nicht, keine Angst, ich bleib bei dir.« Sie trat an das Gitter heran.

»Wie geht's weiter, Linus?«, fragte sie mit einer Stimme, deren ruhiger Tonfall sie selbst überraschte. Der massige Mann im Laborkittel saß mit dem Rücken zu ihr am Arbeitstisch und rührte sich nicht, nur seine Armbewegungen verrieten, dass er etwas tat.

»Wenn Leonie und ich innerhalb der nächsten Stunden keine Impfung bekommen, werden wir sterben. Dann … dann hast du zwei weitere Menschen umgebracht. Drei

Morde, Linus. Egal, wie teuer du dein Medikament verkaufst – du wirst gejagt werden, du wirst den Rest deines Lebens im Gefängnis verbringen.«

Noch immer kam keine Reaktion. Sie schaute auf seinen breiten Rücken, als könne ihr Blick Löcher hineinbrennen.

»Mein Gott, Linus, sie ist noch ein Kind! Sie hat ihr ganzes Leben vor sich. Du kannst es ihr nicht einfach wegnehmen, dazu hast du kein Recht!«

Seine hohe, sanfte Stimme erklang, ohne dass er seine Tätigkeit unterbrach. »Wer darf leben, wer darf sterben, Ernestine? Wer trifft diese Entscheidung? Du, ich? Oder jemand wie Hildegard von Bingen? Was passiert, wenn eine solche Entscheidung 800 Jahre durch die Zeit reist?«

Tinne hatte keine Ahnung, wovon er redete. Mehr und mehr wurde ihr klar, dass Linus nicht ganz richtig im Kopf war. Sicherlich ein Genie bei dem, was er hier tat, aber seine menschliche Seite hatte dem Wahnsinn Platz gemacht.

»Die Zeit zurückdrehen können wir nicht. Entscheidungen korrigieren, besser machen … leider nein. Alles, was wir tun können, ist die Zeichen lesen. Selbst wenn es viele Jahrhunderte dauert. Aber jemand muss den Anfang machen, oder?«

Was um alles in der Welt schwafelte er da? Tinne packte das Gitter und ließ es klappern. Ihre Stimme wurde scharf. »Linus, sag, was du mit uns vorhast! Willst du uns hier verrecken lassen wie deine Versuchstiere?«

Endlich rückte er zur Seite und drehte sich um. Eine Schutzbrille gab ihm einen fremden Ausdruck im Gesicht, seine Hände steckten in Handschuhen und waren rot. Blutrot.

Tinne schrie, als sie sah, was vor ihm auf dem Labortisch lag. Es war eine Katze, ein zierliches Tier, braun-weiß gescheckt, die vier Beine mit Stahlklammern auseinandergezogen, der Körper entlang des Rückens aufgeschlitzt. Das helle Fell war rotschwarz verklebt, die Wirbelsäule schimmerte hindurch, der Kopf war grässlich abgeknickt, blutiger Schaum hatte sich vor dem Maul ausgebreitet. Ein Teil des Gehirns lag als graue Masse bloß, Nadeln steckten darin.

Tinnes Schrei machte die übrigen Tiere in ihren Käfigen rasend, sie bellten und kreischten, über allem lag Linus' helles, fast kindliches Lachen. Er hielt einen blutigen Fetzen hoch, den er aus dem Kopf der Katze herausgeschnitten hatte.

»Die Zeichen lesen«, rief er mit aufgerissenen Augen, die hinter der Brille gespenstisch aussahen. »Die Zeichen lesen, Ernestine!«

Immer noch lachend ließ er das Stück Fleisch in eine mit Flüssigkeit gefüllte Analysenflasche fallen, verschraubte sie und verließ das Labor. Wieder knallte die Eisentür, der Klang hallte nach. Die Tiere beruhigten sich, endlich herrschte Ruhe. Nur das Weinen von Leonie war zu hören, leise und verzweifelt. Tinne drehte die Kleine so, dass sie die tote Katze nicht sehen konnte, während ihr Kopf Amok lief. Sie spürte förmlich, wie sich die Viren vermehrten, wie sie unaufhaltsam ihren Weg an den Nervenbahnen zurücklegten, um das Gehirn zu besiedeln. Jede Minute, die verrann, brachte sie und Leonie näher an den Tod. Die Zeichen lesen. Was meinte Linus damit? Würde er ihnen das Hildegard-Medikament verabreichen, sobald die Tollwut ausgebrochen war? Und dann? Das schreckliche Bild der Katze machte Tinne klar, dass er seine Experimente ohne jedes moralische Bedenken bis zum Ende durchziehen würde.

Sie holte tief Luft. Was auch immer Linus als Nächstes vorhatte, sie war entschlossen, für Leonies und ihr Leben zu kämpfen. Mit viel Überredungskunst setzte sich die

Kleine hin, dann nahm Tinne ihr Gefängnis in Augenschein. Die Nischen, in der sie und auch die Tiere sich befanden, waren früher wohl einmal Lagerräume gewesen, außer Beton und abblätternder Farbe befand sich nichts darin. Das Gitter war rostig und alt, aber trotzdem stabil. Eine Tür, ebenfalls aus Gitterstreben, war darin eingelassen, das Vorhängeschloss am Riegel hatte Industriequalität. Keine Chance, es ohne Werkzeug aufzubekommen.

Nun drückte Tinne sich platt an die Stäbe, um so weit wie möglich nach rechts und links schauen zu können. Links, in Richtung der Tierverschläge, entdeckte sie nichts, aber rechts erspähte sie einen metallenen Klotz, eines der alten Laborgeräte, die vor zig Jahren hier geparkt worden waren. Eine Zentrifuge vielleicht oder ein Inkubator, so genau kannte Tinne sich nicht aus. Das Gerät stand auf Gummirollen. Am äußeren Ende des Gitters streckte sie ihren Arm heraus und drückte die Schulter nach vorn. Ihre Finger tasteten die Wand entlang. Da, Metall! Innerlich pries Tinne ihre 1,85 Meter mit entsprechender Spannweite, denn eine Frau mit Durchschnittsgröße hätte hier ganz sicher keinen Erfolg.

Mit eisenhartem Griff versuchte sie, das Gerät heranzuziehen. Es war schwer, die Gummirollen klebten am Boden fest, doch endlich ruckte es ein Stück in ihre Richtung. Und noch ein Stück und noch eins, dann stand es vor dem Gitter.

»Was ist das?«, fragte Leonie und blinzelte mit verheulten Augen.

»Keine Ahnung, aber hoffentlich unser Schlüssel, um hier rauszukommen.« Tinne drehte das Ding einmal im Kreis, es war ein Kasten, so groß wie ein Backofen, mit einer runden Luke aus Metall und einigen Anschlusskabeln. Wofür auch immer es gedient haben mochte – Tinne brauchte nur

Sekunden, um herauszufinden, dass man die Luke recht einfach aushaken konnte. Der Erfolg machte sie zuversichtlicher, sie spürte, wie ihre Angst nachließ und sie von Tatendrang erfüllt wurde.

»Leonie, geh ein Stück zurück. Hier kann's gleich knallen«, warnte sie das Mädchen. Die runde Luke war schwer, sie brauchte zwei Anläufe, um sie zwischen der Gittertür und der benachbarten Strebe zu verkeilen. Dann klemmte sie ihre Beine an die Wand, fixierte die Luke vor ihrem Körper und übte Druck darauf aus. Der improvisierte Hebel funktionierte, die Gittertür knirschte, endlich gab der Hebel mit einem gequälten Geräusch nach. Er sprang auf, das Schloss fiel zu Boden. Im letzten Augenblick schaffte Tinne es, die Luke festzuhalten, bevor diese laut klappern konnte.

»Komm, Leonie, schnell jetzt!«, zischte sie und nahm das Mädchen bei der Hand. Mit den Händen bedeckte sie Leonies Kopf, während sie an der toten Katze vorbeischlichen. Der Kadaver inmitten von Blut und Schaum sah furchtbar aus, Tinne fragte sich unwillkürlich, wie viele seiner Versuchstiere Linus getötet hatte. Augen, Klauen und Zähne verfolgten jeden ihrer Schritte aus den hinteren Verschlägen, doch zum Glück verhielten sich die kranken Tiere einigermaßen ruhig.

Der rechte Teil des Labors war überraschend geräumig, weiteres ausgedientes Mobiliar stand herum, die Schimmelflechten und die nassen Wände verliehen allem eine morbide Atmosphäre. Eine Metalltür verschloss den Raum, von dem roten Lack, der sie einmal überzogen hatte, waren nur noch abblätternde Partikel übrig. Tinne traute sich kaum, auf die Klinke zu drücken. Unverschlossen! Sie drehte sich halb zu Leonie um. »Jetzt sind wir gleich draußen, gleich haben wir es geschafft!«

Die Kleine nickte tapfer. Da sah Tinne hinter ihr etwas, das ihr Herz hüpfen ließ. Auf einem Vorsprung lagen ihr Schlüssel, der Geldbeutel … und ihr Handy! Noch nie war sie so froh gewesen, das von Axl geerbte und mit einem Motörhead-Sticker verzierte Samsung zu sehen! In Windeseile griff sie danach, doch nun war ihre Glückssträhne zu Ende. Das Display zeigte keinen Empfang an, das alte LeCaris-Labor musste tatsächlich sehr dicke Wände haben oder sie mussten sich unter der Erde aufhalten.

»Okay, lauf hinter mir her. Und ganz, ganz leise!«

Die Metalltür war schwer, bewegte sich aber geräuschlos in den Angeln. Behutsam schloss Tinne sie wieder und schaute sich um. Die beiden befanden sich in einem Flur, lang und dunkel, eine einzige Neonröhre beschien die Kacheln an den Wänden. Der bauliche Zustand war, wenn überhaupt möglich, noch desolater. Weitere Flure zweigten ab, in denen das Licht versickerte und nur noch mehr Verfall und Schmutz erahnen ließ. Tinne hielt Leonie bei der Hand und schlich durch den Hauptflur. Sand knirschte unter ihren Füßen, hier und dort glitzerten Pfützen im Halbdunkel. Endlich kam Tageslicht in Sicht. Es fiel zwar nur durch die Ritzen einer weiteren Tür, doch diese führte ganz offensichtlich nach draußen.

»Da! Ich will raus da!« Leonie zeigte auf die schmalen Lichtfinger. Tinne spürte, wie ihre Hoffnung wuchs. Plötzlich stockte sie – hatte sie nicht ein Geräusch in einem der Nebengänge gehört? Sie hielt den Finger vor die Lippen, gemeinsam lauschten sie, doch alles blieb still. Tinne hoffte inständig, dass es nur ein Streich ihrer überreizten Nerven gewesen war. Langsam ging sie weiter, Leonie dicht neben sich. Einer Eingebung folgend, holte sie das Handy heraus, um sofort einen Hilferuf absetzen zu können, sobald es sich wieder ins Mobilfunknetz einloggen würde. Ihr erster

Reflex war, Laurent anzurufen. Doch das war keine gute Idee, er hatte sein Telefon bei Besprechungen oder Verhören oft auf leise gestellt und ging nicht ran. Elvis! Der Dicke verpasste selten einen Anruf, klar, brandneue Informationen waren schließlich sein tägliches Brot als Reporter. Leonie hatte sie inzwischen überholt und zerrte sie voran, es war, als würde das Kind von den dünnen Streifen Tageslicht magisch angezogen.

»Ich komm ja schon! Gleich weiß Onkel Elvis Bescheid, wo wir sind, und dann kommt er uns holen und bringt dich zu Mama und Papa.« Sie hatte Elvis' Kontakt bereits geöffnet und wartete nur noch auf den ersten Balken, der ihr anzeigte, dass das Telefon endlich wieder Empfang hatte.

*

Tara war zwar noch nie hier gewesen, aber das Haus entsprach haargenau ihrer Vorstellung: alt, von Efeu umrankt, das Dach schief. Jenseits des Bodenheimer Ortsrandes gelegen wirkte es, als wäre es aus der Zeit gefallen und würde einer anderen, älteren Welt angehören. Die Autos auf der Laubenheimer Straße waren hier kaum mehr zu hören, Tara hatte ihren Wagen zweimal wenden müssen, bis sie auf die versteckte Abfahrt in Richtung Bahnstrecke gestoßen war. Im Geiste dankte sie den Spezialisten der Mainzer Polizei, die die ungewöhnliche Adresse zügig aus dem Melderegister herausgesucht hatten.

Sie parkte ihren weißen Evoque, der inmitten der Natur und der alten Mauern wie ein Raumschiff wirkte. Eine Klingel suchte sie vergebens, also klopfte sie halblaut an die Holztür des Hauses. Nichts rührte sich, sie klopfte ein zweites Mal. Noch immer keine Antwort. Gerade wollte sie das Grundstück umrunden, da spürte sie die Anwesenheit eines anderen Menschen hinter sich. Erschrocken fuhr sie herum und stand Auge in Auge einem Mann gegenüber, der sie unbewegt musterte.

Tara brauchte eine Sekunde, um sich von ihrem Schrecken zu erholen. Sie zwang ihren Puls zur Ruhe. »Überraschende Auftritte sind ja schon immer Ihr Markenzeichen gewesen, Rasmus.«

Der Mann rührte sich nicht. Er trug einen altertümlichen Mantel und ein Hemd, das am Hals von geflochtenen Schnüren zusammengehalten wurde. Ein Schlapphut beschattete sein unrasiertes Gesicht, das scharfe Falten und geradezu hypnotische Augen besaß. Nach einer Weile, die Tara wie eine Ewigkeit vorkam, öffnete er den Mund. Seine Stimme war leise, aber präsent.

»Welch unerwartetes Wiedersehen. Jemanden, der Schubladenmedizin altem Wissen vorzieht, sehe ich hier normalerweise nicht gerne. Aber Ihr habt seinerzeit geholfen, altes Unrecht zu sühnen. Das habe ich Euch nicht vergessen. Seid also willkommen und sagt, was Euch hierher führt.«

Unwillkürlich musste Tara lächeln. Der Mann, den sie nur als Rasmus kannte, hatte vor Jahren eine wichtige Rolle bei einem Tinne-und-Elvis-Fall gespielt und Tinne einen geradezu sagenhaften Cannabisrausch im Kommunenhof beschert – die Geschichte erheiterte heute noch die weinseligen Runden in der Wilhelmstraße. Rasmus lebte in einer etwas anderen Realität, die irgendwo zwischen heute und dem Mittelalter lag, seine Sprache war gestelzt und sein Habitus von vorgestern. Doch er hatte Charisma, es war schwer, sich seinen fesselnden Augen und seiner dunklen Stimme zu entziehen. Wie von selbst übernahm Tara seine altmodische Ausdrucksweise.

»Ich brauche Eure Hilfe, Rasmus. Die Schubladenmedizin, wie Ihr sie nennt, ist zwar mein Beruf. Aber ich bin nicht blind und taub, und ich weiß, dass es jenseits unserer Lehrbücher viel zu entdecken gibt. Ernestine und ich suchen etwas, das uns bei einem fast 1.000 Jahre alten Arzneirezept fehlt. Eine Zutat, die es hierzulande kaum mehr gibt und die …«, sie erlaubte sich ein winziges Lächeln, »auch nicht ganz konform geht mit den heutigen Gesetzen und Vorschriften.«

Nichts rührte sich in Rasmus' Gesicht, nur seine Augen nahmen Tara ganz und gar ein. Sie musste sich konzentrieren, diesem Sog zu widerstehen. Ob zehn Sekunden oder zehn Minuten vergingen, vermochte sie nicht zu sagen, dann endlich deutete sich ein amüsierter Zug in Rasmus' gegerbtem Gesicht an. »Eine Zutat für ein altes Rezept, sagt Ihr. Soso. Und Ernestine weiß auch darüber.« Er machte eine steife Bewegung zum Haus hin. »Nun denn, seid Gast in meiner Kräuterstube und meinem Garten. Lasst uns schauen, ob wir Euer geheimnisvolles Gebräu vervollständigen können.«

Eine Viertelstunde später saß Tara im Evoque und lenkte ihn in Richtung A 60. Sie konnte nicht umhin, diesen Rasmus tatsächlich als ein Relikt aus einer anderen Zeit zu bezeichnen. Die dunklen Räume, das irdene Geschirr und die von der Decke hängenden Kräuterbüschel hatten sie an die Stube eines uralten Magiers erinnert. Aber sie war nicht vergebens gekommen. Auf dem Rücksitz lagen, fein säuberlich in Leinen verpackt, fünf Büschel Poleiminze mit kräftigen Stängeln und gezackten Blättern. Endlich konnte sie das Rezept der Hildegard von Bingen nachkochen, das nach Jahrhunderten der Vergessenheit mit einem Mal einen solchen Aufruhr verursachte.

*

Zwei Halbwüchsige umlagerten Elvis, jeder mit einem Bierbecher bewaffnet. Einer filmte mit dem Handy, der andere wedelte mit einem brennenden Feuerzeug vor Elvis' Nase.

»Ey, ey, Feuerwehrmann, es brennt! Mach was!« Er schüttelte sich vor Lachen und zog übertrieben ängstliche Fratzen für die Kamera. »Hier, hier, musste löschen, ganz schnell.«

Elvis brauchte schier übermenschliche Beherrschung, um die beiden nicht ungespitzt in den Boden zu rammen. Ging's noch peinlicher? Er sah sich schon auf Facebook und YouTube, wo ganz Mainz über die AZ-Witzfigur lachen würde. Vor lauter Ärger überhörte er fast das dünne Fiepen seines Telefons, das einen Anruf meldete. Eilig zog er es aus der Uniformtasche, was den beiden Jugendlichen neues Krakeelen entlockte. »Wasissn das fürn Ding, ey? Das is ja so alt wie du! Haste das mit den Klamotten zusammen gekauft oder was?«

Das Geschrei wurde für Elvis unwichtig, als er die Nummer auf dem Display sah. Tinne! Mit einer herrischen Bewegung brachte er die Jungs zum Schweigen, dann nahm er den Anruf an. Zuerst war nichts zu hören bis auf Knistern und schwache Umgebungsgeräusche.

»Hallo? Tinne?« Er drückte das Handy fest ans Ohr, um den Lärm des Feuerwehrfestes möglichst auszublenden. Endlich erklang Tinnes Stimme, leise, ängstlich und undeutlich.

»Elvis, ganz schnell: Leonie und ich sind hier eingesperrt in … in so einem alten Labor, weiß nicht wo, das Abrissgebäude von LeCaris, denk ich.«

Atemgeräusche waren zu hören, ein leises Kratzen.

»Hör zu, wir haben's jetzt rausgeschafft in den Flur, aber wir müssen ganz, ganz dringend ins Krankenhaus, weil wi…« Mitten im Wort brach sie ab, ein dumpfer Schlag ertönte. Die Verbindung war noch da, aber außer Hintergrundrauschen war nichts mehr zu vernehmen.

»Tinne? Bist du noch dran?« Elvis wäre vor lauter Verzweiflung am liebsten ins Telefon gekrochen. »Hallo?«

Nach einigen weiteren Sekunden knackte es, der Anruf war beendet. Sofort rief Elvis zurück, doch es ging nur die Mailbox ran, Tinnes Telefon war aus. Wie angewurzelt stand er da, die Worte hallten in seinem Kopf. »Eingesperrt. LeCaris. Dringend ins Krankenhaus.« Erst als er seine verkrampfte Hand streckte, merkte er, dass sein Reporterinstinkt ihm unwillkürlich die Finger geführt hatte. Sein Daumen war fest auf die Null gepresst gewesen und hatte die Aufzeichnungsfunktion aktiviert, die Ferdi für die anonymen OB-Anrufe eingerichtet hatte.

Elvis hatte Tinnes Anruf mitgeschnitten.

*

Eine Kolonne aus drei Fahrzeugen schoss die A 60 entlang in Richtung Ingelheim. Aufgesteckte Blaulichter sorgten dafür, dass die linke Spur zügig freigegeben wurde. Die beiden hinteren Wagen waren Kleinbusse in neutralem Grau mit abgedunkelten Scheiben. Im Inneren machten sich die Männer des Mobilen Einsatzkommandos bereit und überprüften ihre Ausrüstung. Aufgrund der besonderen Fallsituation war zusätzlich ein Veterinär an Bord.

Das vordere Auto, ein Insignia, wurde von Axel Börner gesteuert. Der sonst eher bedächtige Mann fuhr einen heißen Reifen und brachte die Nadel an die 200 heran. Laurent saß auf dem Beifahrersitz und telefonierte mit Larissa, einer Kollegin vom Dezernat 47. Dieses trug den englisch-deutschen Mischnamen »Cyberkriminalität«, Larissa war dort für die forensische Informations- und Kommunikationstechnik zuständig. Damit fiel das Aufspüren von Mobilfunksignalen in ihren Bereich.

»Okay, Larissa, wir können also Handysignale orten, wenn die Dinger angeschaltet sind. Jetzt ist Tinnes Handy aber wieder aus. Was kannst du machen?«

»Pass auf. Wenn ein Handy angeschaltet ist, bucht es sich ins Mobilfunknetz ein. Erst mal ist es in einer sogenannten *Location Area* gemeldet, das sind mehrere Mobilfunkzellen, die eine ziemlich große Fläche umfassen. Wenn ein Signal rausgeht oder reinkommt, wird die Sache genauer. Denn dann ist nur noch eine einzige Funkzelle zuständig, und damit wissen wir auf ein paar Hundert Meter genau, wo sich das Telefon befindet. Mit ein paar Tricks wie Signallaufzeit geht's sogar noch exakter.«

»Klar so weit«, murmelte Laurent. Er ärgerte sich grün und blau, dass er damals die Weiterbildung »Mobilfunk und Konnektivität« geschwänzt hatte. Sein mageres Halbwissen vermittelte ihm das Gefühl, nicht alles für Tinne tun zu können.

»Das funktioniert aber nur, solange das Telefon angeschaltet ist«, fuhr Larissa fort. »Sobald es aus ist oder in den Flugmodus geschaltet wird, erlischt diese Kennung. Die Daten, wo und wann welches Telefon eingebucht war, bleiben allerdings beim Anbieter gespeichert, zumindest eine Weile. Und wenn wir diese Daten anzapfen, können wir auch im Nachhinein ein Bewegungsprofil erstellen – wo hat sich das Telefon eingeloggt, welche Wege hat es zurückgelegt und so weiter.«

Laurent nickte, obwohl sie ihn am Telefon natürlich nicht sehen konnte. Die Abfrage dieser Verbindungsprotokolle war ein heikles Thema bezüglich des Datenschutzes. Normalerweise durfte die Polizei nur nach richterlichem Beschluss auf solche Informationen zugreifen. Eine Ausnahme galt für Gefahr im Verzug, und Laurents Chef hatte das in diesem Fall abgenickt, ohne eine Sekunde zu zögern.

»Ich hab jetzt gerade das Profil für den Nachtigall-Anschluss vor mir. Es ist eine einzige Signatur, weil das Telefon nur ganz kurz ins Funknetz eingebucht war. Aber die Position ist ziemlich eindeutig, nämlich auf dem Gelände der LeCaris AG in Ingelheim, direkt neben dem ehemaligen Hauptgebäude. Das hatte ich dir ja vorhin schon durchgegeben.«

»Und das ist alles, was ich wissen muss«, meinte Laurent mit zusammengebissenen Zähnen. Ihm war, als würde ihn die digitale Welt der Handykommunikation verhöhnen, als würde Tinne dort irgendwo zwischen Einsen und Nullen feststecken und den Ausgang zurück in die Realität suchen.

»Die knappe Einbuchzeit passt auch dazu.« Er hörte, wie Larissas Tastatur klapperte. »Entweder hat jemand das Telefon an- und wieder ausgeschaltet, oder es ist aus einem Funkloch rausgekommen und gleich wieder darin verschwunden. Wenn wir von einer Industrieruine mit Kellergeschoss ausgehen, würde ich eher auf die zweite Variante tippen.«

Laurent dachte an das zurück, was Elvis ihm vorhin berichtet hatte. Das kurze Telefonat, Tinnes leise, ängstliche Stimme: »Wir müssen dringend ins Krankenhaus.« Das plötzliche Ende des Gesprächs. Wer auch immer hinter alldem steckte, er musste Tinne während des Telefonats abgefangen haben, kurz bevor sie das Gebäude verlassen konnte. Und danach?

Obwohl der Insignia und die Kleinbusse mit 210 nach Ingelheim rasten, hatte Laurent das Gefühl, sie würden nicht vorankommen. Er ahnte, dass Tinne so dringend Hilfe brauchte wie noch nie in ihrem Leben.

*

Der Boden fühlte sich gut an, er kühlte Wangen und Hände. Raue Fläche, kalter Stein. Wenn nur dieses Schaukeln nicht wäre. Kann bitte jemand das Schaukeln abstellen?

Tinne kämpfte sich aus den Niederungen der Besinnungslosigkeit. Leonies Stimme drang an ihr Ohr, dann registrierte sie, dass das Schaukeln in Wirklichkeit Kinderhände waren. Hände, die an ihr rüttelten.

»Tinnetinnetinne, ich will weg von hier!« Zwischen Weinen und krampfartigem Luftholen waren die Worte kaum zu verstehen. Mühsam hob Tinne ihren Kopf, der eine Tonne wog. Eine Welle aus Schmerz flutete hindurch und ließ sie erstarren.

»Wo … was …?«, murmelte sie, ihre Stimme krächzte. Allmählich erkannte sie, dass sie und Leonie wieder in dem Gitterverschlag eingesperrt waren. Der Türriegel war zurechtgebogen, das Schloss hing an Ort und Stelle, der alte Laborapparat stand in unerreichbarer Ferne an der gegenüberliegenden Wand. Linus war nirgendwo zu sehen, nur die Tiere kratzten und hechelten in ihren Käfigen.

Nach und nach kam die Erinnerung zurück. Ihre Flucht, der lange Flur. Die Tür am Ende der Treppe. Das Geräusch aus dem anderen Gang. Sie versuchte, die Eindrücke zu sortieren, doch alles blieb neblig. Irgendwann hatte sie telefoniert, irgendwann war sie am Tageslicht gewesen, irgendwann hatte sie einen Schlag abbekommen, aber das Wann und das Wo vermischten sich. Sie fasste an ihren Kopf, der sich links taub anfühlte. Blut verklebte ihre Haare, sie zuckte zurück vor Schmerz.

»Mir ist so kalt, Tinne, ich friere so.« Leonie hing mit ihrem ganzen Gewicht an Tinnes Schultern und drückte sich schlotternd an sie heran. Vorsichtig drehte Tinne das Gesicht zu sich und strich über die Wangen. Dabei legte sie, ohne dass es Leonie auffiel, ihre Hand in den Nacken des

Mädchens. Glühend heiß und geschwollen. Sie brauchte nicht zu überprüfen, ob das bei ihr genauso war – die harten Muskeln und die brennende Haut ließen sie es auch so spüren. Das Virus wanderte weiter, immer näher heran an das Rückenmark und das Gehirn. Ticktack, ticktack.

*

Die Autofahrer auf der Binger Straße standen Schlange, ein Rückstau an der Baustelle zur Saarstraße sorgte für Verzögerung. Normalerweise war eine innenstädtische Blechkarawane Anlass für Ärger und gereiztes Hupen, doch in diesem Fall winkten die Leute und lachten. Manch einer hielt sogar das Handy aus dem offenen Fenster und schoss ein schnelles Foto. Man war sich einig: Diesen Anblick gab es nicht alle Tage!

Grund für die gute Stimmung war eine knallrote Vespa, die sich zwischen den Autos in gewagte Kurven legte und jede Lücke nutzte, um voranzukommen. Darauf saß ein dicker Mann in altmodischer Feuerwehruniform samt Pickelhaube, sein rundes Gesicht mit den buschigen Koteletten erinnerte an das des späten King of Rock 'n' Roll.

Einer der Autofahrer schoss bereits das fünfte Foto und schaute dem rasenden Roller nach, wie er durch die Baustelle hoppelte und verschwand. Lachend wandte er sich seinem Hintermann zu, der ebenfalls den Kopf aus dem Seitenfenster gestreckt hatte.

»Er lebt! Ich hab schon immer gewusst, dasser lebt! Aber dasser in Meenz bei de Feuerwehr is, des hab ich net gewusst.«

Elvis war froh, den Stau ohne Blechschaden hinter sich gebracht zu haben. Er hatte es eilig, so eilig, dass er noch nicht einmal seine Kleider gewechselt hatte. Das mehrfach verknotete Lederband des Helms war auf die Schnelle nicht zu öffnen, also blieb die Pickelhaube auf dem Kopf, auch wenn sie schmerzte. Er drehte tüchtig am Gasgriff. Hier in der Unteren Zahlbacher war nicht viel los, endlich kam er voran.

Auf dem Feuerwehrfest hatte er zuallererst Laurent informiert und Alarm geschlagen. Der Kommissar hatte sich kurz darauf nochmals gemeldet und bestätigt, dass die Handy-Signatur von Tinnes Telefon mit ihrer Aussage über das LeCaris-Labor übereinstimmte und er mit einer Spezialeinheit dorthin unterwegs war. Doch irgendetwas passte in Elvis' Erinnerung nicht, vielleicht Tinnes Tonfall, vielleicht ihre Wortwahl … Es gab keinen offensichtlichen Grund, trotzdem meldete sich sein journalistisches Radar. Zum Glück hatte er den Anruf aufgezeichnet. Er verzog sich auf die Toilette der Feuerwache, wo es angenehm still war, und hörte den Mitschnitt nochmals an. Nein, etwas passte nicht, sein komisches Gefühl wurde stärker. In der ruhigen Umgebung fielen ihm Kleinigkeiten auf, die er draußen im Trubel nicht gehört hatte. Hintergrundgeräusche, vor allem am Anfang, als Tinne noch nicht redete, und am Ende nach dem Schlag, bevor die Verbindung unterbrochen wurde. Doch auch während sie sprach, klang in den Redepausen etwas anderes durch.

Unendlich oft wiederholte Elvis das Telefonat auf diese Weise. Er kam aber keinen Schritt weiter, die Feinheiten waren einfach nicht herauszuhören. Alles verschwamm mit dem Rauschen der Übertragung und mit Tinnes Worten. Wenn der Ton nur lauter oder irgendwie klarer gewesen wäre! Moment – lauter, klarer? In diesem Augenblick hatte Elvis zwischen Kloschüssel und Seifenspender eine Eingebung. Er wusste, wer ihm da weiterhelfen konnte!

Inzwischen war er in Zahlbach angekommen und holte

das Letzte aus dem Roller heraus. Wenn er schon ohne ordnungsgemäßen Helm durch die Gegend fuhr, dann waren 80 statt 50 auch egal. Den Mühlweg nahm er im Galopp, die Bretzenheimer Straßen umkurvte er wie einen Hindernisparcours und schon bog er mit scharrendem Hinterrad in den Hof der Wilhelmstraße 47 ein. Die Geräusche, die er am meisten herbeigesehnt hatte, drangen wummernd aus dem Gebäude: Satte Bässe, sägende Gitarren und der Rhythmus eines Schlagzeugs.

Zwei Minuten später wunderten sich die Jungs von *Steelram* über den anachronistischen Feuerwehrmann, der mit Schweißperlen im Gesicht in den Proberaum platzte und ein klobiges Handy schwenkte.

»Notfall, Männers, alles auf Stopp! Tinne steckt in argen Schwierigkeiten, wir müssen schauen, wie wir ihr helfen können!«

Die Musiker bestürmten Elvis mit Fragen, vor allem Axl hätte am liebsten jede Einzelheit aus ihm herausgeschüttelt. Er brachte sie kurz auf den neuesten Stand und spießte danach den Tontechniker Stanislav mit dem Zeigefinger auf. »Du! Du hast doch letztens die Stimme von der Kleinen so komisch gemacht, als wir hier unten waren. So löwengebrüllmäßig und Wasserrauschen und Drachenfauchen und alles.«

Stanislav verschränkte seine tätowierten Arme und nickte halb fragend, als sei er gespannt, worauf der Dicke eigentlich hinauswollte.

»Geht das auch umgekehrt? Also eine Stimme leiser machen und die Geräusche lauter?«

»Das … kommt immer ein bisschen drauf an. Um was geht's denn genau?«

Als Antwort hielt Elvis ihm sein Telefon vors Gesicht und drückte auf Wiedergabe.

»›… Leonie und ich sind hier eingesperrt in … in so einem

alten Labor‹«, klang Tinnes Stimme dünn und verloren aus dem Lautsprecher, »›… aber wir müssen ganz, ganz dringend ins Krankenhaus, weil wi…‹« Der Schlag, der ihre Worte abschnitt, ließ alle zusammenzucken.

Das Entsetzen stand den Männern ins Gesicht geschrieben. Ohne eine Sekunde zu verlieren, griff Stanislav nach dem Telefon, holte ein passendes Kabel aus einer Kiste und schloss es an seinen Computer an. Elvis hatte bis heute nicht gewusst, dass so etwas mit seinem alten Knochen überhaupt ging. Schon war der Audiofile im System und erschien als Wellenlinie auf einem der Monitore, Tinnes Stimme erklang aus den Studioboxen der Band. Es war ein Unterschied wie Tag und Nacht zum Handysound, sie klang präsent und zum Greifen nah. Unwillkürlich rückten alle an die Boxen heran.

»Diese Hintergrundgeräusche … Was ist das?«, wisperte Elvis. Alle spitzten die Ohren. Am Anfang und am Ende der Aufnahme war etwas, ja, aber was?

»Das am Anfang könnte Musik sein, irgendwie. Ein Instrument. Und das andere … Ist das eine Maschine? Etwas, das sich immer wiederholt?« Axl zog vor lauter Konzentration ein Gesicht, als hätte er in eine Zitrone gebissen.

»Nein«, meinte Gonzo, der Sänger und Bassist, »eher ein Lastwagen oder so.«

Stanislav ließ seine Finger über die Tasten huschen wie ein Konzertpianist, der Sound veränderte sich, Frequenzen kamen dazu und fielen wieder weg, ein Brummen durchlief das Spektrum von hoch bis tief. Dann war Tinnes Stimme plötzlich fast ausgelöscht. Es klang, als würde sie sehr gedämpft durch Watte sprechen, dafür rückten die Nebengeräusche in den Vordergrund.

»Ein Lastwagen, ja, vielleicht.« Elvis hing am Lautsprecher wie eine Klette. »Oder mehrere, es rumpelt öfter.« Die anderen rätselten, doch kein Vorschlag war zufriedenstellend. Derweil probierte Stanislav weiter, fügte immer mehr Filter hinzu, bis von dem ursprünglichen Sound kaum noch etwas übrig war.

»So, Leute, mehr ist nicht zu machen«, erklärte er entschuldigend. »Ich geb jetzt noch einen Kompressor drauf und einen Booster, und ihr kommt mal weg von den Boxen und stellt euch in die Mitte des Raumes, da hört ihr viel besser.«

Gehorsam sammelten sich *Steelram* und Elvis ein paar Schritte von den Lautsprechern entfernt. Stanislav drückte eine Taste und schob das Mastervolumen nach oben. Wie ein Wirbelwind brauste der Sound des Telefonats durch den Keller, Tinnes Stimme war mehr oder weniger unhörbar, dafür wurden die Hintergrundgeräusche fast plastisch. Eine bekannte Kadenz schälte sich heraus.

»Tatütata!«, platzte Schlagzeuger Lelle heraus. »Keine Musik, kein Instrument! Das ist ein Martinshorn am Anfang!«

Das Geräusch verschwamm und ging in ein tiefes Rattern über, das einen bestimmten Rhythmus besaß, eine Wiederholung. Tak – tak, tak – tak …

»Ein Zug! Eine Eisenbahn!«, riefen alle durcheinander. »Das sind Waggons, die da entlangfahren!«

Noch zweimal hörten sie den Track, doch sie blieben bei ihrer Einschätzung. Schnell suchte Stanislav per Google Maps das Industriegelände von LeCaris, sie scharten sich um den Bildschirm. Das Pharmaunternehmen lag in Ingelheim Nord in der Nähe des Betonwerks. Alle Augen suchten, keiner sagte etwas, bis Axl schließlich das Wort ergriff: »Da …«, er musste sich räuspern, »da ist weit und breit keine Bahnstrecke in der Nähe.«

Elvis hatte das Gefühl, jemand würde ihm den Boden unter den Füßen wegziehen. Tinnes Telefonat konnte unmöglich vom Pharmagelände gekommen sein!

*

Das Tor mit dem geschwungenen blauen LeCaris-Logo stand offen, die Schutzpolizei Ingelheim war von den Mainzer Kollegen alarmiert worden. Neben den Polizeiautos wartete ein Notarztwagen mit rotierendem Blaulicht, der sich der Kolonne anschloss.

Laurent schielte immer wieder auf Google Maps auf seinem Smartphone, gab über Sprechfunk Anweisungen und lotste die Fahrzeuge zwischen Lagerhallen und Rohrleitungen hindurch. Die Zentrale kam in Sicht, ein Bau aus Stahl und Glas. Dahinter lag ihr Ziel, das ehemalige Hauptgebäude. Die Wagen parkten außer Sicht vor der Zentrale, Laurent wollte kein Risiko eingehen und ihre Ankunft vorab verraten. Auch die Mitarbeiter von LeCaris wussten nichts von dem Einsatz, lediglich die Geschäftsleitung war informiert worden und hatte den richterlichen Durchsuchungsbefehl erhalten. Nun drückten sich Nasen an den Fenstern platt, die Leute schauten zu, wie bewaffnete Männer in schwarzen Einsatzanzügen aus den VW-Bussen sprangen. Auch die Sanitäter machten sich bereit. Der Notarzt war vorher informiert worden, dass es eine eventuelle Tollwutansteckung gab. Er hatte aktiven Impfstoff und Immunglobuline dabei, um eine nachträgliche Impfung durchführen zu können.

»Wenn wir Freigabe kriegen, können wir rein, Herr Pelizaeus.« Urs Zeißner, der Leiter des Mobilen Einsatzkommandos, war ein robuster Mann mit ausgeprägten Wangenknochen. Laurent nickte ihm knapp zu, worauf die zehn Männer ihre schwarzen Helme aufzogen. »Und bitte, Herr Zeißner – äußerste Vorsicht, die Situation ist nicht einzuschätzen.«

Der Einsatzleiter teilte seine Mannschaft in zwei Gruppen auf, die die Zentrale auf beiden Seiten umrundeten. Ihre Ausrüstungswesten, die vollgesteckten Gürtel und die

Helme ließen die MEK-Leute martialisch wirken. Laurent und Axel Börner folgten ihnen, blieben aber hinter einer Ecke in Deckung. Von hier aus hatten sie eine gute Sicht auf das alte Gebäude, dessen verfärbte Wände und blinde Fenster hinter Büschen hervorschauten.

Laurent musste sich mit aller Gewalt daran hindern, der Einsatztruppe hinterherzurennen. Am liebsten hätte er das Laborgebäude eigenhändig auseinandergenommen und so lange auf den Kopf gestellt, bis er Tinne und Leonie fand. Tinnes Verdacht über illegale Forschungen an Hildegards Tollwutpräparat war goldrichtig gewesen, doch er hatte ihre Worte auf die leichte Schulter genommen. Wenn den beiden nun etwas passieren würde, könnte er sich das nie verzeihen.

In diesem Augenblick summte sein Handy, es war Elvis. Mit angespannten Nerven ging er ran.

»Ich bin mitten im Einsatz hier in Ingelheim. Was gibt's, ganz schnell?«

»Der Ort stimmt nicht. Wir haben an dem Telefonat herumgeschraubt, und es fährt im Hintergrund ein Zug vorbei. Bei euch gibt es aber keine Bahnlinie in der Nähe.«

Laurent wusste nicht, was er sagen sollte. Der falsche Ort? Die Handy-Signatur war eindeutig gewesen, da konnte er sich voll auf Larissa und ihr Team verlassen.

»Elvis, hör zu, das glaube ich nicht. Vielleicht ist es kein Zug, sondern sonst was, oder ihr habt euch getäuscht. Ist jetzt auch egal, die Einsatztruppe geht gerade rein, und ich bin ziemlich sicher, dass wir Tinne und Leonie bald zurückhaben.«

*

»Puuuh, das stinkt ja wie Tod und Teufel!«

François wedelte den Geruch mit der Hand weg und verzog das Gesicht. Als Assistent von Tara Feh war er allerlei üble Ausdünstungen gewohnt, schließlich dufteten die Toten, die der Rechtsmedizin ihre Arbeit bescherten, selten nach Rosen. Doch das, was als trübe Brühe in einem Tongefäß schwamm, toppte manches Faulgas.

»Ja, ich wundere mich auch.« Tara war damit beschäftigt, die Blätter der Poleiminze abzuzupfen und jeden einzelnen Schritt mit ihren Notizen zu vergleichen. »Eigentlich ist es nur trockenes Schweinefleisch in Wasser, eine Nacht bei Raumtemperatur stehen gelassen. Aber der Ton scheint dafür zu sorgen, dass es ziemlich schnell fermentiert, das Kollagen löst sich raus oder so was. Keine Ahnung, aber lecker ist anders.«

Die beiden arbeiteten im Kellergeschoss des Instituts für Rechtsmedizin auf dem Mainzer Kästrich, dem »Hades«, wie die Mitarbeiter scherzhaft zu den Räumen sagten. Hier wurden Obduktionen durchgeführt, gerade waren zwei der Edelstahltische belegt, Körperformen zeichneten sich unter grünen Decken ab. Tara und François befanden sich in einem separaten Raum, der als Labor ausgestattet war.

»Okay, was haben wir?« François nahm die Übersetzung des Hildegard-Rezeptes zur Hand, die Tinne angefertigt hatte. »Getrocknetes Schweinefleisch, 470 Gramm, über Nacht mazeriert. Das ist die Stinkebrühe, check. Rektifizierter Weingeist, ein Liter, check. Und da schwimmen drin, eh …« Er schob die faserigen Kräuter in der Flüssigkeit mit einem Holzspatel auseinander.

»Brennnesseln, vorgekochte Gerstengraupen, Zitwer, Gundelrebe und Quendel«, zählte Tara. Sie deutete auf eine Ablage, auf der weitere Probengläser standen. »Mengenangaben gibt's keine, deshalb habe ich drei verschiedene Ansätze gemacht mit jeweils 100 Gramm, 200 und 300.«

»Gut, kompletter Kräutergarten, check.« Er wedelte übertrieben mit der Liste, als wäre er Jamie Oliver persönlich.

Der Halbfranzose war ein hübscher Lockenkopf, der seine Freundinnen zu wechseln pflegte wie andere ihre Hemden. Tara hatte längst aufgehört, sich die Namen zu merken, und fragte immer nur nach seinem »Schatzi«, damit lag sie nie falsch. Fachlich war François topp, er wusste viel, war neugierig auf alles und hatte kein Problem damit, an Wochenenden und Feiertagen parat zu stehen. Tara hatte ihn gebeten, bei der Herstellung des mittelalterlichen Medikaments zu helfen, er war mit Begeisterung dabei.

»Und das ist dieses Zeug, das kaum mehr zu kriegen ist?« Er schaute ihr zu, wie sie 30 Gramm Poleiminze abwog.

»Richtig, die Pylliken mitsamt ihren nicht-EU-konformen Inhaltsstoffen. Die werden noch gehackt und kommen mit rein. Die ganze Kräutersache wird dann gepresst und gefiltert, aufgekocht, noch mal gefiltert und mit dem Sud vom Schweinefleisch vermengt.«

François zog ein Gesicht, in dem der Zweifel geschrieben stand. »Und das soll allen Ernstes das Neurotransmitter-Bombardement einer akuten Tollwut stoppen?«

Tara hob die Hände in die Höhe. »Noch wissen das nur die Götter, aber bald wissen wir's auch. Und jetzt … ran ans Werk!«

*

Der Fahrtwind pfiff über Elvis' Pickelhaube, er ließ den Roller mit Karacho über den Barbarossaring schießen und kümmerte sich herzlich wenig um Verkehrsregeln. Gleichzeitig hielt er sein Handy ans Ohr und brüllte gegen die Windgeräusche an.

»Ferdi, der Elvis hier. Hörst du mich?«

»Elvis!« Sein Neffe klang aufgewühlt und gleichzeitig erschöpft. Kein Wunder, er musste verrückt werden vor

Sorge um seine Tochter, konnte im Krankenhaus aber nichts für sie tun. »Weißt du was Neues von Leonie oder von Tinne? Was ist los, wir kriegen hier nichts mit! Ich dreh am Rad und Claudi auch!«

»Du, wir sind dran. Die Polizei ist mit einem Kommando in Ingelheim, und ich verfolg hier eine zweite Spur. Und da brauche ich eben mal deinen Grips.«

Ein Auto hupte, weil Elvis in Schlangenlinien überholte. Seine Gedanken waren ganz woanders: Laurent hatte ihm auf dem Weg nach Ingelheim bestätigt, dass Tinnes Handy sich auf dem LeCaris-Gelände ins Funknetz eingebucht hatte. Der Anruf war also eindeutig von dort gesendet worden. Doch die Zuggeräusche im Hintergrund bewiesen, dass Tinne an einem ganz anderen Ort gesprochen hatte. Wie passte das zusammen? Aus diesem Grund hatte er sich entschlossen, bei seinem computerbegabten Neffen anzurufen.

»Pass auf, Ferdi, theoretisch, nur mal als Gedankenspiel: Würde es gehen, dass jemand in ein Handy spricht, das Gesprochene aber dann erst später und an einer anderen Stelle gesendet wird?«

Ferdi kapierte sofort, worauf er anspielte. »Du meinst Tinnes Anruf? Dass jemand sie dazu gebracht hat, ihren Text aufzusagen, während ihr Telefon gar nicht im Netz ist und nur den Ton aufnimmt. Und dann trägt derjenige das Handy anderswohin, zum Beispiel nach Ingelheim, bucht es ins Netz ein und spielt die Aufzeichnung als ganz normalen Anruf ab.«

»Genau. Geht so was technisch?«

»Hm, bei neueren Geräten schon. Die Funktion heißt *Timeshift* bei Apple und *ReCall* bei Android. Was hat sie denn für ein Modell?«

»Axls Vorgänger, ein Samsung S3.«

»Ja, ab Android 4.1.1. geht das, und darauf läuft das S3.«

Elvis schwieg und ließ sich den Wind um die Nase pfeifen. Ein fingiertes Telefonat, um die Mobilfunkortung an eine falsche Stelle zu leiten. Wer auch immer ihr Gegenspieler sein mochte, er war mit allen Wassern gewaschen.

*

Tinnes Kopf pochte, die seitliche Wunde blutete wieder. Sie hatte mit dem Mut der Verzweiflung jeden Quadratzentimeter ihres Gefängnisses abgesucht und alles versucht, um die Tür aufzukriegen – vergebens. Nun kauerte sie wie ein verletztes Tier in einer Ecke, Leonie an sich gepresst, und murmelte Halbsätze vor sich hin. Vielleicht, um die Kleine zu beruhigen, vielleicht auch zu ihrem eigenen Schutz. Leonies Zähne klapperten, Tinnes Nacken war so steif, dass sie ihn kaum bewegen konnte. Ihre Gedanken trugen sie fort aus dieser Gruft, sie wehten davon wie Blätter im Wind. Eben war sie noch als Kind mit ihren Eltern am Strand, schon saß sie als Studentin in der Bibliothek und kämpfte gegen einen fiesen Kater, gleich darauf schlenderte sie mit einer Schulfreundin in der Freistunde durch ihre frühere Heimat Göttingen. Mama, Papa, ihr Bruder Flo, Olaf, Hannah, Bertie, Axl, Elvis, alle kamen und gingen, es waren die Glieder, aus denen die Kette ihrer Erinnerungen geschmiedet war. Und dazwischen immer wieder Laurents Gesicht, seine Stimme, seine warmen, starken Hände. Sie wollte ihn nicht verlieren, sie wollte ihn spüren und mit ihm all das erleben, was die Welt schön und leicht und unbeschwert machte. Ja, bei ihm bleiben, mit ihm ein gemeinsames Leben aufbauen, das fühlte sich gut an.

Sie erschrak, als Leonie mit einem Mal hochfuhr und sie anstarrte, große schwarze Augen in einem weißen Gesicht. »Ich will nicht tot sein, Tinne«, sagte das Kind mit überraschender Klarheit. Tinne fehlte die Kraft zu widersprechen, sie zog die Kleine nur an sich und schloss die Augen. Ticktack, ticktack.

*

Janniks Haare, wie immer nachlässig-kunstvoll vor dem Gesicht drapiert, zitterten vor Wut. Mit hochgerecktem Zeigefinger ging er auf Elvis zu.

»Das kostet dich deinen Job! Einfach abzuhauen und den Werbestand unbesetzt zu lassen – das ist der Tropfen, der das Fass zum Überlaufen bringt. Gisela weiß schon Bescheid und wird ihre Konsequenzen ziehen, das verspreche ich dir!«

Der Jungreporter stand auf dem Feuerwehrfest neben dem verwaisten Spritzenwagen, um seinen Hals baumelte eine Kamera. Ganz offensichtlich hatte er vorgehabt, ein paar Fotos von Elvis in dessen lächerlichem Aufzug zu machen, um sie später an die Pinnwand der Redaktion hängen zu können. Normalerweise hätte Elvis sich über diese Unverschämtheit aufgeregt, doch jetzt war sie ihm vollkommen schnuppe.

»Geh mir aus den Augen, du Vollpfosten«, knurrte er und lief einfach weiter. Der Kinetik von 120 Kilo hatte Janniks Hemdchenfigur nichts entgegenzusetzen, der junge Mann flog förmlich zur Seite. Sein Lamentieren interessierte Elvis noch viel weniger. Ihm war eine Idee gekommen, wie er Tinnes Aufenthaltsort einkreisen konnte. Und diese Idee hatte ihn zurückgeführt zur Feuerwache 2, wo der unselige Tag begonnen hatte.

»Sacht ma, wisst ihr, wo der Walli steckt?«, fragte er zwei Wehrleute, die gerade Nachschub zum Bratwurststand brachten.

»Ei, da hinne, bei de Bierbänk, wo denn sonst«, lachte einer und zeigte zum Ausschank. Schon hatte Elvis den schwatzhaften Feuerwehropa entdeckt, der mit glasigem Blick vor seinem Bierbecher hockte und zwei Besucher volltextete.

»Ui, de Kollesch von vorvorgestern!«, nuschelte Walli zur Begrüßung und ließ von seinen beiden »Opfern« ab. »Na, haste 'es Spritzenhaus unner Kontrolle?«

Elvis schob den Becher zur Seite. »Hier, Walli, du bist doch der absolute Fachmann für Signalhörner, oder? ›Wetten, dass..?‹, sag ich nur.«

»Da haste recht, bin ich! Obwohl die noch nicht ma geantwortet haben! Dabei hab ich sogar …«

»Jaja«, unterbrach ihn Elvis. »Dann horch mal hier rein und sag mir, was dir dazu einfällt.« Er drückte sein Handy an Wallis Ohr, um den Lärm des Festes so gut wie möglich auszublenden, und spielte das von Stanislav überarbeitete Telefonat ab. Er hatte den Tontechniker gebeten, ihm den Clip zu kopieren, nun erklang das Martinshorn vom Anfang des Anrufs. Der alte Mann horchte, es war zu sehen, wie es in seinem bierseligen Hirn ratterte.

»Klare Sache, ganz klar«, meinte er schließlich und versuchte, an seinen Becher zu gelangen.

Elvis schob sich davor und nagelte Walli mit Blicken fest. »Was hörst du? Und wo?«

Walli winkte ab, als wäre es die einfachste Aufgabe der Welt. »Standard-Einsatzsignal, Ausrücken mit voller Verbandsstärke. Hessische Wehr, Bezirk sieben.«

»Eine hessische Wehr? Nicht Rheinland-Pfalz, nicht Ingelheim? Ganz sicher?«

»Ja, hunnertpro. Das hörste doch schon an der Länge vom Grundton. Gut, das könnte auch noch Nordrhein-Westfalen sein, aber die Kadenz drüber, die macht 'ne ganz kleine

Pause am Ende von jedem Geviert, und das macht die in NRW nicht. Das ist Hessen, wetten, dass..?« Walli lachte über seinen eigenen Witz. Elvis hingegen nickte unmerklich. Ein weiterer Hinweis, dass mit Tinnes Telefonat etwas faul war.

»Und wo genau, Walli? Was ist Bezirk sieben?«

»Ei, Wiesbaden und Umland, hoch bis Taunusstein, rüber bis Hofheim, runter bis Groß-Gerau. 47 einzelne Wehren, aber alle im selben Verbund. Die klingen alle gleich.«

Elvis ging zum Stand und holte ein Bier für den alten Feuerwehrmann. »Danke, Walli. Heute bist du mein Wettkönig!«

Danach drehte er sich eine Zigarette und lief wie ein Tiger im Käfig über das Gelände. So, jetzt mal langsam. Er wusste nun dank Walli, dass es während Tinnes Telefonat ein bestimmtes Feuerwehrsignal gegeben hatte, »volle Verbandsstärke«, was auch immer das heißen mochte. Und zwar ein hessisches Signal, das bedeutete, dass er Rheinland-Pfalz komplett ausklammern konnte. Gleichzeitig war ein Zug vorbeigefahren, der ebenfalls während des Anrufs aufgenommen worden war. Bezirk sieben, Wiesbaden und Umland. Hm, leider ziemlich ungenau. Viele Züge, viele Feuerwehren. Wie er es drehte und wendete, Elvis musste herausfinden, wo genau solche Feuerwehreinsätze mit voller Verbandsstärke stattgefunden hatten. Denn bei einem dieser Einsatzorte lag eine Bahnstrecke in der Nachbarschaft, die für das Zuggeräusch gesorgt hatte. Und genau dort war Tinnes Versteck, darauf würde Elvis seinen Rieslingvorrat verwetten.

Er hatte die Zigarette aufgeraucht und zündete sich die nächste an. War zwar ungesund, aber seine Nerven brauchten das jetzt. Und nun? Wie konnte er herausfinden, wo diese volle Verbandsstärke unterwegs gewesen war? Über die Pressestelle der Wiesbadener Feuerwehr? Keine Chance, die brauchten eine offizielle Anfrage aus der AZ-Redaktion, und die Mistkaeferin würde Elvis etwas husten.

Mitten in seinen Überlegungen wurde es laut, als weiter hinten auf dem Freigelände die nächste Vorführung der Rettungseinheit begann. Die Besucher schauten zu, wie das inzwischen arg lädierte Autowrack professionell aufgeschlitzt wurde, die hydraulische Schere schnitt das Metall mit schrillem Geräusch entzwei, eine Winde jaulte, die Wehrleute riefen sich Aufforderungen zu. Gleichzeitig demonstrierte eines der Löschfahrzeuge das Ausfahren der Drehleiter, die Blaulichter rotierten, immer wieder erklangen kurze Signaltöne. Da hatte Elvis einen Geistesblitz.

*

Die Helmlampen des MEK zuckten über nasse Wände und abblätternde Farbe. Rostige Bürostühle und verbogene Metallspinde standen in den Räumen, Wasserpfützen machten den Boden glitschig. Die Luft roch abgestanden, nach toten Pflanzen und Schimmel.

Die Männer waren nicht durch den eigentlichen Kellereingang eingedrungen, eine Metalltür mit breitem Treppenschacht. Stattdessen hatten sie sich von der Rückseite des Gebäudes Zugang verschafft, um das Überraschungsmoment auf ihrer Seite zu haben. Raum für Raum arbeiteten sie sich voran.

Einer der Beamten erschien im Durchgang zu einem weiteren Flur. Mit gereckter Faust gab er das Signal für »klar und sicher«, die Truppe rückte weiter. Außer ihren schweren Stiefeln und dem Rascheln der Kleidung war nichts zu hören. Hin und wieder glommen Augen durch die Schwärze, Ratten huschten davon, ihre Pfoten klangen wie Sandpapier.

Zeißners Sinne waren bis aufs Äußerste angespannt. Jede Ecke konnte eine unangenehme Überraschung bereithalten. Es gab kaum Fenster im Tiefgeschoss, wenn, dann Oberlichter, die mit Brettern verschalt oder von den umgebenden Büschen abgeschattet waren. Die Lichtkleckse der Lampen waren alles, was sie der allgegenwärtigen Dunkelheit entgegenzusetzen hatten.

Der Grundriss war verwinkelt, Versorgungsleitungen zogen sich an den Decken entlang, einige Türen waren abgesperrt, sodass der Trupp Umwege in Kauf nehmen musste. Wieder kam einer der Männer aus einem Raum und gab Zeichen. Kein Erfolg, nichts von Interesse. Weiter.

Der Leiter hatte einen guten Orientierungssinn und wusste, dass sie einen Großteil der Fläche bereits abgesucht hatten. Es blieb noch der vordere Trakt des Kellers, der zur Metalltür des Haupteingangs führte. Wenn sich die Zielpersonen dort nicht aufhielten, war der Einsatz ein Schlag ins Wasser.

In diesem Augenblick erklang ein Geräusch, vervielfacht durch die leeren Gänge. Die Männer tauschten einen alarmierten Blick und hoben ihre Waffen.

Es war Hundegebell. Wütend, laut und angriffslustig.

*

In der Wiesbadener Feuerwehrleitstelle war immer etwas los. Die Informationen aus der gesamten Region liefen hier zusammen, Entscheidungen wurden getroffen, Einsatzpläne blitzschnell angepasst, Notfälle warfen alles wieder um. Auch jetzt, an einem ganz normalen Freitagnachmittag, waren sieben Wehrkräfte an den Telefonen, ihre Stimmen schwirrten durcheinander. Der Apparat von Volker Pira zeigte eine Handynummer an, er nahm den Anruf mit dem Headset an.

»Leitstelle Wiesbaden, Pira?«

Die Geräusche, die er hörte, konnte er sofort einordnen: das Kreischen einer Rettungsschere, Männer riefen Befehle, eine Seilwinde lief, in kurzen Abständen gab ein Signalhorn Laut. Im Hintergrund waren Menschen zu hören, Gemurmel, eine größere Menge. Piras langjährige Erfahrung ordnete das passende Szenario zu: Autounfall im innerstädtischen Bereich, Einsatz von schwerem Bergungsgerät erforderlich. Eine Stimme erklang, ein Mann versuchte, gegen den Lärm anzukommen:

»Wehrleiter Hensmann, Mainz Süd. Hier, hattet ihr heute Einsätze mit voller Verbandsstärke im Bezirk sieben?«

Pira war etwas überrumpelt, er hatte eher mit einer Bitte um Unterstützung gerechnet. »Äh, kann ... kann sein, warum?«

»Ei, wir brauchen die Infos, um hier ganz zügig ein paar Meldedaten abgleichen zu können. Da hat wohl jemand bei uns die Register vertauscht, und jetzt steht alles Kopf.«

»Meldedaten, aha.« So ganz erschloss sich ihm das Anliegen von Wehrleiter Hensmann zwar nicht, aber Pira wusste, dass es im Einsatz oft drunter und drüber ging. Wenn er den Mainzer Kollegen mit einer einfachen Sachinformation helfen konnte, tat er das gern. »Also, heute im Bezirk sieben.« Mit ein paar Mausklicks hatte er die Einsatzprotokolle auf dem Bildschirm. »Zehn Einsätze gab's da, vier ohne Alarmstufe, zwei mit KLF, eine nur mit Hubrettung. Ja, und dreimal volle Verbandsstärke.«

»Welche Feuerwehren sind das gewesen, die drei Einsätze?«

»Die Schiersteiner in der Karl-Lehr-Straße, die Kostheimer Am Mainzer Weg und die in Wiesbaden-Igstadt in der Hauptstraße.«

»Gut, danke schon mal. Eine letzte Frage, und zwar:

Gibt es bei einem der drei Punkte eine Bahnstrecke in der Nähe?«

Pira glaubte, sich verhört zu haben. »Eine was? Eine Bahnstrecke? Also Zug?«

»Ja, genau, Zug.«

Er schüttelte halb belustigt, halb entnervt den Kopf. Was zum Teufel hatten die Mainzer denn da für einen Bock geschossen? »Also von Schierstein weiß ich's, bin ich früher gewesen, da ist der Bahnhof gerade 100 Meter weg. Bei den anderen, Moment, da muss ich schauen.« Er suchte die passende Karte im System, aha, hier waren Bahnlinien eingezeichnet. »Ja, in Kostheim ist auch eine, seh ich, 150 Meter drüber. Oh, in Igstadt aber auch, ein Stück weiter im Westen. Also, alle drei liegen in der Nähe von Gleisen, wenn euch das irgendwie hilft.«

»Danke, das tut's! Tschö!«

Während er die Verbindung unterbrach, musste Pira über die Situation schmunzeln. Die Kollegen auf der anderen Rheinseite waren heute wohl etwas planlos unterwegs. Aber immerhin hatten sie die Schaulustigen gut im Griff: Er hätte schwören mögen, dass am Ende des Telefonats Applaus zu hören gewesen war.

Der Beifall für die Vorführung der Rettungsschere plätscherte noch, da machte Elvis sich schon auf die Socken. Im Geiste bedankte er sich nochmals bei dem vollbärtigen Feuerwehrmann an der Kuchentheke, der die Nummer der Wiesbadener Leitstelle auswendig kannte. Doch seine Suche war leider noch immer nicht zu Ende. Verflixt, alle drei Feuerwehren lagen an Bahnstrecken – theoretisch hätte überall ein Zug vorbeikommen können. Und jetzt? Er musste mehr über dieses Eisenbahngeräusch herausfinden, das auf dem Mitschnitt zu hören war. Aber wer um alles in der Welt konnte mit der Aufnahme eines ratternden Zugs etwas anfangen?

Der Geistesblitz gleißte in Elvis auf wie eine Silvesterrakete, im Laufschritt eilte er zu seiner Vespa. Vielleicht gab es doch noch eine Chance, Tinnes Gefängnis ausfindig zu machen.

*

Der tote Hund sah noch immer furchterregend aus. Mit behandschuhten Händen drehte der Tierarzt ihn um und zog die Lefzen zurück. Weißer Schaum troff vom Maul, das Tier hatte schlecht verheilte Wunden am ganzen Körper. Eigentlich ein schöner Kerl, groß, ein Kangal mit beigem Fell und schwarzer Schnauze. Die Kugeln des MEK hatten seine halbe Seite weggerissen, Laurent konnte Blut und Eingeweide nicht nur sehen, sondern auch riechen. Er fragte sich, welches Herrchen oder Frauchen dem Hund nachweinen würde und auf welchen Namen er einmal gehört haben mochte.

»Ich vermute, den hat jemand mit Absicht hier eingesperrt«, meinte Zeißner. Er hatte den Helm abgezogen, seine Haare standen in alle Richtungen ab. Alle waren im Kellergeschoss des alten Labors versammelt, die Lampen der Einsatztruppe beschienen das Tier. Es war ihnen bei der Durchsuchung entgegengestürzt, wild und unberechenbar, beißwütig. Innerhalb von Sekunden hatten sie den Kangal mit Deformationspatronen zersiebt, die ihn drei Meter nach hinten warfen. Der Rest der Durchsuchung war schnell vonstattengegangen. Keine Ernestine Nachtigall, kein kleines Mädchen, keine illegalen Versuche, nichts.

»Wieso? Wieso mit Absicht?«, fragte Axel Börner, nachdem sein Kollege Pelizaeus nur stumm vor sich schaute und in seinem Gesicht nichts zu lesen war.

»An einem der Oberlichter haben wir Spuren von Fell entdeckt, Abschürfungen. Ich denke, dass der Hund da hereingeschoben worden ist, wahrscheinlich sediert. Aus eigener Kraft ist er dann nicht mehr rausgekommen.«

Alle schwiegen. Der Tierarzt nahm Gewebeproben, die Männer des MEK zogen sich auf einen Wink von Zeißner zurück. Ihre Arbeit war hier getan. Es wurde dunkel, als die meisten der Lampen verschwanden. Laurent spürte, wie sich seine Gefühle ebenso verdunkelten. Die Hoffnung, Tinne und Leonie zu finden, war noch so präsent, dass er nicht loslassen wollte. Wie ein Tagtraum, den man verzweifelt festhält, weil die Realität zu schlimm ist.

Elvis' Vermutung war richtig gewesen. Jemand hatte derart geschickt eine falsche Fährte gelegt, dass selbst die Kommunikationsprofis der Polizei darauf hereingefallen waren. Von einem dusseligen Hauptkommissar ganz abgesehen, der von der wilden Hoffnung getrieben war, seine Lebensgefährtin aus einer gefährlichen Situation zu retten.

»Tinne, wo hast du dich da nur wieder reinziehen lassen?«, wisperte er so leise, dass nur er selbst es hören konnte. Ihm war mit einem Mal bewusst, wie sehr sein Lebensglück von dieser chaotischen Historikerin abhing. Langsam und unmerklich war sie zu einem Teil seines Lebens geworden, zu einem Teil, den er nach Monas Tod für immer verloren geglaubt hatte. Und jetzt? War er drauf und dran, diesen Teil erneut zu verlieren? »Wir müssen ganz, ganz dringend ins Krankenhaus …« Tinnes Worte zerrissen ihm das Herz, er hätte auf der Suche nach ihr ganz Mainz und Ingelheim mit den Händen umgegraben. Er schwor, diese Frau niemals wieder gehen zu lassen, wenn er sie wiederfinden würde. Niemals, niemals.

Laurent straffte sich, um seine Emotionen unter Kontrolle zu bekommen. Elvis hatte eine Spur, das war der nächste Schritt nach diesem Fehlschlag. Vielleicht war der Reporter tatsächlich auf etwas gestoßen, was Laurent übersehen hatte. Gab es einen letzten Trumpf in diesem durch und durch bösen Spiel? Der Kommissar hoffte von ganzem Herzen, dass Tinne und Leonie noch so viel Zeit blieb.

*

Eine japanische Reisegruppe rückte ihre Koffer zur Seite, als ein dicker Feuerwehrmann auf einem roten Roller über den Bahnhofsvorplatz knatterte. Aha, so sah also die 消防 in Deutschland aus. Schnell wurden Fotos gemacht, um den Daheimgebliebenen zeigen zu können, welch extravagante Uniform hier für die Brandbekämpfung vonnöten war.

Elvis kümmerte sich nicht um die Blitzlichter und fuhr Slalom um die Menschen, ohne dabei sein Handy fallen zu lassen. Er hatte Axl in der Leitung, bestellte ihn zum Bahnhof und trug ihm auf, auch Bertie Bescheid zu geben. Dass die beiden Männer alles stehen und liegen lassen würden, um Tinne beizustehen, war sonnenklar. Denn nicht nur bei den drei Musketieren, sondern auch in der Kommune 47 galt das hehre Motto: »Einer für alle, alle für einen.«

Er parkte die Vespa vor dem rechten Flügel des Bahnhofsgebäudes, wo die Verwaltung und die technischen Bereiche untergebracht waren. Im Rahmen der letzten großen Renovierung 2003 hatte Elvis für die Zeitung darüber geschrieben, deshalb wusste er, wo er hinmusste. Presseausweis und Feuerwehrkostüm öffneten ihm die Türen zu den Stellwerksräumen. Dort pflasterten Monitore und Streckenlinien mit Leuchtpunkten die Wände, ein Dutzend Leute saß an elektronischen Pulten. Ein Blick in die Runde reichte, schon hatte Elvis die Prinz-Eisenherz-Frisur erspäht.

»Herr Schnabel? Hallo, Herr Schnabel, ich brauche Sie eben mal!«

Der Betriebsleiter schaute überrascht auf, dann dämmerte das Wiedererkennen in seinem Gesicht. »Oh, hallo. Sie sind doch, eh, von der Zeitung mit der Kamera, eh …«

»Elmar Wissmann, AZ. Genau, ich bin mit meinem Kollegen Jannik Korbach bei Ihnen gewesen, da ging es um die neue Stellwerksanlage. Und Sie sagten etwas über eine Anwendung, mit der alle Züge im Rhein-Main-Gebiet in Echtzeit registriert werden oder so ähnlich. Richtig?«

Manuel Schnabel nickte stumm. Er hatte keine Ahnung, was dieser ulkig verkleidete Reporter von ihm wollte.

»Okay, gut. Dann können Sie mir sicher bei einer wichtigen Sache weiterhelfen. Hören Sie hier mal rein.« Elvis hob sein Handy und spielte das Telefonat ab, das Eisenbahnrattern erklang. Die Erinnerung an die unseligen Dreharbeiten mit Jannik hatte ihn auf die Idee gebracht, wie er die Frage nach den Zugstrecken vielleicht beantworten konnte. Und tatsächlich, Schnabel kniff die Augen zusammen und nickte langsam.

»Hm, das ist auf jeden Fall ein Güterzug, und zwar ein Ganzzug, er hat nur eine Wagenart. Massen- oder Schüttgut, würde ich sagen. Was genau wollen Sie denn wissen?«

»Können Sie mir sagen, wie viele Züge von dieser Art heute Vormittag gefahren sind? Und zwar in der Region AKK, Wiesbaden und Umland?«

Schnabel blies die Backen auf und wiegte den Kopf. Mit einer Handbewegung winkte er zwei Männer und eine Frau herbei, Elvis musste den Track nochmals abspielen. Und nochmals. Und nochmals. Mit konzentrierten Gesichtern lauschten die Fachleute und murmelten Begriffe wie

»Streckenklasse«, »Achszahl« und »Mittelpufferkupplung«. Anschließend schwärmten sie aus und belagerten die Monitore, Schnabel wischte auf einem Tablet und verglich die Angaben mit einer handschriftlich ausgefüllten Tabelle. Schließlich versammelte sich die Mannschaft wieder bei Elvis. Es war ihren Gesichtern anzusehen, dass ihnen diese Knobelaufgabe Spaß bereitet hatte.

»Also«, fing Schnabel nicht ohne Stolz an, »wir sind uns ziemlich sicher, dass es tatsächlich ein Ganzzug ist, 21 Einheiten Tds 925 für gedecktes Schüttgut, vorne eine Bombardier Traxx. Da sind heute sieben Stück in der Wiesbadener Region unterwegs gewesen.«

Elvis war so angespannt, dass sein Tonfall fast nach Kasernenhof klang. »Anschauen! Kann ich mir die Strecken irgendwo anschauen, die die Züge gefahren sind?«

»Öh, ja, das geht auch, kommen Sie mit.«

Wie ein Trupp Mainzelmännchen marschierten die Bahnmitarbeiter in einen Nebenraum, eine Art Konferenzzimmer. An der Wand hing ein riesiger Monitor, fast wie eine Kinoleinwand, auf dem Schnabel nun per Funktastatur eine Karte aufrief. Sie zeigte den Großraum Wiesbaden, Dörfer und Städte waren blassrot gehalten, die Bahnstrecken stachen schwarz hervor. Murmelnd glich Schnabel diverse Listen in seinem Tablet ab, die übrigen gaben in bester Kollegenmanier Hinweise, wie er es besser machen konnte. Nach und nach färbten sich einzelne Bahnstrecken grün. Elvis schaute wie gebannt zu, seine Augen klebten auf Igstadt, Kostheim und Schierstein. Noch waren die dortigen Linien schwarz, die grünen Strecken schnitten andere Ortspunkte. Eine weitere grüne Signatur, wieder kein Treffer. Und wieder keiner.

»Das ist die Letzte.« Schnabel tippte auf sein Tablet – die Bahntrasse in Kostheim leuchtete grün auf. Elvis fuhr hoch wie von der Tarantel gestochen. Feuerwehreinsatz und Güterzug an ein und derselben Stelle! Volltreffer!

»Danke, top, damit haben Sie mir sehr geholfen. Und tschüss!« Er rannte so schnell nach draußen, dass er fast über seine eigenen Beine gestolpert wäre. Mainz-Kostheim. Quasi vor der Haustür. Jetzt hieß es Gas geben.

*

Im Hades schauten Tara und François kritisch auf einen Erlenmeyerkolben mit trüber, brackiger Flüssigkeit, deren Farbe sich nicht zwischen braun und grau entscheiden konnte. Der Stopfen auf dem Kolben war eine ausgezeichnete Idee, denn das Gebräu stank widerlich.

»Und das haben die Leute getrunken, ohne zu kotzen?«, fragte François und verzog das Gesicht. Auch Tara konnte sich Angenehmeres vorstellen. Andererseits – wenn die Alternative ein qualvoller Tod durch das Schandfieber war, hatte die braune Brühe durchaus ihre Attraktivität.

»Wir werden gleich wissen, ob sich's für die Patienten gelohnt hat. Hier ist mein Modell für die Reizübertragung, ich erwarte tosenden Beifall.«

Tara schob einen Rollwagen aus Edelstahl heran, ihr Assistent klatschte im Miniaturformat. Auf dem Wagen waren mehrere Kapillarröhren an ein Gestänge geschraubt, hauchfeine Glaskanülen von 30 Zentimetern Länge. François ging näher heran.

»Sind da Polymerfäden drin? Um die Transmission zu simulieren?«

Sie nickte. Künstlich hergestellte Polymere vermochten die Grundfunktion von Nervenzellen nachzuahmen: die gerichtete Weiterleitung von Reizen. »Als Neurotransmitter dient Glyzerin, damit sind die Fäden bedampft.«

»Nicht schlecht, Frau Doktor, das muss ich schon sagen.«

Tara verbeugte sich spielerisch und musste lächeln. »Danke. Ich gebe allerdings zu, dass ich den Aufbau von Brockworm geklaut habe, der ihn schon vor sieben Jahren in Kanada beschrieben hat. Aber egal, wir müssen das Rad ja nicht neu erfinden.«

François stemmte die Hände in die Seiten und sah sich den Aufbau an. »Und wie willst du jetzt genau den Test ablaufen lassen? Wo soll das Medikament denn greifen?«, fragte er kritisch.

Tara nickte nur für sich. Genau diese Neugierde schätzte sie an ihm. »Also, die Reizweiterleitung im gesunden Organismus funktioniert über Ionen, die die Zellen abwechselnd aufladen und entladen. Dieser Mechanismus wird durch den Tollwuterreger quasi auf Dauerfeuer gestellt, die Zellen können sich nicht regenerieren und sterben irgendwann ab.« Sie deutete auf die Kapillaren. »Dieses Dauerfeuer habe ich hier nachgebaut. Sobald ich einen Strom anlege, werden die Polymere durch das Glyzerin ständig gereizt, sie können sich nicht entladen. Wenn Hildegards Medikament tatsächlich wirkt, dann setzt die Kombination aus Kreatin und dem Pulegon der Poleiminze an genau diesem Übertragungsmechanismus an. Der Reizfluss sollte nachlassen oder sogar aufhören.«

François führte den Vorgang im Geist durch, fand keinen Schwachpunkt und reckte seinen Daumen. Tara startete die Stromzufuhr, die nur im Millivoltbereich lag. Eine Zahlenreihe zeigte die neurale Aktivität der Polymerfäden an.

»Okay, unsere künstlichen Nervenzellen stehen unter Tollwutstress«, murmelte Tara. Solche Augenblicke waren für sie die aufregendsten in der gesamten medizinischen Disziplin: das Wunderwerk des menschlichen Körpers auch nur ansatzweise zu verstehen.

François tauchte eine Pipette in die graubraune Flüssigkeit, die sie in den letzten Stunden hergestellt hatten. »Na, dann lass uns mal schauen, ob wir Hildegards Rezept auch ordentlich gebraut haben.« Mit unendlicher Vorsicht ließ er einen Tropfen des uralten Medikaments in die erste Glasröhre fallen.

*

Vor dem Verwaltungsgebäude wurde Elvis von einem bollernden Motor erwartet, der nach Easy Rider und Route 66 klang. Axls Harley-Davidson Panhead beschallte den Bahnhofsvorplatz, die Leute schauten je nach Alter und Gemütszustand empört oder neidisch drein. Der vegetarische Altrocker bot mit seinem Stahlhelm und der Iron-Maiden-Jacke einen sehenswerten Anblick, auf dem Sozius hockte Stanislav, dessen Tattoos und Piercings perfekt in das Gesamtkunstwerk passten. Nur Bertie konnte Elvis nirgends entdecken.

»Hat eine Panne«, erklärte Axl, der den suchenden Blick des Reporters richtig deutete. »Ist auf dem Weg zum Frankfurter Flughafen liegen geblieben, jetzt wartet er auf den Abschlepper. Aber Stani wollte eh mitkommen und gucken, was aus seiner Audiodatei geworden ist.«

»Viel, das kann ich euch sagen. Gib Gummi, wir müssen nach Kostheim rüber. Ich bin mir ziemlich sicher, dass Tinne und Leonie da gefangen gehalten werden«, knurrte Elvis und schwang sich auf seine Vespa. »Und sag Bescheid, wenn ich dir zu schnell bin!«

Das 120-Kubik-Töfftöff und die donnernde Harley ergaben ein ulkiges Bild auf ihrem Weg durch Mainz. Beide bogen auf die Theodor-Heuss-Brücke und überquerten den Rhein. Der Dreimaster Pieter van Aemstel lag rechts am Ufer, hinter der Reduit breiteten sich die Dächer von

Mainz-Kastel aus. Plötzlich zog die Harley mit dem Roller gleichauf, der donnernde Gasstoß bescherte Elvis fast einen Herzinfarkt.

»Sag mal«, rief Axl über den grummelnden Motor hinweg, »wohin fahren wir eigentlich genau?«

Elvis schob sein Kinn nach vorn und überlegte. Gute Frage, die hatte er noch gar nicht zu Ende gedacht. Klar, eine grobe Richtung gaben der Standort der Feuerwehr und der Verlauf der Bahnstrecke vor. Aber dort war alles eng bebaut, Wohnviertel und Industriegebiete lagen dicht an dicht.

»Na ja, so etwas wie ein Labor«, brüllte er zurück und versuchte, lauter zu sein als die Harley. »Wo jemand biochemische Versuche machen kann, ohne aufzufallen. Vielleicht eine Arztpraxis oder so.« In derselben Sekunde war ihm klar, dass das nicht passte. Wenn er an den aggressiven Hund im Kommunenhof dachte, war mehr Platz nötig als eine Arztpraxis. Und dicke Mauern, damit niemand hinter das schmutzige kleine Geheimnis kam.

»Groß muss es auf jeden Fall sein, am besten ein Kellergeschoss oder sogar ein ganzes Gebäude. Und leer, irgendwie verlassen halt, und … öh …« Elvis ging vor lauter Schreien die Luft aus. Um ehrlich zu sein, wusste er selbst nicht genau, was er vor seinem geistigen Auge sah, deshalb klappte er den Mund zu.

Die beiden Fahrzeuge passierten nebeneinander das futuristische Kasteler Busterminal am Brückenkopf und verließen den Kreisel in Richtung Kostheim. Es sah aus, als würden sich die schmalbrüstige Vespa und die dicke Harley ein Rennen liefern, bei dem noch keiner gewonnen hatte. Stanislav hob den Finger, nun war es an ihm, vom Sozius aus den Motor der Panhead zu übertönen. »Wisst ihr, wo's das alles gibt?«, rief er. »Viel Platz, leere Räume, dicke Mauern, eine alte Laborumgebung?«

Die beiden anderen schüttelten unisono die Köpfe.

»Ich bin unlängst bei einem Fotoshooting für eine Band dabei gewesen, die haben in einer Fabrikruine fotografiert. Marode, verlassen, riesengroß. Und mitten in Kostheim.«

Da fiel es Elvis wie Schuppen von den Augen. Natürlich, das alte Linde-Kältewerk!

*

Linus Stiehl lenkte seinen Golf über die A 60, sein Ziel war die verlassene Linde-Fabrik in Kostheim. Auf der Rückbank lagen Papiere, die Ergebnisse einer Nucleotid-Sequenzanalyse. Solche Auswertungen konnte er im Kellerlabor der Fabrik nicht machen, das ging nur mit den riesigen Sequenzern bei LeCaris. Zum Glück hatte er durch seine Tätigkeit bei der AG Mittelaltermedizin ziemliche Narrenfreiheit an den Analysegeräten, keiner der Kollegen schaute ihm auf die Finger. Auf diese Weise hatte er viele Untersuchungen zu dem Hildegard-Rezept ohne großes Aufsehen erledigen können.

Die Analyse hatte länger gedauert als geplant, nun war es höchste Zeit, wieder nach Kostheim zu kommen und den Zustand seiner beiden Probandinnen zu überprüfen. Sie sollten inzwischen im aktiven Stadium sein, zumindest knapp davor. Als Nächstes würde er ihnen das Substrat einflößen, und heute Abend könnte er vielleicht schon ein Probencluster aus dem Gehirn des Kindes entnehmen.

Die beiden hatten für Furore gesorgt, Linus schürzte die Lippen, als er an den bisherigen Verlauf des Tages zurückdachte. Viel war passiert, viel hätte schiefgehen können. Hatte er vielleicht irgendwo sogar eine Kleinigkeit übersehen? Nein, dafür, dass er improvisieren musste, war alles perfekt gelaufen.

Begonnen hatten die Schwierigkeiten damit, dass er Ernestine und das Mädchen knapp vor dem Kellerausgang erwischt hatte. So viel Einfallsreichtum hätte er den beiden nicht zugetraut. Geistesgegenwärtig knallte er Tinnes Kopf an die Wand, sie stürzte benommen hin. Zum Glück war ihr Handy noch nicht ins Netz eingebucht, sonst wäre alles aus gewesen. Das Mobiltelefon brachte ihn aber auf die Idee, eine falsche Spur zu legen. Er schaltete das Gerät in den Flugmodus und versuchte, Tinne wachzukriegen. Das Virus und der Schlag setzten ihr allerdings sehr zu. Erst als er die Eingangstür öffnete und sie nach draußen schleppte, ließen Luft und Licht sie wieder zu sich kommen. Benebelt, wie sie war, konnte er sie dazu bringen, einige Sätze ins Telefon zu sprechen, während die Diktiergerätfunktion lief. Kaum hatte sie das Stichwort »LeCaris-Gebäude« gesagt, hielt er ihr den Mund zu, schlug seine Hand gegen die Wand und stoppte die Aufnahme. Anschließend brachte er die beiden zurück und reparierte das Gitter.

Mit dem Elektroschocker betäubte er einen der Hunde und machte sich auf den Weg nach Ingelheim. Dank seines Mitarbeiterausweises gelangte er ohne Schwierigkeiten auf das Gelände. Im Schutz der Büsche schlich er an das alte Laborgebäude und wuchtete den Hund durch ein zerbrochenes Oberlicht ins Innere – ein weiteres Detail seiner Inszenierung. Dann schaltete er den Flugmodus von Tinnes Handy ab und wartete, bis es sich ins Mobilnetz einbuchte. Nun ließ er per ReCall-App diejenige Nummer anwählen, die Tinne unten im Flur bereits ausgesucht hatte, der Eintrag lautete schlicht »Elvis«. Als die Verbindung hergestellt war, spielte die App den vorher aufgenommenen Audioclip ab. Danach schaltete er das Telefon wieder aus, damit das Signal nicht weiterverfolgt werden konnte. Eine perfekte Dramaturgie.

Linus wechselte auf die A 671 in Richtung Wiesbaden. Er merkte, wie alles in ihm den Ergebnissen entgegenfieberte, seine Augen zuckten, er konnte die Hände kaum stillhalten. Die kleine Scharade hatte ihm hoffentlich genug Zeit verschafft. Denn er war kurz vor dem Ziel: Die finalen Analysen konnten heute Nacht beginnen.

*

»Mann, was für ein Kasten!«, meinte Stanislav.

Er, Axl und Elvis standen an einem Zaun aus Metalldraht, hinter ihnen lag das Ufergrün des Kostheimer Rheinarms mit dem Floßhafen, jenseits des Zauns erstreckte sich die alte Linde-Kältefabrik. Zur Kostheimer Landstraße hin war das Gelände von einem hohen Bretterzaun umgeben, der kaum einen Blick auf das heruntergekommene Fabrikgelände erlaubte. Deshalb waren sie seitlich durch die Büsche gekrochen, um auf die Rückseite zu gelangen. Nun schauten sie auf mehrere Gebäudekomplexe, die ineinander übergingen, schmutzig weiße Hallen mit hohen Fenstern wechselten sich mit gedrungenen Bürobauten ab. Überall prangten Graffitis, viele Scheiben waren zerbrochen, auf den Freiflächen lagen Unrat, umgefallene Einkaufswagen und verkohltes Holz.

»1.300 Leute haben hier mal gearbeitet. Steht seit elf Jahren leer, viel Zeit für die Vandalen.« Elvis steckte sein Telefon weg. »Aber perfekt für jemanden, der Platz und Ruhe braucht für verbotene Experimente.« Kommissar Pelizaeus hatte zweimal versucht, ihn zu erreichen, doch das Piepen war im Fahrtlärm des Rollers und der Harley untergegangen. Eben hatte Elvis zurückgerufen und vom Ergebnis ihrer Detektivarbeit berichtet. Laurent versprach, sich sofort mit der MEK-Truppe auf den Weg nach Kostheim zu machen und bei der Uniklinik einen Notarztwagen mit Tollwutmedikamenten anzufordern. Als er Elvis allerdings davon überzeugen wollte, auf ihn und die Einheit zu warten, hatte der Reporter rasch aufgelegt.

Axl war derweil weitergegangen und auf eine Stelle gestoßen, an der sich der Zaun nach innen bog. »Die Herren – nach Ihnen«, bat er überhöflich und machte eine einladende Bewegung. Elvis und Stanislav schlüpften hindurch, er folgte. Sie näherten sich den verlassenen Gebäuden über einen Hof, dessen Beton von Gras und der Witterung gesprengt worden war. Die riesige Fabrik erhob sich vor ihnen wie ein gestrandetes Schiff, die Atmosphäre hatte etwas Beklemmendes. Hier waren kaum Geräusche der Straße auszumachen, es war, als würde das Gelände ein stilles Eigenleben führen und Besucher nur ungern dulden. Sie betraten eine der Hallen, die sich endlos erstreckte und deren Eisenstreben aussahen, als wären sie rostige Rippen. Eine tote Amsel lag auf dem Boden, daneben ein bis zur Unkenntlichkeit aufgequollener Pizzakarton.

»Und jetzt?« Unwillkürlich flüsterte Elvis. Jeder schaute sich um, es gab eine Vielzahl an Gängen, Türen und Treppen.

»Ich würde mal auf ein Kellergeschoss tippen«, meinte Axl. »Wahrscheinlich die alte Laborumgebung, das würde Sinn machen. Ein Labor ist aber meistens nicht Teil der Werkshallen, wegen Explosions- und Unfallgefahr und so. Also eher ein angebauter Trakt, ein- oder zweistöckig.«

Stanislav trat durch einen der seitlichen Ausgänge. »So etwas wie das?«, fragte er und zeigte auf einen Klotz, der an die Halle angeschlossen war und wenige Fenster hatte, dafür eine betonierte Anlieferungsfläche. Und einen halb zugewachsenen Abgang in ein Tiefgeschoss.

Im Laufschritt waren sie dort und schauten sich um. Das

Gebäude hatte denselben funktionalen Stil wie der Rest der Fabrik und sah ebenso marode aus, die Fenster waren mit Brettern vernagelt, Tags und verwaschene Schriftzüge erinnerten an nächtliche Sprühaktionen. Doch ihnen fiel noch etwas auf, das kein Graffiti war, sondern schwarze, kaum mehr lesbare Farbe an der Wand: »LABOR 2«.

Ein kleiner Pfiff von Axl ließ die anderen beiden zur Rückseite kommen. Wortlos zeigte er auf ein Starkstromkabel, das wie eine gewundene Schlange vom Zaun in ihre Richtung führte und in einem der Lüftungsschächte verschwand. Das Kabel sah neu aus und konnte nur eins bedeuten: Jemand führte Strom von außerhalb des Geländes hierher.

Mit wenigen Schritten waren sie beim Kellerabgang, der aus einer halb zugewachsenen Treppe und einer matten Eisentür bestand. Die Tür ließ sich nicht öffnen, sie besaß zwar einen Knauf, doch der blockierte. Axl war als Metallkünstler der richtige Mann für das Material, er kniete sich vor das Zylinderschloss und hatte flugs einen Leatherman nebst Drahtschlaufe aus der Tasche geholt.

»Leise! Keine Ahnung, was uns da drin erwartet!«, mahnte Elvis. Seine Sorge war unbegründet – mit fast zärtlichen Bewegungen hantierte Axl in dem Schließzylinder und bewegte den Knauf hin und her, bis ein leises Klicken ertönte.

»Et voilà!« Vorsichtig öffnete er die Tür, die im Inneren denselben Knauf trug. Die Männer rechneten damit, dass sie haken und quietschen würde, doch zu ihrer Überraschung schwang sie geräuschlos auf.

Ein Stromkabel und gut geölte Scharniere. Sie waren eindeutig auf der richtigen Spur.

*

Tinne war in einen unruhigen Halbschlaf gefallen, die Schmerzen im Kopf und im Nacken pulsten im Rhythmus ihres Herzschlags. Da drang ein Geräusch an ihre Ohren, Schritte, jemand kam. Linus!, war ihr erster Gedanke. Wie ein ängstliches Kind hielt sie die Augen geschlossen, als könne sie das Unvermeidliche damit herauszögern. Dann erklang Leonies Stimme, dünn und schwach: »Onkel Elvis!«

Tinne fuhr hoch. Das, was sie sah, wollte sie zuerst gar nicht als Realität begreifen: Elvis, Axl und Stani rannten durch das Labor auf die Gittertür zu.

»Tinne! Tinne, was ist los mit dir, was ist mit Leonie?«, riefen sie durcheinander. Das wiederum stachelte die Tiere in den anderen Käfigen an, sie bellten und jaulten los. Tinne rappelte sich auf und zog den Kopf ein, als die Schmerzen darin explodierten. Durst brannte in ihr, sie hatte seit einem Tag und einer Nacht nichts getrunken, ihre Stimme krächzte. Erst nach zwei Anläufen konnte sie die Worte sagen, die wie ihr eigenes Todesurteil klangen: »Wir … wir sind mit Tollwut angesteckt.«

Die drei Männer wechselten einen Blick und mühten sich mit dem Vorhängeschloss ab, doch vergebens. Axl verschwand im vorderen Bereich des Labors, es rumpelte, er kehrte mit einer Eisenstange in der Hand wieder. Mit diesem Hebel war es ein Klacks, das Schloss aufzustemmen, der Riegel schwang auf. Die drei stürzten herein, Elvis schloss Leonie in die Arme, Tinne wurde von Axl umschlungen.

»Vorsicht … Spucke, Fingernagelkratzer, Blut, das steckt alles an«, flüsterte Tinne kaum verständlich. Die Männer mussten sie stützen, ihr Kreislauf sackte weg. Elvis nahm Leonie kurzerhand auf den Arm, das Mädchen presste sich an ihn, so fest es konnte. Erst jetzt registrierte Tinne, dass der Dicke eine Art altertümliche Uniform mit Pickelhaube trug.

»Langsam, langsam, einen Schritt nach dem anderen«,

redete Axl auf sie ein. »Der Krankenwagen ist unterwegs und gleich da, alles wird gut.«

Das Licht der Neonlampen blendete Tinne, sie nahm Einzelheiten übertrieben wahr und hatte gleichzeitig Schwierigkeiten, die Dinge einzuordnen. Die letzten Worte ihres Mitbewohners waren es, woran sie sich klammerte: »Alles wird gut.«

»Scheiße, sind die zwei durch!«, presste Stanislav hervor. Elvis und Axl waren ebenfalls geschockt: Tinne und Leonie waren schlaff wie Marionetten und reagierten in Zeitlupe, Tinne hatte zudem eine hässliche Wunde an der linken Kopfseite.

Dazu kam die gespenstische Atmosphäre in dem alten Kellerlabor. Erst waren die drei Männer durch die Eingangstür geschlichen, einen schmutzigen Flur mit mehreren Abzweigungen entlang. Dann hatten sie eine weitere Metalltür vor sich gehabt, in verblasstem Rot, unverschlossen. Durch diese waren sie in den eigentlichen Laborraum gekommen.

Hier sah es aus wie im Gruselkabinett eines verrückten Wissenschaftlers. Elvis schaute sich erneut um und packte Leonie unwillkürlich fester. Schimmel und Verfall direkt neben modernem Laborequipment, hier ein Mikroskop aus schimmerndem Stahl, sauber etikettierte Petrischalen, daneben eine tote Katze, aufgespannt und mit gespaltenem Schädel. Dazu das Horrorszenario der rasenden Tiere in den Verschlägen. Hunde mit Schaum vorm Maul, Katzen, die um sich schlugen und irre vor Aggressivität gegen die Käfigstäbe sprangen. Ihm wurde mulmig zumute, als er sah, dass die Gittertüren der Zwinger nur mit Splinten und Sicherungsstiften verschlossen waren. Ein einziger Albtraum!

Er verließ den Verschlag mit der Kleinen im Arm und zog sein Handy hervor, um Laurent zu informieren. Doch was er schon befürchtet hatte, traf zu: Unter der Erde und mit vielen dicken Mauern gab es keinen Empfang. Tinne, Axl und Stanislav folgten ihm, Tinne musste sich an der Käfigtür festhalten. Mit grausamer Genauigkeit erinnerte Elvis sich an das Medizinlexikon: *… eine Viruserkrankung, die fast ausnahmslos zum Tod führt, nachdem sie zum Ausbruch gekommen ist.* Jetzt zählte jede Minute.

In diesem Augenblick klang eine Stimme durch das Labor, nicht allzu laut, aber bestimmt: »Keiner rührt sich.«

Alle erstarrten eher vor Schreck denn aus Gehorsam. In der roten Metalltür stand ein Mann, massig, mehr Fett als Muskeln, er trug einen Laborkittel, vorn offen. In seinem Gesicht zwinkerten die Augen ohne Unterlass und ließen ihn unberechenbar wirken. Tinnes Atem ging stoßweise, unwillkürlich trat sie einen Schritt zurück, weg von ihm. »Linus«, hauchte sie. Die Angst in ihrer Stimme war deutlich zu hören.

Elvis verstand. Das musste Dr. Linus Stiehl sein, Mitglied der AG Mittelaltermedizin und gleichzeitig Angestellter von LeCaris. Warum und wieso Stiehl hier ein Grusellabor eingerichtet hatte und Menschen entführte, war ihm im Augenblick egal. Was ihn dagegen nicht kaltließ, war die lange, schlanke Gasflasche, die der Mann bei sich trug. Sie mochte etwas länger als ein Meter sein und sah alt aus, der Lack blätterte ab. Obenauf glänzte allerdings ein neues Ventil, das in einen stoffummantelten Schlauch überging und von einem feinen weißen Nebel umflossen wurde.

»Alle einen Meter zurück, und keine schnellen Bewegungen!« Er reckte die Gasflasche in die Höhe und packte den Schlauch. Nun sah Elvis, dass er grobe Schutzhandschuhe trug.

»Einmal für alle: Das ist Tetrafluorethan, industrielles Kältemittel. Kühlt in einer halben Sekunde auf minus 50 Grad runter. Na, klingelt's? Linde AG, Kühlfabrik? Genau, das haben die hier früher hergestellt, und es stehen heute noch ein paar Dutzend Flaschen herum.« Seine Augen pausierten keine Sekunde, sie zuckten umher, die Lider gingen auf und zu wie die Blende einer außer Kontrolle geratenen Kamera. »Ich hab's für meine Versuche gebraucht, war praktisch, musste ich nicht eigens herschleppen. Nur ein neues Ventil dran.« Ohne Vorwarnung wurde er lauter und brüllte fast, während er zwei Schritte nach vorn trat. »Und deshalb weiß ich, dass es funktioniert! Also besser keine Fehler!«

Elvis kannte nur ein Wort für den Mann mit dem irren Blick: Psychopath. Er hatte von Chemie keine Ahnung, aber ihm war klar, dass minus 50 Grad genauso schlimm wie eine Verbrennung wirkten und Fleisch bis zum Knochen wegfraßen. Die Übrigen sahen die Situation wohl ähnlich, keiner rührte sich. Stiehl machte eine Bewegung mit dem Schlauch zum Verschlag hin.

»Rein da, alle. Dann werdet ihr eben dabei sein, wenn ich heute Nacht die letzte Testreihe mache. Oh, ihr könnt euch sogar freuen – ihr seid nämlich die ersten, die erfahren, wie außergewöhnlich und von Gott beseelt sie wirklich war, die Heilige … Hildegard.« Er spie das letzte Wort mit so viel Hass heraus, dass Speichel mitkam.

Bevor Elvis sich darüber wundern konnte, spürte er eine Bewegung in seinem Rücken. Axl zog Tinne zu sich heran und führte sie zu der offenen Gittertür, wie Stiehl es befohlen hatte. Stanislav stand noch hinter Elvis und zog ihn an der Feuerwehruniform leicht hin und her. Der Reporter hatte zwar keine Ahnung, was das sollte, machte die Bewegung aber mit und kaschierte sie, indem er Leonie auf den anderen Arm wuchtete. Da füllte ein schrilles Zischen den

Raum und ließ ihn zusammenfahren. Stiehl hatte das Ventil kurz aufgedreht und eine Fontäne des Kältemittels über Wand und Decke schießen lassen. Die farblose Flüssigkeit verdampfte sofort beim Aufkommen, gefrorene Splitter klirrten wie Schrapnelle, Nebel wallte an den Flächen entlang.

»Rein da, hab ich gesagt!«, brüllte Stiehl mit kippender Stimme. In dieser Sekunde bekam Elvis einen Stoß von hinten, der ihn in Richtung Verschlag taumeln ließ. Axl und Tinne waren bereits drin, Stanislav schoss an ihm vorbei, zog ihn und Leonie mit sich hinein und knallte die Gittertür von innen zu. Der Lärm ließ die Tiere in den anderen Verschlägen rasend werden, sie warfen sich mit voller Wucht gegen die Stäbe … und ihre Türen gingen auf!

Starr vor Entsetzen sah Elvis, wie die tollwütigen Hunde und Katzen aus ihren Gefängnissen quollen, mit geifernden Mäulern rechts und links in die Luft schnappten und heulten wie Höllenwesen. Hastig trat er vom Gitter weg. Nun wusste er, womit Stanislav hinter seinem Rücken beschäftigt gewesen war: Er hatte die Sicherungen gelöst und die Splinte aus den Käfigtüren gezogen.

Fauchende Katzen stürzten über die Labortische, Hunde rissen Material um und ließen Glas zu Bruch gehen. Stiehl stand da wie gelähmt, ein Schrei steckte in seiner Kehle und wollte nicht heraus. Endlich erwachte er aus seiner Starre und fing hektisch an, am Ventil zu drehen, doch zu spät: Der erste Hund, ein Muskelpaket von schwarzem Dobermann, fiel ihn an und verbiss sich in seinem Arm. Mit einem grässlichen Schrei stürzte er, fing sich halb und hieb mit der Gasflasche auf das Tier ein. Flasche und Hund knallten gleichzeitig zu Boden, das Metall klang hell wie eine Glocke. Mit kurzen, panischen Atemstößen drehte Stiel sich um, den gebissenen Arm an seinen Körper gepresst, und hetzte zum

Ausgang. Von draußen versuchte er, die rote Metalltür zuzuschlagen, doch er war zu langsam, wie eine Horde Dämonen rasten die Tiere hindurch. Elvis, Axl und Stanislav hörten, wie der Mann draußen durch den Flur lief und mit hoher, schriller Stimme um Hilfe rief, er bog in einen Nebengang und rannte weiter, immer weiter, seine Schritte verhallten. Kratzende Pfoten waren hinter ihm her, Kiefer schnappten, Schaum flog in Flocken von den Mäulern. Es war, als würde die neu gewonnene Freiheit den Tieren doppelte Kraft geben. Die »wilde Wut« hatte endlich ein Ziel gefunden.

Eine halbe Minute sagte niemand etwas in dem Verschlag, dann entfuhr Axl ein leises »Wow«.

Elvis lugte vorsichtig aus der Gittertür und gab Entwarnung. Alles, was sich noch hatte bewegen können, war verschwunden. In den Käfigen der Versuchstiere lagen nur noch Kadaver. »Was für ein Teufel«, knurrte er und drückte die eingeschüchterte Leonie an sich. »Jetzt bringen wir euch ganz schnell hier raus.«

Zügig, aber ohne hastige Bewegungen gingen die fünf durch den langen Flur zur Eingangstür. Besonders dort, wo Nebengänge abzweigten, spitzten sie die Ohren und überprüften, ob sich etwas rührte. Denn irgendwo musste sich Stiehl befinden und mit ihm die Tiere.

Endlich erreichten sie die Tür, durch die rechts und links ein schmaler Streifen Tageslicht fiel. Tinne merkte, wie eine schwache Erinnerung zurückkam, ihre Gedanken waren aber zu wirr.

»Dann hoffen wir mal, dass Laurent und der Krankenwagen mitsamt Impfstoff da sind«, wisperte Axl und griff nach dem Türknauf. Seine Hand fasste ins Leere. »Scheiße, was ist das?« Alarmiert schaltete er sein Handylicht an und leuchtete auf das Schloss.

Der Knauf war abgeschraubt worden, man sah noch das

Gewinde, in dem er gesteckt hatte. Elvis drückte an die Tür und rüttelte daran, doch sie saß fest.

»Abgeschlossen. Und dieser Saukerl hat den Knauf abgemacht, als er hereingekommen ist und uns im Labor gehört hat. Axl, kriegst du das Schloss auch so auf?«

Der Altrocker schluckte trocken. »Keine Chance. Ich muss die Ritzel im Zylinder mit dem Knauf andrehen, einen nach dem anderen.«

Gleichzeitig zogen die drei Männer ihre Handys hervor. Und gleichzeitig mussten sie feststellen, dass es selbst hier, direkt hinter der Tür, keinen Empfang gab, sosehr sie auch die Telefone in die Höhe reckten. Mit wachsender Verzweiflung leuchteten sie im Flur umher, ob Stiehl den Knauf vielleicht nur auf den Boden hatte fallen lassen. Ohne Erfolg. Schließlich gab es nichts mehr schönzureden: Der Ausgang war zu, ihnen rann die Zeit zwischen den Fingern davon, und eine Horde tollwütiger Tiere hetzte in den Gängen umher.

*

Mit quietschenden Reifen verließ der Insignia die A 671 und bog auf die Bundesstraße ein. Sowohl an dem Auto als auch an den silbernen Kleinbussen dahinter rotierten wieder die Blaulichter.

»Es ist sauweit, es ist sauweit, es ist sauweit«, wiederholte Laurent halblaut wie ein Mantra. Ob durch Mainz und über die Theodor-Heuss-Brücke oder außen herum über die Autobahn 671 – der Weg von Ingelheim nach Kostheim war immer lang und kompliziert. Laurent hatte sich für die Autobahn entschieden, schon allein deshalb, weil er und die anderen Fahrzeuge hier schneller vorankamen als durch die Innenstadt. Dieser Plan hatte bis jetzt gut funktioniert, doch nun musste er in die Eisen steigen. Wie so oft gab es dort Rückstau, wo die B 455 zur Boelckestraße und damit einspurig wurde.

»Scheiße aber auch!«, fluchte der Kommissar. Er fuhr selbst, Axel Börner auf dem Beifahrersitz war die Ruhe selbst, sagte keinen Ton und schaltete das Martinshorn ein. Die Autos vor ihnen reagierten wie üblich, wenn von hinten ein Einsatzwagen kam: chaotisch. Die einen kurvten ohne Rücksicht auf Verluste über Geh- und Radwege, um sich möglichst in Luft aufzulösen. Andere bogen mitten in den Gegenverkehr und sorgten fast für weitere Unfälle, die dritte Gruppe entschied sich dafür, gar nichts zu tun und stur an Ort und Stelle zu bleiben.

»Könnt ihr nicht alle einfach zwei Meter zur Seite fahren, das reicht doch schon!« Mit gewagten Schlenkern nutzte Laurent Lücken auf der Gegenfahrbahn, um voranzukommen. Dieses Hindernisrennen würde noch weitergehen bis zur Metro, dort konnten sie links abbiegen in Richtung Kostheim.

Laurent fühlte sich, als hätte er einen Hornissenschwarm unter der Haut, alles summte und vibrierte. Seit Elvis' Anruf schwankte er zwischen Hoffnung und Angst, ständig versuchte er, den Reporter oder Axl zu erreichen, doch keins der Handys hatte Empfang. Wo steckten sie? Waren sie auf eigene Faust in die Linde-Fabrik eingedrungen, obwohl er sie eindringlich gewarnt hatte? Er kannte die Antwort: Natürlich hatten sie das getan, war doch klar. Und jetzt? Waren sie bei Tinne und Leonie? Aber warum rief keiner an?

Ein Touareg bequemte sich zur Seite, nachdem Laurent ihm fast gegen die Stoßstange gefahren wäre. Er schätzte, dass sie in knapp zehn Minuten bei der alten Fabrik sein konnten. Zehn Minuten. Eigentlich nicht lange, manchmal aber eine halbe Ewigkeit.

*

In den Gängen war es stockdunkel, Linus hielt sein Handy krampfhaft an den Körper und deckte das Licht halb ab. Leise sein, nur kein Geräusch. Zweimal schon hatte ihn die Meute erreicht, seine Beine bluteten, Fleischstücke waren herausgerissen, an der linken Hand fehlte ein Finger. Doch jedes Mal hatte er es geschafft, die aggressivsten Angreifer mit Tritten zu vertreiben, die übrigen hatten die zurückweichenden Tiere dann wohl als neue Beute gesehen, egal, er war davongekommen. Rotz, Schleim, Blut und Tränen troffen zu Boden, er wunderte sich, dass sie dieser Spur nicht folgten. Nein, richtig, Tollwut im finalen Stadium drosselte die Sinneswahrnehmungen. Also weiter, immer weiter.

Laufen konnte Linus nicht mehr, nur noch kriechen. Machte aber nichts, Hauptsache, er kam hier raus und konnte seine Impfung auffrischen. Postexpositionell, kein Problem, das war zu überleben. Die Flure waren endlos, er hatte sich hier unten schon mehr als einmal verlaufen, der Komplex an Lager- und Technikräumen zog sich unter der gesamten Werkshalle entlang. Ohne Deckenlicht ein Labyrinth. Aber er würde herauskommen, irgendwo, solange ihn die Tiere nicht fanden.

Seine Arbeit musste fertig werden. So weit war er gekommen, so viel hatte er herausgefunden. Dieser Tag, an dem Erik mit dem Rezept angekommen war. Bleibt unter uns, klar. Plötzlich die Erkenntnis, was das Pergament in Wirklichkeit verriet. Endlich eine Möglichkeit, die Dinge ins rechte Licht zu rücken. Allen zu zeigen, was dahintersteckte. Doch dann: Eriks fixe Idee einer Veröffentlichung. Untragbar. Aus dem Weg mit ihm. Allein weiter. Details sammeln, anfangen mit dem, was vor 800 Jahren geschah, analysieren, vergleichen, neues Datenmaterial, frische Proben. Nachtigall und die Kleine. Perfektes Alter, perfektes Geschlecht. Alles da. Nur noch der letzte Abgleich fehlte. Heute Nacht hätte Linus Geschichte schreiben können. Aber er war noch nicht am Ende. Er würde weitermachen, ein anderes Labor, ein neuer Versuch.

Da hörte er ein Geräusch: ein Kratzen, Tapsen, Schnüffeln, Jaulen, hohe Stimmen, irgendwo zwischen Schmerz und Aggressivität. Sie hatten ihn gefunden. Er kroch schneller, sein Atem beschleunigte sich, das Herz schlug wie ein Hammer in seiner Brust. Chancenlos.

Erst sah Linus in der Dunkelheit die leuchtenden Augen. Immer mehr und mehr. Dann kamen weiße Zähne, gedrungene Körper, dicht an dicht, eine Masse aus Muskeln, Krallen, Kraft und Wut.

Ob der Schrei von ihm oder von den Tieren kam, wusste er nicht, sein Gehirn schaltete in eine ruhige Stufe. Keine Schmerzen, nur beobachten und erinnern. Die Kiefer und Krallen, die sich in ihn gruben, seine Sehnen zerrissen und seine Adern durchtrennten – er kannte sie, er kannte sie alle. Die beiden Dalmatiner mit GPS-Halsbändern, Volkspark, treu und brav in den Kofferraum gesprungen. Die hellen, fast weißen Katzen, Privatwohnung, Marienborn, zufällig beim Vorbeigehen. Die drei Dobermänner, Hundepension, Fleisch mit einer ganzen Packung Vetranquil drin. Und viele, viele weitere, die er gesammelt hatte, denen er einen Sinn verliehen hatte. Alle tanzten einen Reigen mit ihm, hier in diesem dunklen Gang, sie feierten ein Fest. Ein Fest mit seinen Knochen, seinem Blut und seinem Leben.

*

»Weg mit euch, das wird heftig!«

Axl machte eindringlich Zeichen, Elvis und Stanislav hörten auf ihn und traten zurück. Tinne und Leonie kauerten weiter hinten auf dem Boden.

»Okay, los geht's!« Mit geschlossenen Augen und weggedrehtem Kopf öffnete Axl das Ventil. Tetrafluorethan zischte aus der Gasflasche, er richtete das ummantelte Rohr auf das Türschloss, seine Hände steckten in Lumpen, die sie in einem der Laborschränke gefunden hatten.

Vor einer Minute hatte der Metallkünstler die Idee gehabt, das Türschloss zu vereisen und dadurch spröde zu machen. Gesagt, getan, sie holten Linus' Gasflasche, die er beim Angriff der Tiere fallen gelassen hatte.

»Uah, Hölle!«, presste Axl hervor, der inmitten von Nebelschwaden stand. Die Chemikalie umfloss das Türschloss wie ein Wasserfall. Zwischen brodelndem Dampf war zu sehen, wie weiße Eisblumen auf dem Metall blühten und verwelkten, es knackte, Kristalle bildeten sich. Axl hielt zehn Sekunden aus, 15, 20, 30, dann schloss er das Ventil und ließ die Flasche um ein Haar fallen. »Nimm … nimm«, keuchte er mit verzerrten Zügen. Stanislav sprang herbei und hielt den Zylinder, während Axl nach der Eisenstange griff, mit der er Tinnes Schloss aufgebogen hatte.

»Augen zu, alle«, rief er, holte aus und ließ das Eisen auf das noch immer nebelumwölkte Türschloss knallen. Es gab einen hellen, fast schwebenden Klang, das Schloss zerbarst in unendlich viele Splitter, die zu Boden rieselten.

»Ice, Ice, Baby!«, kommentierte Elvis verblüfft. Axl trat mit Wucht gegen die Tür, sie schwang auf und ließ das lang ersehnte Tageslicht herein. Alle jubelten und schlugen dem Altrocker auf die dünnen Schultern. Flugs liefen sie die Treppe nach oben, Tinne nahm die Helligkeit als gleißende Fläche wahr, trotzdem fühlte es sich gut an. Melodramatisch drehte Stanislav sich um und winkte einen Abschiedsgruß in den Flur.

»Adieu, Unterwelt. Wir sind dir entkommen.«

Dann machte sein Augenzwinkern blankem Entsetzen

Platz. »Nicht gut«, murmelte er und fuhr herum. »Lauft! Lauft, bloß weg hier!«

Alle rannten, so gut sie konnten. Die Geräusche hinter ihnen verrieten, was los war: Eine wilde Mischung aus Jaulen, Kläffen und Fauchen wurde von den Wänden zurückgeworfen und verstärkt.

»Wohin? Wohin?«, brüllte Axl, der mit Tinne gleichauf blieb und verhinderte, dass sie stolperte. Elvis hielt Leonie an der Hand, er schaute sich um. Ja, wohin? Sie rannten parallel zur Werkshalle, die sich links von ihnen erstreckte. Offen und leer, das hatten sie vorhin gesehen. Rechts gab es in einiger Entfernung weitere Gebäude, aber das würden sie nicht schaffen. Geradeaus kam nach 100 Metern der hohe Bauzaun in Sicht, der das Gelände umschloss. Doch der Weg zu ihrem Durchschlupf im Metallzaun war viel weiter. Panik umfing ihn, während er versuchte, das Tempo zu steigern. Sie waren auf dem offenen Gelände wie auf einem Präsentierteller.

Hinter ihnen sprangen die ersten Tiere über die Treppe nach oben. Sie jaulten und bremsten ihren Lauf, das Tageslicht machte ihnen nach der langen Zeit im Dunkeln zu schaffen. Doch die »wilde Wut« siegte, sie gaben ihrem Aggressionsdrang nach und verfolgten das, was vor ihnen weglief.

»Wir schaffen es nicht!« Stanislav biss die Zähne zusammen und zog Tinne halb mit sich. Sie torkelte, ihr Gesicht war schweißüberströmt. Leonie ging es nicht besser, Elvis nahm sie kurzerhand auf seinen Arm, doch dadurch wurden seine Schritte langsamer. Die rasenden Tiere kamen immer näher, Axl sah ihre blutigen Lefzen und brauchte nicht viel Fantasie, um zu wissen, wer ihr letztes Opfer gewesen war. Mit einem verzweifelten Blick schaute er sich um. Keine Rettung in Sicht, diesmal hatten sie verloren.

Da ertönte ein zweistimmiges Horn, eine Lkw-Hupe. Das Geräusch wurde zwischen den hohen Gebäuden hin und her geworfen, es kam von überall gleichzeitig. Alle drehten die Köpfe.

»Da!«, rief Elvis und zeigte zum Ende der Werkshalle. Dort bog – sie trauten ihren Augen kaum – ein knallgelber ADAC-Abschlepplaster um die Kurve, auf seiner Ladefläche stand ein Passat in cremefarbener Lackierung mit Taxi-Schild, in der Fahrerkabine winkte Bertie wie verrückt und machte wilde Zeichen.

»Bertiiiiie! Hiiiiier!«, brüllte Axl unnötigerweise, denn außer ihnen und der Meute war niemand zu sehen. Der Lkw rumpelte heran, die Fliehenden änderten ihre Richtung und rannten darauf zu. Den Tieren war das gelbe Monstrum nicht recht geheuer, sie zögerten einen Augenblick, dann wurden sie wieder schneller. Doch diese Sekunde reichte den Freunden.

»Ins Taxi! Ins Taxi!« Bertie, der neben dem Fahrer saß, zeigte mit wedelnden Armen auf den Passat. In der Kabine des Lkw wäre nicht genug Platz für alle gewesen, höchstens einer hätte noch hineingepasst. Mit der Schlüsselfernbedienung öffnete er die Zentralverriegelung des Taxis, der Fahrer bremste den Abschlepper, schon kletterten alle auf die Ladefläche. Die Männer rissen die Autotüren auf, halfen Tinne und Leonie hinein, schnell, schnell, Türen zu. Peng, schon knallten die ersten Tiere wie Berserker dagegen. Die Katzen und Hunde schafften es mühelos nach oben, sie belagerten den Passat, ließen ihre Fänge gegen die Scheiben schnappen und hinterließen am Glas Schlieren aus Schaum und Blut.

»In meinem Leben bin ich noch nie so froh gewesen, ein Taxi zu sehen«, schnaufte Elvis und schauderte, als ein geifernder Hundekopf keine 30 Zentimeter entfernt die Zähne zusammenschlug. Er riss sein Telefon aus der Tasche und wollte bei Laurent anrufen, doch es klingelte bereits.

»Elvis, endlich! Was ist los bei euch?«

»Wir sind auf einer der Freiflächen vor der Fabrik, Tinne

und Leonie haben wir hier, aber ihnen geht's dreckig. Wo ist der Notarzt?«

»Auf der Kostheimer, vorn bei der ehemaligen Haupteinfahrt. Sollen wir reinkommen?«

»Nein, bleibt, wo ihr seid. Wir sind in einer Minute da.«

*

Laurent zählte die Sekunden. Das alte Haupttor aus Metall war hoch und schwer, Schichten aus verwaschenen Plakaten zierten es. Davor knieten die Männer des MEK in Bereitschaft, ihre Waffen im Anschlag. Die Blaulichter des Notarztwagens rotierten, Rolltragen standen parat, alle warteten, die Nerven waren zum Zerreißen gespannt.

Da wuchs ein grollendes Geräusch heran, ein schwerer Diesel drehte hoch, es tat einen gewaltigen Schlag. Das Tor knallte auf, dass die mächtigen Flügel vibrierten.

Laurent war die schrägen Auftritte von Tinne und ihren Freunden gewohnt, deshalb wunderte er sich nicht wirklich, als ein gelber Abschleppwagen mit einem voll besetzten Taxi auf der Ladefläche herausgedonnert kam und abrupt bremste. Innerhalb von Sekunden sprangen Axl und ein weiterer Mann heraus, den Laurent als den Tontechniker von *Steelram* erkannte. Die beiden drückten mit aller Kraft die Torflügel wieder zu, keinen Augenblick zu früh, gleich darauf ertönten Scharren, Kratzen und wütendes Kläffen auf der anderen Seite.

Gemeinsam mit zwei Sanitätern schwang sich der Notarzt auf die Ladefläche, noch im Auto erhielten Tinne und Leonie die erste Immunglobulinspritze, dazu eine zweite mit aktiven Impfstoffen. Die beiden wurden in den Krankenwagen gebracht, der mit Blaulicht und Martinshorn davonschoss. Laurent fuhr mit und übertrug die Einsatzleitung an Axel Börner, doch viel gab es nicht mehr zu tun.

Alle atmeten tief durch und kapierten, dass sie gerade noch einmal die Kurve gekriegt hatten.

»Das war perfektes Timing, Herr Chauffeur«, brummte Elvis mit einer Beruhigungszigarette in der Hand und hieb Bertie auf den Rücken. Der Karottenkopf lachte.

»Weißte doch: Taxidienst Laurenzi ist immer pünktlich! Übrigens, schickes Outfit. Solltest du öfter tragen.«

»Haha. Aber sag mal, jetzt im Ernst. Woher hast du gewusst, wo wir sind?«

Axl antwortete. »Ich war so frei und hab ihm eine WhatsApp geschickt, als wir um die Fabrik geschlichen sind.«

»Tja, und ich stand blöd auf der A 66 rum mit kaputtem Motor«, übernahm Bertie. »Wie dann der Abschlepper gekommen ist, hab ich ihn überredet, von der 66 den Abstecher hierher zu machen. Weiter hinten ums Eck ist ein Stück vom Zaun so platt, dass man einfach drüberfahren kann. Irgendwie hatte ich das Gefühl, ihr würdet euch freuen, mich zu sehen.«

Der Fahrer des Abschleppwagens, ein junger Mann mit Arbeitshose und rasiertem Schädel, stand lässig daneben. Er hatte das Abenteuer ganz offensichtlich genossen und machte sich keine großen Sorgen um die Dellen am Lkw. Elvis tippte entweder auf eine gute Versicherung oder auf einen entspannten Chef.

Eben kamen drei Männer des MEK und der Tierarzt aus dem Tor. Die Einsatzkräfte waren vorhin mit Vollschutz hineingeschlüpft und hatten die Tiere zusammengetrieben, damit der Veterinär sie mit einer Spritze von ihrem Leiden erlösen konnte. Die Kommunenbewohner, Elvis und Stanislav schauten ihnen zu, wie sie ihre Helme und die Handschuhe ablegten.

Alle dachten dasselbe: Wie ging es Tinne und Leonie? Waren die Medikamente noch zur rechten Zeit gekommen?

VIERTER TEIL

SAMSTAG, 18. NOVEMBER 2017

Tinne wogte in einem halbdunklen Meer, alle Wahrnehmungen waren gedämpft, Zeit und Raum egal. Sie hörte das Blut in ihren Ohren rauschen, Schatten gaukelten vor ihren geschlossenen Augen, ihr Körper wurde bewegt, doch alles war im Fluss. In den wenigen lichten Augenblicken erkannte sie Gesichter, Laurent, ganz nah und warm, Elvis, Bertie, Axl, und immer wieder Tara.

Irgendwann merkte sie, wie sie endgültig in die Realität zurückkehrte. Ihre Augen stellten scharf, sie sah helle Wände, ein Krankenhauszimmer. Ein Apparat piepte, ihr Kopf war verbunden.

Mit schmerzendem Nacken schaute sie zur Seite. Laurent und Tara saßen am Tisch und unterhielten sich leise. Als die beiden merkten, dass sie wach war, kamen sie herbei. Laurent gab ihr einen vorsichtigen Kuss, der sich wunderbar anfühlte. Sein unverwechselbarer Geruch nach Mann und Cool Water war das Beste, was Tinne je gerochen hatte. Sie lebte! Und sie konnte sehen, riechen, küssen … Fast kam es ihr vor, als wäre die dunkle Zeit in dem Horrorlabor nur ein böser Traum gewesen.

»Willkommen zurück!«, flüsterte Laurent und nahm ihre Hand, seine Augen füllten sich mit Tränen.

Tinne versuchte zu sprechen, der Hals kratzte, sie musste husten, erst dann kamen Worte: »Leonie? Was … was ist mit Leonie? Und … mit mir? Das Virus …«

Tara setzte sich auf die Bettkante und lächelte. »Alles in Ordnung. Leonie liegt in der Kinder- und Jugendmedizin,

Claudi und Ferdi sind zu ihr gebracht worden. Ihre Blutwerte sind okay und werden stündlich besser, ebenso deine. Ihr seid über den Berg, alle beide. Ihr habt es geschafft.«

Es dauerte ein paar Sekunden, bis Tinnes Hirn die Antwort einordnen konnte. Dann machte sich Verstehen in ihrem Gesicht breit, sie versuchte, sich aufzurichten.

»Das Hildegard-Medikament!« Ihre Augen leuchteten. »Du … du hast es nachgekocht, und es wirkt. Es wirkt *an uns*, damit haben wir das Schandfieber überlebt!«

Laurent und Tara schauten sich mit einem Blick an, den Tinne nicht zu deuten wusste. Die Gerichtsmedizinerin wählte ihre Worte sorgfältig: »Ich habe die Medizin gemeinsam mit François nachgekocht, richtig, und wir haben sie unter Laborbedingungen getestet. Allerdings …«, sie zögerte, »mit negativem Ergebnis. Und zwar eindeutig. Wir haben mehrere Konstellationen überprüft, alternative Reizleitungen, verschiedene Substratkonzentrationen. Nichts, keine neurale Reaktion. Die Hildegard-Arznei ist als Medikament gegen eine aktive Tollwuterkrankung völlig wirkungslos. Tut mir leid.«

Tinne wusste nicht, was sie sagen sollte. Keine Wirkung? Aber … wie hatten Leonie und sie dann …?

Laurent drückte ihre Hand. »Ihr habt wahnsinniges Glück gehabt, dass Elvis und die anderen euch rechtzeitig gefunden haben. Das Virus hatte sich schon massiv vermehrt und war kurz davor, euer Rückenmark anzugreifen. Aber so haben die klassischen Medikamente gerade noch greifen können. Vorgefertigte Antikörper und abgeschwächte Totviren als postexpositionelle Tollwutimpfung. Eine Stunde später, und kein Arzt der Welt hätte euch mehr helfen können.«

Die Tatsache, dass das Hildegard-Präparat nicht wirkte, wollte bei Tinne einfach nicht ankommen. Warum dann die Explosion an der Uni, der Brand bei Erik? Sein grausamer

Tod? Linus' unterirdisches Labor, seine Tierversuche? All das für ein Medikament, das sich gar nicht vermarkten ließ?

»Vielleicht stimmt die Zusammensetzung nicht ganz«, schlug sie lahm vor. »Es kann doch sein, dass ...«

»Nein, hör zu«, entgegnete Tara bestimmt. »Diese Mischung ist nicht nur unwirksam, sondern regelrecht toxisch. François und ich haben eine Stoffanalyse gemacht, es steckt kaum etwas drin, das neurologisch wirksam ist. Aber die Poleiminze, dieses Flohkraut, hat eine solche Menge an Sekundärstoffen reingebracht, dass Gesundheitsgefahr besteht. Durch das Aufkochen und Abseihen haben sich psychedelische Substanzen gebildet, die starke Nebenwirkungen haben und langfristig sogar das Gehirn schädigen können. Das Zeug ist keine Medizin, es ist Gift.«

Substanzen? Nebenwirkungen? Gift? Die Worte quollen um Tinne herum, ohne wirklich anzukommen. Sie merkte, wie eine bleierne Müdigkeit sie in die Matratze presste. Die Enttäuschung darüber, in den letzten Tagen einer falschen Hoffnung nachgejagt zu sein, war einfach zu groß. All die überstandenen Gefahren, die mit einem Mal nutzlos und schal waren. Inmitten der schwermütigen Gedanken fielen ihre Augen zu, sie driftete weg.

*

Viel später schlurfte Tinne durch die Flure der Station 605 und fragte sich, ob es einen bundesweiten Wettbewerb für hässliche Wandbilder in Krankenhäusern gab. Wenn ja, dann lag die Polyklinik Mainz bestimmt in den Top Ten. Sie kannte die Bilder und die langen Gänge zur Genüge, ihre zurückliegenden Abenteuer hatten sie in schöner Regelmäßigkeit hierher geführt. Ein Strich mehr auf der Liste. Elvis war kurz da gewesen, um nach ihr zu schauen. Danach hatten Bertie und Axl Kuchen mitgebracht und das Zimmer mit guter Laune und dummen Sprüchen geflutet. Es war ihnen anzusehen gewesen, wie sehr sie sich über die Genesung ihrer Mitbewohnerin freuten.

Nun waren alle weg, auch Laurent. Er musste Einsatzprotokolle schreiben. Es ging auf halb acht zu, draußen war es längst schon dunkel, die Flure waren leer bis auf letzte Besucher und eilige Krankenschwestern. In der Stille merkte Tinne, wie sehr das unbefriedigende Ende der Spurensuche an ihr nagte. Ihre Theorie, dass das Hildegard-Medikament für teures Geld auf dem Pharmamarkt verkauft werden sollte, war hinfällig. Und wenn Tara das schon nach einem einzigen Versuch festgestellt hatte, waren Erik und erst recht Linus bestimmt ebenso schnell darauf gestoßen. Sie hatte das Gefühl, einen blinden Fleck zu haben, eine Stelle, die sie nicht scharf sehen konnte. Warum um alles in der Welt hatte das Rezept dann seit seinem Auftauchen für solchen Wirbel gesorgt?

Mitten in ihren Grübeleien erschien ein rötlicher Pagenkopf an der Ecke.

»Huhu, Frau Nachtigall.« Schüchtern klopfte eine Frau an die Glastür des Flurs, obwohl eh alles offen stand. Tinne erkannte zu ihrer Überraschung Eriks Schwester.

»Hallo, Frau …«, sie musste einen Augenblick nach dem Namen suchen, »Frau Bleckmann.« Etwas verlegen strich sie ihren verwaschenen Trainingsanzug im Krankenhaus-Chic glatt. »Was, eh …«

Kirsten trat heran. »Ich will Sie gar nicht lange stören, bin sowie nur kurz in Mainz, um ein paar Sachen wegen Eriks Wohnung zu regeln. Ihre Freunde zu Hause haben mir gesagt, dass Sie hier sind.« Aus ihrer Handtasche zog sie einige Blätter hervor. »Also, wir, hm, hatten ja über Eriks oder vielmehr meinen Fund geredet. Ich habe später dann ein Paket gekriegt, von ihm, er muss es kurz vor seinem Tod weggeschickt haben. Auf seine übliche Versteckspiel-Art war etwas drin, das ich erst suchen und finden musste. Aber es schien ihm wohl sehr wichtig zu sein, denn er hat dazugeschrieben, es würde die Geschichte des Medikamentenrezepts zu Ende erzählen. Zumindest verstehe ich seine Worte so.«

Tinne spürte, wie sich ein Kribbeln in ihr breitmachte. War die Jagd vielleicht doch noch nicht vorbei?

»Es ist eine Micro-SD-Karte gewesen mit Fotos drauf, die er wohl in einem Archiv oder einer Bibliothek gemacht hat. Ich vermute mal, gegen alle Regeln, wie ich ihn kenne.« Kirsten lächelte schwach.

Das konnte durchaus stimmen. Tinne wusste, dass es Privatarchive gab, die sehr restriktiv mit Kopien und Abschriften umgingen. Vielleicht hatte Erik in ein solches Archiv eine Kamera geschmuggelt und heimlich Fotos gemacht, während der Archivar einen Kaffee holen war.

»Und … was ist drauf auf den Bildern?« Am liebsten hätte sie nach den Papieren geschnappt wie ein Frosch nach der Fliege, beherrschte sich aber mühsam.

»Texte. Buchauszüge und ein Titelblatt. Eigentlich gar nicht viel, es sind nur eine Handvoll Fotos, und einiges ist verwackelt oder doppelt. Was lesbar war, hab ich ausgedruckt. Ich werd nicht schlau draus, aber vielleicht hilft es Ihnen ja weiter.«

Sie reichte Tinne die Blätter. Tintenstrahl-Prints, dunkle Buchseiten, leicht schräg. Tinne verschlang sie mit den Augen, überflog die Zeilen, blätterte weiter. Vor lauter Eifer erschrak sie fast, als Kirsten wieder das Wort ergriff.

»Ich wünsche Ihnen alles Gute. Und viel Erfolg damit. Erik hat das Wissen darin kein Glück gebracht, ich hoffe, Ihnen ergeht das anders.«

Leise wie ein Geist verschwand die Frau, Tinne war wieder allein im Flur. Sie ging drei Schritte zu einem leeren Besucherraum und drehte eine Stehleuchte zu sich.

»Annalen Und Historie Des Geschlechts Der Staufer, Konrad I. Bis Konrad IV.«, so lautete der abfotografierte Titel eines Wälzers mit altertümlichen golddurchwirkten Buchstaben. Aha, die Epoche stimmte schon einmal, denn Konrad I. war ein Zeitgenosse Hildegards gewesen. Das Buch war wohl eine Zusammenfassung alter Quellen, die im Stil der frühen Neuzeit arrangiert und eingedeutscht worden waren. Die Textblätter zeigten Genealogien und Auflistungen von Lebensdaten, eine Stelle war Erik wohl besonders wichtig gewesen, er hatte sie vor dem Fotografieren mit einem gelben Post-it am Rand markiert. Tinne beugte sich darüber. Es ging um den Tod von Konrad I., Pfalzgraf zu Rhein. Er litt, so hieß es, an einem *greulich Schandfiber, das ihn mehr und mehr zum Thier werden liess.* Tollwut. Der Verfasser berichtete weiter, dass die Getreuen Konrads wohl überall nach Hilfe gesucht hatten, auch bei einer weisen Äbtissin in Bingerbrück namens Hyltgart.

Tinne konnte die Blätter kaum stillhalten. Es war, als würden sich die Nebel der Jahrhunderte lichten und die Sicht freimachen auf das, was damals geschehen war.

Der Pfalzgraf, so verriet die Schrift, starb am Fieber, allen Bemühungen zum Trotz. Die Medizin, die Hildegard ihm verabreichte, wirkte nicht. Es handelte sich um … Tinne traute ihren Augen kaum …

… eine Arzney mit Schweinsfleisch und vielen Kräutern. Hyltgart, selbst geplagt vom Schandfiber als Kindt, konnt gehulfen werden mit jener Medicin der Iutta v. Sponheim. Wurd davon gesund und stieg vom Lager nach Tagen zwölf. Doch diesz Glück war Conrad nicht vergönnet.

Die Buchstaben flimmerten vor Tinnes Augen. *Hyltgart, selbst geplagt vom Schandfiber als Kindt, konnt gehulfen werden mit jener Medicin.* Die Geschehnisse der letzten Tage sortierten sich in ihrem Kopf. Details aus dem Leben Hildegards kamen dazu, Gesprächsfetzen fügten sich zusammen.

Tara im Archiv der AG:

»Es hat immer wieder Patienten gegeben, die eine Tollwuterkrankung überlebt haben.... Solche Menschen nennt man Resilienten, sie haben eine angeborene Immunität gegen bestimmte Krankheitserreger.«

Wieder Tara, die Ergebnisse des Arzneitests:

»Durch das Aufkochen und Abseihen haben sich psychedelische Substanzen gebildet, die starke Nebenwirkungen haben und langfristig sogar das Gehirn schädigen können.«

Dr. Anschütz nach dem Diebstahl der Reliquien:

»Die Visionserlebnisse sind etwas, das sich wie ein roter Faden durch Hildegards Leben zieht. Sie beginnen in ihrer Kindheit und erreichen später eine solche Heftigkeit, dass Hildegard in ihnen Gottes Stimme erkennt.«

Tinne sah die Papiere in ihrer Hand, die Kunstblumen im Besucherraum, die Hinweistafeln an den Wänden, und sah sie doch nicht. Alles verschwamm, ihre Gedanken waren in der Vergangenheit, im Bingen des Jahres 1098. Endlich hatte sie das Geheimnis erkannt.

*

Die Klinikkapelle St. Rochus war zu dieser späten Stunde in Dunkelheit getaucht, die wenigen Lichter kamen kaum gegen die Schatten an. Das Ewige Licht flackerte im halbrunden Altarraum wie ein unruhiges rotes Auge, eine Madonnenstatue glänzte mattgolden. Die Geräusche der Universitätsklinik waren ausgesperrt, hier gingen die Uhren anders.

Eine Gestalt schlüpfte durch die Tür, eine Frau, groß und schlank. Ihr Kopf war verbunden, über ihren etwas fadenscheinigen Trainingsanzug hatte sie eine Jacke geworfen gegen die Novemberkälte. In den Händen hielt sie einige Papiere. Das Licht im Eingang reichte gerade, um einen Wandständer mit Broschüren, kirchlichen Infoblättern und Pfarrbriefen sichtbar zu machen. Die Frau schaute das Angebot durch, bis sie ein bestimmtes Faltblatt fand. Da ging die Tür ein zweites Mal auf, ein Mann kam herein, kleiner und sehr dick. Er brachte einen Hauch Zigarettenrauch mit herein und ließ sich schwer auf einen der Stühle fallen.

»Nachtigallchen, ich mag dich gerne und ich freue mich, dass du dem Tod von der Schippe gesprungen bist«, grantelte Elvis. »Aber ich hoffe, du hast einen guten Grund, mich samstagabends im Roten Kopf anzurufen und von meinem Dornfelder Rindsragout wegzuholen.«

»Ich weiß es«, unterbrach Tinne seinen Sermon. »Ich weiß, was hinter allem steckt und was wir die ganze Zeit gesucht haben. Was es mit dem Medikament auf sich hat. Hier, lies, das sind Sachen von Erik. Und das hier, das ist ein Infoblatt über Leben und Wirken der Heiligen Hildegard, hier aus der Kirche. Ich hab mir nämlich gedacht, dass wir so etwas am Ehesten in einer katholischen Klinikkapelle finden, deshalb hab ich dich hierhergeholt.«

Elvis zog den Kopf ein, als sie ihn mit Worten bombardierte. Doch er nahm brav die Unterlagen an sich, kniff die Augen zusammen und las, so gut es im Dämmerlicht ging. Ab und an brummte er etwas, schließlich hob er den Kopf.

Seinem Blick war anzusehen, dass er dieselben Schlüsse zog wie Tinne.

»Also, kriegen wir's zusammen?«, fragte sie. Er nickte langsam. Tinne sortierte ihre Gedanken und fing an: »Okay, also, Hildegard kriegt als Kind die Tollwut, das Schandfieber bringt sie nahe an den Tod. Ihre Mentorin Jutta von Sponheim gibt ihr ein Medikament, bald geht es ihr besser, nach zwölf Tagen steht sie wieder auf. In Hildegards Augen war es also dieses Medikament, das die Krankheit besiegt hat. Aber in Wirklichkeit hat die Arznei gar nichts damit zu tun. Denn Hildegard ist ein Resilient, einer der seltenen Menschen, die genetisch immun sind gegen die Tollwut. Wie ein Sechser im Lotto, aber sie hat nun mal dieses Glück, ohne es zu wissen. Du erinnerst dich, Tara hat uns von diesen Resilienten erzählt.«

Elvis folgte ihren Gedanken konzentriert und übernahm. »Tara hat uns aber auch gesagt, dass das Tollwutvirus Nervenschäden verursacht, selbst bei diesen seltenen Immun-Menschen. Wie geht's also weiter? Hildegard kriegt immer wieder gesundheitliche Probleme, Fieber, Schmerzen, etwas in der Art. Sie denkt sich: Was einmal geholfen hat, hilft auch ein zweites und ein drittes Mal. Deshalb fängt sie an, das Medikament regelmäßig zu nehmen, um die Symptome zu bekämpfen.«

Tinne fiel ihm fast ins Wort und wedelte mit einem vollgekritzelten Zettel. »Ich hab gerade vorhin mit Tara telefoniert und sie gefragt, was genau drinsteckt in ihrem nachgekochten Sud. Es sind Indolalkaloide, sagt sie, die dämpfen zwar Schmerzen, sorgen aber gleichzeitig für Rauschzustände.« Mit dem Finger deutete sie auf das kirchliche Faltblatt. »Auf einmal hat Hildegard Visionen, sie sieht Dinge, die andere nicht sehen. Wow, denkt sie, ein Zeichen Gottes. Erst mal hängt sie's nicht an die große Glocke, sie ist ja noch jung und hat Angst, dass die anderen sie für nicht ganz richtig halten. Das geht so weiter, über lange, lange Zeit. Aber leider hat die Sache einen Haken: Wie fast alle Drogen, die regelmäßig eingenommen werden, schädigen auch die Alkaloide das Gehirn. Nicht von heute auf morgen, aber im Laufe der Jahre. Das muss Hildegard noch nicht einmal bemerkt haben, weil das Hirn solche Schäden bis zu einem gewissen Grad ausgleichen kann. Aber irgendwann ist es so weit: Die Synapsen kriegen einen Aussetzer, es gibt einen regelrechten Kurzschluss in Hildegards Wahrnehmung.«

Es dauerte einen Augenblick, bis Elvis ihr folgen konnte, dann fiel der Groschen. Er nahm das Faltblatt und las vor: »›Es geschah im Jahr 1141, als ich 42 Jahre und sieben Monate alt war: Da kam aus dem geöffneten Himmel ein feuriges Licht von gewaltigem Glanz; es durchströmte mein ganzes Gehirn und entzündete mein Herz.‹« Er hob pathetisch den Arm. »Peng, da ist's aus mit der Zurückhaltung. Von jetzt an macht Hildegard ihre Visionen öffentlich, denn etwas so Herrliches muss von Gott selbst kommen.«

Tinne beugte sich vor Aufregung nach vorn und verhaspelte sich fast. »Die Hirnschädigung sorgt dafür, dass die Alkaloide immer stärker wirken, ihre Entrückungen bekommen ganz neue Dimensionen. Sie schreibt alles auf, was sie zu hören und zu sehen glaubt. Abhandlungen, Bücher, die ›Scivias, Wisse die Wege‹, ›Liber divinorum operum‹ und wie sie alle heißen – ihre Schriften, für die sie bis heute bekannt ist, entstehen aufgrund dieser Visionen. Und das, mein lieber Elvis, ist das große Geheimnis, das in Eriks Entdeckung verborgen war. Hildegard von Bingen hatte keine göttlichen Visionen. Sie hatte Spätschäden einer Tollwuterkrankung, gemischt mit Halluzinationen durch einen Kräutersud.«

Tinnes Worte verklangen im Kapellenraum, die Stille danach war fast meditativ. Keiner sagte etwas, jeder hing seinen Gedanken nach. War das nun eine medizinhistorische Entdeckung, die ihresgleichen suchte? Oder waren sie dabei, ein schlafendes Untier zu wecken, das sie bald nicht mehr beherrschen würden? Nach einer gefühlten Ewigkeit ergriff Tinne wieder das Wort. »Was ich aber nicht verstehe, ist, welche Rolle Linus dabei spielt. Ich meine, schau mal, er hatte ja keinerlei geschichtliches Erkenntnisinteresse. Nein, er wollte all das ans Tageslicht zerren und mit medizinischen Beweisen untermauern, ohne Rücksicht auf Verluste. Warum?«

Elvis sah aus, als könne er eine Zigarette vertragen, Kapelle hin oder her. Er überlegte und hob die Schultern. »Vielleicht wollte er das Andenken an Hildegard mit aller Gewalt zerstören. Sie entzaubern, in den Dreck stoßen. Keine Heilige, sondern nur eine kranke Frau mit Dachschaden.« Mit Gänsehaut dachte er an den unberechenbaren Wissenschaftler zurück, der beim Namen Hildegard von Bingen blanken Hass in der Stimme gehabt hatte.

»Mit dieser Vermutung liegen Sie genau richtig.«

Die Worte ließen sie herumfahren, Tinnes Nacken wollte bei der plötzlichen Bewegung schier entzweireißen. Eine Gestalt schälte sich aus der Dunkelheit, sie hatte wohl schon die ganze Zeit im vorderen Bereich gesessen, verborgen im Schatten. Ein weißer Bart, ein weißer Haarkranz. Dr. Georg Anschütz von der *Societas Hildegardis*.

»Die Heilige Hildegard war für Dr. Stiehl das erklärte Ziel der Vernichtung. Er wollte sie pulverisieren, der Lächerlichkeit preisgeben. Jedem Gläubigen sollten die Augen geöffnet werden, damit er erkennt, wen er in Wirklichkeit verehrt. Ich wiederhole Ihre treffende, wenn auch saloppe Formulierung: eine kranke Frau mit Dachschaden.« Er verbeugte sich ansatzweise. »Guten Abend, Frau Nachtigall, guten Abend, Herr Wissmann.«

Tinne hatte die Sprache wiedergefunden. Die Anwesenheit des Mannes gab ihr kein gutes Gefühl. Er hatte alles gehört, was sie und Elvis gesprochen hatten.

»Was machen Sie hier, Herr Anschütz?«

»Ich hatte vor, mit Ihnen zu reden. Drüben, in der Polyklinik, in Ihrem Zimmer. Aber vorher wollte ich mich hier in der Kapelle ein wenig sammeln. Und siehe da, Frau Nachtigall, unsere Wege haben sich gekreuzt, auch ohne unser Zutun.« Er lächelte ein schmales Lächeln, von dem Tinne nicht wusste, ob es echt war. Ihre Besorgnis wuchs, als Anschütz sich wie zufällig zwischen sie und Elvis und den Ausgang setzte.

»Was hat es mit diesem Stiehl auf sich?«, fragte Elvis. Seine Reporterneugier war geweckt. »Warum hatte er einen solchen Hass auf Hildegard?«

»Sie war in seinen Augen schuld am Tod seiner Mutter. Nicht im wörtlichen Sinne natürlich, aber in seiner Sichtweise hatte die Heilige Hildegard sie ins Grab gebracht. Fahrlässige Tötung nach mehr als 800 Jahren, so könnte man sagen.«

»Was ist passiert? Und woher wissen Sie das?«

Anschütz setzte sich bequemer hin und schlug seinen Mantel über die Beine. Seine Ruhe war fast gespenstisch und machte Tinne nur noch nervöser.

»Dr. Stiehl kam vor sechs Wochen zu uns, zur *Societas*, mit einer Menge Fragen über Hildegard und ihre Vita. Bei seiner schlechten Schauspielkunst hat es keine fünf Minuten gedauert, bis mir klar wurde, auf was er wirklich abzielte, nämlich auf das Thema Tollwut. Das hat mich etwas in Unruhe versetzt.«

»Moment.« Tinne fuhr auf. »Wussten Sie von der Tollwut-Sache? Von dem Medikament und so?«

»Oh, durchaus«, gab er leichthin zurück. »Die *Societas*

Hildegardis besitzt eine vorzügliche Schriftensammlung, ich hatte Ihnen beim letzten Mal davon erzählt. Einige der Papiere halten wir allerdings streng unter Verschluss. Eines davon ist ein Brief, den Hildegard im Alter von 54 Jahren geschrieben hat. Darin schildert sie detailliert ihr Tollwuterlebnis in Kindertagen, die späteren gesundheitlichen Probleme und natürlich das Medikament, das ihr von jungen Jahren an Linderung verschafft hat. Den Zusammenhang zwischen alldem kennen wir seit vielen Jahren, halten ihn aber, ich sage mal ... bedeckt. Aus verständlichen Gründen.«

»Und Linus?«, fragte Elvis erneut.

»Ich habe ihn nach seinem Besuch etwas unter die Lupe genommen und Beunruhigendes über seine Vergangenheit herausgefunden. Er ist in einem streng gläubigen Haushalt in Appenheim groß geworden, alter Katechismus, auswendig lernen, beten, keine Fragen stellen. Der Heiligen Hildegard schenkte seine Mutter besondere Verehrung, ihre medizinischen Grundsätze waren unumstößlich im Hause Stiehl. Dann ist die Mutter krank geworden, wir vermuten Brustkrebs, das lässt sich aber nicht genau nachvollziehen, weil es keine ärztlichen Unterlagen gibt. Sie hat nämlich jede schulmedizinische Behandlung verweigert. Alles, was sie der Krankheit entgegengesetzt hat, waren die Mittel der Hildegard-Medizin. Kräuter, Tinkturen, Fasten. Kristalle, die Heilwasser aufladen. Der Junge ist damals fünf Jahre alt gewesen und war jeden Tag an ihrer Seite. Sie können an einer Hand abzählen, wie die Sache ausging.«

Tinnes Kopfkino war längst in einem erdrückenden Wohnzimmer mit dunklen Möbeln und blassen Tapeten, mit zugezogenen Vorhängen, damit das Licht nicht blendete. Sie sah das Kreuz, das in der Ecke hing, die Jesusfigur daran, die jeden Winkel des Zimmers mit strengem Blick beobachtete. Die Heiligenbilder, der Rosenkranz, die Darstellung

Hildegards, entrückte Klosterfrau mit mildem Blick, davor Plastikblumen, staubig und zu einem wirren Haufen gestapelt. Die Frau auf dem Sofa konnte kaum mehr atmen, versuchte aber immer wieder, die wütenden Schmerzen durch Gebete zu besänftigen. Der kleine Junge, der mit riesengroßen Augen in der Ecke kauerte und nichts von alldem verstand, außer dass die Flaschen und Tiegel auf der Anrichte nichts nützten.

»Der Vater hat sich kurz danach das Leben genommen, Stiehl ist in lieblosen Pflegefamilien aufgezogen worden. In all den Jahren, in denen er größer und reifer und intelligenter wurde, hat er niemals vergessen, welches Leid die Behandlungsmethoden der Hildegard von Bingen über ihn gebracht haben. Sein Hass ist ebenso gewachsen wie er.«

»Dann hat er auf einmal die Chance gesehen, es allen zu zeigen«, murmelte Elvis. »Wissenschaftlich zu beweisen, dass hinter Hildegards Visionen keine göttlichen Eingebungen steckten, sondern organische Ursachen. Halluzinationen statt Halleluja. Eine späte Rache.«

Tinne schwieg. Der Einfluss dieser *Societas Hildegardis* musste weit reichen, wenn sie all das herausgefunden hatte. Unwillkürlich fragte sie sich, wie weit die Gesellschaft gehen würde, um das Andenken der heiligen Frau vor Schaden zu bewahren.

Anschütz fuhr fort: »Ich habe Stiehl zwar ernst genommen, aber nicht ernst genug. Dass das ein Fehler war, hat sich gezeigt, als die Hildegard-Reliquien aus der Eibinger Kirche gestohlen wurden. Mir war sofort klar, dass nur er dafür infrage kam.«

»Warum? Was wollte er damit?« Elvis hing an seinen Lippen, der Reporter verspürte ganz offensichtlich nicht dasselbe Unbehagen wie Tinne.

»Beweisen, dass Hildegard dem Tollwutvirus ausgesetzt

war und dass sie über einen längeren Zeitraum bewusstseinsverändernde Substanzen genommen hat. Ersteres zeigen ihre Knochen, denn der Organismus baut DNS-Reste von Viren ins Knochengewebe ein. Letzteres funktioniert über eine Analyse der Kopfhaare, so, wie man heutzutage Cannabis-Konsum nachweist. Beide Substratquellen sind langlebig, bei gutem Erhaltungszustand kann man sie sogar noch Jahrhunderte später auslesen. Genau das hat Stiehl getan.«

Linus war wieder da, wie er das Probengefäß mit den Reliquien hochhielt. Der bräunliche Schädel. Ein Stück Kopfhaut mit filzigen Haaren.

Leise fuhr Anschütz fort: »Für ein belastbares Ergebnis muss diese Analyse dann allerdings verglichen werden mit Frischpräparaten. Zwei weibliche Probanden, eine vorpubertär wie Hildegard im Alter ihrer Tollwutansteckung, die andere erwachsen. Beide viral infiziert, beide mit dem Präparat behandelt. Eine finale Bestätigung, um die Kausalkette zu schließen.«

Tinne schauderte bis ins Mark. Um die Kausalkette zu schließen. Linus' Worte hallten in ihr wider: »Ihr seid längst schon Teil meines Experiments, ihr wisst es nur noch nicht.«

Gleichzeitig wurde ihr klar, dass Anschütz nicht nur zu einem netten Plauderstündchen gekommen war. Nein, die *Societas Hildegardis* verstand sich als Bewahrer dessen, was die heilige Frau der Nachwelt hinterlassen hatte. Das theologische Erbe, so hatte es Pfarrer Weller in Rüdesheim ausgedrückt. Unter Anschütz ruhigem Blick realisierte sie, dass sich in dieser Kapelle die einzigen beiden Menschen aufhielten, die außerhalb der *Societas* die Wahrheit über Hildegards Erscheinungen kannten. Diese Tatsache machte ihr Angst, mehr als sie sich eingestehen wollte. Und nun?

Bevor sie eine Entscheidung treffen konnte, erhob sich

Anschütz. Mit entspannten Schritten ging er zur Tür, öffnete sie und warf einen Blick hinaus in den Vorraum der Kapelle. Tinne sah von ihrem Platz aus, dass niemand hier war. Dann kam Anschütz wieder und blieb vor ihnen stehen. Obwohl er nicht besonders groß war, wirkte er im Halbdunkel wie ein mächtiger Schatten. In seinem Gesicht war nichts zu lesen. Schließlich öffnete er den Mund: »Hildegards Visionen haben schon immer kritische Stimmen hervorgerufen. Man hat Theorien aufgestellt, es seien Migräneattacken gewesen oder epileptische Anfälle. Aber es sind eben immer nur Theorien gewesen. Keine Beweise. Bis heute.« Er trat nach vorn, so langsam, dass es kaum zu sehen war. »Jetzt gibt es einen Beweis. Wissenschaftlich belegt. Eine unumstößliche Wahrheit. Sie beide kennen diese Wahrheit, und Sie können damit viel erreichen. Ihnen, Herr Wissmann, öffnet jede große Zeitung die Tür, wenn Sie mit einer medizinischen Erklärung über Hildegards Visionen aufwarten. Und Sie, Frau Nachtigall, machen damit spielend an der Uni Karriere. Ein Doktortitel, mindestens, wenn nicht sogar die Habilitation.«

Keiner der beiden sagte etwas, es war, als würden die Mäuse auf den nächsten Schritt der Katze warten.

»Sie können aber auch viel zerstören, das ist Ihnen hoffentlich bewusst. Menschen vertrauen auf das, was Hildegard einst gesagt und aufgeschrieben hat. Es hilft ihnen in schweren Stunden, es richtet sie auf.« Wieder machte er eine Pause und streckte beiläufig seine rechte Hand in die Manteltasche. Tinne und Elvis wechselten einen raschen Blick, sie sah, dass der Reporter nun auch unruhig wirkte. Am liebsten wäre sie in der Stuhlreihe weiter nach hinten gekrochen.

»Kennen Sie noch das Geheimnis über Hildegards Präparate, das ich Ihnen in Rüdesheim verraten habe, Frau Nachtigall?«

Sie musste sich bemühen, damit ihre Stimme nicht allzu sehr zitterte. »Dass … dass der Glaube an Heilung unsichtbar darin mitschwingt. Und dass der Glaube dadurch tatsächlich Krankheiten heilen kann.«

»Genau so ist es.« Er wurde lauter. »Wenn das, was Sie beide vorhin besprochen haben, öffentlich wird, ist dieser Glaube schwer erschüttert. Das verstehen Sie sicherlich, oder? Verstehen Sie das?«

Tinne hörte nicht mehr zu, ihr Blick war von seiner Manteltasche gebannt. Die Situation fühlte sich so bedrohlich an, dass sie wilde Fluchtpläne schmiedete … ihn rammen und umwerfen, und dann in die entgegengesetzte Richtung von Elvis rennen. Doch gleichzeitig war ihr klar, dass sie noch viel zu schwach für einen Kampf war.

Bevor sie zu Ende gedacht hatte, ging alles ganz schnell. Wie eine Schlange fuhr seine Hand aus der Tasche, sie umklammerte etwas Schwarzes, Elvis zuckte zur Seite, Tinne entfuhr ein spitzer Schrei … da bekam Dr. Anschütz einen kindlich-erstaunten Ausdruck.

»Oh, ich habe Ihnen doch hoffentlich keine Angst gemacht? Entschuldigen Sie, wenn ich vielleicht etwas zu emotional geworden bin. Das war nicht meine Absicht, glauben Sie mir.« Er öffnete ein Kästchen aus dunklem Leder, das er in der Hand hielt. Darin lag ein Stück Papier, so groß wie eine Postkarte, edles Bütten, mit einem Aufdruck aus feinen grauen Buchstaben.

»Die Entscheidung, was Sie mit Ihrem neu gewonnenen Wissen machen, liegt bei Ihnen. Bei Ihnen ganz allein. Das Einzige, was ich Ihnen mit auf den Weg geben will, ist Folgendes: Die äußere Hildegard, ihren Leib, ihre Krankheiten, kann man wiegen und messen. Ihr Inneres aber, den Kern, ihr Wesen – das wird auf ewig ein Geheimnis bleiben.« Ein Lächeln mit einem kleinen Schalk ließ ihn spitzbübisch aussehen. »Ich bin versucht, an dieser Stelle Antoine de Saint-Exupéry zu zitieren, seinen kleinen Prinzen. Sie wissen schon, das mit den Augen und dem Herzen. Das brauche ich aber gar nicht, denn Hildegard von Bingen hat etwas ganz Ähnliches gesagt, nur 800 Jahre früher. Diese Worte habe ich Ihnen mitgebracht.« Er überreichte den beiden das Kästchen. »Sie sollen Ihnen helfen, Ihre Entscheidung so zu treffen, dass Sie und Ihr Herz damit zufrieden sind.«

Tinne und Elvis nahmen das lederne Etui und schauten hinein. Wie ein Schatz auf dunklem Samt lag das Papier darin, bedruckt mit den Worten, die Hildegard ihnen aus einer fernen Vergangenheit zuflüsterte:

> »Sowohl des Menschen Körper als auch seine Taten können erblickt werden.
> Vielmehr aber liegt inwendig in ihm, was keiner sieht und keiner kennt.«

FREITAG, 1. DEZEMBER 2017

Die Kommunenbewohner hatten sich redlich bemüht, ihre Küche vorweihnachtlich zu schmücken. Doch magere Tannenzweige, drei anämische Holz-Rentiere und ein Weihnachtsmann mit gruseligem Dauergrinsen machten klar, dass Dekorieren nicht unbedingt die Königsdisziplin der WG war. Die Gäste störte das freilich nicht, sie waren zum Feiern hier und nicht zur Wohnungsbesichtigung.

Zwei Wochen waren seit den Geschehnissen in der Kältefabrik vergangen. Tinne und Elvis schmissen in alter Tradition ihre Fall-Abschluss-Party und hatten alle eingeladen, die bei der Jagd nach Hildegards Geheimnis dabei gewesen waren. Jean Rosenzweig plauderte angeregt mit Stanislav, der alte Herr mit Kaiser-Wilhelm-Bart und der tätowierte Glatzkopf bewiesen das Sprichwort, dass Gegensätze sich anzogen. Laurent, Tara und François lümmelten entspannt in ihren Stühlen, Bertie hatte dagegen als Mundschenk keine ruhige Minute, er musste dafür sorgen, dass der Wein nicht versiegte. Sogar das alte Vermieterehepaar aus dem Erdgeschoss war da, schaute sich zufrieden um und hielt Händchen. Tinne hatte auch Dr. Anschütz und Kirsten eingeladen, verstand aber durchaus, dass die beiden aus ganz persönlichen Gründen abgesagt hatten. Ehrengäste waren Claudi, Ferdi und die kleine Leonie, sie saßen am Kopfende und bekamen jeden Wunsch von den Augen abgelesen. Auch Mufti hatte wieder sein Reich in der Kommune bezogen, nach zehn Tagen Quarantäne und einer Menge Spritzen war der Kater als tollwutfrei aus der Tierklinik entlassen worden. Er rotierte unter dem Tisch auf der Suche nach etwas Essbarem, als wäre es nie anders gewesen.

Damit war die Küche beinahe voll, doch drei weitere Hocker standen noch vor Axls Tür. Dort saßen *Steelram* und untermalten den Abend akustisch, Axl mit der Westerngitarre, Lelle an den Bongos, Gonzo mit dezenter Basslautstärke und unverstärktem Gesang. Eine wohltuende Abwechslung zu klappernden Tassen und dröhnenden Drums, wie Tinne fand. Gerade beendeten sie *Strange Brew* von Cream und bekamen Szenenapplaus.

»Gute musikalische Überleitung«, meinte Bertie. »*Strange Brew*, was ist denn jetzt genau los gewesen mit diesem Hildegard-Rezept? Wer hatte da die Finger drin?«

»Also, wir haben uns die Sache folgendermaßen zusammengereimt.« Tinne rückte ihren Stuhl zurecht. »Erik bekommt die Handschrift von seiner Schwester und erkennt, dass es ein Original aus Hildegards *Causae et Curae* ist. Ein tolles Thema für seine Habil, er geht weiter auf Spurensuche und findet in einem privaten Archiv die Annalen von Konrad I. Da wird ihm klar, dass viel mehr dahintersteckt, nämlich eine wissenschaftliche Erklärung für Hildegards Visionen.«

Elvis hielt sein Schoppenglas hingebungsvoll in der Waagrechten und merkte plötzlich, dass Tinne ihn anschaute. Eilig kippte er noch zwei Schlucke hinterher, wischte sich über den Mund und fuhr fort: »Eh, ja, jedenfalls, er trabt mit alldem zu seinem AG-Kollegen Linus, weil er die Hilfe eines Biochemikers für die theoretischen Grundlagen braucht. Linus schlackert natürlich mit den Ohren angesichts der Möglichkeit, die verhasste Hildegard von Bingen als drogenverklärte Nervenpatientin zu outen. Er fühlt bei der *Societas Hildegardis* vor, beißt dort auf Granit und kommt auf die Idee, alles in der Praxis zu beweisen. Das ist die Geburtsstunde seines Kellerlabors – er hat früher bei Linde in Kostheim gearbeitet und kennt die Räumlichkeiten. Perfekte Rahmenbedingungen für seine Frankenstein-Versuche, er fängt an, mit Tieren zu experimentieren.«

Leonies munterer Singsang unterbrach ihn. Die Kleine war mit ihrer gelben Fratzi-Ente unterwegs, hüpfte um den Tisch und versprühte mehr Energie als alle Erwachsenen zusammen. Ebenso wie Tinne hatte sie die Erlebnisse in dem Kellerlabor gut überstanden, ihre Blutwerte waren längst schon wieder normal. Einen Monat lang mussten die beiden noch Spritzen bekommen, um jedes Restrisiko auszuschließen. Es tat gut, dem quirligen Kind zuzuschauen, damit die finstere Geschichte nicht allzu sehr auf die Stimmung drückte.

Das Fratzi-Leonie-Gespann verschwand in einem der Zimmer, Tinne nahm den Faden wieder auf. »Erik merkt ziemlich schnell, dass Linus' Interesse krankhafte Züge annimmt. Zur Sicherheit macht er eine Kopie von dem Rezept, einen Copernus, und versteckt das Blatt auf seine ganz spezielle schlitzohrige Art, nämlich in der Hildegard-Sammlung im Mäuseturm. Später verschickt er dann auch noch die Speicherkarte mit den Fotos an seine Schwester, ebenfalls mit kryptischen Hinweisen.«

Die Übrigen saßen im Halbkreis um die beiden und lauschten. Es war, als würde die Geschichte beim Erzählen lebendig werden.

»Einen großen Fehler macht Erik dann aber: Er meldet eine Veröffentlichung im Medizinhistorischen Journal an. Linus sieht seine Felle davonschwimmen. Ein wachsweicher Artikel in einer Fachzeitschrift statt seines großen Knalls? Das geht nicht, Erik muss verschwinden. Er spritzt ihm Tollwutviren in den Nacken und sperrt ihn im Kellerlabor ein, bis die Krankheit ausbricht. Im Endstadium lässt er ihn laufen, Erik schafft es noch über die Brücke bis zum Karmeliterplatz, das war's.«

»Jetzt dreht Linus völlig ab.« Elvis wedelte vielsagend mit der Hand vor der Stirn. »Um die Spuren von Eriks Nachforschungen zu verwischen, manipuliert er eine der Gasflaschen an der Uni und jagt das Labor in die Luft, dann löscht er Eriks Aufzeichnungen auf dem Server und legt zu guter Letzt sogar noch Feuer in dessen Wohnung.«

Tinne war wieder an der Reihe. »Und natürlich kriegt er spitz, dass ich ein besonderes Interesse an dem Fall habe. Als Elvis, Tara und ich in den Archivraum gehen und über das Rezept reden, schleicht er sich nebenan durch die Tür und lauscht. Jetzt weiß er, dass wir nahe dran sind. In der Nacht holt er einen seiner Versuchshunde und platziert ihn im Kommunenhof, damit ich angefallen und infiziert werde. Das hätte mich zwar nicht umgebracht, aber auf jeden Fall für längere Zeit ausgebremst.« Tinne schüttelte sich bei der Erinnerung an den geifernden Hund. Ihre Hand strich über den tapferen Mufti, der um ihren Stuhl scharwenzelte.

Elvis gab Bertie ein Zeichen zum Nachfüllen, bevor er fortfuhr. »Linus kriegt mit, dass sein Plan nicht aufgeht, und legt noch eine Schippe drauf. Am nächsten Morgen fährt er mit dem Auto hinter Tinnes Fahrrad her, der Stromausfall spielt ihm in die Karten, er kann sie und Leonie ungesehen in sein Labor bringen. Damit schlägt er zwei Fliegen mit einer Klappe: Er ist die lästige Schnüfflerin los und hat gleichzeitig die passenden Probanden für seine finale Versuchsreihe.«

Alle schwiegen und dachten daran, wie leicht Tinne und Leonie dieses Rennen hätten verlieren können.

Laurent stützte die Arme auf den Tisch. »Bei allem, was Stiehl gemacht hat, ist er schlau vorgegangen, verdammt schlau. Ich denke nur an die falsche Fährte, die er mit dem aufgezeichneten Handytelefonat gelegt hat. Inzwischen haben wir auch rausgekriegt, wie er es geschafft hat, die Reliquien aus der verschlossenen Eibinger Wallfahrtskirche zu stehlen: In Sanitäterkleidung mit Erste-Hilfe-Koffer ist er spätnachmittags in die Kirche gegangen und in einem der Beichtstühle verschwunden. Nachts hat er dann den Schrein aufgebrochen und die Reliquien herausgenommen, dadurch ging natürlich der Alarm los. Er ist aber einfach wieder in seinen Beichtstuhl zurück und hat gewartet, bis Küster, Pfarrer, Polizei und Feuerwehr da waren. In all dem Trubel ist er mit den Reliquien in seinem Koffer rausmarschiert, unter den Augen sämtlicher Einsatzkräfte. Genial, muss ich sagen.«

»Das typische Profil eines Psychopathen«, murmelte Tara wie für sich selbst. »Hochintelligent, absolute Planungssicherheit, blitzschnelle Reaktion auf unvorhergesehene Ereignisse. Gleichzeitig empathielos, völlig gefühlskalt und bereit, alles und jeden für seine Ziele zu opfern.«

Tinne merkte, wie die Erinnerung sie kribbelig werden ließ. Besser hätte man Linus Stiehl nicht beschreiben können. Sie schmiegte sich an Laurent und gab ihm einen Kuss, seine Augen strahlten sie an. Seit den Vorfällen hatten sie viel Zeit miteinander verbracht, manchmal stundenlang geredet, manchmal nur schweigend, aber glücklich nebeneinander gelegen. Beide spürten, dass der knappe Ausgang des Abenteuers sie näher zusammengebracht hatte denn je. Sie hatten gesehen, wie schnell etwas verloren gehen konnte, das so unendlich wertvoll war.

Die Stimmung am Tisch stieg, als Claudi und Ferdi auftischten. Ebenso wie Dekorieren zählte auch Kochen nicht zu den Stärken der Kommunenbewohner, deshalb hatten sich die beiden bereit erklärt, diesen Part zu übernehmen. Sie waren wieder einigermaßen hergestellt und aus der Klinik entlassen, Ferdi brauchte zwar noch Krücken, aber den Kochlöffel schwingen konnte er auch so.

Passend zum Thema hatten sie Kochrezepte der Heiligen Hildegard gesucht und servierten auf Schüsseln und Platten, was die Klosterfrau *eyn guot bisen* genannt hatte: Kürbissuppe, Hühnchen mit Galgant und Thymian, Dinkelbrot, Gewürztaler und einen süßen Sud aus Buttermilch. Die ersten Gabeln stocherten noch etwas zögerlich, dann waren alle begeistert von den ungewöhnlichen Gewürzkombinationen und griffen tüchtig zu.

»Übrigens, wir haben an der Uni noch ein bisschen weitergeschnüffelt«, kaute Laurent. »Die beiden anderen AG-Mitarbeiter haben es ebenfalls faustdick hinter den Ohren, der saubere Professor und diese Schickimicki-Tussi Frau Geusel.« Er tat, als würde er affektiert seine Haare sortieren. »Sörensen kam mir von Anfang an verdächtig vor, und ich hatte recht, wenn auch auf eine ganz andere Art: Die beiden haben was am Laufen, er protegiert sie schon seit Jahren und hat sie fachlich durchgewinkt bis zum Master. Im Rahmen der AG hatte er vor, ihr auf kurzem Dienstweg zum Doktortitel zu verhelfen.«

Nun wurde Tinne klar, warum Magdalena so weit gekommen war, obwohl sie eigentlich nie etwas tat. Na klar, mit einem Professor als heimlichem Lover waren gute Abschlüsse und Plätze bei Forschungsprojekten kein Problem. Jetzt wusste sie auch, warum Sörensen bei LeCaris darauf gedrängt hatte, die Versuchsreihen nach der Explosion nicht nochmals anlaufen zu lassen: Er hatte genug Material beisammen, um seinem Püppchen die Dissertation zu schreiben.

Inmitten ihrer Gedanken schaute sie irritiert zu Elvis und Bertie – was taten die beiden denn da unter dem Tisch? Unauffällig schlenderte sie hin, riskierte einen Blick und musste laut lachen. »Ach nee! Ist das auch Teil von Hildegards Kräuterküche?«

Schuldbewusst legten die beiden einen Ring Fleischwurst auf den Tisch.

»Na ja, so Dinkelbrot und Buttermilch, da bin ich ein bisschen allergisch, wegen Laktose, gell«, brummte Elvis. Der Tisch johlte. Elvis war gegen gar nichts allergisch, höchstens gegen zu wenig Fleisch und zu dünne Weinschorle. Köchin und Koch schmunzelten gutmütig und gaben den beiden die Absolution. Mit Heißhunger machten sie sich über die Wurst her, dabei vergaßen sie auch Mufti nicht.

Nun, da Elvis eh im Zentrum der Aufmerksamkeit stand, räusperte er sich zwischen zwei Bissen wichtigtuerisch. »Es gibt übrigens Neuigkeiten, die ich hier mal in die Runde werfen will.« Er wechselte einen Blick mit Stanislav und grinste so breit, dass seine Koteletten fast hinter den Ohren verschwanden. »Und zwar: Ich hatte ja die Idee, Tinnes Telefonat von Stani durch den Wolf drehen zu lassen. Hat super funktioniert, er ist halt gut an den Reglern. Und deshalb hab ich ihn gefragt, ob er vielleicht auch eine verzerrte Stimme entzerren kann.«

Tinne ahnte, worauf die Geschichte hinauslief: auf die anonymen und unkenntlichen Anrufe seines OB-Desasters.

»Und jep, er kann. Ging ganz schnell, dann war die Stimme meines Informanten auf einmal klar und deutlich. Und soll ich euch was sagen: Ich wusste sofort, vom wem die Anrufe gekommen sind.«

Alle schauten ihn an, er genoss die Spannung und gönnte sich erst einen Schluck Wein.

»Und zwar vom Mann der Mistkaeferin, mit dem sie dauernd in ihrem Büro telefoniert hat. Er ist nämlich Chefredakteur bei der Rhein-Zeitung gewesen, bis der Laden dichtgemacht worden ist, und seitdem sucht er händeringend einen neuen Job. Da haben sich die beiden gedacht, sie booten mich mit einer fingierten Story aus, und wenn ich hochkant rausgeflogen wäre, hätte er bequem meinen Posten übernehmen können.«

Die anderen redeten durcheinander und schüttelten den Kopf über so viel Kaltschnäuzigkeit. Tinne meldete sich wie in der Schule, um Elvis' Aufmerksamkeit zu erhaschen. »Aber wie sind dann die Details zur OB-Sache in Janniks Schublade gekommen? Er muss doch auch irgendwie mitgemischt haben.«

»Ich bin davon ausgegangen, die Unterlagen bei ihm wären die Originale, gewissermaßen. Es war aber gerade umgekehrt: Er hat heimlich, still und leise bei mir geklaut und meine gesammelten OB-Materialien kopiert. Wollte mir mit dieser scheinbar dicken Story zuvorkommen, der Hund. Aber die Mistkaeferin hat das spitzgekriegt und ihn unter der Hand zurückgepfiffen.«

»Und jetzt? Wie geht's weiter?«

Er sah, wenn überhaupt möglich, noch zufriedener aus. »Sie hat eine Abmahnung gekriegt und packt gerade ihre Sachen. Mainz ist für sie Geschichte, und damit hier alles ins Reine kommt, hat die Verlagsleitung die alte Chefin aus Heilbronn zurückgeholt. Ab Montag sitzt wieder das Stammteam in der Redaktion, also alles in trockenen Tüchern. Läuft bei mir.«

Jubel brach los, alle applaudierten und klopften ihm auf die Schulter. Bertie beeilte sich mit dem Nachschenken, damit die Gläser klingen konnten.

Die Band fing wieder an, diesmal passenderweise *New kid in town* von den Eagles. Alle plauderten und griffen beim Essen zu, Tinne und Elvis standen ein wenig abseits. Die beiden hörten dem Stimmengewirr zu und schwiegen, bis

Elvis Tinne von der Seite anschaute. »Noch immer happy mit der Entscheidung?«

Tinne horchte in sich. Sie hatten sich einige Abende die Köpfe heißgeredet über das, was nun mit dem Ergebnis ihrer Suche passieren sollte. Veröffentlichen, ja oder nein? Brauchte man Erkenntnis um jeden Preis? Musste alles erforscht werden, was man erforschen konnte? War es manchmal nicht besser, das Rätselhafte rätselhaft zu belassen, anstatt es in Daten, Zahlen und Fakten zu pressen? Beide hatten unabhängig voneinander dieselbe Antwort auf diese Fragen gefunden und sich entschlossen, ihre Resultate nicht zu publizieren, weder in der Zeitung noch an der Uni.

Langsam nickte sie. »Ja, noch immer happy.« Klar, es wäre ein fantastisches Thema für ihre Doktorarbeit gewesen, die sie schon lange in Angriff nehmen wollte. Aber Dr. Anschütz hatte ihnen beiden geraten, ihre Entscheidung so zu treffen, dass ihre Herzen damit zufrieden waren. Das hatte sie getan, und es fühlte sich gut an.

Unruhe entstand am Tisch, Claudi und Ferdi trugen Gebäck auf: Muskatplätzchen mit Honig.

»Originalrezept von Hildegard«, berichtete Ferdi stolz und mopste das erste Stück. Claudi arrangierte derweil einige der Plätzchen auf einem separaten Teller, Laurent nahm Tinne wie zufällig beim Arm und führte sie an ihren Platz. Plötzlich standen Kerzen auf dem Tisch, die Band stimmte *More than words* an. Tinne schaute sich um. Was war denn nun los? Erst als Laurent sich leicht nervös neben sie setzte und ihr den kleinen Plätzchenteller vor die Nase stellte, kapierte sie es: Eines der Gebäckstücke war etwas größer, hatte die Form eines Herzens und zeigte genau in ihre Richtung. Sie spürte, wie ihr die Röte in die Wangen schoss. War das jetzt tatsächlich …? Verlegen strich sie die Haare zurück, schaute in Laurents erwartungsvolles Gesicht und merkte, wie eine unbändige Freude in ihr zu blubbern begann. Diesen Augenblick hatte sie heimlich herbeigesehnt und gleichzeitig Angst davor gehabt. Doch von der Angst war nun nichts mehr übrig. Sie holte tief Luft und wollte gerade das Plätzchen nehmen, da langte Elvis an ihr vorbei. Unempfänglich für jede Art von Romantik hatte er nichts mitbekommen, schnappte den Keks und stopfte ihn in seinen Mund.

»Musste essen und nicht nur rumhocken, damit du endlich mal Fleisch auf die Rippen kriegst«, nuschelte er und biss zu. Es krachte vernehmlich, sein Gesicht versteinerte sich. »Mmpf!« Mit der Zunge schob er etwas nach vorn und holte es heraus. Zwischen zerkauten Gebäckkrümeln hielt er einen Ring, den er fassungslos betrachtete. »Sach ma, was backt ihr denn da für ein Zeug rein?«, polterte er, dann registrierte er, dass ihn alle anstarrten. Laurents Blick war wie ein Dolch, Tinne glühte dunkelrot, Claudi und Ferdi sahen aus, als wollten sie sich gleich an die Stirn klatschen.

»Oh, öh«, murmelte er und streckte Tinne den Ring entgegen, »ist wohl deiner, oder?« Dann zog er die Mundwinkel nach unten und schaute genauer hin. »Okay, ich mach ihn vielleicht noch mal sauber.«

Erst fing Bertie an zu kichern, dann Claudi, schließlich stimmten alle ein. Unter Klatschen und Lachen gab Tinne Laurent einen innigen Kuss, Elvis brachte den Ring, er passte wie angegossen. Aus seiner Tasche zauberte Laurent das Gegenstück und ließ ihn von Tinne anstecken. Zwischen ihnen waren keine Worte nötig, ihre Augen sagten alles, was sie wissen mussten.

Das Fest in der Kommune 47 ging noch lange, die Freunde feierten ihr gemeinsames Abenteuer und all das, was die Zukunft bringen würde.

EIN ARZNEIREZEPT MIT VIELEN ZUTATEN …

… gab es diesmal für Tinne und Elvis zu entdecken. Glauben Sie mir, dass ebenso viele Zutaten nötig sind, bis aus der ersten Idee ein fertiges Buch geworden ist? Vielleicht haben Sie Lust, liebe Leserinnen und Leser, zum Schluss des Romans mit mir gemeinsam durch die »Herstellungsanleitung« zu blättern.

Wie bei einer *Schand*-Rezeptur üblich heißen die beiden wichtigsten Zutaten Realität und Fiktion. Aus der Realität geschöpft sind die Vita der Heiligen Hildegard, ihre Klostergründungen und ihr umfassendes Werk. Eine faszinierende Frau, es hat viel Spaß gemacht, mehr über sie und ihr Wirken zu erfahren. Ebenfalls historisch belegt ist der Irrweg ihrer Reliquien inklusive Abstecher nach Köln. Der Einsturz des dortigen Stadtarchivs ist (leider) so passiert wie beschrieben, und die Mainzer Leserinnen und Leser werden den Stromausfall am 16. November 2017 sicher noch lebhaft in Erinnerung haben. Auch die mittelalterliche Medizin ist ein spannendes Thema, viele der Rezepte und Wirkstoffe, die im Roman beschrieben werden, existieren wirklich. Mehr dazu gibt es im »Gart der Gesundheit« im Botanischen Garten der Uni zu entdecken. Und wenn Sie schon unterwegs sind, machen Sie doch gleich einen Abstecher in den Rheingau: Die Wallfahrtskirche in

Eibingen mit ihrem goldenen Reliquienschrein ist einen Besuch wert.

Zu alldem kommt ein gehäufter Löffel Autorenfantasie. Ein Tipp gleich zu Anfang: Versuchen Sie bitte nicht, das Medikament aus der *Causae et Curae* nachzukochen – ich lege für keinerlei Wirkung und Nebenwirkung die Hand ins Feuer. Überhaupt, viele medizinische und biochemische Einzelheiten sind etwas freier interpretiert und würden im Physikum für eine Ehrenrunde sorgen. Im Mäuseturm gibt es zwar eine Ausstellung über die Geschichte des Gemäuers, allerdings ohne Verweise auf Hildegard und ihre Medizin. Und die Super-App der Deutschen Bahn, mit der sich alle Zugbewegungen nachvollziehen lassen? Auch die ist nur erfunden, wenngleich man sie als Bahnreisender manchmal sehnlichst herbeiwünscht.

Kein Rezept funktioniert ohne Hilfe bei der Umsetzung, hier durfte ich wie immer auf viel, viel Unterstützung zählen. Von Prof Dr. Friedhelm Jürgensmeier und Dr. Winfried Wilhelmy habe ich Details über die Reliquien der Heiligen Hildegard erfahren. Einige Menschen aus Fleisch und Blut haben den Spaß mitgemacht, mit ihrem echten Namen ins Buch zu schlüpfen: der Präsident der Mainzer Uni, Prof. Dr. Georg Krausch, Michael Jacobs von der AZ sowie die Stimmen von SWR 1, Birgit Steinbusch und Oliver Böhm. Perfektes Kopfkino ist es, wenn meine Kollegin Petra Quednau als hilflose Maler-Azubine Jannik um den Finger wickelt. Und wie immer hat Elmar Frey dafür gesorgt, dass sämtliche Sätze im Meenzer Dialekt auch tatsächlich danach klingen und nicht nach meinem pfälzischen Möchtegern-Rheinhessisch. Danke an alle, es ist toll, so viele Mitstreiter zu haben.

Abgerundet wird das Buchrezept von denjenigen, ohne die *Schandfieber* niemals das Licht der Welt erblickt hätte: Der Gmeiner-Verlag, allen voran mein Lektor Sven Lang, meine lieben Eltern Dagmar & Robert Weichmann, meine Korrekturkönigin Corinna Homp und meine Partnerin Susanne Reuber. Besonders Susanne braucht bei einem solchen Buchprojekt einen langen Geduldsfaden, schließlich muss sie mich über Monate mit fiktiven Romanfiguren und Kommunenkatern teilen. ☺

Was fehlt? Natürlich das allerletzte Dankeschön an Sie, liebe Leserinnen und Leser. Solange Sie im Bücherschrank immer wieder Platz machen für ein neues Tinne-und-Elvis-Abenteuer, zeigen Sie mir den Daumen hoch fürs Weiterschreiben.

Herzlichst

weitere Infos unter www.helgeweichmann.de

Weitere Titel finden Sie auf den folgenden Seiten und im Internet:

WWW.GMEINER-VERLAG.DE

Historikerin Tinne Nachtigall ermittelt:

1. Fall: Schandgrab
ISBN 978-3-8392-1445-9

2. Fall: Schandgold
ISBN 978-3-8392-1618-7

3. Fall: Schandkreuz
ISBN 978-3-8392-1859-4

4. Fall: Schandglocke
ISBN 978-3-8392-2162-4

5. Fall: Schandfieber
ISBN 978-3-8392-2333-8

6. Fall: Schandflut
ISBN 978-3-8392-2535-6

weitere:
Schwarze Sonne
Roter Hahn
ISBN 978-3-8392-2057-3

SOKO Ente
ISBN 978-3-8392-2429-8

Mörderjagd mit Elwetritsch
ISBN 978-3-8392-2584-4

Helge Weichmann ist zum Meister des historisch hinterlegten Regionalkrimis geworden.
Gerd Blase, Allgemeine Zeitung Mainz

GMEINER SPANNUNG

WWW.GMEINER-VERLAG.DE
Wir machen's spannend